郑欣淼文集

文化批判与国民性改造

郑欣淼 著

北京出版集团
北京出版社

图书在版编目（CIP）数据

文化批判与国民性改造 / 郑欣淼著. — 北京：北京出版社，2023.5
（郑欣淼文集）
ISBN 978 - 7 - 200 - 17237 - 9

Ⅰ．①文… Ⅱ．①郑… Ⅲ．①鲁迅（1881 - 1936）—思想评论 Ⅳ．①I210.96

中国版本图书馆 CIP 数据核字（2022）第 111562 号

郑欣淼文集
文化批判与国民性改造
WENHUA PIPAN YU GUOMINXING GAIZAO

郑欣淼 著

*

北 京 出 版 集 团
北 京 出 版 社 出版
（北京北三环中路 6 号）
邮政编码：100120

网　　　址：www.bph.com.cn
北 京 出 版 集 团 总 发 行
新 华 书 店 经 销
北京雅昌艺术印刷有限公司印刷

*

170 毫米×240 毫米　　16 开本　　21.75 印张　　292 千字
2023 年 5 月第 1 版　　2023 年 5 月第 1 次印刷
ISBN 978 - 7 - 200 - 17237 - 9
定价：131.00 元
如有印装质量问题，由本社负责调换
质量监督电话：010 - 58572393
责任编辑电话：010 - 58572383

序

李何林

郑欣淼同志这部作品，是系统探索鲁迅改造国民性思想的专著。全书包括绪论及十二章，既各独立成篇，又有内在联系，构成一个完整的体系。它论述了鲁迅这种思想产生的社会历史条件、心路历程以及与他的思想各个方面的关系，探讨了鲁迅着重从传统思想文化方面（主要是儒、释、道）对中国国民性弱点形成根源的挖掘，并提出了在当前研究鲁迅这一思想的现实意义。

众所周知，过去由于"左"的思想影响，关于国民性、民族性问题的研究几乎成了禁区，鲁迅的改造国民性思想自然也很少有人涉足；即使提及，也多作为鲁迅前期思想上的不足之处而轻轻带过。近年来，随着社会主义现代化建设事业的蓬勃发展，我国思想文化界也空前活跃，一个"文化热"正应运而生，国民性又日益引起重视，人们努力探索传统文化、国民性、现代化之间的关系，许多文章也注意到鲁迅的改造国民性思想，并给予充分的肯定。这当然有着深刻的社会历史背景，但也说明鲁迅研究与现实生活是密切相关的，在这种情况下读郑欣淼同志的这部作品，是会使人受到启发的。

坚持联系的观点，在事物的联系、比较中认识事物，是这本书的一个特点。鲁迅改造国民性思想不是孤立的或者抽象的东西，是与他思想的各个方面互相联系、影响又融为一体的。本书以鲁迅的改造国民性思想为经，以他的文化观，人性观，道德观，历史观，文艺观以及儒、释、道传统思想观为纬，分别缕述，多方面探索。分析鲁迅改造国民性思想在不同时期的反映时，该书还注意把它放在当时的社会思潮中，比较异同，找出特点。这是横的联系。还有纵的联系，即在研究鲁迅改造国民性思想与其他方面思想的关系时，详细探索其发展过程，弄清来龙去脉。这样纵横入手，对鲁迅的这一重要思想就有了一个比较具体、明晰的认识。

学术研究贵有新意。作者在这方面显然做了努力。这部作品的多数章节，从题目看，人们都比较熟悉，弄不好容易一般化。但由于作者占有了大量材料，并围绕"改造国民性"这个中心，独辟蹊径，深入开掘，就不仅自出机杼，而且时有精到之处。例如，谈鲁迅的历史观，着重探讨鲁迅与野史杂说，指出鲁迅通过对明、清两代的酷刑与文化统制（文字狱、禁毁图书）的研究，认为这是中国国民"遗留至今的奴性的由来"的一个重要方面；指出鲁迅通过历史上儒、释、道"三教合流"的研究，认为这也是中国国民性格上中庸调和思想的反映等。在鲁迅改造国民性思想与儒家、道家、佛学的几章，更是下了功夫；道家、佛学对鲁迅有重大而复杂的影响，其分析尤为细致，时具发人所未发之处。既是探索，就难免有不足之处。鲁迅改造国民性思想的主要武器是文艺，他通过自己的小说创作去暴露国民弱点，引起疗救注意，本书虽辟有专章论述，但与全书的分重比起来，犹嫌不足。国民性的根本改造有赖于社会经济的发展和政治制度的改变。本书着重论述了鲁迅在攻打国民性病根上对传统思想文化的批判，这也是重要的，符合鲁迅的实际，但对于从社会经济的发展和政治制度的变革上把握改造国民性这个根本，则显得不够。同时，书中也有可商榷之处，我并不完全赞同；有的论述还欠充分，有的则可更精练些。

但总的说，这部作品的探索是有意义的，是鲁迅思想研究上的一个新收获、新起点，对于我们全面认识鲁迅思想是有帮助的。

郑欣淼同志是业余从事鲁迅思想研究的。他在完成本职工作的同时，钻研鲁迅著作，数年积累，渐有所得，本书就是他的第一部著作。我是在今年10月北京"鲁迅与中外文化学术讨论会"上与他见面的。《鲁迅研究》上曾发表过他的几篇论文，写得很有功力。作为一位业余研究者，这是难能可贵的。

是为序。

1986年12月

CONTENTS

绪论/1

——改造国民性：作为思想家的鲁迅的特色

一、体现鲁迅思想的"这一个"/1

二、国民性辩证/3

三、中国国民性研究一瞥/10

四、探索鲁迅改造国民性思想的方法/12

第一章　时代的课题　艰苦的抉择/19

——鲁迅改造国民性思想溯源

一、认识自己，研究自己：民族觉醒的标志/19

二、严复、梁启超、章太炎：多元而又统一的影响/26

三、探寻"第一要著"/32

第二章　立人·思想革命·扫荡废物/41

——鲁迅改造国民性思想的发展

一、"立人"——"立国"/41

二、思想革命：清除"古老的鬼魂"/48

三、改造国民性思想转变的契机/55

四、在扫荡废物中创造新机运/62

五、地位与评价/70

第三章　传统文化批判：国民性病根的挖掘与攻打/72
　　——鲁迅改造国民性思想与文化观

一、西方文化研究与戊戌变法运动的总结/72

二、在中西文化比较中认识国民性弱点/80

三、"染缸"与"软刀子"——封建传统文化的顽固性、残忍性/85

四、针砭民族自大　弘扬"汉唐气魄"/90

五、"拿来主义"——传统文化的批判和继承/96

第四章　从"人性的解放"到"阶级意识觉醒"/103
　　——鲁迅改造国民性思想与人性观

一、人的解放与人性的改革：近代人本主义思潮的反映/103

二、个性解放与人道主义的矛盾统一：鲁迅人性观的一条线索/110

三、打破"奴隶规则"掀翻"人肉筵宴"/116

四、对资产阶级人性论的批判与对理想人性的不懈追求/122

第五章　"要自己和别人，都纯洁聪明勇猛向上"/129
　　——鲁迅改造国民性思想与道德观

一、改造国民性思想与道德观、政治领域与道德领域的结合/129

二、"吃人"——封建道德的实质/135

三、后期道德观的转变及其特点/143

四、对生长在半封建半殖民地社会土壤上的畸形道德的批判/148

第六章　从"僵硬的传统"中解脱出来/153
　　——鲁迅改造国民性思想与儒学

一、孔子及儒学与中华民族心理/153

二、鲁迅批孔坚持实事求是/157

三、打破独夫民贼的"敲门砖"——鲁迅前期的批孔/161

四、反对尊孔崇儒卖国——鲁迅后期的批孔/170

五、破除守旧坚持改革——鲁迅批孔的中心线索/174

第七章　反弱者哲学　破老庄之毒/183
　　　　——鲁迅改造国民性思想与道家

一、儒道互补/183

二、道家——君人南面之术/187

三、漫画了的老子："一事不做，徒作大言的空谈家"/191

四、庄子精义："此亦一是非，彼亦一是非"/201

五、"中国根柢全在道教"/211

第八章　"鬼画符"·文化交融·三教合流：佛学的
　　　　复杂影响/215
　　　　——鲁迅改造国民性思想与佛学

一、用佛学挽救民德：高妙的幻想/215

二、揭穿"鬼画符"/223

三、"将彼俘来"，消融吸收——中华民族的优良传统/229

四、"三教"合流：中庸调和思想的反映/235

第九章　剥"涂饰"察"底细"测"将来"/241
　　　　——鲁迅改造国民性思想与历史观

一、从"个人的自大"到"世界却正由愚人造成"/241

二、"据过去以推知未来"/249

三、尤留意于野史杂说/253

四、文化统制："遗留至今的奴性的由来"/259

第十章　"引导国民精神的前途的灯火"：启蒙
　　　　主义的特色/269
　　　——鲁迅改造国民性思想与文艺观
　　　一、善于改变精神的"当然要推文艺"/269
　　　二、坚持文艺社会功利原则与重视文艺本身特征——启蒙主义特
　　　　　色之一/274
　　　三、暴露黑暗与显出"亮色"——启蒙主义特色之二/280
　　　四、启发群众与向群众学习、为群众欢迎与提高群众审美趣味——
　　　　　启蒙主义特色之三/286

第十一章　"画出这样沉默的国民的魂灵来"/291
　　　　——鲁迅改造国民性思想与小说创作
　　　一、"忧愤深广"：民族命运和心理的思索/291
　　　二、精神胜利法：国民性弱点的艺术概括和批判/295
　　　三、"表现的深切"：灵魂的挖掘/302
　　　四、"将人生的有价值的东西毁灭给人看"：悲剧艺术特色/307

第十二章　"从血管里出来的都是血"/313
　　　　——鲁迅改造国民性思想的特征及意义
　　　一、鲁迅研究改造国民性问题的思想方法特征/313
　　　二、硬骨头精神：殖民地半殖民地人民最可宝贵的性格/324
　　　三、反思与启迪：着力于人的现代化/329

后记/334

绪论

——改造国民性：作为思想家的鲁迅的特色

一、体现鲁迅思想的"这一个"

恩格斯曾借用老黑格尔说的"这一个"来论述文艺典型[①]。我们不妨说，历史上一切卓有建树的思想家、文学家，也无不都是体现个性与共性、特殊性与普遍性相统一的"这一个"。"这一个"就是独特性，是与他人相区别的印记。例如，提起庄周，我们眼前便浮现出一个念叨着"彼亦一是非，此亦一是非"，弄不清是自己化蝶还是蝶化自己，从相对主义终于走向虚无主义，在社会大变革的急风暴雨中不敢有所作为而宁愿"曳尾涂中"的形象。再如，说到托尔斯泰，就会立即想起体现在他作品中的"泛爱众""不以暴力抗恶"的"托尔斯泰主义"，想起聂赫留朵夫和玛丝洛娃通过"忏悔""宽恕"而走向精神上和道德上的"复活"，看到这位"俄国革命的镜子"矛盾着的世界观中极其软弱的一面。我们不难看出，在这些人的思想上，在他们的作品中，都显现着鲜明的特色，贯穿着一条基本的线索，从而形成了与他人不容混淆的"这一个"。

"鲁迅是中国文化革命的主将，他不但是伟大的文学家，而且是伟大的思想家和伟大的革命家。"[②]他对于中华民族的贡献，不仅在于

---

① 《马克思恩格斯选集》第4卷，人民文学出版社1972年版，第453页。

② 《毛泽东选集》，人民出版社1967年版，第658页。

他为中国人民的解放事业建立的不朽功勋，而且在于他对中华民族巨大的、深刻的思想影响，在于他把丰厚的精神遗产留给后世，从许多方面充实了人类文化的宝库。但透过他的思想的多棱体，仍然可以看出，其中有一道特别绚丽灿烂的光彩——这就是改造中国国民性的思想。鲁迅的一生，他的愤激、呐喊、奋争、拼搏，可以说，都是服从于和服务于改造国民性这个崇高的宗旨的。改造国民性，分明是体现在鲁迅身上的"这一个"。

鲁迅在改造中国国民性问题上进行的努力探索，有他自己的言论、创作和辉煌的战斗业绩为证。当这位时代巨人溘然长逝以后，就成为民族精神的象征，永远活在中国人民心中。他的同时代人，他的战友和同志，都强调指出改造国民性（民族性）思想在他整个思想上以至现代中国革命史、文化史上的重要地位。

许寿裳认为，鲁迅"在青年留学时期，就已经致力于民族性的检讨过去和追求将来这种艰巨的工作了"；他改医习文，"不做成一位诊治肉体诸病的医师，却做成了一位针砭民族性的国手"[①]。

茅盾指出："在现代中国，没有人能象他这样深刻地理解中国民族性，也没有人能象他这样受到中国人民的热爱和拥戴。"[②]

周扬说道："中国新文化运动的最伟大的启蒙主义者鲁迅曾经痛切地鞭挞了我们民族的所谓'国民性'，这种'国民性'正是帝国主义、封建主义在中国长期统治在人民身上所造成的一种落后精神状态。"[③]

毛泽东给予鲁迅极高的评价和热烈的赞扬："鲁迅的骨头是最硬的，他没有丝毫的奴颜和媚骨，这是殖民地半殖民地人民最可宝贵的

---

① 许寿裳：《我所认识的鲁迅·鲁迅与民族性研究》。
② 茅盾：《精神食粮》，原载1937年3月18日日本《改造》杂志第19卷第3号，转引自1981年9月23日《人民日报》。
③ 周扬：《新的人民的文艺——在全国文学艺术工作者代表大会上关于解放区文艺运动的报告》，《中国新文学史研究》。

性格。"①这种硬骨头性格，正是鲁迅改造国民性中所着力提倡的一个主要方面。

……

这么多人不约而同地注意到鲁迅的改造国民性思想，肯定了它在鲁迅思想上的地位和作用，绝不是偶然的。这说明，改造国民性思想是鲁迅思想上不容忽视的一个重要方面，也是我们研究、探索鲁迅思想，全面认识鲁迅的一个窗口。

二、国民性辩证

这里就自然提出了一个问题：到底有没有国民性（民族性）这个东西？我们知道，否定或基本否定国民性的存在，正是过去长期以来不敢涉足，或仅仅把这个问题当作鲁迅思想上不断得到克服的一个弱点的根本原因②。禁区随着思想的不断解放和对事物的深入探讨在被突破。但对于是否有国民性，国民性是否等同于民族性，至今聚讼纷纭，看法仍不一致。

我们说，国民性、民族性是客观存在的东西，一般情况下，两者也是通用的。它是指一个民族由于生活在同一地区，在长期历史发展中所形成的区别于其他民族的表现在共同文化上的共同心理素质、思维方式、价值尺度、道德规范等，也就是通常所说的民族性格、民族意识、民族风格等。早在18、19世纪，一些资产阶级学者就注意到了国民性、民族性问题。18世纪法国启蒙学者爱尔维修认为，一切在同样情况下的民族都有同样的精神、感情、倾向、性格和习惯。他把公民这种思想与情感上的一致称之为民族精神或民族性③。黑格尔关

---

① 《毛泽东选集》，人民出版社1967年版，第658页。

② 当然，过去也有肯定国民性的，例如平心的《人民文豪鲁迅》，就用斯大林关于民族问题的定义，论证了民族性的存在，并把民族性和国民性看成一个东西。

③ 《普列汉诺夫哲学著作选集》第2卷，生活·读书·新知三联书店1974年版，第109、112页。

于民族精神的思想，也提出了这个问题。在他看来，人类的全部历史不过是"普遍精神"的"阐述和实现"，但又认为"普遍精神"是不断运动和发展的，它的运动在每个阶段都有其特殊的原则，这个原则就是一种"特别的民族精神"。它的特性"表现出每个民族的意识和意志的所有方面，表现出它的整个现实：这些特性在该民族的宗教、政治制度、道德、法律、风俗习惯、科学、艺术和技术上都打下了烙印"[①]。19世纪法国复辟时期的思想家丹纳，在谈到艺术与心理和心理与社会的一般状况之间的关系时曾指出："人们地位中的任何变动引导到他们心理上的变动"，而"艺术作品为一般的精神状况和流行的习俗所决定"[②]；"为了理解某一艺术作品，某一艺人、某一艺人的集团……应该确切地知道，他们的时代的智慧和道德风习的一般状况"[③]。他们虽然充分注意到了这个问题，并进行了一些可贵的探索，但由于唯心史观的局限，使他们终究不可能得出正确的结论。

所谓国民性、民族性，其实是一种社会心理。社会心理是在人们的生活方式中起指导作用的日常意识，主要指人们的理想、意图、情感、动机、性格、风尚、习惯等。历史唯物主义把社会心理看作是社会意识的一个层次。它同意识形态一样，是社会存在的反映。在马克思主义哲学史上，普列汉诺夫对社会心理的研究做出了重大贡献。他十分精辟地论述了社会心理在整个社会结构中的地位，指出了社会心理的本质："生产力发展的任何特定的阶段必然地引起在社会生产过程中人们的一定的结合，即一定的生产关系，亦即整个社会的一定的结构……它的性质一般地反映于人们的全部心理之上，反映于他们的一切习惯、道德、感觉、观点、意图和理想之上。"[④]社会心理通常会形成一种时代精神、民族精神，在推动历史前进的合力中占有重要

---

① 《普列汉诺夫哲学著作选集》第3卷，生活·读书·新知三联书店1974年版，第734页。

② 《普列汉诺夫哲学著作选集》第2卷，生活·读书·新知三联书店1974年版，第179页。

③ 《普列汉诺夫哲学著作选集》第1卷，生活·读书·新知三联书店1974年版，第725页。

④ 《普列汉诺夫哲学著作选集》第1卷，生活·读书·新知三联书店1974年版，第715页。

地位。马克思早在写《〈黑格尔法哲学批判〉导言》时，就注意到了社会心理的这种作用。他说："任何一个阶级要想扮演这个角色，就必须在一瞬间激起自己和群众的热情。在这瞬间，这个阶级和整个社会亲如手足，打成一片，不分彼此，它被看作和被认为是社会的普遍代表；在这瞬间，这个阶级本身的要求和权利真正成了社会本身的权利和要求，它真正是社会理性和社会的心脏。"①普列汉诺夫还指出了社会心理学说对思想史、艺术史研究的方法论意义。他说："要了解某一国家的科学思想史或艺术史，只知道它的经济是不够的。必须知道如何从经济进而研究社会心理；对于社会心理若没有精细的研究与了解，思想体系的历史的唯物主义解释根本就不可能。……因此社会心理学异常重要。甚至在法律和政治制度的历史中都必须估计到它，而在文学、艺术、哲学等学科的历史中，如果没有它，就一步也动不得。"②

根据社会心理学说，不同的民族具有不同的民族心理，而民族心理是构成民族稳定的共同体的基本特征之一。斯大林指出："心理素质本身，或者像人们所说的'民族性格'本身，在旁观者看来是一种不可捉摸的东西，但它既然表现在一个民族的共同文化的特点上，它就是可以捉摸而不应忽视的东西了。"③一般来说，民族心理为同一民族各个阶级所共有，同时各阶级又会对它打上自己的阶级烙印。不同的民族心理，通过情绪、情趣、语言、习惯、风俗、艺术、宗教信仰等表现出来，正如普列汉诺夫指出的，"每个国家有异常独特的'智

①《马克思恩格斯全集》第1卷，人民出版社1956年版，第464页。

②《普列汉诺夫哲学著作选集》第2卷，生活·读书·新知三联书店1974年版，第272—273页。

③《斯大林全集》第2卷，人民出版社1953年版，第294页。

引用斯大林在《马克思主义和民族问题》中关于民族的定义时，应该注意的是：斯大林这里所说的民族，不是指种族，而是指近代民族，"封建制度消灭和资本主义发展的过程同时就是人们形成民族的过程"。（《斯大林全集》第2卷，人民出版社1953年版，第300—301页）

慧和道德风习的状态'，表现于民族文学、哲学、艺术等等之中。由于这个原因，同一个问题，可能为法国人所热情地感动，而英国人则淡然置之；同一个论据，可以为德国的先进分子所敬服，而法国的先进分子则异常厌恶它"[①]。民族心理对哲学的影响是很大的。马克思和恩格斯在讲到法国唯物主义和英国唯物主义的区别时写道："法国唯物主义和英国唯物主义的区别是与这两个民族的区别相适应的。法国人赋予英国唯物主义以机智，使它有血有肉，能言善辩。他们给它以它过去所没有的气概和优雅风度。他们使它文明化了。"[②]恩格斯说，"英吉利民族性的特点就是未解决的矛盾，完全相反的东西的合一"[③]。例如，弗朗西斯·培根是近代英国唯物主义的始祖，但他在科学和宗教的关系上，就采取了调和的立场，既承认科学的真理，又承认宗教的"真理"；既主张有可死的感性灵魂，又主张有不死的理性灵魂。后来的洛克哲学也有这种不彻底性的痕迹。恩格斯在《英国状况18世纪》一文中对英国的这种民族性说得很清楚。恩格斯还指出了"民族性格"的重要性。他在分析19世纪克里木战争期间欧洲各国军队状况时认为，当时欧洲各国军队的管理体制和装备大致一样，但是"民族性格、历史传统，特别是不同的文化水平，却又造成了许多差异，并形成了各个国家军队所特有的长处和短处。法国人和匈牙利人、英国人和意大利人、俄国人和德意志人——他们在一定条件下都能成为同样优秀和灵巧的兵士，但是，尽管训练方法相同（这好像可以消除一切差异），各国兵士由于自身的条件不同于对手，而仍然各有所长"[④]。我们这里较多地引用了马克思、恩格斯的一些论述，旨在说明革命导师并没有否认过国民性（民族性）的存在。

---

① 《普列汉诺夫哲学著作选集》第1卷，生活·读书·新知三联书店1974年版，第732页。

② 《马克思恩格斯全集》第2卷，人民出版社1956年版，第165页。

③ 《马克思恩格斯全集》第1卷，人民出版社1956年版，第659页。

④ 《马克思恩格斯全集》第11卷，人民出版社1956年版，第466页。

国民性问题，不仅是个社会心理问题，而且应从民族文化心理结构上去分析、去认识。一个民族共同的物质生活条件，必然形成共同的民族文化意识，这种文化意识随着历史的发展和民族的演进，积淀为具有某种共同的思想道德观念和心理结构。这是因为，文化与心理是互为因果的。一定的心理过程总是在特定的文化背景下产生的，而心理现象本身则又是一种文化现象的体现。文化意识所造成的心理深深地埋在人们的潜意识里，即融进了民族的文化心理结构之中，反映在人们的价值观念、思维方式、伦理道德、风俗习惯等各个方面，成为人们辨别是非、约束行为的准则。用精神分析理论的术语来说，这就是所谓"集体无意识"，它积淀于民族心理深层，平时看不出、感觉不出，却支配着人们的思想行动。由于两千多年的封建社会心理环境的滞化，造成了我们民族的许多消极心理，这些消极心理又大都淤积、沉淀成为无意识层次，阻抑着社会生活的前进。改造国民性，就是着眼于文化心理结构，唤醒民族的无意识心理，摒弃那些消极、颓废的心理因素，重建中华民族的现代化心理。

讳言国民性的人，据说主要是由于这个概念缺乏阶级性。这显然是形而上学地看问题。这里无妨再引用斯大林、恩格斯的两段言论，看看他们是怎样认识这个问题的。我们知道，斯大林有这么一句名言："俄国人的革命胆略和美国人的求实精神结合起来，就是党的工作和国家工作中的列宁主义的实质。"[①]所谓"俄国人的革命胆略"，斯大林称之为消除因循习惯、守旧思想、保守主义、思想停滞以及对老旧传统的盲从态度的"药剂"；所谓"美国人的求实精神"，则是一种不可遏止的"力量"：它不知道而且不承认有什么障碍，它以自己的求实的坚忍精神排除所有一切障碍，它一定要把已经开始的事情进行到底，哪怕这是一件不大的事情。斯大林这里对俄国人、美国人某些方面优点所进行的生动概括和高度评价，实际上就说

---

① 斯大林：《论列宁主义基础》。《列宁主义问题》，人民出版社1964年版，第85页。

的是民族性、国民性问题。请注意，斯大林分明指的是"俄国人"和"美国人"，而不是"俄国劳动人民"和"美国劳动人民"。恩格斯在《致保尔·恩斯特（1890年6月5日）》中曾提出一种"普遍的德国典型"。他说："这种性格十分顽强，在我国的工人阶级最后打破这种狭窄的框框以前，它都作为一种普遍的德国典型，也给德国的所有其他社会阶级或多或少地打上它的烙印。"这种性格，表现为小市民阶层的胆怯、狭隘、束手无策和毫无首创能力。在当时的德国，小市民阶层是遭到了失败的革命的产物，是被打断了和延缓了的发展的产物①。这种"畸形发展的特殊性格"，既"经常笼罩着王位"，也"经常笼罩着鞋匠的小屋"，它"已经沾染了德国的一切（原文为黑体）阶级，成了德国人的遗传病，成了奴颜婢膝、俯首帖耳和德国人的一切传统的恶习的亲姊妹"②。恩格斯强调指出，这种小市民的鄙俗气在德国普遍存在，像歌德、黑格尔这样的伟大人物也无法避免。歌德"心中经常进行着天才诗人和法兰克福市议员的谨慎的儿子、可敬的魏玛的枢密顾问之间的斗争；前者厌恶周围环境的鄙俗气，而后者却不得不对这种鄙俗气妥协，迁就。因此，歌德有时非常伟大，有时极为渺小，有时是叛逆的、爱嘲笑的、鄙视世界的天才，有时则是谨小慎微、事事知足、胸襟狭隘的庸人"③。就是黑格尔这位伟大的哲学家，也和他的同时代人一样"拖着一根庸人的辫子"。歌德和黑格尔"各在自己的领域中都是奥林帕斯山上的宙斯，但是两人都没有完全脱去德国的庸人气味"④。斯大林、恩格斯这里谈的是国民性、民族性问题，我们显然不能说他们忽略了或者否定了阶级性。

马克思主义认为，在阶级社会里无不带着阶级的烙印，那只是说事物的本质都带着阶级的烙印，而不是说事物本身都有本质的不同。

①《马克思恩格斯选集》第4卷，人民文学出版社1972年版，第472—473页。

②《马克思恩格斯全集》第35卷，人民出版社1956年版，第444页。

③《马克思恩格斯全集》第4卷，人民出版社1956年版，第256—257页。

④《马克思恩格斯全集》第4卷，人民出版社1956年版，第214页。

阶级间不仅存在着对立和斗争，而且也存在着影响和渗透。国民性与阶级性之间是对立的统一。对立，就是有区别；统一，就是有联系。这种联系，就是一般与个别、普遍性与特殊性的关系。在阶级社会中，国民性（民族性）蕴含于阶级性之中，并通过阶级性表现出来。阶级性不能概括国民性（民族性），国民性（民族性）也不等同于阶级性。当然也要看到，历史上有些人站在反动统治阶级立场上，竭力夸大国民性、民族性，而有意否认阶级性，企图抹杀尖锐的阶级之间的对立，麻痹被压迫人民的斗志。沙皇尼古拉一世鼓吹的"官方民族性"论就是典型一例。19世纪中叶，随着资本主义因素的增长，俄国农奴制的危机日渐严重。为了抵制俄国贵族革命和西欧资产阶级革命思想的影响，沙皇政府的教育大臣乌洛瓦洛夫炮制了一套反动的"官方民族性"谬论，胡说什么沙皇制度、农奴制度和东正教符合俄国民族的"特性"，是俄国存在的主要条件，妄想以此毒害人民，扑灭国内日益高涨的反农奴制革命运动[①]。

国民性（民族性）有它自身的特点。任何一个民族都有其自己独特的性格、情操、传统、信仰等，这些特征在本民族绝大多数成员的身上都能够表现出来，这就是国民性的普遍性特点。国民性是社会经济条件的产物，是一定历史条件的产物，是一些特点在千百年的凝淀，因此它又具有稳定性和延续性的特点。国民性既然是社会意识的一个层次，是社会存在的反映，因此随着社会经济条件的变化，它也是或快或慢地要改变的，这又是它的可变性特点。还应看到，国民性既然是指一个国家的人民的性格、精神等特点，那么其中有优点、长处的一面，毋庸讳言，也有弱点、短处的一面。例如，日本人自古以来就有主动汲取外国文明的精神，这是日本人的民族性格。这种性格，"从好的方面来说，是对其他民族其他文明的宽宏大量；从坏的

---

① 参看《苏联通史》第2卷，生活·读书·新知三联书店1978年版，第207—208页。

9

方面来说，是容易醉心于外国文明的模仿者"①。鲁迅也中肯指出了日本人"会摹仿，少创造"②这一特点。

三、中国国民性研究一瞥

对于中国国民性的研究，较早的当推19世纪末一些来华的美国传教士，如裨治文、卫三畏、丁韪良、威廉士、斯密斯等，都曾提到过中国国民性问题，有的还有专著，这是同他们对中国社会的了解、研究结合在一起的。当然在此之前，也有不少西方人曾谈到中国人的特性。例如，孟德斯鸠在《论法的精神》一书中，曾设专节谈论中国人的性格③。被称为"无政府主义祖师爷"的巴枯宁，在其晚年一部题为《国家制度和无政府状态》（1873年）的著作中，称中国人是"原始的野蛮、没有人道观念、没有爱好自由的本能、奴隶般服从的习惯等特点结合"④。影响最大、最重要的是斯密斯（A. H. Smith，1845—1932年，在中国的名字叫明恩溥）的《中国人气质》一书。斯密斯前后在中国居留50年之久，除《中国人气质》外，还写过《中国的农村生活》《中国在动乱中》等书，这些书被公认为世界上研究中国民族性最早、最详尽、最切实的著作。鲁迅对《中国人气质》这本书很重视，认为"值得译给中国人一看"⑤。在1936年10月5日，即他逝世前14天发表的《"立此存照"（三）》一文，还表示了自己的这个期望："我至今还在希望有人翻出斯密斯的《支那人气质》（即《中国人气质》——引者注）来。看了这些，而自省，分析，明白那几点说的对，变革，挣扎，自做工夫，

---

① 吉田茂：《激荡的百年史》，世界知识出版社1980年版，第13页。

②《鲁迅全集·且介亭杂文·从孩子的照相说起》。

③ 孟德斯鸠：《西班牙人和中国人的性格》，《论法的精神》（上卷）第19章第10节，商务印书馆1976年版。

④ 吕浦，张振鹍等编译：《"黄祸论"历史资料选辑》，中国社会科学出版社1979年版，第3—4页。

⑤《鲁迅全集·书信·331027致陶亢德》。

却不求别人的原谅和称赞，来证明究竟怎样的是中国人。"①

日本也出过不少研究中国国民性的书籍。日本近代重要启蒙思想家福泽谕吉（1834—1901年）曾把文明发展的过程分为野蛮、半开化和文明三个阶段，认为中国尚处在"半开化"阶段，在描述这个阶段的特点时其实触及到了国民性问题。他说，中国"在形式上俨然成为一个国家，但察其内部则缺欠太多；文学虽盛而研究实用之学的人却很少；在人与人的交往中，猜疑嫉妒之心甚深，但在讨论事物的道理上，却没有质疑问难的勇气；模仿性工艺虽巧，但缺乏革新创造之精神；只知墨守成规不知改进；人与人相处虽有一定规矩，但由于习惯的力量特大还不成体统"②。后来又有安冈秀夫、后藤朝太郎等人写了攻击中国弱点的书，正如鲁迅所指出的，这类书"大概以斯密斯之《中国人气质》为蓝本"，因此出得不少，"大抵旋生旋灭，没有较永久的。其中虽然有几点还中肯，然而穿凿附会者多，阅之令人失笑。后藤朝太郎有'支那通'之名，实则肤浅，现在在日本似已失去读者"③。应该看到，19世纪以来的一些种族主义者、民族沙文主义者，打着"研究"的旗号，其实以侵略的需要和歧视的态度为特征，蓄意搜寻若干表面现象，归结为所谓国民性，再用种族优劣、地理环境顺逆等因素加以说明，对中国人民极尽侮蔑歪曲之能事，有的甚至赤裸裸地为帝国主义的侵略政策服务。日人安冈秀夫在其《从小说看来的支那民族性》一书中，就极力丑诋中国民族"耽享乐而淫风盛"，说什么"这好色的国民，便在寻求食物的原料时，也大概以所想象的性欲底效能为目的"。鲁迅竭诚欢迎外国人毫不留情地揭露以至攻击中国人的缺点、弱处，但对这类荒诞不经的胡言乱语是不能容忍的。他在"却不能不失笑"的同时，不客气地回敬道："研究中国

---

① 该书已有张梦阳的译介，见《鲁迅与斯密斯的〈中国人气质〉》，《鲁迅研究资料》第11辑。

② 福泽谕吉：《文明论概略》，商务印书馆1959年版，第9—10页。

③《鲁迅全集·书信·331027致陶亢德》。

的外国人，想得太深，感得太敏，便常常得到这样——比'支那人'更有性底敏感——的结果。"①

鲁迅指出，至今为止，西洋人讲中国的著作，大约比中国人民讲自己的还要多："不过这些总不免只是西洋人的看法，中国有一句古谚，说：'肺腑而能语，医师面如土。'我想，假使肺腑真能说话，怕也未必一定完全可靠的罢，然而，也一定能有医师所诊察不到，出乎意外，而其实是十分真实的地方。"②鲁迅认为中国人不善于研究自己，他曾说过："季札（应为温伯——引者注）说：'中国之君子，明于礼义而陋于知人心。'这是确的，大凡明于礼义，就一定要陋于知人心的。"③因此他希望中国人应该认识自己，弄清自己的长处和短处，克服弱点，跟上时代的大潮。在我国，较早对中国国民性问题引起重视的，是19世纪末的资产阶级维新派严复、梁启超等人，邹容、章太炎等也都从不同方面涉及过国民性问题。"五四"前后，陈独秀、李大钊、鲁迅等，对于改造中国国民性有过许多深刻的论述。在中国共产党领导的伟大的人民革命斗争中，改造国民性思想对于反对封建传统观念、启发人民群众觉悟方面，起过积极的作用。

四、探索鲁迅改造国民性思想的方法

马克思主义教导我们，观察问题不能从抽象的定义出发，而应从事实出发。研究鲁迅改造国民性思想，首先应该弄清楚鲁迅是如何使用和对待"国民性""民族性"这些概念的。

鲁迅作品中第一次提到"国民性"，是在1907年的《摩罗诗力说》一文中。在该文的第五节，他在叙述拜伦支援希腊抵抗土耳其侵略时说道："希腊堕落之民，又诱之使窘裴伦。裴伦大愤，极诋彼国民性之陋劣。"据日本学者北冈正子考证，鲁迅这段话的材料来源是

---

① 《鲁迅全集·华盖集续编·马上支日记》。
② 《鲁迅全集·且介亭杂文·〈草鞋脚〉小引》。
③ 《鲁迅全集·而已集·魏晋风度及文章与药及酒之关系》。

木村鹰太郎译的《拜伦——文艺界之大魔》一书。该书第四编第十五章有这么一段话："卑劣心情非只式列阿忒人,希腊人中亦有种种劣等之徒,诱惑式列阿忒人,使向拜伦诉说种种不满。拜伦激怒,叱希腊人根性之腐败。"①《摩罗诗力说》第七节在论述拜伦与俄国普希金和莱蒙托夫时说:"或谓国民性之不同,当为是事之枢纽,西欧思想,绝异于俄,其去裴伦,实由天性,天性不合,则裴伦之长存自难矣。"又据北冈正子考证,这段话来源于八杉贞利1906年写的《诗宗普希金》,原文中把国民性称作"国民天性""国民性格"②。鲁迅在《摩罗诗力说》中介绍一批"摩罗派"诗人时还说:"凡是群人,外状至异,各禀自国之特色,发为光华。"这里"自国之特色"也就是国民性问题。可以看出,鲁迅在开始研究国民性问题时,就把国民性同民族根性、根性、国民天性、国民性格、自国特色等同样对待。也就是说,鲁迅所指的国民性、民族性,完全是一回事,是一而二、二而一的东西。这也可由许寿裳的文章为证。作为大家公认的与鲁迅相知至深的人,许寿裳是在鲁迅逝世以后,第一个宣传鲁迅改造国民性思想的。在他写的几篇回忆文章中,有时用"中国民族性",有时用"中国国民性",有时则用"中国民族"③,因此,他是把国民性与民族性作为同义语看待的。不仅是许寿裳,当时人们一般也是把两者当作一回事的④。鲁迅在"五四"前后,仍用过"根性"⑤"民族根

---

① 北冈正子:《摩罗诗力说材源考》,北京师范大学出版社1983年版,第32页。

② 北冈正子:《摩罗诗力说材源考》,北京师范大学出版社1983年版,第98—99页。

③ 许寿裳的这几篇文章为:《怀亡友鲁迅》（1936年11月8日）、《回忆鲁迅》（1944年10月）、《鲁迅与民族性研究》（1945年10月19日）,以上见《我所认识的鲁迅》;还有《办杂志、译小说》（约1945—1946年）,见《亡友鲁迅印象记》。

④ 例如,茅盾:"'人性'或'最理想的人性',……即所谓国民性或民族性。"见《最理想的人性》,刊《中苏文化》第9卷,第2、3期合刊。

⑤ "晚上点了灯,看见书脊上的金字,想起日间的话。忽然对于自己的根性有点怀疑,觉得恐怖,觉得羞耻。"（《译文序跋集·〈一个青年的梦〉译者序》）

性"①"民族性"②等，但用得最多的还是"国民性"。在1936年3月4日致尤炳圻的信上还说："日本国民性，的确很好……"可以看到，从他1908年投身社会革命斗争，直至1936年赍志而殁，在这28年中，主要用的是"国民性"，虽然还用过其他多种叫法，但我们还是习惯把鲁迅关于这方面的思想统称为国民性思想；又由于鲁迅的国民性思想有其特点，就是揭发弱点，挖掘病根，促使疗救，即重在改造，因此完整的、确切的叫法应是鲁迅改造国民性思想。

探索鲁迅改造国民性思想，从方法论上来说，需要注意坚持这么几点：

第一，坚持过程论的观点。事物总是向前发展的。鲁迅改造国民性思想也不例外，同样有一个产生、发展的历史过程。而要揭示这个过程的内在规律性，就要使我们的思维的逻辑与历史进程相一致。当然，这种一致不是简单的、机械的同一，正如恩格斯指出的："历史从哪里开始，思想进程也应当从哪里开始，而思想进程的进一步发展不过是历史过程在抽象的、理论上前后一贯的形式上的反映；这种反映是经过修正的，然而是按照现实的历史过程本身的规律修正的。"③鲁迅从留学日本开始探求革命道路，经过辛亥革命、新文化运动、第一次国内革命战争，以及蒋介石叛变革命、国民党反动派的文化"围剿"、白色恐怖等，从一个革命民主主义者转变为伟大的共产主义战士。在这风云激荡的30多年中，随着革命的进程和整个思想的发展，鲁迅改造国民性思想也在发展、变化，并在各个时期表现为不同的形式与特点。在前期，这个思想又有着一定的偏颇，鲁迅本人也深深感到过苦闷、彷徨和怀疑。但是改造国民性思想的基本点——服从于民

---

① "民族根性造成之后，无论好坏，改变都不容易的。"（《鲁迅全集·热风·随感录三十八》）

② "从小说来看民族性，也就是一个好题目。"（《鲁迅全集·华盖集续编·马上支日记》）

③《马克思恩格斯选集》第2卷，人民文学出版社1972年版，第122页。

族斗争和阶级斗争的需要，坚决反对并致力于摧毁封建的意识形态，打破传统思想的束缚，努力启发人民群众的觉醒，却一以贯之，是最根本的东西。我们只有从鲁迅改造国民性思想的整个历史过程中加以考察，抓住其中的这种不变与变化，以逻辑的一致来统率其历史的变化，才能从中找出本质的、规律性的东西来，也才能加深对鲁迅改造国民性思想的理论与实践的重大意义的认识。

第二，坚持联系的观点。人们的创造活动是相互联系的。"我们可以看到，发展不断地进行着，单个人的历史决不能脱离他以前的或同时代的个人的历史，而是由这种历史决定的。"①因此，应当把历史人物的活动联系起来进行考察。打开中国近代历史的画卷，我们清楚地看到，在20世纪初的中国曾经广泛流行的改造国民性思想，并不是鲁迅首先提出来的，也不是他个人所仅有的特色，而是一个伟大的历史性命题，是先进的中国思想界所普遍关注的大问题。严复、梁启超、章太炎等都曾大力鼓吹过它，而且他们的一些言论，就是今天读起来，也是不无启发的，这当然对鲁迅产生过直接的影响；达尔文的生物进化论，拜伦对民众的"哀其不幸"又"怒其不争"，尼采的"超人"哲学，以及法国启蒙运动思潮等，对鲁迅改造国民性思想的形成都具有不容忽视的作用；研究鲁迅新文化运动时期改造国民性思想，就必须重视当时陈独秀、李大钊、胡适，甚至青年毛泽东对这个问题的看法；了解鲁迅在生命最后十年中改造国民性思想的特点，也需要弄清当时上海、全国乃至世界的政治形势、文坛情况，等等。充分注意到历史人物的这种相互联系，然后同中求异，从比较中看差别，就能较为明显地看到鲁迅在不同时期分别受到过些什么影响（当然他也影响过别人），哪些影响是积极的，哪些又是消极的，鲁迅则如何在逐步克服这些消极影响而不断前进的。经过这么一番的对比、分析，呈现在我们面前的鲁迅的改造国民性思想，就是与时代风云、

①《马克思恩格斯全集》第3卷，人民出版社1956年版，第515页。

历史人物息息相关的整体性的画面，也才能真正掌握和认识他这个思想的突出特点和重要地位。

第三，坚持"全方位"、多侧面地进行研究。应当看到，改造国民性思想在鲁迅整个思想发展中占有重要地位，但它又不是孤立的、抽象的东西，而与他思想上的其他方面密切地结合在一起。鲁迅终其一生都非常重视探讨国民性问题。但国民性问题的探讨，涉及许多学科，诸如人类学、民族学、民俗学、历史学、地理学、哲学、经济学、社会学、心理学、伦理学、教育学、未来学等，因此可以说是人文科学领域的一项跨学科的综合性研究。鲁迅探讨中国国民性问题，又着重是"挖出病根"，即从愚弱的国民性的形成上着眼。然而国民性形成的因素比较多，问题比较复杂，从大的方面来说，既有种族条件（遗传、体质、智力等），又有地理环境（气候、地形、食粮等），更有社会环境（传统文化、经济基础、社会结构等）。因此，研究鲁迅改造国民性思想，就不能不探讨与他这个思想有关的其他方面；或者说，只有从不同的方面着手，才能加深对他的改造国民性思想的理解。鲁迅多次慨叹中国人不善于研究自己。在他看来，可研究的方面实在很多，例如：

> 从小说来看民族性，也就是一个好题目。此外，则道士思想（不是道教，是方士）与历史上大事件的关系，在现今社会上的势力；孔教徒怎样使"圣道"变得和自己的无所不为相宜；战国游士说动人主的所谓"利""害"是怎样的，和现今的政客有无不同；中国从古到今有多少文字狱；历来"流言"的制造散布法和效验等等……可以研究的新方面实在多。①

鲁迅不仅是出了一批题目，而且他的研究也涉及以上各个方面。

---

① 《鲁迅全集·华盖集续编·马上支日记》。

因此，我们应该坚持进行全方位、多侧面的研究。例如，鲁迅改造国民性思想的产生、形成和发展，与他的社会、政治、伦理思想关系十分密切，就需要对他的社会、政治、伦理思想进行一番探索；鲁迅挖掘国民性病根，着重从中国传统文化即封建的意识形态着眼，特别是在攻打儒、道、佛方面下了很大功夫，我们就应该弄清鲁迅的文化观及其发展，也不可放过他对儒、道、佛的研究；鲁迅把文艺作为改造国民性的有力武器，他的小说创作，特别是《阿Q正传》这部不朽之作，画出了沉默的国民的"魂灵"，就必须对他的文艺观以及小说创作进行认真的考察研究；与鲁迅改造国民性思想有关的，还有他的宗教观、历史观等，自然也应放在我们探索的视野之内。当然，这种联系是客观的、必然的，不应牵强、硬搬；这种研究只是为了弄清其与改造国民性思想的关系，而不是就这个专题所做的全面研究，因此就应突出重点，有详有略。

以上所说的三个方法，也是笔者在撰写这本书时对自己提出的要求，其目的就是力求通过多方面、多层次的研究，使我们对鲁迅改造国民性思想有一个较为全面、较为深入的认识，透过这一点去窥探和把握鲁迅的思想、品格和精神。但是，"取法乎上，仅得其中"，能否坚持好这点，那就很难由笔者去保证了。

末了，还有三点说明：

（1）对于鲁迅改造国民性思想的理解，可以说有广、狭两义。狭义的是指从国民性的本来意义出发，挖掘、批判形成愚弱的国民性格的根源，着眼于民族心理素质的改变；广义的是指对一切毒害、影响人民群众的旧的意识形态进行清除，启发群众觉悟，即一般意义上的"唤起民众"。可见，两者是有联系的，所谓狭义的改造国民性思想，最终目的也是为了激发群众觉悟，而且"挖根"同样要批判旧的意识形态；但是改变民族心理素质的任务更艰巨，意义也更深远，因此两者又是有区别的。本书中对于鲁迅的改造国民性思想，主要是从狭义上对待和运用的，但有时也与广义的结合在一起。

（2）关于改造国民性思想，鲁迅很少进行专门的理论上的论述，而是体现在、融化在他的皇皇数百万言的著作里。他的小说，描绘出"现代的我们国人的魂灵"[①]；他在1934年谈到自己杂文时说："'中国的大众的灵魂'，现在是反映在我的杂文里了。"[②]因此本书对鲁迅改造国民性思想的探索，也不着重去研究他是如何构筑其思想体系的，而是紧密结合他的创作，通过对他的小说、杂文的分析去认识他的改造国民性思想的特点的。

（3）关于鲁迅思想发展的分期，本书采用了目前国内大多数学者采用的分段法，即三个时期：1907—1917年十月革命以前为早期，1917年十月革命—1927年为前期；1928—1936年为后期。[③]

---

① 《鲁迅全集·集外集·俄文译本〈阿Q正传〉序及著者自叙传略》。

② 《鲁迅全集·准风月谈·后记》。

③ 参阅李何林：《伟大的文学家、思想家和革命家鲁迅》，"鲁迅研究"丛刊第4辑。

第一章

时代的课题　艰苦的抉择

——鲁迅改造国民性思想溯源

在鲁迅思想发展史上占有重要地位的改造国民性思想，不是从天而降，或者猝然生发的，而有其萌生、滋长的一定的适宜的社会土壤，与时代息息相关的多种原因，以及个人思想上的基础。我们这里首先来做一番探源究底的工作。

一、认识自己，研究自己：民族觉醒的标志

"理论在一个国家的实现程度，决定于理论满足这个国家的需要的程度。"[1]同样，一种外来的思想或观点，也只有在"国家的需要"面前为自己的存在做辩护或放弃自己存在的权利。在欧风美雨中传来的关于国民性的思想，其所以能在20世纪初的中国思想界、知识界风靡一时，能被包括鲁迅在内的许多先进的中国人所接受，并把改造国民性作为救亡图存的种种方案中的一个重要答案，自然有着复杂的深刻的社会原因。对于这个原因，我们试从以下三个方面来分析。

第一，重视改造国民性，这是中国近代资产阶级启蒙思潮发展到新的阶段的反映。

所谓启蒙思潮，是指反对封建专制主义的新兴资产阶级的文化，它是伴随着资产阶级反封建的革命运动而出现的。自从帝国主义用大

---

[1]《马克思恩格斯选集》第1卷，人民文学出版社1972年版，第10页。

炮轰开古老中华的大门，"天朝上国"的迷梦开始破灭，救亡图存就成了近代中国的主题；打破封建思想的桎梏，启迪人们的理智，也便成为思想界的主流。在中国封建社会解体过程中，龚自珍、林则徐、魏源等人，在民族危机面前提出了改革封建主义制度的问题。龚自珍冲破万马齐喑的沉闷局面，勇开风气，抨击清王朝"奈之何不思更法"？林则徐从抗敌需要出发，开始把目光转向西方。魏源根据林则徐的嘱托，编写了一百卷的《海国图志》，介绍西方知识，倡导向西方学习，提出"师夷之长技以制夷"的思想。他们多少超越了封建士大夫的思想范围，具有一定的启蒙意义，但还不属于近代启蒙思想的历史范畴，因为他们还走不出封建庙堂，跳不出"忠君"的窠臼。他们还只是地主阶级的改革派。后来在所谓"同治中兴"的幻影中，出现了打着"新政"旗号的洋务运动，主张"采西学议"（冯桂芬）、"以西学化为中学"（郑观应），学习西方的船坚炮利、声光化电，以此作为求富致强的不二良方。但是"中学为体，西学为用"的思想纲领，却注定了这些早期改良主义者必然失败的命运。

中国的资产阶级启蒙思想是从19世纪80年代，特别是甲午战争以后，随着资本主义经济的产生、发展而出现的。新兴的资产阶级已经看出，中国社会弊病的症结，主要不是缺乏船坚炮利，而是缺少社会制度的变革。他们否定了早期改良主义者"变器不变道"的观点，发出了变封建主义之旧、维资产阶级之新的变法维新的呼声，提出要学习西方民主政治，建立资本主义生产关系。康有为指出变法的重要性："观万国之势，能变则全，不变则亡，全变则强，小变仍亡"[1]；梁启超也认为，"法者天下之公器也，变者天下之公理也"[2]，并把开民智、育人才归纳为变法之本；谭嗣同是反封建的"冲决网罗"的斗士，指责"君为独夫民贼"，对于"三纲五常"之类封建名教的抨

---

① 康有为：《上清帝第六书（1898年1月29日）》。

② 梁启超：《论不变法之害》。

击是异常猛烈的。维新派的启蒙宣传，反映了新兴资产阶级的民主要求，使中国的思想文化开始从封建传统思想文化中挣脱出来，发生了一个历史性的深刻转变。但是，由于他们的活动主要停留在一部分上层士大夫和知识分子中，维新思想的宣传还不普遍；他们只能标榜托古改制，把一切希望寄托在一个光绪皇帝身上，"百日维新"也就昙花一现，在封建顽固派的镇压下失败了。

历史进程向近代中国的启蒙运动提出了新的要求：要实行资产阶级民主政治，必须大力宣传民主主义，启发人民群众的觉悟，正如列宁指出的："没有真诚的民主主义的高涨，中国人民就不可能摆脱历来的奴隶地位而求得真正的解放，只有这种高涨才能激发劳动群众，使他们创造奇迹。"[①]20世纪初年的中国，西方的平等、自由、博爱的资产阶级政治学说和"物竞天择"的进化论得到广泛宣传，资产阶级民主革命出现新的高潮，思想启蒙运动也发展到一个新的阶段。在鲁迅留学日本的前后，传播民主思潮的刊物大量涌现。《新民丛报》《民报》《觉民》《开智录》等等，刊物名称就带有强烈的时代色彩；其宗旨，大都是"牖启民智，阐扬公理"（《河南》）、"欲维新吾国，当先维新吾民"（《新民丛报》）、"开中国人之风气识力，祛中国人之委靡颓庸，增中国人奋兴之热心，破中国人拘泥之旧习"（《中国旬报》）等。重视开展对中国人自身的研究，努力探究其中存在的弱点，从自身寻找中国落后的原因，是当时启蒙运动所着重的一个方面。在这种情势下，从外国传来的国民性思想，便在客观上适应了中国革命斗争的需要，立即不胫而走，为知识界思想界普遍接受。考察鲁迅改造国民性思想的形成，不能离开这个时代的背景。

第二，重视改造国民性，这是中国近代民族精神觉醒的标志。

中国在鸦片战争以前的封建社会中，近代民族还没有完全形成。20世纪初，中国资产阶级渐趋强大，资产阶级民族也在形成。国民

---

① 《列宁选集》第2卷，人民出版社1972年版，第425页。

性问题就是在我国近代民族形成过程中突现出来的。在这个过程中，民族主义宣传产生了巨大影响。"夫民气者视之不见，听之不可闻。其为气也，至大至刚，足以充满天地，扫荡敌氛于不知不觉之中。觇国运之盛衰，文明之进退，人种之存灭，皆借乎此民气。"①这里的"民气"虽说得有些玄乎，似乎不可捉摸，其实指的就是民族精神、国民精神，或当时常用的"国魂""民魂"等叫法。重视民族主义、民族精神的宣传，除了民族矛盾日趋激化这个最根本的原因外，19世纪德、意等资本主义国家在建立民族统一国家后迅速发展，20世纪初菲律宾抗美、阿非利坎人抗英等民族独立运动蓬勃兴起的事实，对中国人也有着很大的吸引力。当然，有的人还存在着狭隘的排满复仇主义及大汉族主义的杂质，一些文章中还有种族革命论的残余，但总的来说，它深刻地反映了中国近代的民族觉醒。这个时期报刊上广为宣传的爱国主义，便与中世纪及其以前时代的爱国思想有重大区别，属于资产阶级民族主义历史范畴；尤为重要的，是它已明确提出近代风貌的"民族建国问题"。当时留日学生普遍认为，民族主义是"欧族列强立国之本"，学习西方必须抓住这个根本。他们提出，要建立这样一个"民族的国家"，在民族内部需要具备两个因素："其一曰发扬固有之特性，其一曰统一全体之群力。"②做到这两条，就要重视宣传、教育，以唤起人们的民族自觉心和对国家的责任心。当时爱国者和革命者把希望寄托在国民的这种觉醒上，并以唤醒国民为天职："天职非他，尽吾力，竭吾能，焦吾唇，敝吾舌，洒吾血泪，拼吾头颅以唤醒国民也。"③维新派巨子梁启超也鲜明地打出了"民族主义"的旗号。他认为要实现这种"民族主义"的理想，最要紧的是提高人

①《云南之民气》，《辛亥革命前十年间时论选集》第2卷下册，生活·读书·新知三联书店1963年版，第838页。

②《民族主义论》，《辛亥革命前十年间时论选集》第1卷下册，生活·读书·新知三联书店1960年版，第488页。

③《曹君梁厦致同里李某书》，《童子世界》第15号。

们的德行。这种好的德行，据他说就是独立与合群、自由与制裁、自信与虚心、利己与爱他、破坏与成立这十者之间的"相反相成"。这实际上说的是国民性、民族性问题。这个问题引起广泛重视，是中华民族获得新的觉醒的标志。鲁迅在日本，曾亲身体会了积弱积贫的国家的人民备遭欺侮的痛苦。仙台学医时，因成绩较好而受到班上具有狭隘民族主义思想的日本同学的侮辱。这种由于国弱带来的屈辱感，强烈地刺激着青年爱国者鲁迅的火热的心。"黄帝之灵或当不馁欤？"表明了他的强烈的民族自豪感。"我以我血荐轩辕"，则是他献身于民族解放事业的誓言。鲁迅正是在这种形势下投入改造国民性的伟大工作的。

第三，重视改造国民性，也与中国近代资产阶级思想家存在的精神决定论倾向有密切关系，特别与陆九渊、王守仁之心学在近代的重新活跃有关。

在近代中国，民族资产阶级很弱小，他们看到了社会的弊端，主张变革，但又缺乏广泛的社会基础和雄厚的物质力量，于是不少人就转而重视精神、道德的作用，迷信与夸大人的主观能动性，或企图以整肃人心来挽救社会的危机，或幻想以精神感化来推动社会的变革，或打算凭自己的主观意志来旋乾转坤。陆、王心学正是适应这种需要而重新活跃起来的。

作为宋明理学一个主观唯心主义派别的陆、王心学，由南宋陆九渊和明代王守仁所创立。它继承、吸取并发展了中国古代思孟、禅宗等派别的主观唯心主义哲学，形成了一套庞大完备的主观唯心主义哲学体系，而成为中国哲学史、思想史的一个重要学派。这个学派都把"心"看作宇宙万物的本源，提出"圣人之学，心学也"①，因此后来便被称为"心学"。陆、王心学在中国封建社会后半期曾产生过广泛深刻的影响，到了清朝初期和中期，被冷落了近两百年，但在近代

---

① 《象山全集·叙》。

又受到重视。受重视的主要原因，是由于它鼓吹"自信自立""是非不从外入"，不迷信权威、旧教条，提倡独立思考和怀疑精神。章太炎的"自贵其心"的哲学，就与陆、王心学有着很大关系。他虽然讥刺过王守仁，但对陆、王心学评价甚高，甚至认为其在日本明治维新中也起了指导作用："明之末世，与满洲相抗，百折不回者，非耽悦禅观之士，即姚江学派之徒。日本维新，亦由王学为其先导。王学岂有他长，亦曰自尊无畏而已。"①在旧民主主义革命时期，不仅是章太炎，不少的先进人物都曾鼓吹、利用过它。魏源说过，"人之心即天地之心"，"天命有不赫然方寸者乎？"②认为天命即在人心。康有为"独好陆王"，以后又"由阳明学以入佛"③，说什么"天地我立，万化我出，宇宙在我"④。谭嗣同更对"心"力做了无限的夸张、神化，认为"心之力量，虽天地不能比拟，可以由心成之、毁之、改造之，无不如意"⑤。孙中山在哲学上基本是个唯物主义者，但他的世界观也受到心学的某些影响，认为"物质之力量小，精神之力量大"；"心之力用大矣哉！夫心也者，万事之本源也"⑥。陆、王心学的影响是很深的，甚至当青年毛泽东还是一个民主主义革命者的时候，思想上也有着它的清晰的痕迹。他曾这样认为，"欲动天下者，当动天下之心"；"天下之心皆动，天下之事有不能为者乎？天下之事可为，国容有不富强者乎？"⑦这种对所谓"心"力的无比推崇，是近代中国资产阶级的一个特色。但"心"毕竟不是"力"。这也就是百日维新失败后，谭嗣同在就义前不由得感慨"有心杀贼，无力回天"的原因。

---

① 章炳麟：《答铁铮》，《民报》第14号。

② 《默觚·学篇五》。

③ 梁启超：《南海康先生传》。

④ 康有为：《戊戌轮舟中绝笔书及戊午跋后》。

⑤ 谭嗣同：《上欧阳瓣薑师书》。

⑥ 孙中山：《孙文学说》。

⑦ 1917年8月23日致黎锦熙的信，转引自《五四时期的历史人物》，中国青年出版社1979年版，第61—62页。

所谓"心力最大者，无不可为"①，只是虚幻的夸张。但应当看到，在当时封建思想像浊雾一般笼罩中国、人民群众还没有普遍觉醒的情况下，他们强调精神的力量，重视人的主观能动作用，其积极意义是显而易见的。也正是从发挥人们的精神作用出发，改造国民性思想便自然为他们所注视、所利用，并且加以改造，注入他们所强调的内容。探索鲁迅改造国民性思想的发轫，应该注意到陆、王心学这个因素在当时的复杂影响。

在辛亥革命前十年的中国进步思想界，随着民主思潮的勃兴，研究中国国民性的文章也多了起来。翻开那时的报刊，就可以看到不少的论述。陈独秀在其所办的《安徽白话报》上，指出中国在列强侵略下正在灭亡，而这决定于国民的性质。他说："凡是一国的兴亡，都是随着国民性质的好歹转移。我们中国人，天生的有几种不好的性质，便是亡国的原因了。"②他认为这不好的性质主要有两桩：一是只知道有家，不知道有国；二是只知道听天命，不知道尽人力。文章探讨中国国民性弱点的表现。有的说，中国人的性质可用"畏死"二字概括③；有的说，病根在于"妒""专""诈""怯"④；有的说，中国国民品格上的问题，是"爱国心之薄弱""独立性之柔脆""公共心之缺乏""自治力之欠阙"⑤等等。这类文章大致有以下几个特点。

（1）有感于山河破碎、民族危机，从自强独立的爱国立场出发，虽然有的言辞激烈，有的议论也完全脱离中国实际，但作者的态度是严肃认真的，充满了爱国激情。

---

① 谭嗣同：《仁学》。

② 陈独秀：《亡国篇》（1904年7月—1905年6月），《陈独秀文章选编》（上册），生活·读书·新知三联书店1984年版，第53—54页。

③《杀人篇》，《辛亥革命前十年间时论选集》第1卷上册，生活·读书·新知三联书店1960年版，第22页。

④《中国灭亡论》，《辛亥革命前十年间时论选集》第1卷上册，生活·读书·新知三联书店1960年版，第86页。

⑤ 梁启超：《论中国国民之品格》。

（2）能从不同的角度去研究中国国民性问题。如在1903年9月出版的《大陆》杂志第十期上，刊登了一篇题为《黏液质之支那国民》的文章。该文根据心理学将人的气质分为多血质、胆汁质、神经质、黏液质等类，认为中国人属于黏液质；黏液质的人的特点是"情难动而弱，气馁而觉钝，其弊也失之厌厌无生气"。文章说，这种气质"发于天然，而成于人为"，并从政治、教育、风俗三个方面找了原因。这种把中国人看成是黏液质的观点虽没什么道理，但它探索封建专制制度和儒家思想对中国国民性的影响，则是有一定意义的。因为既然封建专制制度和儒家思想是中国的"病根"，那么要治中国的"病"，要改造中国国民性，顺理成章的结论，就是必须进行思想革命和政治革命，批判传统思想文化，摧毁封建制度。

（3）在靠谁启发国民觉悟、靠谁改造国民性的问题上，都毫无例外地认为这是资产阶级知识分子责无旁贷的任务。他们常引用这样的话："余，民之先觉者也，余将以斯道觉斯民也，非余觉之而谁也。"他们是以"先知先觉"自命的。从当时的实际情况看，他们的宣传启蒙的确起了很大的作用，在中国近代革命史、思想史上占有重要的地位。

（4）这些文章多能既大胆地指出中国国民性的弱点，注意同西方资本主义国家进行比较，强调向西方学习，但又反对妄自菲薄，反对那种诬蔑、攻击中国人的论调。

（5）应该指出的是，这些文章在探索中国挨打受欺负的原因时，几乎都归咎于中国的落后和中国人民的不觉悟，从而忽视了这么一个严峻的事实和基本的原因：正是由于帝国主义的野蛮侵略和残酷压榨，以及与中国封建主义的结合，才使中国一步步沦入任人宰割、支离破碎的境地，才使中国人民大众陷入水深火热之中。这反映当时人们对帝国主义的本质还缺乏认识，也表明中国资产阶级政治上的软弱性。

二、严复、梁启超、章太炎：多元而又统一的影响

在鲁迅改造国民性思想形成过程中，曾受到同时代人的不少影

响，其中尤以严复、梁启超、章太炎等三人的影响为大。这三个人在中国近代思想史上都占有重要的位置。他们都相当重视改变人们的精神，强调思想、道德的作用，但其思想来源却颇为复杂，表现形式上也各具特色，因此对鲁迅的影响也不尽相同。我们这里试做一些较为详细的分析。

第一，严复"开民智"观点的影响。

"开民智"是严复的著名主张。在他1895年写的《原强》里就具体阐述了这个思想。他认为："生民之大要三，而强弱存亡莫不视此。一曰血气体力之强，二曰聪明智虑之强，三曰德行仁义之强。未有三者备而民生不优，亦未有三者备而国威不奋者也。"用"民力""民智""民德"这三条标准考察中国当时的社会，严复认为特别是在甲午战争中暴露出来的问题令人痛心，到处是"曳兵而走"的在外将士、"人各顾私"的庙堂官吏、"消乏雕亡"的草野之士，再如此下去，就不可避免地要蹈印度、波兰灭亡的覆辙。严复提出救治这危急状态的不二法门，就是"鼓民力"（禁鸦片，禁缠足）、"开民智"（废八股，倡西学）、"新民德"（废除专制政治，实行君主立宪）。严复认为当时中国的民智太愚下，因此救国事业只有老老实实从"愈愚"的教育文化工作做起。所谓"愈愚"，实际上就是改造国民性。

严复的"开民智"是以生物进化论为基础的，从受国外资产阶级思想影响来说，有这么两个不容忽视的方面：

一是斯宾塞的"社会机体论"的影响。按照这种理论，人类社会就是一个有机体，遵循着进化论中的变异、自然选择、遗传等原理而发展；社会上人与人的关系就像生物体和细胞的关系一样；不论社会还是个人，其成长过程都是量的增长；犹如动物器官有营养、分配和调节的职能一样，社会上的工人担任营养职能，商人担任分配或交换职能，工业资本家调节社会生产，而政府则代表神经系统。斯宾塞是从"社会机体论"出发讲学校教育的，认为国家是个大有机体，人民是它的细胞，国家的先进或落后取决于每个人的体力、智力和道德，因此学校教育应是切合实用的体育、智育和德育。这是近代资产阶级思想史上颇有影响的理论。严复服膺并宣传了这种理论。"一群之成，其体用功能无异生物之一体"，"身贵自由，国贵自主，生之于群，相似如此"①。严复以之研究中国的现实问题，为当时的社会改革服务，提出要提高国民个体"德""智""体"三方面基本素质，着重个人在经济上、思想上、言论上的自由、竞争和发展。

二是所谓"以自由为体"的资产阶级社会政治思想的影响。严复以此为武器批判"中学为体，西学为用"的理论。他说，西方资本主义的根本并不是"民主"，而是"自由"，"民主"不过是"自由"在政治上的一种表现；"自由"是"体"，"民主"是"用"，民主政治也只是"自由"的产物。严复从政治、经济以及"物竞天择"的生存竞争等方面对此进行了论证，这在反对封建主义的社会政治思想的斗争中有着进步的意义。正由于严复将政治民主归结为个人自由，把社会进化归结为人之自强，因此他便把教育摆在头等重要的地位，认为根本问题在于向群众进行教育；只有人民群众能够自治，然后才可能实行资本主义的民主政治，国家也才会繁荣强盛。

严复"开民智"思想带有强烈的启蒙主义色彩，对于鲁迅改造国民性思想的确立起过重要的启迪作用，"开民智"与改造国民性也有着密切的关系，例如都服从于当时救亡图存的根本任务，都是为了促进国人觉醒，都是以进化论为指导，等等。但与严复比较起来，鲁迅的不少认识却高出一筹，显示了卓越的见解，这突出反映在他不仅反对严复鼓吹的斯宾塞的社会达尔文主义，同时也否定了在改造国民性问题上的那种庸俗进化论。严复所宣传的"天演论"就是一种庸俗进化论。唯物辩证法认为，事物变化有渐变也有突变和飞跃，更重要的是突变和飞跃；事物变化有外因和内因，起决定作用的则是事物的内因，是事物的内部的矛盾运动。根据赫胥黎"物变所趋，皆由简入

---

① 严复：《原强》。

繁，由微生著"①的观点，严复认为，"变之疾徐，常视逼拶者之缓急"②。这样在强调"开民智"的主张时，他便一再引用斯宾塞的话，以为"民之可化，至于无穷，惟不可期之以骤"；要想国家富强，必须"相其宜，动其机，培其本根，卫其成长，则其效乃不期而自立"③。鲁迅坚决反对这种庸俗进化论。1903年他就批判了君主立宪的改良主义主张，明确提出要经过"血刃"的道路，取得资产阶级革命的胜利。鲁迅主张改造国民性，但并未因此得出代替或者取消暴力革命的结论，这与严复的浸透着"不可期之以骤"的改良思想、害怕人民群众革命斗争的"开民智"，是不可同日而语的。

第二，梁启超《新民说》的影响。

在中国近代史上，说到对改造国民性问题的重视和鼓吹，不能不首先提到梁启超，不能不提到他的《新民说》这篇脍炙人口、影响颇大的长文。梁启超在《新民说》中宣称，中国之所以积弱衰败，受外国列强的欺负，根本原因在于"国民衰败堕落"，因此必须进行改造。"誓起民权移旧俗，更研哲理牖新知"④。这位20世纪初年舆论界的骄子颇为自负地担起"新民"亦即改造国民性的责任。他明确宣布创办《新民丛报》的宗旨："本报取《大学》新民之义，以为欲维新吾国，当先维新吾民。中国所以不振，由于国民公德缺乏，智慧不开，故本报专对此病而药治之。"他竟因此自号为"中国之新民"。他认为，"国民衰败堕落"的根子，主要在于缺乏公德，缺乏国家思想，缺乏进取冒险精神，以及无权利思想等方面，所以应大力提倡爱国思想、个人权利思想、个人责任心和积极进取等资产阶级道德观念。梁启超还在《新民说》中谴责了封建奴性教育造成的严重后果，批判了"宽柔以教，不报无道""犯而不校""以德报怨，以直报

---

① 严复：《天演论·导言二广义》。

② 严复：《天演论·导言十六进微（按语）》。

③ 严复：《原强》。

④ 梁启超：《自励二首》。

怨""百忍成金""唾面自干"等等所谓"先哲之教",指出:"夫人而至于唾面自干,天下之愚钝无耻,孰过是焉。今乃欲举全国而为无骨无血无气之怪物,吾不知如何而可也。"这种尖锐而又酣畅的批判,曾经震动过不少有血性的中国人。梁启超当时还发表了《论中国国民之品格》《积弱溯源论》《十种德性相反相成义》等论述国民性问题的文章。可以说,20世纪初年报刊上有关这类问题的文章,基本上没有超过梁启超的思想水平。当然,由于囿于自己的立场,梁启超虽然口口声声喊着要"新民",但他对于革命的"下等社会"总是十分轻蔑、畏惧以至敌视的。然而一种社会意识形态既经广为流布,它所起的客观影响和作用就不完全以人们的主观意志为转移。梁启超的《新民说》,当时在客观上起了思想启蒙作用。

鲁迅改造国民性思想受到梁启超的一定影响。应该看到,在鲁迅1902年负笈东瀛时,梁启超做了这么三件事:一是将《清议报》停刊,另办《新民丛报》;二是将文章的笔名,改用"中国之新民";三是从《新民丛报》创刊号起,连续发表他那篇闻名的《新民说》。梁启超对鲁迅的影响,有积极的方面,也有消极的方面。例如,鲁迅认为中国国民性一个突出弱点,是人与人之间的冷漠、互不关心,遇事常作"旁观者"。在《阿Q正传》《示众》《复仇》《铲共大观》等小说、散文、杂文中,都惟妙惟肖地刻画和鞭挞了这类无聊的"旁观者"的卑猥形象。反对"旁观者",这是贯穿鲁迅前后期思想的一个特点。梁启超也曾尖锐地抨击了形形色色的"旁观者"。他在1900年写的《呵旁观者文》中就说:"天下最可厌可憎可鄙之人,莫过于旁观者。"他把中国人的性质归结为"旁观"二字,认为这些旁观者在中国到处都是,它的流派包括混沌派、为我派、呜呼派、笑骂派、暴弃派、待时派等,其共同之处是"无血性""放弃责任";如果人人如此,那就将无人类,无世界,"故旁观者,人类之蟊贼,世界之仇敌也"①。梁

---

① 梁启超:《清议报》第36册。

启超认为，应当把希望寄托在青年人身上，青年要养成一种独立不羁的风格，对国家和民族切实地负起责任来。梁启超对鲁迅的影响也有消极的方面。梁从国家的强弱兴废都由国民自己的文明程度高低所决定的观点出发，认为国民对清政府的要求不能苛酷，不能只责备清政府而不责备自己。他说："苟有新民，何患无新制度，无新政府，无新国家。"①在《敬告我国民》一文中，竟把清政府的反动腐朽说成是国民自己造成的："故我国民勿徒怨政府詈政府而已，今之政府，实皆公等所自造。"梁启超的这种错误结论当时就受到革命者的批判，被指斥为"倒果为因""根本的谬误也"②。但是，梁启超认为有好国民才有好政府的观点在当时很有代表性，在鲁迅思想上也留下明显的痕迹。直到1925年，鲁迅仍持有这种看法："大约国民如此，是决不会有好的政府的；好的政府，或者反而容易倒。也不会有好议员的……"③"此后最要紧的是改革国民性，否则，无论是专制、是共和，是什么什么，招牌虽换，货色照旧，全不行的"④。

第三，章太炎"自贵其心"哲学的影响。

鲁迅受章太炎影响，不仅因曾受业于其门下，主要是章的一系列充满革命精神、具有所向披靡的战斗风格的文章，令鲁迅为之"神往"。章太炎思想前期曾带有机械唯物论的倾向，从1906年到日本东京主编《民报》以后，急剧地转变为一个典型的主观唯心主义者。他宣传一种"自贵其心"的哲学，认为只要坚信唯一心是实，把物、我、神全都视为虚妄，那么在革命斗争中便可以"排除生死，旁若无人"，"径行独往"，勇往直前了。因此章太炎非常强调精神的作用，重视革命道德的力量。鲁迅在许多方面受到章太炎的影响，诸如社会政治观、道德观、宗教观以及文化观等，在改造国民性思想形成

① 梁启超：《新民说》。
② 蒋百里：《近时二大学说之评论》，《浙江潮》第8、9期。
③ 《鲁迅全集·华盖集·通讯》。
④ 《鲁迅全集·两地书·八》。

中起了重要作用，后面还要分别进行论述，这里就不再详谈了。

通过以上分析，我们说，在20世纪初年，严复宣传的进化论使鲁迅在思想上开拓了一个新的天地，掌握了一种观察自然和社会的簇新的武器，他的建立在进化论基础上的"开民智"给鲁迅以很大的启发；梁启超的笔尖挟带感情的《新民说》一类文章，使鲁迅感受到了唤起国民觉悟、改变人们精神面貌的重要性、迫切性，同时毅然选择文学作为自己终生的事业；章太炎以大量复杂的传统思想材料，对于鲁迅进一步确立改造国民性思想起了促进作用，并使之更具有个人独特的色彩。当然，这三个人对鲁迅的影响又不是截然分开的，而是互有联系、浑然一体的，正如冯雪峰指出的：在鲁迅那里，别人思想的影响其实是最多的，并且是多元的。但都因为他是为了唯一的战斗目的，不仅有所选择，并且有所改造和经过"扬弃"，又显得很统一，作为他自己的思想表现出来是一元的[①]。

三、探寻"第一要著"

事物发展的根本原因在于内部的矛盾的运动。对历史人物来说，任何一种思想或观点的产生、形成，都不可能脱离外来的影响，但是，也不可能由外部生硬地移植过来，重要的是个人思想上必须有接受、消化、吸收它的适当的土壤。上面我们着重从时代、社会诸因素亦即外因方面分析了鲁迅改造国民性思想发轫的条件，从主观亦即内因方面来说，应该把握两点：（1）这是他探求革命道路的最后选择；（2）这也是以他当时的重要思想武器——进化论为理论基础的。

作为鲁迅这一代的新式知识分子——小资产阶级革命知识分子，是在半殖民地半封建社会的中国面临严重的民族危机和社会危机时期产生的。资产阶级的改良主义思想，曾是包括鲁迅在内的当时许多知识分子睁开眼来初步接受的资产阶级的启蒙思想。戊戌变法宣告了改

---

① 冯雪峰：《回忆鲁迅》，人民文学出版社1981年版，第33页。

良主义在中国的破产。多数的知识分子便撇开名噪一时的康、梁而更加向前迈了一步，很快接受了孙中山最早所倡导的资产阶级民主革命思想，并以很大的热情来学习西方资产阶级的社会政治学说和自然科学知识，要求在中国建立资产阶级共和国。鲁迅的思想也同样经历了这么一个发展过程，而且由于自己的摸索、感受、比较，很自然地达到改造国民性这一结论。

资产阶级改良派的维新思想最初在鲁迅头脑中占着主要地盘。他远涉重洋立志学医，从指导思想上讲，仍属于改良主义的范畴。正如他后来回忆的，决意学医，"原因之一是因为我确知道了新的医学对于日本的维新有很大的助力"[1]；卒业回来，一面救治病，"一面又促进了国人对于维新的信仰"。[2]日本在明治维新以前，一些学者就大量输入和讲授西方医学，宣传西方科学技术，对日本维新运动的兴起曾起过积极的作用。卓有成效的日本维新运动是中国资产阶级改良派变法图强的楷模。在中国资产阶级的变法维新中，医学改良也曾被列为全面改革的一项重要内容。梁启超1897年就在上海《时务报》发表关于医学改良的意见，认为"凡世界文明之极轨，惟有医学，……医者，纯乎民事者也，故言保民必自医学始"，并极力推崇医学改革对于英国资产阶级革命的重要意义："英人之初变政也，首讲求摄生之道，治病之法，而讲求全体，讲求化学，而讲植物学，而讲道路，而讲居室，而讲饮食多寡之率，而讲衣服寒热之果，而讲工作久暂之刻，而讲产孕，而讲育婴，而讲养生，而讲免疫，而讲割扎……"[3]锐意变法的光绪皇帝于1898年下谕称："医学一门关系至重，极应另立医学堂，考求中西医理，归大学堂兼辖，以期医学精进。"[4]随着变法的夭折，这

---

① 《鲁迅全集·集外集·俄文译本〈阿Q正传〉序及著者自叙传略》。

② 《鲁迅全集·呐喊·自序》。

③ 《医学善会序》，《戊戌变法》第4册，上海人民出版社1981年版，第449页。

④ 《光绪批谕孙家鼐奏请设医学堂摺》，《戊戌变法》第2册，上海人民出版社1981年版，第80页。

一主张也就流产了。鲁迅的立志学医，与此显然是大有关系的。

应当看到，维新是当时中国先进知识分子的共同主张。1900年前后，以孙中山为首的资产阶级革命派——兴中会最早创办的报刊之一的《中国旬报》，在回答救国保民的道路时，明确指出是"维新"。维新亦有两途：改良维新与革命维新。在这个时候，革命派和改良派的界限还不很清楚，他们的思想分化还不很明显；更为重要的，维新运动不仅是一个伟大的爱国政治运动，也是一次伟大的文化启蒙运动。在这一运动中，康、梁等进行了广泛的宣传和组织活动。他们兴学会、办学堂、创报刊，积极倡导资产阶级的新文化、新思想。毛泽东在《论人民民主专政》里，对于维新运动及其代表人物早有肯定的评价，他说："自从1840年鸦片战争失败那时起，先进的中国人，经过千辛万苦，向西方国家寻找真理。洪秀全、康有为、严复和孙中山，代表了在中国共产党出世以前向西方寻找真理的一派人物。""要救国，只有维新，要维新，只有学外国。"①在《中国革命和中国共产党》一文中，毛泽东又将戊戌变法同太平天国运动、义和团运动、辛亥革命以及"五四运动"等相提并论，认为它们"都表现了中国人民不甘屈服于帝国主义及其走狗的顽强的反抗精神"②。在这种情况下，鲁迅受到改良维新思想的影响是不奇怪的。

但是历史在前进。变法失败的悲剧证明，改良道路走不通，中国必须实行完全资产阶级式的革命。鲁迅的认识也随着革命的进程而向前发展。从立志学医使人有健康的体魄到重视人的精神的改造，这不只是个人爱好、兴趣的选择，而是鲁迅思想发展的一个飞跃，是他从摆脱改良主义的羁绊转变到彻底革命民主主义的标志。这次抉择决定了鲁迅终生主要以文学为战斗武器的方向。当然仅从现象上着眼，难以洞察问题的实质。这就需要结合鲁迅当时的思想状况，进行具体的

---

① 《毛泽东选集》，人民出版社1967年版，第1358—1359页。

② 《毛泽东选集》，人民出版社1967年版，第595页。

分析，因为同是强调改造国民性，鲁迅与梁启超、严复等一班改良派在思想上已有着根本的不同。鲁迅曾说自己弃医从文的原因，是在一次观看有关日俄战争的幻灯片，有感于画面上旁观的中国人在同胞被杀害的情况下仍然麻木不仁，盲目地鼓掌欢呼，而受到强烈的刺激。他说：

> 从那一回以后，我便觉得医学并非一件紧要事，凡是愚弱的国民，即使体格如何健全，如何茁壮，也只能做毫无意义的示众的材料和看客，病死多少是不必以为不幸的。所以我们的"第一要著"，是在改变他们的精神，而善于改变精神的是，我那时以为当然要推文艺，于是想提倡文艺运动了。[①]

在鲁迅看来，妙手回春的医生只能救治人们肉体上的疾病。于改变精神却毫无用处，然而精神上的愚妄、落后较之肉体上的疾病则更重要。鲁迅这里显然强调了幻灯片给自己带来的巨大刺激，但不能因此认为弃医从文是鲁迅一时偶然冲动的结果。恩格斯说过："在表面上是偶然性在起作用的地方，这种偶然性始终是受内部的隐蔽着的规律支配的。"[②]对于鲁迅来说，这个"隐蔽着的规律"就是他紧跟时代步伐不断前进的思想发展的总趋势。

鲁迅弃医从文，在思想上经历了一个酝酿、渐变的过程。他在日本接受了许多革命道理，积极参加革命活动。结识许寿裳后，由于"身在异国，刺激多端"，就重视探讨国民性问题。"有一天，谈到历史上中国人的生命太不值钱，尤其是做异族奴隶的时候，我们相对凄然。从此以后，我们就更加接近，见面时每每谈中国民族性的缺

---

①《鲁迅全集·呐喊·自序》。
②《马克思恩格斯选集》第4卷，人民文学出版社1972年版，第243页。

点。"并且认为，"唯一的救济方法是革命"①。1903年写的"寄意寒星荃不察"的诗句，感慨同胞尚未觉醒，就透露了要唤起沉睡的国民的消息。1904年看了《黑奴吁天录》中美洲黑奴的悲惨遭遇，"载悲黑奴前车如是，弥益感喟"②，曼思故国，感触很深。弃医从文之前就翻译科幻小说。可以说是用文艺改造国民性的尝试。但鲁迅弃医从文的最后决定在1906年，却是个不容忽视的时间。在此之前一年的8月，兴中会、华兴会、光复会在孙中山主持下，于东京联合成立了"中国同盟会"。11月，同盟会的机关报——《民报》创刊，孙中山在发刊词中提出民族、民权、民生的三民主义纲领。在民主革命斗争高潮中诞生的《民报》，与改良派的《新民丛报》展开针锋相对的斗争，猛烈地批判改良主义谬论，积极宣传民主革命思想，在国内外产生了广泛影响。这时全国各地人民反帝反封建的斗争不断发展，资产阶级民主革命形势日益高涨。鲁迅也是1906年由仙台赴东京的，这一时期和著名的革命党人陶成章、秋瑾以及章太炎等交往颇多，思想逐渐向前发展，由爱国维新逐步转向民主革命。鲁迅就是这时受章太炎的影响，正如他后来在《关于太炎先生二三事》一文中回忆的："我爱看这《民报》，但并非为了先生的文笔古奥，……是为了他和主张保皇的梁启超斗争，……真是所向披靡，令人神旺。前去听讲也在这时候，但又并非因为他是学者，却为了他是有学问的革命家。"因此，鲁迅在这个时候决定以改造国民性为职志，是服从于革命斗争的需要，是他的革命民主主义思想发展的必然结果。幻灯片事件的刺激，只是起了触媒作用，是一个重要契机。

弃医从文之前，鲁迅极重科学的作用。一些论者便持这么一种观点，即认为鲁迅是在"科学救国"的理想破灭之后而走上改造国民性道路的。我们认为，这种把鲁迅的科学思想同他的改造国民性思想对

① 许寿裳：《我所认识的鲁迅·回忆鲁迅》。

②《鲁迅全集·书信·041008致蒋抑卮》。

立起来、割裂开来，是简单的、表面的看法，并不符合鲁迅的思想实际。二者之间其实有着密切的关系。鲁迅从1903年发表《说钼》起，已开始用唯物主义自然观来考察问题，热忱地向国人介绍西方的新科学。特别是在《科学史教篇》中，介绍了欧洲自然科学从希腊罗马到19世纪的发展历史，阐述了发展科学对推动社会前进的重要意义，表达了他的追本溯源，发展科学，振兴祖国，推动社会前进的宗旨。鲁迅认为，科学与实业"相互为援，于以两进"，之所以有19世纪的物质文明，就是由于历史上无数科学家的长期艰苦探求和不断发明创造、不断改造自然和改善人类生活条件才出现的。鲁迅指出，科学与政治的关系也十分紧密，他以法国资产阶级大革命中国民大会战士以"科学与爱国"相策励的事迹，有力地说明了这一点："科学者，神圣之光，照世界者也，可以遏末流而生感动。"

科学思想对鲁迅启蒙思想的形成有着重要的作用。我们应该充分地认识这一点。因为科学的本质就是启蒙，启蒙必须依靠科学。这从鲁迅一再盛赞的法国启蒙运动可以看出来。启蒙思想的基础就是科学。法国启蒙思想家同时也是科学战士，他们大力倡导科学精神，研究自然科学，传播新的自然知识，力图以此来促进社会的革新。正是在18世纪自然科学的土壤中萌发、生长了法国的启蒙思想。当时杰出的科学成果及其广泛应用，推动着生产技术的进步，这使启蒙思想家们深信：人只要从屈服于神转而面向自然，征服自然，就能从愚昧和迷信中解放出来，获得巨大力量。推动社会前进；科学能揭示"自然之光"，也能点燃"理性之光"，引导人们从黑暗走向光明。同样，对自然科学的研究也使鲁迅受益不浅。正是从反对愚妄迷信的科学思想出发，鲁迅极端重视人们精神的改造，这与他后来在"五四"前夕提出的"科学能教道理明白，能教人思路清楚，不许鬼混"[1]，是一脉相通的，是鲁迅启蒙思想的一个重要基础。值得注意的是，《科学

①《鲁迅全集·热风·随感录三十三》。

史教篇》与介绍西方浪漫主义诗人，期待在我国掀起一个改造社会的文艺革新运动的《摩罗诗力说》，以及宣扬"尊个人而张精神"的个性解放主张的《文化偏至论》等三篇重要论文，都写于1907年。这说明，强调科学、鼓吹个性解放和以文艺为武器改造国民性，这三个方面一开始就在鲁迅思想上是统一的。因此，绝不可低估科学思想在鲁迅弃医从文中的作用。

鲁迅改造国民性思想又是建立在他前期思想的一个基本方面——进化论的基础之上。成为马克思主义者的鲁迅在后期，曾这样剖白自己早期的思想："那时候（指1907年前后），相信精神革命，主张解放个性，简直是浪漫主义，也还是进化论的思想。主张反抗，主张民族革命，注重被压迫的民族文学作品和同情弱小者的反抗的文学作品之介绍，也还是叫人警惕自然淘汰，主张生存斗争的意思。"①

这就清楚说明，进化论是鲁迅改造国民性思想的理论基础。

与当时广大的资产阶级、小资产阶级知识分子一样，鲁迅也是通过严复翻译介绍的赫胥黎的《天演论》去接受达尔文的进化论的。达尔文进化论的关键是自然选择说。就是说，生物在外界条件的影响下发生变异：有利于生存的变异，逐渐积累加强；不利于生存的变异，则逐渐被淘汰。达尔文也把生物的这种进化叫作"最适者生存"。赫胥黎在《天演论》里宣传了"与天争胜"的思想，主张人不能被动地接受自然进化，而应与自然斗争，奋力图强："我们要断然理解，社会上的伦理进程并不依靠模仿宇宙过程，更不在于逃避它，而是在于同它作斗争。"②严复针对当时中国社会的危急状况，大声疾呼，强调进化是一种不可抗拒的客观普遍规律。人与人之间、民族之间，都是"竞争生存"的关系，只有"最宜者"才能够免于淘汰。严复要中国人民认识、顺从和运用这种客观进化规律，不应无所作为、自甘做

---

① 冯雪峰：《回忆鲁迅》，人民文学出版社1981年版，第27页。
② 赫胥黎：《进化论与伦理学》，科学出版社1975年版，第58页。

劣等民族坐待灭亡，而应该赶紧团结起来，发愤自强，救亡图存。在中华民族面临生死的紧要关头，严复的宣传不啻是一声狮吼，给了当时中国人以振聋发聩的启蒙影响和难以忘怀的深刻印象。在中国知识界、思想界，"进化之语，几成常言，喜新者凭以丽其辞，而笃故者则病侪人类于猕猴，辄沮遏以全力"①。

　　鲁迅较早并且准确地掌握了进化论的精髓。在《中国地质略论》《中国矿产志》《人之历史》等文章里，都从自然科学的角度研究和宣传了进化论。进化论也成为鲁迅认识和观察社会的武器。《天演论》告诉人们，人类本身也是生物进化的产物："人之先远矣。其始禽兽也，不知更几何世，而为山都、木客。又不知更几何年，而为毛民猺獠。由毛民猺獠，经数万年之天演，而渐有今日，此不必深讳者也，自禽兽以至为人，其间物竞天择之用，无时而或休。而所以与万物争存，战胜而种盛者，中有最宜者也。"②在严复看来，人是经过从禽兽、人形动物、原始人类等几个阶段逐渐演化而成的。鲁迅正是从这种人类社会的发展，也是人类一代代不断进化、由低级到高级向上发展的理论出发，坚信"尤为高尚尤近圆满"的新的人定会出现。他说："夫人历进化之道途，其度则大有差异，或留蛆虫性，或猿狙性，纵越万祀，不能大同。"③虽然人类进化如此不平衡，差异很大，但进化是永远不会终止的；进化的结果，总是发展向上，不断摆脱兽性，日臻完善，迈向理想人性的高峰。这种人类本性不断进化发展的观点便成为鲁迅改造国民性思想的理论基础。

　　应该看到，正是由于以进化论为指导，鲁迅当时的整个思想，包括改造国民性的思想，还缺乏明确的自觉的阶级和阶级斗争观点，自然也没有掌握阶级分析的科学方法，因为"物竞天择，适者生存"根

---

① 《鲁迅全集·坟·人之历史》。

② 严复：《天演论·导言十二》。

③ 《鲁迅全集·集外集拾遗补编·破恶声论》。

本不是社会发展的客观规律。恩格斯指出："把历史看作一系列的阶级斗争，比起把历史单单归结为生存斗争的差异极少的阶段，就更有内容和更深刻得多了。"[1]人民群众的生产实践和阶级斗争才是真正的社会发展的客观历史规律。认识和掌握这条规律，纠正进化论的偏颇，使改造国民性思想具有科学的内涵，更好地为现实斗争服务，这是摆在鲁迅前期思想上的一个大问题。

---

[1]《马克思恩格斯选集》第3卷，人民文学出版社1972年版，第573页。

第二章

立人·思想革命·扫荡废物

——鲁迅改造国民性思想的发展

上一章我们探索了鲁迅改造国民性思想萌蘖、形成的复杂的社会原因和主观因素。在鲁迅的战斗的一生中，这只是个伟大的起点。鲁迅改造国民性思想经历了长期变迁、发展的过程，逐渐克服了其中的弱点和不足，最后建立到科学世界观的基础之上。具体说来，这个过程可分为四个阶段：第一阶段，从留学日本到新文化运动前夕；第二阶段，从新文化运动到第一次国内革命战争前夕；第三阶段，第一次国内革命战争时期；第四阶段，第二次国内革命战争时期，即上海十年。第一、二、三阶段为改造国民性思想的前期，第四阶段为后期。这个过程与他整个思想发展的脉络也大体一致。在前三个阶段中，又是以思想上三次比较大的矛盾斗争为标志，即辛亥革命失败后的苦闷、"五四运动"退潮后的彷徨和第一次国内革命战争失败后的思索。三次矛盾斗争，一次比一次深入，直至后来引起思想上的飞跃。现在我们就来探讨鲁迅改造国民性思想是如何嬗递的，各个发展阶段的特点是什么，以及它的地位与评价问题。

一、"立人"——"立国"

从鲁迅留学日本到新文化运动前夕，是他改造国民性思想的滥觞期。鲁迅一踏上日本国土，就积极投入了推翻清朝专制统治的资产阶级革命运动，为之大造舆论，启发人民群众觉醒，企图通过"立人"

而实现"立国"的政治理想。反映这个时期改造国民性思想的，主要有《文化偏至论》《摩罗诗力说》《破恶声论》等论文。

关于这一阶段鲁迅改造国民性思想，许寿裳曾有过回忆。他说：

> 因为身在异国，刺激多端，……我们又常常谈着三个相联的问题：（一）怎样才是理想的人性？（二）中国民族中最缺乏的是什么？（三）它的病根何在？对于（一），因为古今中外哲人所孜孜追求的，其说浩瀚，我们尽善而从，并不多说。对于（二）的探索，当时我们觉得我们民族最缺乏的东西是诚和爱——换句话说：便是深中了诈伪无耻和猜疑相贼的毛病。口号只管很好听，标语和宣言只管很好看，书本上只管说得冠冕堂皇，天花乱坠，但按之实际，却完全不是这回事。至于（三）的症结，当然要在历史上去探究，因缘虽多，而两次奴于异族，认为是最大最深的病根。做奴隶的人还有什么地方可以说诚和爱呢？……唯一的救济方法是革命。①

看来，鲁迅对上述"三个相联的问题"都有所研究，但结合他当时的论文看，着重留意的是第二个问题，即"中国民族中最缺乏的是什么"。探究国民精神的弱点，以便克服这些病态现象，树立理想的人性，这是鲁迅改造国民性思想的出发点。用他的话说，就是通过"立人"即国民的觉悟、自立而达到"立国"即国家的强盛。

鲁迅结合社会现实，认为中国国民性最缺乏的是"诚和爱"，也就是后来归结的"瞒和骗"。他批判了那种弥漫于整个中国社会的盲目自大、自欺欺人的病态心理，鞭挞了那种"宁蜷伏堕落而恶进取"的萎靡的精神状态。他认为，由于儒家"无邪""言志"的文艺观的束缚，这种愚弱的国民性便与中国传统文艺有很大关系。因此，鲁迅

---

① 许寿裳：《我所认识的鲁迅·回忆鲁迅》。

十分强调具有反抗压迫的诗歌的战斗作用，努力介绍外国那些富于呐喊和反抗精神的作家与作品，"传播被虐待者的痛苦的呼声和激发国人对于强权者的憎恶和愤怒"①。这其中贯串着一个重点，就是倡导尚武精神，激励国人奋发有为，勇于反抗。在1903年的拒俄运动热潮中，鲁迅译作了历史小说《斯巴达之魂》，向国人介绍了公元前480年古希腊城邦斯巴达勇士抗击侵略军的爱国故事。鲁迅热情歌颂了斯巴达男女青年遵循"一履战地，不胜则死"的国法，敢于以寡敌众、血战到底的爱国牺牲精神。他对于故事中斥责丈夫生还的青年妇女尤为赞扬，在前言中大声疾呼："呜呼！世有不甘自下于巾帼之男子乎？必有掷笔而起者矣。"借以激励祖国人民为拯救危亡的祖国而战。在1907年的《摩罗诗力说》中，提出了战斗的文学主张，介绍了拜伦、雪莱、裴多菲、普希金、莱蒙托夫等具有民主革命思想和爱国主义精神的外国作家，赞扬他们反抗旧的传统，"不克厥敌，战则不止"的战斗精神。1909年编译出版《域外小说集》，介绍外国新文学作品，"所译偏于东欧和北欧的文学，尤其是弱小民族的作品，因为他们富于挣扎、反抗、怒吼的精神"②。在其他一些论文里，鲁迅也强调发扬尚武精神。

鲁迅所强调的尚武精神和彻底的、坚决的斗争气概，又突出反映在他的反抗暴力和压迫的复仇思想上。例如在介绍波兰诗人密茨凯维奇的诗剧《先人祭》中，对于歌颂农民反抗地主压迫的复仇精神（"渴血渴血，复仇复仇，仇吾屠夫"）十分赞赏。这种敢于斗争、勇于复仇的精神成为鲁迅性格的一个重要方面，成为他改造国民性思想的一个突出内容，体现在他一生的战斗历程里。例如后来对奴才主义的鞭挞，对鼓吹"费厄泼赖"者的憎恶，对复仇的鬼魂"女吊"的赞美，《铸剑》中对反抗暴虐和慷慨牺牲者的歌颂，都闪烁着这种思

---

① 《鲁迅全集·坟·杂忆》。

② 许寿裳：《亡友鲁迅印象记·杂谈翻译》。

想的光彩。鲁迅后来说过，辛亥革命失败的一个教训，就是革命后"服了'文明'的药"，"复仇思想可是减退了"。他说："不知道我的性质特别坏，还是脱不出往昔的环境的影响之故，我总觉得复仇是不足为奇的，虽然也并不想诬无抵抗主义者为无人格。"①这"往昔的环境的影响"一句，说明重视尚武、鼓吹复仇，不仅是鲁迅的特点，而且带有强烈的时代色彩。当时不管是资产阶级革命派，还是资产阶级维新派，都重视探讨国民性及其改造问题，对塑造新型国民提出了许多主张，其中比较突出的一点，就是都提倡尚武精神，鼓吹献身精神和英雄主义，企图以此提高中国人民的精神境界，增强身体素质，改造萎靡不振、无所作为的社会风气，有效地进行反帝斗争和革命斗争。梁启超说："中国以弱闻于天下，柔懦之病，深入膏肓"，"我不速拔文弱之恶根，一雪不武之积耻，20世纪竞争之场，宁复有支那人种立足之地哉！"②一些报刊也把尚武精神作为一种改造社会的精神武器而大加赞扬。如《云南杂志》在发刊词中，就把培植马革裹尸、葬身鱼腹、执戈从戎的"尚武思想"列为创刊宗旨。邹容在《革命军》中，提出把"养成冒险进取，赴汤蹈火，乐死不避的气概"，作为革命教育的重要内容。鲁迅正是在这种时代氛围中，从塑造新的国民性格出发，重视对尚武精神的宣传。

鲁迅第一阶段的改造国民性思想，还有如下两个特点：

第一，重视先觉醒者即"精神界之战士"的作用。鲁迅认为，要唤醒昏睡的国人，改造国民劣根性，必须依靠先觉醒者："先路前驱，而为之辟启廓清者，固必先有其健者。"③"健者"就是先觉醒者、"精神界之战士"，需要用"先觉之声"来"破中国之萧条"。鲁迅所希望的"精神界之战士"，是那些如同西方"摩罗派"诗人一

① 《鲁迅全集·坟·杂忆》。

② 梁启超：《论尚武》。

③ 《鲁迅全集·集外集拾遗补编·破恶声论》。

44

样的知识分子，他们有着优秀高尚的品格，肩负救国救民的重任，"无不刚健不挠，抱诚守真；不取媚于群，以随顺旧俗；发为雄声，以起其国人之新生，而大其国于天下"。[①]但这样的战士在中国真是太少了："今索诸中国，为精神界之战士者安在？有作至诚之声，致吾人于善美刚健者乎？有作温煦之声，援吾人出于荒寒者乎？"鲁迅指出，在中国不是不产生这样的人，而是被封建意识形态、传统习惯所扼杀了。"安弱守雌，笃于旧习"的阘茸无能的落后民族和"宁蜷伏堕落而恶进取"的愚弱麻木的人们，是容不得新思想、好人才出现的，"性解（即天才——引者注）之出，亦必竭全力死之"，便无情地扼杀了民族的生机。鲁迅殷切期望在中国涌现出这样勇猛的精神界战士，依靠他们打破那种"活身是图，不恤污下"的苟安忍辱习气，"辟启廓清"群众的愚昧，掀起一个真正震撼人心、改造社会的革新运动。应当看到，鲁迅正是这样的精神界战士，他当时努力介绍西方进步的自然科学、社会科学和文学，进行革命的文化思想启蒙教育，做出了积极的贡献。

第二，重视传统文化对人们思想陶冶、激励的作用。鲁迅认为，改造国民性应从两方面着手：一是放开眼界，学习西方的民主主义思想；二是发扬传统文化的精神。这与章太炎"用国粹激动种性，增进爱国的热肠"[②]著名口号的影响有关。鲁迅批评了那种把一切归咎于传统文化的思想，他说："顾今者翻然思变，历岁已多，青年之所思惟，大都归罪恶于古之文物，甚或斥言文为蛮野，鄙思想为简陋，风发浡起，皇皇焉欲进欧西之物而代之。"[③]他认为，"顾吾中国，则夙以普崇万物为文化本根，敬天礼地，实与法式，发育张大，整然不紊。覆载为之首，而次及于万汇，凡一切睿知义理与邦国家族之制，

---

① 《鲁迅全集·坟·摩罗诗力说》。

② 章炳麟：《东京留学生会演说词》，《民报》6号。

③ 《鲁迅全集·坟·文化偏至论》。

无不据是为始基焉。效果所著，大莫可名，以是而不轻旧乡，以是而不生阶级"①。鲁迅的故乡会稽，被称为"报仇雪耻之乡"。辛亥革命前后，他搜集散失的会稽古籍，陆续辑成《会稽郡古书杂集》，也是慨叹于"禹勾践之遗迹故在。士女敖嬉，睥睨而过，殆将无所眷念"，因此通过书中的"贤俊之名，言行之迹，风土之美"，"用遗邦人"，"庶几供其景行，不忘于故"②。就是期望通过乡土历史素材的整理，振奋民气，铸造新的国魂。

鲁迅第一阶段改造国民性思想及其实践，是适应当时风起云涌、日益高涨的资产阶级革命斗争形势的，是与启发人民群众觉悟、积极投入推翻清朝统治斗争的革命舆论相一致的，因此慷慨激昂，放言无忌，奏出了时代的最强音。但也有不足之处。应该看到，在鲁迅改造国民性思想发展的前三阶段，由于以进化论为基础，因此存在着明显的局限性。这种局限性其实是他整个思想局限性的反映。当然，这些局限性在各个阶段的具体反映不尽相同，而且随着马克思主义的科学世界观的逐步确立，局限性也在不断地被克服。第一阶段的不足之处主要有三点：

（一）重视"精神界之战士"的作用，这是符合当时中国社会实际的，但他又把这些人同广大群众对立起来，把群众的不觉悟状态看得过重，认为他们"宁蜷伏堕落而恶进取"，则反映了唯心史观的局限。鲁迅的这个不足，充分体现在他提出的"掊物质而张灵明，任个人而排众数"的主张上。

（二）关于"立人"思想还显得空泛、抽象。他所憧憬建立的"人国"理想，不久便被残酷的现实证明只不过是乌托邦式的空想。

（三）已经注意到封建传统思想对国民性形成的影响，但对传统文化还缺乏比较具体的分析、研究，在挖根上还着力较少。鲁迅曾说他留学日本时的思想"简直是浪漫主义"，这种浪漫主义也反映在这

① 《鲁迅全集·集外集拾遗补编·破恶声论》。
② 《鲁迅全集·古籍序跋集·〈会稽郡故书杂集〉序》。

个时期的改造国民性思想上。

对于从辛亥革命到新文化运动前夕这几年鲁迅的思想，不少论者往往一笔带过，似乎没有多少可说的，其实它在鲁迅改造国民性思想的发展中是不容忽视的。这一段既是鲁迅对辛亥革命前为促进革命斗争而高歌呐喊的总结，又是他勇猛地投入新文化运动、重新放声呐喊的准备。

辛亥革命的发生，鲁迅为之欢欣鼓舞，他在《〈越铎〉出世辞》中热情歌颂了这一推翻中国几千年君主专制制度的伟大革命："国士桓桓，则首举义旗于鄂。诸出响应，涛起风从，华夏故物，光复太半，东南大府，亦赫然归其主人。"但是辛亥革命并没有从根本上推翻帝国主义与封建主义在中国的统治。"狐狸方去穴，桃偶已登场"[①]。辛亥革命后的第二年，鲁迅就敏锐地看清了当时的政治形势，表示了自己的隐忧。鲁迅爱护中华民国，"焦唇敝舌，恐其衰微"[②]，然而中华民国事实上只剩下一块空招牌。南北军阀像走马灯般袍笏登场，并相互厮杀。当时的情况，正如陈独秀所指出的："吾人于共和国体之下，备受专制政治的痛苦。"[③]这是中国近代史上一个反动黑暗的时期。鲁迅极其沉痛地说过："见过辛亥革命，见过二次革命，见过袁世凯称帝，张勋复辟，看来看去，就看得怀疑起来，于是失望，颓唐得很了。"[④]在那些日子里，不仅是鲁迅，很多人都陷入消沉、悲观以至绝望的境地。有的竟削发为僧，遁迹山林，"人们的痛苦和失望，真是达于极点，因此有的便走上了自杀的道路"[⑤]。在这种情况下，鲁迅就"用了种种法，来麻醉自己的灵魂，使我沉入于国民中，

---

① 《鲁迅全集·集外集拾遗·哀范君三章》。

② 《鲁迅全集·且介亭杂文末编·因章太炎先生而想起的二三事》。

③ 陈独秀：《吾人最后之觉悟》，《青年杂志》1卷6号。

④ 《鲁迅全集·南腔北调集·〈自选集〉自序》。

⑤ 吴玉章：《从甲午战争前后到辛亥革命前后的回忆》。《辛亥革命》，上海人民出版社1972年版，第160页。

使我回到古代去"①。

如何看待鲁迅的"沉入于国民中"与"回到古代去"？毋庸讳言，革命后令人失望的局面，险恶的政治环境，以及一时找不到真正的出路等原因，使鲁迅在思想上形成了矛盾，产生了寂寞、失望、怀疑和痛苦的情绪，因此他抄古书、抄古碑、看佛经等，想借此摆脱那"如大毒蛇似的寂寞""缠住了我的灵魂"所造成的痛苦。这自然是消极的一面。但更主要的一面是积极的。鲁迅留日时就立下了改造国民性的宏愿，以做一名"精神界之战士"而投身到革命洪流中。理想与现实的矛盾促使他严于解剖自己，认真地总结经验教训。他在怀疑、失望的同时又说："后来，我逐渐发现了自己，渐渐地对自己的怀疑产生了怀疑"；"我却又怀疑于自己的失望，因为我所见过的人们，事件，是有限得很的，这想头，就给了我提笔的力量"②。这表明鲁迅在失望时仍不悲观，在怀疑中仍有追求。他的"沉入于国民中"，主要是进一步认识中国社会，探索国民精神的弱点；他的"回到古代去"，主要是认真研究中国历史，诊察封建社会的痼疾，寻找针砭国民性的药方。对中国社会和中国历史的深刻了解，使得鲁迅改造国民性思想发生新的变迁。如果说，早期提出的这个观点还比较笼统、抽象，后来结合对社会现实的深刻观察和经验教训的总结，就有了更加具体实在的内容；过去还只限于一般号召，后来就转向对社会脓包的戳破，像医生那样诊断病情和开出药方；原来的浪漫气概也逐渐被现实作风所代替。正是有了这一段思想上、理论上的准备，鲁迅后来在新文化运动中脱颖而出，就是十分自然的事了。

二、思想革命：清除"古老的鬼魂"

从1918年参加新文化运动到第一次国内革命战争前夕，是鲁迅

①《鲁迅全集·呐喊·自序》。
②《鲁迅全集·南腔北调集·〈自选集〉自序》。

改造国民性思想发展的第二阶段。鲁迅这一阶段进行的是攻击封建传统的思想革命，通过广泛的"文明批评"，扫荡旧的意识形态，打碎反动统治者的精神枷锁，疗救病态的国民性。反映这一时期改造国民性思想的，既有那一篇篇如匕首的"随感录"，又有《我之节烈观》《我们现在怎样做父亲》等"覆孔孟，铲伦常"的战斗檄文，更有那"一发而不可收拾"的振聋发聩的小说——《狂人日记》《孔乙己》等，特别是《阿Q正传》。

当时的思想革命，指的是《新青年》提倡反对旧道德，提倡新道德，反对旧文学，提倡新文学的文化革命运动。把思想革命的矛头指向封建传统思想，是认真总结辛亥革命经验教训的结果。辛亥革命后，北洋军阀窃国夺权，全国仍然笼罩在黑暗统治之下，中国大地上"去一满洲之专制，转生出无数强盗之专制，其为毒之烈，较前尤甚"①。激进的民主主义者认为，辛亥革命缔造的中华民国之所以有名无实，是因为没有一个思想文化上的革命；要"巩固共和国体"，就非有彻底的思想文化革命不可。"这腐旧思想布满国中，所以我们要诚心巩固共和国体，非将这班反对共和的伦理文学等等旧思想，完全洗刷得干干净净不可。否则不但共和政治不能进行，就是这块共和招牌，也是挂不住的。"②他们从辛亥革命失败的教训中认识到，革命失败首先是由于没有唤起"多数国民之自觉"，"吾国之维新也，复古也，共和也，帝政也，皆政府党与在野党之所主张抗斗，而国民若观对岸之火，熟视而无所容心，其结果也，不过党派之胜负，于国民根本之进步，必无与焉"③。因此，他们决心为了促进国民的自觉而发动启蒙运动，扫除人们头脑里的封建意识，改造国民性。孙中山在第一次护法失败后，开始注意心理建设问题，在他的《建国方略》之一的

---

① 孙中山：《建国方略之一·〈心理建设〉自序》。

② 陈独秀：《旧思想与国体问题》，《新青年》3卷3号。

③ 陈独秀：《一九一六年》，《新青年》1卷5号。

"心理建设"中，反复强调改造心理的重要。鲁迅把改造国民性看作是比推翻清政府更为艰巨的任务，他说："最初的革命是排满，容易做到的，其次的改革是要国民改革自己的坏根性，于是就不肯了。"①改造国民性，是当时启蒙运动中的一股强有力的呼声。

从鸦片战争以来，改造落后的国民性，一直为志士仁人所关注。在中国近代史上，讨论国民性问题比较集中、影响也比较大的有两个时期：一是甲午战争失败后而兴起的资产阶级维新运动，鼓吹最力的是康有为、严复、梁启超等人，20世纪初的资产阶级革命派章太炎等人也很重视这个问题。他们的研究一般还停留在现象的描述上，提出的改造国民性的主张也显得比较笼统。二是辛亥革命失败后兴起的新文化运动，代表人物有陈独秀、李大钊、鲁迅等。他们对中国国民性的特点进行了更加深入、细致的研究，努力从更多的方面探讨其形成的根源，并结合反封建的斗争实践提出了改造国民性的意见。这时期对国民性问题论述最多的是陈独秀。陈独秀1915年在《抵抗力》一文中，抨击了"卑劣无耻退葸苟安诡易圆滑之国民性"。认为它是"亡国灭种之祸根"，并分析了形成的三个原因：一是学说之为害，"老尚雌退，儒崇礼让，佛说空无"，"充塞吾民精神者，无一强梁敢进之思"；二是专制君主之流毒，"生死予夺，惟一人之意是从"，"所谓纲常大义，无所逃于天地之间，而民德、民志、民气，扫地尽矣"；三是统一之为害，"政权统一，则天下同风，民贼独夫，益无忌惮"②。这其中明显有不确当之处，但注意到了封建意识形态和君主专制制度与中国国民性的关系，则是抓住了要害。李大钊在《民彝与政治》中，认为"全国之人。其颖智者。有力仅以为恶，有心唯以造劫。余则灰死槁木，奄奄待亡"。因此要想"再造中国"，就必须使国民都能"革我之面，洗我之心"。他在《东西文明根本之异点》

---

① 《鲁迅全集·两地书·八》。
② 载《新青年》1卷3号。

中，还结合自然条件来说明国民性形成的原因。《新青年》还发表了如《中国国民性及其弱点》等一类研究国民性的文章。鲁迅是稍后一点投入新文化运动的。他的改造国民性思想，这个时期也有了新的特点。

鲁迅思想革命的内容，是文明批评与社会批评。他说过："我早就很希望中国的青年站出来，对于中国的社会，文明，都毫无忌惮地加以批评。"[①]文明批评与社会批评是互相联系而又侧重点不同的两个方面。社会批评，主要是对腐败黑暗的社会政治的批判；文明批评，主要是结合光怪陆离的社会现象，对根深蒂固的精神文明的批判。鲁迅当时着重进行的是文明批评。即对中国几千年的古旧文明，对于封建的意识形态进行彻底的清算。例如单就《新青年》上发表的《随感录》而论，"有的是对于扶乩，静坐，打拳而发的；有的是对于所谓'保存国粹'而发的；有的是对于那时旧官僚的以经验自豪而发的；有的是对于上海《时报》的讽刺画而发的"[②]等等。这些杂文看上去广泛，但都以包含着的深刻的思想性和理论内容，从各个方面对旧社会、旧文明发动了攻击，使新文化运动的反封建主义精神达到了更大的深度。鲁迅这时期的小说，从"意在暴露家族制度和礼教的弊害"的《狂人日记》，到以"暴露国民的弱点"为主要意图的《阿Q正传》。通过对愚弱的国民性的解剖与批判，不仅希望中国人民能够争得做人的权利，过上人的生活，而且能逐渐形成新的思想与性格，这就是他所强调的改造国民性的深刻意义。

鲁迅这时期以思想革命为重点的改造国民性思想，有这么三个特点：

第一，在挖掘愚弱的国民性的根子上，重视清除传统思想的影响。鲁迅认为："可怕的遗传，并不只是梅毒；另外许多精神上体质上的缺

[①]《鲁迅全集·华盖集·题记》。

[②]《鲁迅全集·热风·题记》。

点，也可以传之子孙，而且久而久之，连社会都蒙着影响。"①他指出，中国从古以来就得了"昏乱病"，一代传一代，成了"祖传老病"："昏乱的祖先，养出昏乱的子孙，正是遗传的定理。民族根性造成之后，无论好坏，改变都不容易的。法国G. Le Bon著《民族进化的心理》中，说及此事道（原文已忘，今但举其大意）——'我们一举一动，虽似自主。其实多受死鬼的牵制。将我们一代的人，和先前几百代的鬼比较起来。数目上就万不能敌了。'我们几百代的祖先里面，昏乱的人，定然不少：有讲道学的儒生，也有讲阴阳五行的道士，有静坐炼丹的仙人，也有打脸打把子的戏子。所以我们现在虽想好好做'人'，难保血管里的昏乱分子不来作怪。我们也不由自主，一变而为研究丹田脸谱的人物：这真是大可寒心的事。"②

　　用遗传学来分析国民性弱点的形成，当然是不科学的。但这里的"遗传的定理"，实际是传统思想的影响问题。这种一代一代的影响是客观存在的。恩格斯说过："一个人的发展取决于和他直接或间接进行交往的其他一切人的发展；彼此发生关系的个人的世世代代是相互联系的，后代的肉体的存在是由他们的前代决定的，后代继承着前代积累起来的生产力和交往形式，这就决定了他们这一代的相互关系。"③鲁迅借用勒朋"我们……其实多受死鬼的牵制"的话，表达了很深刻的思想。他在解剖自己思想时说过："自己却正苦于背了这些古老的鬼魂，摆脱不开，时常感到一种使人气闷的沉重。"④马克思在论述资本主义还不很发达的德国时指出："不仅苦于资本主义生产的发展，而且苦于资本主义生产的不发展。除了现代的灾难而外，压迫着我们的还有许多遗留下来的灾难，这些灾难的产生，是由于古老的陈旧的生产方式以及伴随着它们的过时的社会关系和政治关系还在苟

---

①《鲁迅全集·坟·我们现在怎样做父亲》。

②《鲁迅全集·热风·随感录三十八》。

③《马克思恩格斯全集》第3卷，人民出版社1956年版，第515页。

④《鲁迅全集·坟·写在〈坟〉后面》。

延残喘。不仅活人使我们受苦，而且死人也使我们受苦。死人抓住活人！"①鲁迅关注的也正是这种"死人抓住活人"的现象。几千年来封建传统思想的戕害，使中国人民的性格在这种磐石般的黑暗重压下被扭曲，形成了病态的国民性。因此要改造国民性，就必须清扫掉"像梦魇一样纠缠着活人的头脑"②的封建传统思想和一切旧的意识形态。

　　第二，重视科学思想在改造国民性中的作用。鲁迅认为，中国虽然得了"昏乱病"，昏乱思想虽然能够遗传，但也并不可怕，医治这种病的药已经发明："就是'科学'一味。"他说："只希望那班精神上掉了鼻子的朋友，不要又打着'祖传老病'的旗号来反对吃药，中国的昏乱病，便也总有痊愈的一天。"③这里的科学，正是新文化运动中所揭橥的"民主和科学"两面旗帜中的一面。当时的科学，主要指的是"科学精神"或"科学思想"，它既反迷信、反神权，又反盲从、反武断。当然也包括了自然科学，因为任何科学都是同迷信、盲从、武断不相容的。在近代中国，民主是同封建专制主义对立的，科学是同偶像迷信和一切愚昧落后思想对立的。民主和科学不但是反封建的思想武器，而且表达了要使人民政治生活和思想观念现代化的要求与愿望。激进民主主义者认为："宗教上、政治上、道德上自古相传的虚荣、欺人、不合理的信仰，都算是偶像，都应该破坏。"④他们主张"以科学说明真理"，努力使自己的认识"步步皆踏实地"，"事事求诸证实"⑤。在鲁迅看来，中国腐旧的封建传统思想之所以能一代一代贻害后人，就是由于人们缺乏科学的态度和精神，一味地迷信、盲从。他指出："现在有一班好讲鬼话的人，最恨科学。因为科学能教道理明白，能教人思路清楚，不许鬼混，所以自然而然的成了讲鬼

---

①《马克思恩格斯全集》第23卷，人民出版社1956年版，第8—11页。

②《马克思恩格斯选集》第1卷，人民文学出版社1972年版，第603页。

③《鲁迅全集·热风·随感录三十八》。

④ 陈独秀：《偶像破坏论》，《新青年》5卷2号。

⑤ 陈独秀：《敬告青年》，《青年杂志》1卷1号。

话的人的对头。"①鲁迅主张用科学的态度对待传统观念和社会问题，使主观思想合乎客观实际，做到明白道理，思路清楚，排除虚妄。坚持科学态度，就必然要打破旧偶像。"旧象愈摧毁，人类便愈进步"。中国的旧偶像，既有封建统治者在各地建立专祠的孔子、关羽，也有民间供奉的掌管瘟疫和灾害的瘟将军、五道神。鲁迅认为，中国立志改革者应当学习外国那些偶像破坏的大人物，"即使所崇拜的仍然是新偶像。也总比中国陈旧的好。与其崇拜孔丘关羽，还不如崇拜达尔文易卜生，与其牺牲于瘟将军五道神，还不如牺牲于Apollo"②。鲁迅后来通过革命斗争实践和接受马克思主义，逐步认识到，真正的科学，并不是天赋人权论以及西方资产阶级的各种社会政治学说。也不能一般地抽象为追求和信奉真理，真正的科学是马克思主义，是正确地观察事物，认识问题的辩证唯物主义和历史唯物主义这个锐利的武器。

第三，着重诊断国民性的病症。鲁迅1918年给许寿裳的信中说："吾辈诊同胞病颇得七八，而治之有二难焉：未知下药，一也；牙关紧闭，二也。牙关不开尚能以醋涂其腮，更取铁钳撬而启之，而药方则无以下笔。"③这说明鲁迅当时主要是"诊断"，而不是"开药方"。鲁迅所诊的病症，就是中国封建传统思想即"固有文明"对人民群众精神上的桎梏。仅在1918年这一年的几封通信中，鲁迅就多次提到这点，例如："仆审现在所出书，无不大害青年。其十恶不赦之思想，令人肉颤"④；"中国国粹，虽然等于放屁，而一群坏种、要刊丛编，却也毫不足怪"⑤；"前曾言中国根柢全在道教，此说近颇广行。以此读史，有多种问题可以迎刃而解。后以偶阅《通鉴》，乃

---

①《鲁迅全集·热风·随感录三十三》。

②《鲁迅全集·热风·随感录四十六》。

③《鲁迅全集·书信·180104致许寿裳》。

④《鲁迅全集·书信·180310致许寿裳》。

⑤《鲁迅全集·书信·180705致钱玄同》。

悟中国人尚是食人民族，因成此篇（指《狂人日记》）"①；等等。
所谓"开药方"，即指出革命的道路。由于鲁迅当时思想上的局限
性，对于正确的革命道路仍在艰苦探寻之中，因此感到了"开药方"
的困难。"药方"难开，但鲁迅仍在战斗。直到成为一个马克思主义
者的时候，鲁迅才找到了"药方"，即相信"惟新兴的无产者才有将
来"②，把思想革命与政治革命结合起来，进行彻底的无产阶级革命。

鲁迅这一阶段改造国民性思想，由于开始接触马克思主义，并且
受到十月革命的影响，不管是对国民性弱点的研究还是对产生根源的挖
掘，不管是对旧文明的批判还是对封建复古派的抨击，都比自己前一段
以及当时其他一些人要深刻、尖锐得多，并在反封建斗争中产生了巨大
影响。这时期鲁迅改造国民性思想的局限性主要表现在三点：一是还缺
乏明确的阶级观点，对一些消极的社会心理现象，尚不能进行阶级分
析。例如对"合群的爱国的自大"，就笼统地把它当作一种民族劣根性
来批判。其实在近代产生的这种思想有它特定的历史条件，在激发中国
人民觉醒、团结御侮方面曾起过一定的积极作用。二是还没有把"文明
批评"与"社会批评"很紧密地结合起来。着重清算传统文化思想，而
对社会制度方面的问题则重视不够，因此把一些封建制度方面的罪恶也
归结到伦理道德等精神上的原因。三是对群众的看法消极面较多，笼统
地提出反"庸众"，还是唯心史观的限制。

三、改造国民性思想转变的契机

从1924年到1927年的第一次国内革命战争，是鲁迅改造国民性
思想发展的第三阶段，也是他的这个思想由前期转变到后期的重要时
期。鲁迅经过短暂的彷徨和思想上的矛盾斗争，正确地解决了改造国
民性与改造社会、思想革命与政治革命的关系，把改造国民性思想建

①《鲁迅全集·书信·180820致许寿裳》。
②《鲁迅全集·二心集·序言》。

到了唯物史观的基础上。鲁迅在这一时期积极投身到革命斗争的漩流，把"文明批评"与"社会批评"结合起来，从实际斗争出发探索国民性病根，对封建意识形态与反动势力进行了坚决的斗争。反映这一阶段改造国民性思想的作品，主要有杂文《看镜有感》《灯下漫笔》《杂忆》《论睁了眼看》《通讯》《马上支日记》《略论中国人的脸》等，以及《两地书》第一集，小说集《彷徨》。

新文化运动结束后，随着统一战线的分裂，《新青年》团体的散伙，"有的高升，有的退隐，有的前进"，鲁迅"又经验了一回同一战阵中的伙伴还是会这么变化"①。鲁迅深感寂寞、苦闷、彷徨。这其实是"五四"后一部分追求真理而又未找到出路的知识分子共同的精神状态。茅盾曾说过，在北京和其他地方，"到'五卅'的前夜为止，苦闷彷徨的空气支配了整个文坛，……走向十字街头的当时的文坛只在十字街头徘徊"②。但鲁迅并没有忘却战斗，彷徨中仍在"荷戟"。鲁迅改造国民性思想也陷入了矛盾，尤其是1925年。他对这个问题谈得最多，思想上的斗争也最激烈。他在《这样的战士》中说，战士向一切旧道德、旧制度、旧文明举起了投枪，似乎得到胜利，"他终于在无物之阵中老衰，寿终。他终于不是战士，但无物之物则是胜者"。然而战士依然举起了投枪。这既反映了鲁迅对以思想革命解决中国问题的路子的怀疑，又体现了鲁迅坚持战斗到底的气概。鲁迅从实际斗争中认识到改造国民性的艰巨性，有时甚至抱着近乎绝望的情绪，怀疑中国国民性能否改造。他把当时挂着民国招牌的中国社会比作五代、宋末、明季，激愤地说："难道所谓国民性者，真是这样地难于改变的么？倘如此，将来的命运便大略可想了，也还是一句烂熟的话：古已有之。"但他同时又指出："幸而谁也不敢十分决定说：国民性是决不会改变的。在这'不可知'中，虽可有破例——

---

① 《鲁迅全集·南腔北调集·〈自选集〉自序》。
② 《中国新文学大系·小说一集·导言》。

即其情形为从来所未有——的灭亡的恐怖，也可以有破例的复生的希望，这或者可作改革者的一点慰藉罢。"①他对改造国民性的成效颇感渺茫："我对于攻打这些病根的工作，倘有可为，现在还不想放手，但即使有效，也恐很迟，我自己看不见了。"②又表示无论如何要战斗下去："但我总还想对于根深蒂固的所谓旧文明，施行袭击，令其动摇，冀于将来有万一之希望。"③上述这些矛盾，反映了鲁迅对于改造国民性与改造社会、思想革命与政治斗争的关系认识还不够清楚。之所以认识不够清楚，从根本上说，是由于他的改造国民性思想仍建立在进化论基础之上。

随着鲁迅思想的发展，进化论这个武器越来越不适用，并且成了他继续前进的负累。"轰毁"进化论，树立唯物史观，历史已向鲁迅提出了这种转变的任务，并且创造了实现转变的契机。历史唯物主义集中地体现了整个社会发展的客观规律，其中包括了关于经济基础和上层建筑、生产力和生产方式、阶级和阶级斗争，以及人民群众和个人在历史上的作用等方面的重要内容。改造国民性思想以唯物史观为指导，或者说建立在唯物史观之上，最主要的有两条：一是真正认识人民群众是历史发展的动力；二是用阶级和阶级斗争的观点分析问题、认识问题。关于鲁迅对群众的力量和作用的认识，我们在后面第九章还要详细论述，这里着重谈谈他是如何增强阶级斗争观念、正确选择革命道路的。考察这个问题，应注意以下三个方面：

第一，关于辛亥革命教训的总结。辛亥革命的失败，对鲁迅的刺激和影响太大了。可以说，在他思想发展的前期，结合斗争现实不断总结辛亥革命的教训，是促使他思想变迁的一条重要线索。如果说，新文化运动前的总结，使鲁迅认识到了思想革命的重要性，那么，这

①《鲁迅全集·华盖集·忽然想到（一至四）》。

②《鲁迅全集·两地书·十》。

③《鲁迅全集·两地书·八》。

个时期的回顾，则使他对武装斗争的重要性有了明确认识。1925年4月8日致许广平的信中，总结孙中山领导革命的经验教训，说达到"大同的世界"总要改革才好，但"改革最快的还是火与剑"；"孙中山奔波一世，而中国还是如此者，最大原因还在他没有党军，因此不能不迁就有武力的别人。近几年似乎他们也觉悟了，开起军官学校来，惜已太晚"①。六天之后的信中又指出："当时和袁世凯妥协，种下病根，其实却还是党人实力没有充实之故。所以鉴于前车，则此后的第一要图，还在充足实力，此外各种言动，只能稍作辅佐而已。"②从早期认为以文艺改革国民性为"第一要著"，到这时把充足实力当作"第一要图"，是鲁迅思想上的一个飞跃。1927年4月8日鲁迅在黄埔军官学校演讲中说："中国现在的社会情状，止有实地的革命战争，一首诗吓不走孙传芳，一炮就把孙传芳轰走了。"他鲜明地提出改变中国社会面貌需要"实地的革命战争"——革命的武装斗争，指出"惟其有了他，社会才会改革，人类才会进步"③。

第二，"五卅"惨案、"三一八"惨案的教训。鲁迅从这两次震惊中外的惨案中得到了启示。1925年帝国主义者屠杀中国人民的"五卅"惨案使鲁迅认识到，不能夸大精神的作用，不能依靠虚无缥缈的"民气"，而必须依靠国民的智和勇，特别是增长他们的实力。在那个时期，鼓吹民气的文章很多，例如《东方》杂志创刊号《论中国民气之可用》一文就说："国者人民之聚合体也。民强斯国强，民弱斯国弱。善观其国者，不观其国势之强弱，而观其民气之盛衰。民气未衰，虽因一时弊政，日就陵夷，一旦有人起而善用之，不难转弱为强。"这种孤立的、玄虚的"气"其实是不存在的。鲁迅指出："我以为国民倘没有智，没有勇，而单靠一种所谓'气'，实在是非常危

---

① 《鲁迅全集·两地书·十》。

② 《鲁迅全集·两地书·十二》。

③ 《鲁迅全集·而已集·革命时代的文学》。

险的。"①"可惜中国历来就独多民气论者，到现在还如此。"②因此他认为，激发国人对于强权者的憎恶和愤怒是必要的，但这还不够，"对于群众，在引起他们的公愤之余，还须设法注入深沉的勇气，当鼓舞他们的感情的时候，还须竭力启发明白的理性"③。后来他又强调，对敌斗争应"以实力为根本"，如果只宣扬"不以实力为根本的民气"，"就是以自暴自弃当作得胜"④。他提出要把气——理性，同"设法增长国民的实力"⑤结合起来。1926年军阀政府屠杀爱国学生的"三一八"惨案之后，鲁迅进一步撕破了帝国主义与国内反动派的"伪文明的外衣"，更看清了他们的"凶残与阴毒"，得出了极其宝贵的教训："世界的进步，当然大抵是从流血得来。"⑥"血债必须用同物偿还。拖欠得愈久，就要付更大的利息！"⑦鲁迅发出了战斗的呼唤："我们就早该抽刃而起，要求'以血偿血'了。"⑧不能再指望"屠伯们"会发善心，不同意再进行和平请愿，必须使用"别种方法的战斗"⑨。

第三，改造国民性的思想和实践对他的阶级意识的增长起了促进作用。有人认为，鲁迅前期国民性思想在某种程度上抑制了他的阶级意识的增长速度。笔者以为，恰恰相反，改造国民性思想非但没有抑制，而是有助于他的阶级意识的加强。从改造国民性的思想出发，鲁迅坚持清醒的现实主义，反对瞒和骗，深刻地认识到中国社会的历史和现实，看到中国人民的生命在历史上竟是那么不值钱，看到上流社

---

①《鲁迅全集·坟·杂忆》。

②《鲁迅全集·华盖集·忽然想到（十至十一）》。

③《鲁迅全集·坟·杂忆》。

④《鲁迅全集·华盖集·补白》。

⑤《鲁迅全集·华盖集·忽然想到（十至十一）》。

⑥《鲁迅全集·华盖集续编·"死地"》。

⑦《鲁迅全集·华盖集续编·无花的蔷薇之二》。

⑧《鲁迅全集·华盖集·忽然想到（十至十一）》。

⑨《鲁迅全集·华盖集续编·空谈》。

会的堕落和下层社会的苦难与不幸，看到人与人之间魂灵竟是如此不相通。鲁迅在挖病根中，揭示了劳动人民不仅在物质上而且在精神上所受的压榨、毒害，斥责封建传统思想是杀人不见血的"软刀子"，等等。这一切都无疑地使他加深了对阶级斗争的认识，有助于阶级意识的增长。如在1926年写的《学界的三魂》中，就对所谓"国魂"进行了具体分析，体现了鲜明的阶级观点。他认为，国魂可分为官魂、匪魂、民魂，"惟有民魂是值得宝贵的，惟有他发扬起来，中国才有真进步"。但是，"在乌烟瘴气之中，有官之所谓'匪'和民之所谓匪；有官之所谓'民'和民之所谓民；有官以为'匪'而其实是真的国民，有官以为'民'而其实是衙役和马弁。所以貌似'民魂'的，有时仍不免为'官魂'，这是鉴别魂灵者所应该十分注意的"。

由于以上几方面的因素，特别是亲身经历了1927年蒋介石叛变革命的白色恐怖，鲁迅的思想完成了从前期到后期的根本性的转变。他过去进化论的思路为之"轰毁"，树立了共产主义的宇宙观和社会革命论，正确地解决了关于中国革命的道路、目标以及革命力量等重大问题。他的改造国民性思想也建立到唯物史观基础之上。可以看出，在改造国民性与改造社会的关系上，鲁迅前期陷入了法国启蒙学者所无法解决的二律背反（意见支配环境，环境决定意见），后来坚持唯物史观，正确地处理两者的关系，便把改造国民性当作改造整个旧社会的宏大目标的一个重要组成部分；在思想革命与政治斗争的关系上，认识到根本出路在于无产阶级领导的反帝反封建的革命斗争，而不是一般的社会批评与文明批评。但是鲁迅并没有放弃改造国民性思想，他仍然坚守在文化思想战线上，继续进行着攻打国民性病根的战斗。需要强调指出的是，鲁迅前期思想的局限性并不是因为强调思想革命、重视改造国民性问题，而是没有摆正思想革命与武装革命、改造国民性与改造社会的关系，把改造国民性当作了"第一要著"。应该看到，鲁迅前期以改造国民性为重点的思想革命，以及他在思想文化战线上所进行的全部斗争，客观上就是整个新民主主义革命的重要组成部分。鲁迅侧重于思想战线，但革命事业是一个整体，对一个自觉的革命战士来说，如果不能了解斗争全局，特别是不能抓住政治斗争这个中心环节，他所进行的思想革命就缺乏明确的目标，就不能更有效地打击敌人，服务于整个革命斗争的需要。这就是鲁迅前期思想的局限和不足。当鲁迅成为马克思主义者后，同样从事思想革命，同样是挖掘国人的魂灵以促其憬悟，但由于明确了中国革命的道路、目标，服从并服务于中国共产党领导下的革命斗争，就使思想革命起到了更加积极有力的作用。

鲁迅第三阶段的改造国民性思想，主要特点就是把文明批评与社会批评紧紧结合起来，不仅对于几千年来中国社会的"奴隶规则"及其精神文明进行了尖锐的批判，而且对于形成这种精神文明的封建专制制度、对于当时的反动政权和当权者给予了深刻的揭露，无情地"撕去旧社会的假面"[1]。在挖掘国民性病根上，鲁迅集中攻打了"国民性的怯弱，懒惰，而又巧滑"[2]的弱点。1925年，《猛进》周刊主编徐旭生与鲁迅通信中曾谈到这个问题。徐认为，中国人惰性表现形式最普遍的有两点。一是听天任命，二是中庸。鲁迅指出："这两种态度的根柢，怕不可仅以惰性了之，其实乃是卑怯。遇见强者，不敢反抗，便以'中庸'这些话来粉饰，聊以自慰。"[3]在与许广平的通信中又明确谈道："中国国民性的堕落，……最大的病根，是眼光不远，加以'卑怯'与'贪婪'，但这是历久养成的，一时不容易去掉。"[4]"眼光不远"与"卑怯"是相连的。"眼光不远"，就是鲁迅新文化运动时期所指斥过的，中国"一切大小丈夫"的最高理想，是"圣武"，即"纯粹兽性方面的欲望的满足——威福，子女，玉帛——罢了"。他们害怕死去，便求神仙；求仙亦感无望，就

---

① 《鲁迅全集·两地书·一七》。
② 《鲁迅全集·坟·论睁了眼看》。
③ 《鲁迅全集·华盖集·通讯》。
④ 《鲁迅全集·两地书·一〇》。

造坟茔，想用自己的尸体永远占据一块地面①。这样的人当然"眼光不远"，当然不可避免地具有卑怯、巧滑的特点。卑怯的人"对于羊显凶兽相，而对于凶兽则显羊相，所以即使显着凶兽相，也还是卑怯的国民"②。"勇者愤怒，抽刃向更强者；怯者愤怒，却抽刃向更弱者"③。鲁迅认为怯懦的人是不中用的，他又说了类似留学日本弃医从文时的话："现在的强弱之分固然在有无枪炮，但尤其是在拿枪炮的人"；卑怯的人"即纵有枪炮，也只能杀戮无枪炮者"④。反对卑怯、巧滑，是鲁迅一贯提倡的敢于斗争、不屈不挠的硬骨头精神的体现，是他所努力塑造的新的国民性格的一个重要内容。

四、在扫荡废物中创造新机运

上海十年，是鲁迅思想发展的后期，也是他改造国民性思想发展的第四阶段。作为一个成熟的马克思主义者，鲁迅建立在唯物史观之上的改造国民性思想，更加成熟，更臻完善，视野也更加开阔。鲁迅曾说过："说到中国的改革，第一要著自然是扫荡废物，以造成一个使新生命得能诞生的机运。……历史是过去的陈迹，国民性可改造于将来，在改革者的眼里，已往和目前的东西是全等于无物的。"⑤鲁迅后期所进行的就是"扫荡废物"的战斗，一方面改造国民性，另一方面着眼于将来，使将来诞生的"新生命"具有新的性格。在这一时期，鲁迅把国民性与阶级性相结合，把针砭国民性弱点与揭露国民党反动派暴虐统治相结合，把抨击愚弱国民性与颂扬民族光明面相结合，并从多方面去挖根，起到了打击敌人、启发人民群众觉醒的作用。代表鲁迅这一阶段改造国民性思想的作品，主要有《宣传与做

①《鲁迅全集·热风·五十九"圣武"》。

②《鲁迅全集·华盖集·忽然想到（七至九）》。

③《鲁迅全集·华盖集·杂感》。

④《鲁迅全集·华盖集·补白》。

⑤《鲁迅全集·译文序跋集·〈出了象牙之塔〉后记》。

戏》《上海的儿童》《爬和撞》《说"面子"》等杂文。

鲁迅后期改造国民性思想的一个突出特点，就是注意把民族心理与阶级心理结合起来研究。在阶级社会中，社会心理主要是由阶级心理和民族心理相互交错而构成。基于每个阶级特殊的经济地位和生活方式，形成了各个阶级独特的心理，形成一定阶级的感情、思想和作风。鲁迅前期由于没有树立起明确的阶级和阶级斗争观点，在社会心理的分析中，着重于民族心理，后期则把民族心理与阶级心理结合起来，在国民性研究中贯串了阶级分析。鲁迅指出，有些千百年流传的谣谚，人人熟知，似乎反映了全部国民的意思。其实不然。他说："某一种人，一定只有这某一种人的思想和眼光，不能越出他本阶级之外。说起来，好像又在提倡什么犯讳的阶级了，然而事实是如此的。谣谚并非全国民的意思，就为了这缘故。"①例如，"各人自扫门前雪，莫管他人瓦上霜"，是尽人皆知的谚语，鲁迅便对形成这种社会心理的原因进行阶级分析，认为是"豺狼当道"造成的，他说："我想，人们在社会里，当初是并不这样彼此漠不相关的，但因豺狼当道，事实上因此出过许多牺牲，后来就自然地都走到这条道路上去了。所以，在中国，尤其是在都市里，倘使路上有暴病倒地，或翻车摔伤的人，路人围观或甚至于高兴的人尽有，肯伸手来扶助一下的人却是极少的。这便是牺牲所换来的坏处。"

在残酷的阶级压迫之下，无数消极的经验使人们得到了教训，觉得救危扶伤，一不小心，容易被人所诬陷，于是只要事不关己，便远远地站开。鲁迅在这里结合阶级斗争的实际，分析了消极的社会经验的形成原因，是十分精辟的。

鲁迅后期还努力从不同方面分析中国国民性的特点和弱点，例如：

传统思维方式的偏于混同而不重差别。鲁迅在讲到中国神话不发

---

①《鲁迅全集·南腔北调集·谚语》。

达的原因时说过，"中国神话之所以仅存零星者，说者谓有二故"。
"然详察之，其故殆尤在神鬼之不别。天神地祇人鬼，古者虽若有
辨，而人鬼亦得为神祇。人神淆杂，则原始信仰无由蜕尽；原始信仰
存则类于传说之言日出而不息，而旧有者于是僵死，新出者亦更无光
焰也"①。鲁迅又指出："历来三教之争，都无解决，互相容受，乃曰
'同源'。"②鲁迅这里说的是神话问题，但由此却指出了中国人传
统的思维方式的一个特点。即偏于混同面不重差别。这个分析是精湛
的。在漫长的年代里，一个民族会在特定的心理氛围中逐渐凝聚成一
种相对稳定的思维的独特形式。思维方式是特定的社会存在的产物。
在中国，数千年的宗法社会便塑造了中国人传统的思维方式。这种思
维方式，具有喜一不喜多、喜同不喜和的特点。在人们的思维活动
中，总是趋向谋求和谐，总想使自己的想法和别人的一致，不愿意反
对普遍被接受的观点，尽量避免有与众不同的看法。显然，这种思维
方式不是创造型、开拓型的，只能窒息社会的生机，压抑人们的创造
精神，是我们民族应该克服的不足之处。

　　浓厚的家庭观念。中国一贯以家庭为单位，父家长统治下的家
庭是中国古代社会的细胞。从父家长制出发，移孝作忠，事君如事
父，便衍化出一套"三纲五常"的礼教制度。封建的法律、礼教、伦
理道德和习惯，牢牢地束缚着家庭成员，极力巩固着家长制，并通过
家长制巩固封建统治，这就是封建时代知识分子强调的"齐家治国平
天下"。这样，在中国以家族伦理为中心的人际关系及有关的观念形
态特别发达。鲁迅新文化运动时期就在《我们现在怎样做父亲》《娜
拉走后怎样》等文章中，鼓吹家庭革命。在1933年的《家庭为中国
之基本》一文中，鲁迅又深刻论述了浓厚的家庭观念给我们民族造成
的弊端。他说："我们的古今人，对于现状，实在也愿意有变化，承

---

① 《鲁迅全集·中国小说史略·第二篇　神话与传说》。
② 《鲁迅全集·中国小说史略·第十六篇　明之神魔小说（上）》。

认其变化的。变鬼无法，成仙更佳，然而对于老家，却总是死也不肯放。"这种狭隘的、根深蒂固的传统家庭观念，使中国人固守斗室，万变不离其宗，从而阻碍社会的发展："火药只做爆竹，指南针只看坟山，恐怕那原因就在此。"鲁迅尖锐地指出："家是我们的生处，也是我们的死所。"固守家庭本位，只能自取灭亡。

鲁迅还结合一些社会现象批评了国民性的弱点。例如，对盲从的批判："假使有一个人，在路旁吐了一口唾沫，自己蹲下去，看着，不久准可以围满一堆人；又假使又有一个人，无端大叫一声，拔步便跑，同时准可以大家都逃散。真不知是'何所闻而来，何所见而去'，然而又心怀不满，骂他的莫名其妙的对象曰'妈的'！"[①]又如，抨击一部分中国人的驯良、奴性时，鲁迅以"人＋兽性＝西洋人"与"人＋家畜性＝某一种人"的比喻和对比，指出："人不过是人，不再夹杂着别的东西，当然再好没有了。倘不得已，我以为还不如带些兽性。"[②]批判了"中国一部分人们"身上的奴性以及反动统治者鼓吹的半封建半殖民地思想文化对人民的毒害。

鲁迅后期在挖掘国民性病根上下了很大功夫。民族共同心理素质的形成的决定性影响因素，是共同经济生活，即生存条件。前期的鲁迅偏重在文化思想和历史传统中寻求国民性的病根，后期在继续这方面的探索的同时，更注意从经济基础、生产方式等方面进行研究。

1936年3月4日，鲁迅在致尤炳圻的信中，谈到他对中国国民性根源的看法以及对中华民族的高度评价，是研究鲁迅后期改造国民性思想的重要资料。他说："日本国民性，的确很好，但最大的天惠，是未受蒙古之侵入。我们生于大陆，早营农业，遂历受游牧民族之害，历史上满是血痕，却竟支撑以至今日，其实是伟大的。但我们还要揭发自己的缺点，这意在复兴，在改善。"

---

① 《鲁迅全集·花边文学·一思而行》。

② 《鲁迅全集·而已集·略论中国人的脸》。

从鲁迅的这段话和他的其他论述看，他后期着重从以下三个方面探索了中国国民性的成因。

第一，地理环境的影响。鲁迅指出了其中的两个特点："生于大陆"与"早营农业"。中国传统文化是在大河背景下发生的，生活相对稳定，农业文明也就相对长久，民风也显得淳朴、含蓄。然而农业生产中极为简单的社会关系则阻止了与外界的交往，因而带有封闭性。鲁迅以前在分析中国古代神话很少的原因时，认为它也与中华民族"重实际，轻玄想"的性格特点有关，而这种性格又是由特定的自然地理条件决定的。他说："因为中华民族先居在黄河流域，自然界底情形并不佳，为谋生起见，生活非常勤苦，因之重实际，轻玄想，故神话就不能发达以及流传下来。"①鲁迅还研究了由于地域的不同所造成的中国南北方人民的不同性格特点，并且进行了阶级分析。他说："北人的优点是厚重，南人的优点是机灵。但厚重之弊也愚，机灵之弊也狡，所以某先生曾经指出缺点道：北方人是'饱食终日，无所用心'；南方人是'群居终日，言不及义'。就有闲阶级而言，我以为大体是的确的。"鲁迅认为，南北人民各有长短，应该互相取长补短，使"北人南相"而又"南人北相"。这才是"中国人的一种小小的自新之路"②。

鲁迅重视地理环境在国民性形成中的重要作用，但又与那种地理环境决定论不同。我们知道，法国启蒙思想家孟德斯鸠就认为地理环境决定人们的思想气质，人们的思想气质又决定社会的政治法律制度③。在我国，梁启超则是地理环境决定论的大力鼓吹者。在他看来，中国几千年的封建社会大一统占优势，是地理环境的缘故："中国者，天然大一统之国也。人种一统，言语一统，文学一统，教义一

---

① 《鲁迅全集·中国小说的历史的变迁》。
② 《鲁迅全集·花边文学·北人和南人》。
③ 参阅孟德斯鸠：《论法的精神》。

统，风俗一统。而其根源，莫不由于地势。"①这种用社会发展的外部条件来解释社会现象，以自然规律代替社会规律，是形而上学的，因而也不能科学地说明国民性的形成。鲁迅在重视地理环境的同时，又注意到社会条件，即生产发展水平和社会制度，以及传统文化思想的影响等诸多因素，因而是科学的。

第二，历史上异民族入侵的影响。鲁迅早期就重视这个问题的研究，认为"两次奴于异族"是愚弱的中国国民性的"最大最深的病根"。鲁迅这里并没有什么大汉族主义，而是从历史事实出发的。他指出，翻开历史来看，中国人总是幻想十全停滞的生活，但常被"外来的蛮夷"所打败，"狁犵早到过中原，五胡来过了，蒙古也来过了；同胞张献忠杀人如草，而满洲兵的一箭，就钻进树丛中死掉了"②。正确掌握鲁迅关于异族入侵的观点，应从这么两个方面去理解。

一方面，虽然中国历史上异民族多次入侵，中华民族在"历史上满是血痕，却竟支撑以至今日，其实是伟大的"。这是对中华民族的高度赞扬，在中国历史上，曾有过民族间的多次征服与被征服，其中有野蛮的征服先进的，也有先进的征服野蛮的，但结果总是先进的文化取代落后的东西而在更大的范围内被接受，从而才会有中华民族的现状，才形成中华民族的如此深厚的基础，正如马克思所说的："相继征服过印度的阿拉伯人、土耳其人、鞑靼人和莫卧儿人，不久就被当地居民同化了。野蛮的征服者总是被那些他们所征服的民族的较高文明所征服，这是一条永恒的历史规律。不列颠人是第一批发展程度高于印度的征服者，因此印度的文明就影响不了他们。"③

另一方面，由于异民族的入侵，特别是元、清两代统治者采取极

---

① 梁启超：《中国地理大势论》。

②《鲁迅全集·坟·再论雷峰塔的倒掉》。

③《马克思恩格斯选集》第2卷，人民文学出版社1972年版，第70页。

其野蛮的高压政策，实行民族歧视和民族压迫，在国民精神上容易形成失败主义、自轻自贱、懦弱畏怯等弱点。鲁迅深刻地揭露了这种心理上的创伤。他说，人们在高压下变成奴隶之后，还万分喜欢："假如有一种暴力，'将人不当人'，不但不当人，还不及牛马，不算什么东西；待到人们羡慕牛马，发生'乱离人，不及太平犬'的叹息的时候，然后给与他略等于牛马的价格，有如元朝定律，打死别人的奴隶，赔一头牛，则人们便要心悦诚服，恭颂太平的盛世。为什么呢？因为他虽不算人，究竟已等于牛马了。"①鲁迅认为中国北方人之所以卑视南方人，也与历史上异族入侵有关："北人的卑视南人，已经是一种传统。这也并非因为风俗习惯的不同，我想，那大原因，是在历来的侵入者多从北方来，先征服中国之北部，又携了北人南征，所以南人在北人的眼中，也是被征服者。"②我们在后面第九章中，还要论述鲁迅对于清朝统治者残暴的文化统制的研究。鲁迅的这些分析是确当的，符合历史事实。恩格斯也曾指出异族统治对意大利的影响。他说："意大利是一个典型的国家。自从现代世界的曙光在那里升起的那个时代以来，它产生过许多伟大人物，从但丁到加里波第，他们是无与伦比的完美的典型。但是，遭受屈辱和异族统治的时期，也给它留下若干典型的人物脸谱，其中有两个经过特别刻画的类型：斯加纳列尔和杜尔卡马腊。"③

斯加纳列尔和杜尔卡马腊都是意大利民间假面喜剧人物，一个是说大话的庸人和胆小鬼的典型，一个是滑头和骗子的典型。这两类典型的出现，是异民族残酷统治的结果。

第三，长达数千年的封建专制制度的影响。中国是世界上封建制度持续最长的一个国家。一切反动统治阶级为了巩固他们的统治，

①《鲁迅全集·坟·灯下漫笔》。
②《鲁迅全集·花边文学·北人与南人》。
③《马克思恩格斯全集》第25卷，人民出版社1956年版，第24页。

既进行暴力压迫，又推行愚民政策。中国很早就有"王道""霸道"之说，所谓"以力假仁者霸""以德行仁者王"①，孔孟虽然大大地宣传过王道，历代统治者也大都标榜过王道，但这都不过是个幌子。"在中国，其实是彻底的未曾有过王道"，实行的倒是对人民群众奴役、压迫的"霸道"。鲁迅指出："在中国的王道，看去虽然好像是和霸道对立的东西，其实却是兄弟，这之前和之后，一定要有霸道跑来的。""据长久的历史上的事实所证明，则倘说先前曾有真的王道者，是妄言，说现在还有者，是新药"②。除赤裸裸的暴力压迫外，统治者又大力推行愚民政策，使广大人民"不识不知，顺帝之则"。从秦始皇到蒋介石，都是如此。鲁迅指出，在国民党反动派看来，"智识太多了，不是心活，就是心软。心活就会胡思乱想，心软就不肯下辣手。结果，不是自己不镇静，就是妨害别人的镇静。于是灾祸就来了。所以智识非铲除不可"。而且，"单是铲除还是不够的。必须予以适合实用之教育，第一，是命理学——要乐天知命，命虽然苦，但还是应当乐。第二，是识相学——要'识相点'，知道点近代武器的利害"③。暴力高压与精神麻痹的交替使用，是愚弱的国民性形成的一个重要原因。

应该看到，鲁迅后期关于中国国民性病根的探讨，显然与20世纪30年代前期那场有名的社会史论战有关。中国封建社会为什么长期延续？自从18世纪70年代英国古典经济学家亚当·斯密在《原富》中提出中国社会在很久以前"就停滞于静止状态"的论断以后，两百多年间，关于中国封建社会长期延续的问题，就成为中外史学界以及经济学界的议题之一。在20世纪30年代前期关于"中国社会长期停滞"问题的论战中，曾提出了地理决定论、游牧民族入侵论、上层建筑决

①《孟子·公孙丑》。

②《鲁迅全集·且介亭杂文·关于中国的两三件事》。

③《鲁迅全集·准风月谈·智识过剩》。

定论等观点，这对鲁迅结合剖析、批判中国封建制度，探索国民性病根，是有一定影响的。

五、地位与评价

通过以上分析可以看到，改造国民性思想是鲁迅思想的一个重要方面，是贯穿他的思想发展始终的一条红线，对他一生的文学活动及革命实践产生过很大影响。它既是近代中国改造国民性思潮的产物，带有强烈的时代色彩，又与鲁迅个人的实际结合，构成了他的独特的思想体系的主要方面。具体来说，在鲁迅思想发展的前期，改造国民性思想是他观察分析社会现象的一个重要立足点，不仅是他走上革命道路的发端，而且对于他始终着眼于人民群众、永远不脱离时代步伐，也起了积极的作用；在后期，他的建立到唯物史观基础上的改造国民性思想，以及他在思想文化战线上的斗争实践，为我们今天建设社会主义精神文明提供了有益的启示。

关于鲁迅后期改造国民性思想，论者普遍认为克服了缺陷，更臻完善和科学，这是没有异议的。在前期，由于唯心史观的限制，他的改造国民性思想有一定的偏颇和不足之处，例如过分夸大精神作用，缺乏明确的阶级和阶级斗争观点，对人民群众创造社会历史的伟大作用估计不足，等。对此如何认识和评价？有人便用"唯心主义"四个字来评判。我们认为，这是一种简单化的做法。对待这个问题，不能只从理论上进行分析，满足于只做出唯心主义或唯物主义的判断，而必须紧密结合当时的社会阶级斗争和政治斗争，结合鲁迅的革命斗争实践，去认识它的意义和作用。在这方面，列宁关于普列汉诺夫的《尼·加·车尔尼雪夫斯基》一书的评论，对我们是有启发的。

在《尼·加·车尔尼雪夫斯基》中，普列汉诺夫把注意力集中在车尔尼雪夫斯基的理论活动上，而没有紧密结合当时的社会阶级斗争和政治斗争，因此对车尔尼雪夫斯基和自由派的斗争的重大意义便估计不足。列宁深刻指出："普列汉诺夫由于只看到唯心主义历史观和唯物主义历史观的理论差别，而忽略了自由主义者和民主主义者的政治实践的和阶级的差别。"①列宁则不仅从理论上，而且从决定俄国前途的政治斗争上高度评价车尔尼雪夫斯基的活动。他说："19世纪60年代的自由派和车尔尼雪夫斯基是两种历史倾向、两种历史力量的代表。这两种倾向和力量从那时起一直到今天都在决定着为建立新俄国而进行斗争的结局。"②同样，我们如果密切联系当时的革命斗争实际，就会看到，鲁迅用自己的如椽巨笔，向封建势力、帝国主义和一切反动派的斗争，向绵延几千年的封建传统文化的清算、批判，是紧紧服务于民主革命时期的总任务的；他的以改造国民性弱点、启发人民群众觉醒的坚持不懈的努力，对革命起到了积极的促进作用。因此，鲁迅前期改造国民性思想诚然有不足之处，受唯心史观影响，但我们在全面评价它的作用时，应进行具体的分析，在政治上给予肯定。

①《列宁全集》第38卷，人民出版社1959年版，第611页。

②《列宁全集》第17卷，人民出版社1959年版，第104页。

第三章

传统文化批判：国民性病根的挖掘与攻打

——鲁迅改造国民性思想与文化观

鲁迅的一生，经历了中国近、现代史上的戊戌新文化运动，新文化运动以及上海十年在文化战线上反"围剿"斗争等重要阶段。鲁迅的建树是多方面的，但他最卓越的历史功勋，就是在文化战线上，以自己辉煌的战斗业绩，为整个中华民族的文化开辟了一个崭新的方向。毛泽东高度评价鲁迅，称他是"中国文化革命的主将"。因此，研究鲁迅的思想，包括他的改造国民性思想，就需要考察他的文化观。对于以改造国民性为职志的鲁迅来说，他的这个思想的形成，他从伦理道德、历史、文艺、儒道佛思想等方面对中国国民性弱点的剖析，都主要是从文化上着眼，侧重于对传统文化的批判。可以说，不了解鲁迅的文化观，就无法深入把握他的改造国民性的思想。

一、西方文化研究与戊戌变法运动的总结

所谓文化，有广、狭二义。广义的文化，是指人所创造的物质财富和精神财富的总和，是人类体力劳动和脑力劳动所带来的成果或社会结果；狭义的文化，即精神文化，是指社会的意识形态，以及与之相适应的制度和组织机构。鲁迅所使用的文化这一概念，主要是指狭义的即作为意识形态的文化。

鲁迅往南京求学的1898年，发生了戊戌变法，这不仅是中国近代史上一次重要的政治变革，而且是一场思想启蒙的新文化运动。就文

化的角度说，这个时期大约从1895年中日甲午战争后到20世纪初。甲午战争后，中国救亡图存的呼声促进了变法维新政治运动的蓬勃发展。"闻所未闻的外国人到了；交手几回，渐知道'子曰诗云'似乎无用，于是乎要维新。"①维新派以开民智而育人才作为变法之本，把变封建主义之旧、维资产阶级之新的政治运动和文化运动紧密地结合起来。他们认为，"欲开民智，非讲西学不可"；要使中国像"西洋"一样地富强起来，必须"用西洋之本"②。他们所说的西学，就是西方资产阶级民主主义的文化，即西方资产阶级的哲学、社会政治学说和自然科学；它和中国封建主义的文化即所谓"中学""旧学"是对立的。维新派拿西方资产阶级的文明做标准，深感中国封建社会的落后和腐朽，便大力介绍西学，组织学会，创办学堂，出版报刊，又提出了"诗界革命""小说界革命""文体革命""史界革命"等口号，在社会上影响很大，使风气为之大开。这场以资产阶级思想为指导的新文化运动，几乎涉及文化的各个领域，打破了封建文化独占文化阵地的局面，使以儒学为中心的文化结构发生了根本性的变化。毛泽东在论述旧民主主义革命时期文化的变革和它的性质时说："在'五四'以前，中国的新文化运动，中国的文化革命，是资产阶级领导的。"他还指出："在'五四'以前，中国文化战线上的斗争，是资产阶级的新文化和封建阶级的旧文化的斗争。在'五四'以前，学校与科举之争，新学与旧学之争，西学与中学之争，都带着这种性质。"③文化战线上的这种巨大变革，也是鲁迅改造国民性思想萌蘖、形成的背景和基础。

鲁迅作为向西方寻找真理的先进人物，也是西学的热心传播者。他的《说铒》（1903年），是我国最早谈镭的发现的论文之一；《科

---

① 《鲁迅全集·热风·随感录四十八》。

② 严复：《原强》《论世变之亟》。

③ 《毛泽东选集》，人民出版社1967年版，第659、657页。

学史教篇》（1908年），论述了西方自然科学发展的历史；《人之历史》（1907年），介绍了生物进化学说；《摩罗诗力说》（1907年），介绍了西欧文学流派。这一系列重要论文，就是在当时的革命潮流和他的爱国主义与民主主义思想的推动下，为了促进革命的文化启蒙运动而撰写的。在这些文章中，鲁迅通过西方文化发展过程的研究以及戊戌新文化运动的总结，提出了改造国民性的重大课题。

第一，鲁迅研究了西方文化发展的过程，认为西方强盛的根本在于"立人"，"立人"之道是改造国民性。

鲁迅抨击了欧洲中世纪的黑暗统治，高度评价了"去羁勒而纵人心"的宗教改革，热情歌颂了"扫荡门第，平一高卑"的法国大革命，也赞扬了"直傲睨前此二千余年之业绩"的19世纪资本主义物质文明之盛。鲁迅认为，由于物质文明的发展，人民受到莫大便利，便逐渐把物质文明奉为圭臬，视若一切存在之本根，并且拿它来范围精神世界的一切事。这样一来，"重其外，放其内，取其质，遗其神，林林众生，物欲来蔽，社会憔悴，进步以停，于是一切诈伪罪恶，蔑弗乘之而萌，使性灵之光，愈益就于黯淡"[①]。但是，"文明无不根旧迹而采，亦以矫往事而生偏至"。为了矫正19世纪末叶这种重"众治"、重"物质"的弊端，就出现了"新理想主义"的思想。"新理想主义"的代表人物是叔本华、契开迦尔、尼采等人，他们鼓吹绝对自由，宣扬个性自由发展。鲁迅指出，欧美所以强大，并不是表现在外的"物质"和"众治"，"根柢在人"。"是故将生存两间，角逐列国是务，其首在立人，人立而后凡事举"。"立人"之道，就是改造国民性。

鲁迅洞察到资本主义社会精神生活的堕落，对被鼓吹为美妙无比的资本主义制度给予尖锐的批判，这无疑是深刻的，有卓见的。但是，资本主义精神生活的腐朽堕落，并不能简单地归咎于物质文明

---

①《鲁迅全集·坟·文化偏至论》。

的高度发展，根本原因还在于资本主义制度本身，在于资本主义所固有的各种矛盾和危机。鲁迅当时还不可能认识到这一点。应该注意的是，鲁迅这里说的"立人""根柢在人"等，不仅是指文艺复兴和资产阶级启蒙运动时期所宣扬的"人的解放""人的觉醒"，而主要是指19世纪末以叔本华、尼采等被鲁迅称作"新理想主义"的人为代表的反理性主义思潮。这些反理性主义者从资产阶级的极端个人主义和绝对自由主义出发，对资本主义社会中的弊端，对生活于资本主义社会中的人在物质上和精神上受到的种种压抑做了不少揭露，对人的自由的丧失和人的个性的被扼杀以及人的道德的堕落，表示了极大的愤慨。但是，他们认为这些弊病的根源不在于资本主义制度本身，而是理性和科学的发展所造成的，是人把外部世界当作认识和研究的对象造成的。在他们看来，人们运用和发扬理性，就创造出日益增多的物质财富，构造出更多、更精确的关于自然的理论体系；人们越是把自由、平等、博爱等抽象的理性的要求当作普遍的人权，人们就越是由于使主体和对象分裂而忘却主体，使主体的个性得不到发挥，从而丧失自由[①]。因此，反理性主义者虽然也往往自称为人道主义者，但与古典的资产阶级人道主义有着原则的区别，他们猛烈抨击一切提倡发扬人的理性的哲学，诅咒科学和文明的发展，鄙视现实的物质幸福；他们要求把作为主体的个人与其对象分离开来，着重研究人的内心世界和内心结构，即人的主观性本身。显然，这在揭露资本主义弊端、要求发展人的个性上，还是有一定积极作用的。

鲁迅针对重"物质"、重"众治"而提出的非"物质"、重"个人"，虽然与叔本华、尼采等反理性主义者有相似之处，受他们的影响，但其实有着本质的不同。鲁迅是从中国民族解放的宏大目标出发，借用"立人"武器，反对强大的封建势力，促使人们个性的解放。把"立人"当作"立国"之本，当然属于历史唯心主义。我们

---

① 参阅徐崇温、刘放桐、王克千等：《萨特及其存在主义》，人民出版社1982年版。

说，西方文艺复兴、启蒙运动时期的"立人"，并不是人们从头脑中臆想出来的口号，而是资本主义生产关系发展的必然要求。日益发展的资本主义势力在旧的封建社会的硬壳里面不能自由发展，要自由发展，就必须冲破这个外壳，提高人权，强调解放人，这就是"立人"。鲁迅提倡在中国"立人"，也不是西方口号的简单搬用，而是中国历史发展的要求，是当时资本主义发展以求冲破封建势力桎梏的反映，因此客观上有着积极的意义。

第二，鲁迅总结了维新运动成效不大的原因，提出要进行"第二次维新"，唤起群众，改造国民性。

鲁迅当时很重视维新运动。他说，大家都说要维新，这就是自己宣告自己历史罪恶的呼声，也就是说要"改悔"（"此即自白其历来罪恶之声也，犹云改悔焉尔"）；既然维新了，希望也将随之开始。鲁迅是把维新作为文化运动看待的。他殷切地期望维新运动能唤醒国人，启发蒙昧。但这个运动的结果使他失望。维新运动为什么呼声甚高而收效甚微呢？当时就有人从不同角度进行总结，鲁迅则从文化角度提出了他的看法。鲁迅认为，中国文化源远流长，有自己独特的光彩，长期处于先进地位，近代虽然衰落，在世界上仍是罕见的，这是它的"得"、是"幸"，但中国由于闭关锁国，不能顺应世界潮流，自己陷于孤立，还自以为是，堕落到只追求实利，则是"失"、是"不幸"；再加上受旧文化影响很深，常用习惯的目光观察一切，荒谬的看法很多，因此维新口号喊了二十年，新的声音仍然不能在中国兴起。我们说，戊戌维新运动虽然极大地推动了文化的发展，但它还是不成熟的，有很大局限性。作为意识形态的文化，是一定社会的政治和经济的反映。戊戌维新运动成效不大以及它的不成熟性，正是不成熟的资本主义经济力量和资产阶级政治力量所决定的。但是鲁迅从中国近代文化自身发展的特点去探讨维新运动，也是有意义的。

值得注意的是，鲁迅当时还期待在中国出现"第二次维新"。这"第二次维新"，显然是第一次维新（即康、梁等掀起的维新运动）

的赓续，同时又有着新的内容，是一次规模更大、影响更深的震撼人心、改造社会的革新运动，同时仍是一次文化运动，是从资产阶级革命派的立场出发的，与改良派不触动封建制度根基的"维新"有本质的区别。鲁迅盼望的"第二次维新"，旨在唤起国人觉悟，改造愚弱的国民性。他拟办的杂志取名《新生》，正与"摩罗派"诗人"发为雄声，以起其国人之新生"相通；他准备掀起的文艺运动，就是"第二次维新"大潮中汹涌的浪头。

第三，鲁迅从发扬国民精神的目的出发，提出接受西方文化必须坚持"审己"与"知人"的原则。

在近代中国，古老的刀枪戈矛抵挡不住外国侵略者的洋枪洋炮，陈旧的中国思想文化，同样没法阻止西学的传入。西方思想文化在明万历年间就传入中国，但这种传入是零星的、不系统的，还不足以威胁中国旧有文化的统治地位。自清乾隆二十二年（1757年）奉行闭关政策，中国经历了一百年与世隔绝的时期。到同治元年（1862年）同文馆成立，才又揭开了清末西学输入的序幕。鸦片战争以后，中国传统文化的根基动摇了，它不仅不可能同化资产阶级文化，而且失去了抵抗的能力。过去"不知泰西有学问"的中国人，才把惊讶的目光转向西方，重视起了西学。"要救国，只有维新，要维新，只有学外国。那时的外国只有西方资本主义国家是进步的，它们成功地建设了资产阶级的现代国家。"[1]鲁迅认为，"国民精神之发扬，与世界识见之广博有所属"[2]。因此，学习西方文化，是改造中国国民性必不可少的一个重要方面。

鲁迅坚决反对当时在学习西方文化中出现的两种错误倾向：

一是盲目崇拜西方，"言非同西方之理弗道，事非同西方之术弗行"。例如，有的人"游行欧土，偏学制女子束腰道具之术以归，则

---

[1]《毛泽东选集》，人民出版社1967年版，第1359页。

[2]《鲁迅全集·坟·摩罗诗力说》。

再拜贞虫（指束腰的女子——引者注）而谓之文明，且昌言不纤腰者为野蛮矣"①。在这些人眼里，西方什么都好，竟连女子束腰道具之术也是"文明"至极！应该说，在开始向西方学习时，是容易出现这种偏向的。梁启超1903年离日游美，感到中国人不仅在国民性上存在好多缺点，而且在行路、说话上也不如外国人。他说："西人行路，身无不直者，头无不昂者。吾中国人则一命而伛，再命而偻，三命而俯。相对之下，真自惭形秽。""西人数人同行者如雁群，中国人数人同行者如散鸭。"他甚至认为，"中国人未曾会行路，未曾会讲话"②。日本明治维新时期，人们也普遍认为从西方传来的新的东西都是好的，尽管争道"文明开化"，但却没有多少人知道"文明开化"的真意，什么"吃了猪肉就文明了"，"那位先生这些时候一直打着洋伞走路，真是太文明了"，等等③。可见，鲁迅当时反对一味迷信、盲从西方，反映了他的卓见。盲目崇拜西方，就必然无视或贬低本民族的传统文化。鲁迅批评了当时一些青年不加分析，把一切归罪于古代文化的简单做法。鲁迅指出，学习西方文化，必须"外之既不后于世界之思潮，内之仍弗失固有之血脉，取今复古"④。这里体现了鲁迅强烈的民族自豪感，也是鲁迅思想的一个特点。

二是选择不当，"宝赤椒以为玄珠"。鲁迅看到，西方文化既有精华，也有糟粕，要具体分析，正确选择，不能把那些无用的甚至有害的东西输入国内。他指出，许多"轻才小慧之徒"，或者"竞言武事"，或者鼓吹"制造商估，立宪国会"，还自以为学到了西方的真谛；有些所谓介绍新文化的人，介绍的似乎也不少，但除了制造食品和看守监狱的办法这一类外，就什么也没有了。这同样不是学习西方文化的正确态度。

---

① 《鲁迅全集·集外集拾遗补编·破恶声论》。

② 梁启超：《新大陆游记》。

③ 吉田茂：《激荡的百年史》，世界知识出版社1980年版，第13页。

④ 《鲁迅全集·坟·文化偏至论》。

　　鲁迅提出了正确接受西方文化的原则——"审己"与"知人"。"审己"，就是认识自己，从中国的实际情况出发；"知人"，就是了解别人，弄清别的文化的实质，周密比较，审慎选取，吸取精华，为我而用。鲁迅的见解是深刻的。各个国家或民族的文化在发展过程中，都应该学习、吸收、改造外国和外民族的优秀文化成分，用以充实和丰富自己的内容。但是，这种学习和吸收，应以本国、本民族的文化为基础，使外国、外民族的文化与本国、本民族的文化相结合。鲁迅反对那种"近不知中国之情，远复不察欧美之实"的态度。"自既荒陋"，就难免"拾他人之绪余"，或者对于"已陈旧于殊方者"而"馨香顶礼"。因此，"必洞达世界之大势，权衡较量，去其偏颇，得其神明，施之国中，翕合无间"①。当然，由于思想上的局限性，无论在"审己"还是在"知人"上，鲁迅还有不很确当的认识，例如被他誉为"作旧弊之药石，造新生之津梁"的叔本华、尼采的哲学，其实是当时已经腐旧的欧洲资产阶级意识的反映。但是鲁迅提出的"审己""知人"的原则，无疑是正确的，在今天也是有意义的。

　　鲁迅早期重视文化问题，与他的改造国民性思想是相联系的。进化论使鲁迅认识到，自然进化，社会进化，人们的思想道德也在进化，因此只有把国民性改革好了，社会改革才有希望。改造国民性，就要改革文化（道德、宗教、文艺等）。这种把文化当作革命根本的"文化决定论"，是鲁迅早期文化观的一个特点。这说明鲁迅还不能科学地认识文化的实质。马克思主义认为，"一定的文化是一定社会的政治和经济在观念形态上的反映"②。因此，文化不能脱离政治和经济而孤立存在，也不能决定政治和经济。但是文化又有反作用。恩格斯说过："当一种历史因素一旦被其他的、归根到底是经济的原因造成的时候，它也影响周围的环境，甚至能够对产生它的原因发生反作

---

　　①《鲁迅全集·坟·文化偏至论》。
　　②《毛泽东选集》，人民出版社1967年版，第655页。

用。"①文化对于社会的经济和政治的反作用，在历史过程中表现为一种积极的因素。这种反作用有时是相当巨大的，欧洲文艺复兴对于资产阶级革命运动的促进就是一例。鲁迅重视文化的反作用是对的，只是夸大了这种反作用，这是鲁迅早期文化观上的根本缺陷。

二、在中西文化比较中认识国民性弱点

鲁迅早期通过中西文化的比较，探讨了中国国民性的弱点。

作为人类社会特有现象的文化，存在着所谓文化类型或文化模式的问题，从空间角度看，就有特点迥然不同的文化区域，它与特定的民族和国家的传统交织在一起，形成一定的文化类型。从最大的文化类型来说，有所谓东方文化和西方文化。随着资本主义、帝国主义的枪炮大规模地侵入中国的西方文化，强烈地冲击着中国古老的封建文化。人们逐渐认识到，西方国家强盛，西方文化也是先进的。那么，中国传统文化与西方文化各有什么特点呢？维新运动中，就有人对中西文化进行比较研究，试图从中找出中国落后的原因。例如，严复在《论世变之亟》一文里，就从历史观、伦理观、政治观、民俗观、学术观和自然观各个方面，对中国传统文化和西方近代文化做了相当力度的比较研究：

> 中西事理，其最不同而断乎不可合者，莫大于中之人好古而忽今，西之人力今以胜古；中之人以一治一乱一盛一衰为天行人事之自然，西之人以日进无疆，既盛不可复衰，既治不可复乱，为学术政化之极则。
>
> 中国最重三纲，而西人首明平等；中国亲亲，而西人尚贤；中国以孝治天下，而西人以公治天下；中国尊主，而西人隆民；中国贵一道而同风，而西人喜党居而州处；中国多忌讳，而西人

---

① 《马克思恩格斯选集》第4卷，人民文学出版社1972年版，第502页。

众讥评。其于财用也，中国重节流，而西人重开源；中国追淳朴，而西人求欢虞。其接物也，中国美谦屈，而西人务发舒；中国尚节文，而西人乐简易。其于为学也，中国夸多识，而西人尊亲知。其于祸灾也，中国委天数，而西人恃人力。

鲁迅也较早地注意进行中西文化的比较。他的《文化偏至论》《摩罗诗力说》，就是中西文化比较的重要论文。"他山之石，可以攻玉"。鲁迅从改造国民性的崇高目标出发，从对比中分析了中国国民性的特点和不足，这主要有三个方面：

第一，向往古代。

鲁迅认为，世界上不存在和平这一事物，人类社会也是如此。西方的哲学家惮于前进道路的艰险，又知道斗争不可避免，便向往未来，并且发挥他们的想象，创造出一个理想世界，从柏拉图的《理想国》开始，抱着这样想法的不知有多少人。鲁迅对此是称许的："虽自古迄今，绝无此平和之朕，而延颈方来，神驰所慕之仪的，日逐而不舍，要亦人间进化之一因子欤？"①但是，中国的哲学家却与此相反，他们心神所往，在于辽远的过去，或者是唐尧虞舜，或者竟是人兽杂居的原始状态。这种向往古代的思想是我们祖先的历史观的反映。古代中国的文化和历史，变化是缓慢而微细的，给人以凝固稳定的感觉，"天不变，道亦不变"就是古人由这种历史感所做的理论概括。政治史上有"正统"，思想史上有"道统"，文学史上有"文统"，言必称三代，甚至言必称孔孟，成了两千多年来中国人的传统习惯。在对待社会经济、政治、文化各方面的改造和建设问题上，人们不是着眼于未来，而是常常注视过去，恪守古训。鲁迅坚决反对这种一切向往古代的传统观念，认为其本质"为无希望，为无上征，为无努力"，其结果十分危险："非自杀以从古人，将终其身更无可希

①《鲁迅全集·坟·摩罗诗力说》。

冀经营，致人我于所仪之主的，束手浩叹，神质同隳焉而已。"①

第二，"不撄人心"。

鲁迅认为，西方哲学家由于面对未来，因此欢迎进化，不怕斗争；中国哲学家由于总是把目光转向过去，逃避现实，害怕斗争，因此鼓吹"不撄人心"。所谓"不撄"，就是不触犯。"不撄"，这是中国的政治理想。鲁迅指出，有人触犯他人，或者有人被触犯，皇帝和百姓都是要严厉禁止的：皇帝是为了保持王位，使之传诸子孙万代；百姓则在于过安稳的生活，宁愿蜷伏堕落而厌恶进取。因此，虽然他们地位不同，但都反对敢撄人心的天才人物。"不撄"思想影响很广。例如爱国诗人屈原，灭身殉志，被后人目为"狂狷""狷狭之志"②，鲁迅称赞他"茫洋在前，顾忌皆去，怼世俗之浑浊，颂己身之修能，怀疑自遂古之初，直至百物之琐末，放言无惮，为前人所不敢言"。但鲁迅又认为，屈原作品中"亦多芳菲凄恻之音，而反抗挑战，则终其篇未能见，感动后世，为力非强"③。鲁迅的批评切中肯綮。屈原作品虽然批评了时政，但还不完全背离中道。他的批评不仅出于一腔忠君爱国之忱，就是在表现方法上也多采用香草美人做比兴，被赞许为"优游婉顺""依经立义"④。"不撄"思想长期影响的结果，就产生了"不争之民""畏死之民"。这些人不敢斗争，逐渐变得卑鄙、懦怯、吝啬、胆小怕事，对国家命运漠不关心，对个人实利的追求则孜孜不已；在外敌的摧残下，只求活命，不惜卑躬屈膝。鲁迅指出："不争之民，其遭遇战事，常较好争之民多，而畏死之民，其苓落殇亡，亦视强项敢死之民众。"⑤"不争之民""畏死之民"向往的是"污浊之平和"，极力保持"故态"；这样的国家，就是"古国"，

---

① 《鲁迅全集·坟·摩罗诗力说》。

② 参阅班固《离骚·序》、刘勰《文心雕龙·辨骚》。

③ 《鲁迅全集·坟·摩罗诗力说》。

④ 王逸：《楚辞章句·序》。

⑤ 《鲁迅全集·坟·摩罗诗力说》。

它们无不"负令誉于史初，开文化之曙色"，后来则不可避免地变成"影国"。这是很可悲的。

鲁迅运用生物进化的理论，批评了"不撄"思想的乖谬。他指出，自从星云凝固、人类社会出现以后，无时无物，无不存在斗争；进化也许可以停一下，而生物却不能恢复原样了，如果阻挠向前发展，那就势必趋于衰亡。所谓"不撄"，实际上是不存在的。进化的力量像飞箭，不会中途停止。人们得到这股力量，就可以生存、发展，就可以达到人类所能达到的最高境界。鲁迅坚决反对"不撄人心"的传统思想，提出要打破"污浊之平和"，像"撄人心"的西方"摩罗派"诗人那样，勇于抗争，使我们的国家在抗争中强盛起来。

第三，盲目自大。

鲁迅认为，辉煌的中国古代文化长期以来处于世界领先地位，没有遇到过可以抗衡的对手，养成了一种"益自尊大"的心理；近代落后了，但不少人却无视或者不承认这个现实，仍然盲目自大，就难免自欺欺人了。在《科学史教篇》中，鲁迅批判了那种"张皇近世学说，无不本之古人，一切新声，胥为绍述"的崇古蔑今的思想。他举例说，从前英国人要在印度铺设地下水道，印度人反对，有人就说地下水道原本是印度古贤人创造的，只是日子久了，技术失传，白人不过是窃取这种技术而加之改良罢了，于是地下水道才得以铺设。鲁迅指出，这种盲目自大、"不惜自欺如是"的毛病，在中国更是严重存在。"震旦死抱国粹之士，作此说者最多，一若今之学术艺文，皆我数千载前所已具。"鲁迅的批评是颇有针对性的。中国近现代知识分子的文化思想都是在一定的心理背景下进行的，而这种心理背景，又是由中国文化的悠久性和中国在近代的落伍造成的，就产生了强烈的优越感和自卑感。这种优越感和自卑感的结合，便在当时的知识界中出现了一种奇怪的论调，即认为西方资本主义文明都起源于中国，自从秦始皇焚书坑儒以后，这些东西都在中国失传了，反而在西方国家得到流传。就是说，中国是西学的老祖宗，中国人向西方学习，是

"礼失求诸野"。郑观应在《盛世危言·西学》中就说："星气之占，始于臾区；勾股之学，始于隶首；地图之学，始于髀盖；九章之术，始于《周礼》。不仅此也，浑天之制，昉于玑衡，则测量有自来矣。公输子削木人为御，墨翟刻木鸢而飞，武侯作木牛流马，则机器有自来矣。秋官象胥，郑注译官，则翻译有自来矣。阳燧取明火于日，方诸取明水于月，则格物有自来矣。"

薛福成也说："《墨子》一书，导西学之先者甚多。"[1]梁启超后来竟然说"社会主义"也是中国"古已有之"的东西，认为孔子讲的"均无贫和无寡"、孟子讲的"恒产恒心"，就是这主义最精要的论据[2]。这种牵强附会、自欺欺人的说法，固然有在当时强大的封建势力下，为学习西方和进行改革的主张寻找合法根据，以打破顽固派反对的原因，但也反映了"尸祝往时"、盲目自大的思想。

不正视现实，不承认落后，对既有秩序的适应和对传统的盲目迷信，陶醉在自我编织的幻梦中，这是当时中国统治阶级的普遍的心理状态。"世界上任何国家的人民，凡是迷惑于旧习的一定喜欢夸耀他们的历史如何古老悠久。"[3]中国一些人就是这样。鲁迅指出，这些人就像破落户的子孙，仍然神气十足，保持着优越感，常对人说什么："厥祖在时，其为智慧武怒者何似，尝有闳宇崇楼，珠玉犬马，尊显胜于凡人。"[4]这难道不正是活脱脱的阿Q精神胜利法吗？——阿Q在和人口角时，常常瞪着眼说道："我们先前——比你阔的多啦！你算是什么东西！"

鲁迅通过中西文化比较所指出的中国国民性的弱点，也有不够准确的地方，例如有把一部分人的思想看成是全中国人的品性，有把某个特定时期的社会心理当作自古以来的传统观念等偏向。但鲁迅的比

---

① 薛福成：《出使日记》卷五，光绪十六年十月下旬各条。

② 梁启超：《欧游心影录节录》。

③ 福泽谕吉：《文明论概略》，商务印书馆1959年版，第27页。

④ 《鲁迅全集·坟·摩罗诗力说》。

较是有意义的，这不仅因为它是早期中西文化比较的探索，具有开拓作用，而且他的比较是从中国现实斗争的需要出发，他的反对守旧、恋古、自大、怯斗，都有强烈的针对性，是有积极作用的。

三、"染缸"与"软刀子"——封建传统文化的顽固性、残忍性

在势如狂飙的新文化运动时期，鲁迅从反封建的伟大斗争任务出发，对中华民族的传统文化进行了清醒的反省、清算，努力探索中国国民性与传统文化的关系，全面地、尖锐地抨击了造成中国国民性弱点的封建文化，在文化战线上打了一场有声有色的硬仗。

辛亥革命准备时期，中国资产阶级虽然曾对封建思想文化进行过一定的批判，但由于他们在思想上比在政治上更加软弱，他们使用的批判武器是已经陈旧的西方资产阶级的思想文化，因此并未能真正打败封建思想文化。这样，推翻了封建帝制，建立了共和国，但如鲁迅所说："中国固有的精神文明，其实并未为共和二字所埋没。"[1]帝国主义的走狗、大地主大资产阶级的政治代表袁世凯篡夺辛亥革命果实不久，就做起了当皇帝的美梦。随着袁世凯复辟帝制的紧锣密鼓，在文化思想领域也出现了一股尊孔复古的逆流。帝国主义大力支持包括中国在内的东方各国的"僧侣主义和蒙昧主义"[2]，袁世凯复辟帝制的丑剧也受到他们的喝彩。李佳白主持的尚贤堂与陈焕章组织的孔教会的沆瀣一气，就提供了帝国主义和封建主义在文化上结成反动同盟的一个黑标本。正如毛泽东指出的："帝国主义文化和半封建文化是非常亲热的两兄弟，它们结成文化上的反动同盟，反对中国的新文化。这类反动文化是替帝国主义和封建阶级服务的，是应该被打倒的东西。"[3]

---

[1]《鲁迅全集·坟·灯下漫笔》。

[2]《列宁选集》第2卷，人民出版社1972年版，第448页。

[3]《毛泽东选集》，人民出版社1967年版，第655页。

　　辛亥革命的失败，封建顽固派的复辟活动，启发鲁迅在内的民主主义者认真地去总结和思考。他们已经开始认识到思想文化上的变革在社会变革、政治革命中的重要地位和作用，认识到开展文化上的启蒙运动、清除人们思想上封建主义毒素的重大意义。他们力图吸取辛亥革命失败的教训，从思想文化的高度去寻求救国救民的出路。于是从1915年起，在中国大地上便出现了一场比辛亥革命时期更为猛烈的反封建的新文化运动。

　　新文化运动是彻底的反对封建文化的运动，自有中国历史以来，还没有过这样伟大而彻底的文化革命。新文化运动初期是资产阶级与小资产阶级文化代表的奋起，以资产阶级民主主义的思想武器向封建礼教和封建文化猛烈开火，大张旗鼓地宣传民主和科学；后期则出现了具有初步共产主义思想的知识分子生力军，以马克思主义为武器加入了反封建文化的战斗。鲁迅是稍后一点参加新文化运动的，他一加入，就成为冲决封建罗网的"凶猛的闯将"。在十月革命的影响下，鲁迅也"在刀光火色衰微中"看出"新世纪的曙光"[1]。恩格斯在论述法国启蒙运动时指出："宗教、自然观、社会、国家制度，一切都受到了最无情的批判。"[2]鲁迅有一段话，就是他的彻底的反封建精神的写照："苟有阻碍这前途者，无论是古是今，是人是鬼，是《三坟》《五典》，百宋千元，天球河图，金人玉佛，祖传丸散，秘制膏丹，全都踏倒他。"[3]

　　鲁迅向封建文化发动气势凌厉的进攻，建立在他对于封建传统文化与国民性弱点关系的认识上。文化是一种历史的累积现象。社会物质生产发展的连续性是文化累积的基础。文化累积的能力，是人类有别于动物的一种特有的能力。这种累积，是通过人的活动进行的，并

---

①《鲁迅全集·热风·五十九"圣武"》。

②《马克思恩格斯选集》第3卷，人民文学出版社1972年版，第56页。

③《鲁迅全集·华盖集·忽然想到（五至六）》。

正在从历史上的完全盲目的自发阶段进到有组织有计划的自觉阶段。应当看到，所谓累积，不仅是指累积自己这个地区、民族、国家的文化，而且文化累积的过程，也就是文化交流和文化传播、文化融合和文化冲突的过程。文化经过这样长期的历史的积淀，就成为人们的行为模式、思维模式和心理特征，由此构成一个民族的思想风貌。斯大林在《马克思主义和民族问题》中曾经指出："还必须注意到结合成一个民族的人们在精神形态上的特点。各个民族之所以不同，不仅在于他们的生活条件不同，而且在于表现在民族文化特点上的精神形态不同。"[①]文化传统与国民性的形成有密切的关系。随着文化的发展，人们之间的关系日益复杂起来，在各个社会集团，从风俗习惯到道德、宗教、法制、艺术，规定于该集团每个人的行为、价值观念的方向的一种力量统治现象也越来越明显起来，"处于文化的两极的这种价值体系和技术体系，以语言和社会结构为媒介形成一个叫作文化的结构体。这个结构体具有不同的形态类型和发展史。所谓民族性、国民性就是这种结构所表现的类型"。[②]文化传统在人们心理上的反映和行为上的表现，就是鲁迅所说的国民性或民族性。

作为具有几千年历史文化的文明古国，中国在长期的封建社会中所创造、积累、延续下来的传统文化是封建文化，亦即"儒教文化"，主要代表是孔孟之道及其后世的儒家学说，它对中国社会与政治思想的影响是根深蒂固的。关于这个问题，我们在后面第六章还要专门进行论述。中国传统价值体系中有两大重要支柱："重义理轻艺事"和"贵义贱利"。前者维持了劳心者与劳力者的界限，注定了科学技术在中国的低下地位；后者与几千年的重农轻商、崇本抑末的政策相呼应，维护了小农经济结构的牢固性[③]。与此相联系，就是厚古薄

---

① 《斯大林全集》第2卷，人民出版社1953年版，第294页。

② 参阅日本平凡社《世界大百科事典》1981年版。转引自《文明和文化》，求实出版社1982年版。

③ 参阅叶晓青：《西学输入和中国传统文化》，《历史研究》1983年第1期。

今，重人事、轻鬼神，重义务、轻权利，重社稷、轻个人，重精神、轻物质，重德育、轻智育，等等。这里面既包含着我们民族的美德，形成中国国民性中积极的方面，也包含着导致影响社会前进的消极因素，形成国民性中陈腐萎靡的病态。因此，传统文化是我们民族的骄傲，又是我们民族的包袱。鲁迅对于传统文化的批判，就由于它是愚弱的国民性形成的一个重要条件。

鲁迅深刻揭露了封建文化的顽固性。他说："我们中国本不是发生新主义的地方，也没有容纳新主义的处所，即使偶然有些外来思想，也立刻变了颜色，而且许多论者反要以此自豪。"① "我们中国人，决不能被洋货的什么主义引动，有抹杀他扑灭他的力量。"② 封建文化在中国土地上发展了几千年，孳乳连绵，显得格外顽强。它像个"黑色染缸"，有着巨大的同化力。任何新思想、新学说，不是被它消融、同化，变得面目全非，就是在与它的较量、冲突中，落荒而退，以致最后销声匿迹。中国近代所谓"新学"和"旧学"、"西学"和"中学"的斗争的结果，就说明了这一点。清王朝被推翻，但是"旧学"并没有随着这个历史巨变退出战场，倒是"新学"一个又一个给战败了。风靡一时的进化论，"终于也不过留下一个空泛的名词"③；就是鼓吹"西学"最力的严复，后来也尊孔复辟，甚至迷信灵学万能，完全投到封建思想文化的怀抱里了。毛泽东指出："因为中国资产阶级的无力和世界已经进到帝国主义时代，这种资产阶级思想只能上阵打几个回合，就被外国帝国主义的奴化思想和中国封建主义的复古思想的反动同盟所打退了，被这个思想上的反动同盟军稍稍一反攻，所谓新学，就偃旗息鼓，宣告退却，失了灵魂，而只剩下它的躯壳了。"④ 当然鲁迅当时还不能站到这样的高度认识问题，但他从亲

①《鲁迅全集·热风·五十九"圣武"》。

②《鲁迅全集·热风·五十六"来了"》。

③《鲁迅全集·二心集·〈进化和退化〉小引》。

④《毛泽东选集》，人民出版社1967年版，第657页。

身经历中看到了封建文化的顽固性，提醒人们要同它做持久的艰巨的斗争，则是确当而又深刻的见解。

鲁迅还批判了封建文化的残忍性。他看到人民群众普遍落后、麻木，突出表现在没有自己的是非观念，一切以"祖传老例"为是非标准，一切以封建统治者的是非为是非。许多人"分不清理想与妄想的区别""将扫除庭园与劈开地球混作一谈"①。鲁迅在《野草·复仇（其二）》中，描写了拯救人类的耶稣，就死在他要拯救的然而是以统治者的是非为是非的人们面前。造成人民群众精神麻木的主要原因是封建文化的毒害。鲁迅曾借用生物界细腰蜂用毒汁麻痹小青虫以供幼蜂食用的事例，揭露了反动统治阶级利用封建文化毒害人民的残忍行为。他说："这细腰蜂不但是普通的凶手，还是一种很残忍的凶手，又是一个学识技术都极高明的解剖学家。她知道青虫的神经构造和作用，用了神奇的毒针，向那运动神经球上只一螫，它便麻痹为不死不活状态。"②这"神奇的毒针"，就是封建文化，就是世代相传的"奴隶规则"；它是反动统治者施用"麻痹术"的武器，是杀人不见血的"软刀子"。但是鲁迅又指出，从历史上看，愚民政策的理论尽管很完备，却从来不能奏效，因为它总不能禁止人民去思想。鲁迅希望人民群众团结斗争，"排角成城以御强敌"，彻底打破愚民政策，使富人的天下不得太平。

由于对封建文化的顽固性和残忍性认识得深刻，对旧势力的五花八门的战法了解得谙熟，鲁迅在与封建文化的斗争中，态度就十分坚决，也最能击中要害。他提出，在任何情况下都不能忘记对于"祖传老病"的攻击："无论如何总要对于中国的老病刺他几针，譬如说天文忽然骂阴历，讲生理终于打医生之类"；"现在偏要发议论，而且讲科学，讲科学而仍发议论，庶几乎他们依然不得安稳，我们也可告

---

① 《鲁迅全集·热风·随感录三十九》。
② 《鲁迅全集·坟·春末闲谈》。

无罪于天下了"①。彻底破除封建文化就要去掉"二重思想"。"二重思想"是由于封建势力的强大以及革命者的妥协退让而产生的一种调和、折中的思想。在这种思想的弥漫下，中国社会上便出现了一幅幅光怪陆离的奇异画面：既许信仰自由，却又特别尊孔；既说是应该革新，却又主张复古；早上握手，晚上打躬；上午"声光化电"，下午"子曰诗云"；本领要新，思想要旧。"一言以蔽之：前几年谓之'中学为体，西学为用'，这几年谓之'因时制宜，折衷至当'。"②鲁迅剖析了"二重思想"同封建文化之间互为表里的关系，坚决反对向旧势力、旧文化妥协。他指出，有"二重思想"的是"彷徨的人种"，而"彷徨的人种"是没有出路的，"要想进步，要想太平，总得连根拔去了'二重思想'"③。

四、针砭民族自大　弘扬"汉唐气魄"

早期的鲁迅从发扬国民精神出发，号召人们学习西方文化，广博世界见识。在新文化运动及其以后的一段时期，他从反对封建文化、改革国民精神的主旨出发，针砭民族自大，要求弘扬"汉唐气魄"，提出"放开度量，大胆地，无畏地，将新文化尽量地吸收"④。这是他文化观的一个重要方面。

新文化运动时期，各种新思潮、新主义纷至沓来，中西、古今之争也更为激烈，以至从1915年开始，出现了延续十数年之久的中西文化大论战。当时在对待西方文化上，存在着这么两种偏向：

一种是主张全盘西化，对民族文化遗产采取彻底的虚无主义态度。这以胡适为代表。胡适宣传："我们必须承认我们自己百事不如人，不但物质机械上不如人，不但政治上不如人，并且道德不如

---

① 《鲁迅全集·集外集拾遗·对于〈新潮〉一部分的意见》。
② 《鲁迅全集·热风·随感录四十八》。
③ 《鲁迅全集·热风·随感录五十四》。
④ 《鲁迅全集·坟·看镜有感》。

人，知识不如人，文学不如人，音乐不如人，艺术不如人，身体不如人。"因此，他主张"死心塌地的去学人家"。甚至"不要怕丧失我们自己的民族文化"①。受到胡适影响的傅斯年在《新潮》杂志上说："极端的崇外，却未尝不可"，"因为中国文化后一步，所以一百件事，就有九十九件比较的不如人，于是乎中西的问题，常常变成是非的问题了"②。以朱谦之为代表的新虚无主义，反对包括孔孟文化思想在内的一切文化思想，声称要不断革命，直至待到"虚无平治，大地破碎"，达于"永恒的解脱"才罢休③。当时在古文字研究方面很有成绩的钱玄同，也提出了要彻底抛弃汉字的主张。

另一种是竭力排斥、贬低西方文化的态度。这以梁启超、梁漱溟等为代表。他们推崇以孔孟为代表的东方文化，认为即使引入西方文化，也要注入东方的精髓。梁启超以前崇信西方文化，后来倒退为用东方固有文化反对西方文化的一个代表人物。他1920年欧游归来后，说欧洲的资本主义文明已经破产，"许多先觉之士，正想把中国印度文明输入"。他认为，真正救中国的还是封建文化，因而今后的唯一根本办法，是"从存一个尊重爱护本国文化的诚意"，在从事"先秦诸哲、汉唐诸师"或"中国印度文明"的复活运动中"跟着三圣（指孔、老、墨）"前进④。梁漱溟在1921年出版的《东西文化及其哲学》一书中，认为"中国文化是以意欲自为调和、持中为其根本精神的"，说什么人类文化要发生"由西洋态度变为中国态度的""根本变革"，全世界都要走"中国的路，孔子的路"，未来文化就是"中国文化之复兴"⑤。

① 胡适：《介绍我自己的思想》，转引自《中国现代思想史资料简编》第1卷，浙江人民出版社1983年版，第167、168页。

② 傅斯年：《通信》，《新潮》第1卷第3期（1919年3月1日）。

③《革命哲学》，大新书局1936年版，第234页。

④ 梁启超：《欧游心影录节录》。

⑤ 转引自《中国现代思想史资料简编》第2卷，浙江人民出版社1983年版，第218、220—221页。

　　鲁迅既反对民族虚无主义，又反对一概拒斥外来文化的偏向。随着民族的产生和发展，文化便具有民族性，又通过民族形式的发展，形成民族的传统。任何国家或民族的高度发展的文化，都不可能是封闭的或与世隔绝的，而事实上存在着文化的交流、融合现象。中国人民素来有着与外部世界交往、联系的传统，例如汉代张骞、班超的出使西域，唐代玄奘的印度取经，明初郑和的下西洋，等等，都很有名。中国古代的物质文化，例如四大发明，对于世界的影响就很明显，儒家思想对于邻近各国文化所起的作用也是客观存在的。同样，中国封建文化在形成和发展中，也学习、吸收了不少外来的文化。中亚和西方的音乐舞蹈、天文历算、工艺美术，以及印度的佛教文化等，都在中国文化史上留下了印记。鲁迅批判了当时中国的守旧顽固派，他们对国外的新文化、新思潮深恶痛绝，排斥唯恐不力，总想把人民群众套在传统思想的硬茧里，与外界完全隔绝，继续推行维持了数千年的愚民政策。鲁迅指出，这些中国人的理想与锡兰岛（斯里兰卡）上的维达族（Vedda）人的情况很相合。维达族与外界毫无交涉，也不受别的民族的影响，处于原始的状态，可谓"羲皇上人"了。"但听说他们人口年年减少，现在快要没有了：这实在是一件万分可惜的事。"[1]原因很简单，自绝于世界文明发展大道的民族，只有倒退、衰亡一途。

　　鲁迅提出大力吸收西方新文化，与他对于"合群的爱国的自大"的批判，努力树立民族的自尊和自信是连在一起的。他指出："中国人向来有点自大。——只可惜没有'个人的自大'，都是'合群的爱国的自大'。这便是文化竞争失败之后，不能再见振拔改进的原因。"[2]"合群"思想是19世纪末维新派为挽救祖国危亡而引来的西

---

①《鲁迅全集·热风·五十八"人心很古"》。
②《鲁迅全集·热风·随感录三十八》。

方学说①。维新派从历次对外战争和交涉失败中得到体验，认为广土众民的中国之所以衰弱不堪，主要是由于分散隔离，闭塞愚陋，这不仅对强敌失去抵抗力，而且也是破旧立新的极大障碍，因此必须合群。他们把群看作社会的基数，有群的吸力才能聚为社会，成为世界，能群与否是国家强弱的分界线。②梁启超的《新民说》中就专门写了《说合群》一节，他还指出："群故通，通故智，智故强。"③可见，当时鼓吹合群具有民族觉醒的意义，是反抗帝国主义侵略的行动。但是后来有些人又宣扬"合群的爱国的自大"，这个论调宣扬的是些什么东西呢？鲁迅概括了以下五种：

　　甲云："中国地大物博，开化最早；道德天下第一。"这是完全自负。

　　乙云："外国物质文明虽高，中国精神文明更好。"

　　丙云："外国的东西，中国都已有过；某种科学，即某子所说的云云"，这两种都是"古今中外派"的支流；依据张之洞的格言，以"中学为体西学为用"的人物。

　　丁云："外国也有叫化子，——（或云）也有草舍，——娼妓，——臭虫。"这是消极的反抗。

　　戊云："中国便是野蛮的好。"又云："你说中国思想昏乱，那正是我民族所造成的事业的结晶。从祖先昏乱起，直要昏乱到子孙；从过去昏乱起，直要昏乱到未来。……（我们是四万万人）你能把我们灭绝么？"这比"丁"更进一层，不去拖人下水，反以自己的丑恶骄人；至于口气的强硬，却很有《水浒传》中牛二的态度。④

---

① 严复1903年翻译出版英国哲学家斯宾塞的《社会学研究》，译名为《群学肄言》。
② 参阅唐旭麓：《戊戌时期维新派的社会观——群学》，《近代史研究》1984年第2期。
③ 梁启超：《变法通议·论学会》。
④《鲁迅全集·热风·随感录三十八》。

可见，所谓"合群的爱国的自大"论调的实质，就是维护落后的传统文化，拒绝接受外来新事物，反对任何改革。

"合群的爱国的自大"，也是一种民族的自大。鲁迅指出，中国人历来对异族只有两种称呼：一样是禽兽，一样是圣上，从没有把他们称为朋友。[①]由于民族自大，便鄙视异族，呼他们为禽兽；也由于自大容易变为自卑，因此在异族的锋镝下，匍匐称臣，尊之为圣上。这是病态的国民性的反映。民族的自尊与自信同民族的自大与自卑是截然对立的。鲁迅深刻地批判了民族的自大与自卑。他针砭国民性的这些弱点，就是为了树立民族的自尊与自信。

同每个人具有自我意识一样，每个民族作为认识主体，也具有自我意识。民族自信心和自尊心就是这种民族自我意识的重要组成部分。民族自信心是一个民族的肯定的、积极的自我认识和自我评价；民族自尊心是民族自信心在民族道德情感上的深化。作为社会心理现象，二者具有广泛性和稳定性的特征，具有强大的精神力量。自信、自尊这种心理机制，决定了民族自信心、自尊心必然采取自我意识、自我评价的主观形式。形式上虽是主观的，但在内容上却要求客观地反映本民族的一切现实的历史的东西，热情肯定一切优秀的东西，坚决否定落后的东西。否定落后正是为了改变落后。这种建立在客观地反映和评价自己民族的历史地位、创造力量和发展前途基础上的民族自信心、自尊心，与民族自大、民族自卑有着本质的不同。新文化运动时期在中西文化论战中出现的两种偏向，与没有正确认识和解决好上述问题有很大关系。以胡适为代表的"全盘西化"论者，对自己民族、国家的东西认为这也不行、那也不行，甚至对自己民族的长处和优良传统也一概否定，表现了妄自菲薄的民族自卑感，以梁启超、梁漱溟为代表的保存"固有的精神文明"论者，不切实际地夸大本民族

①《鲁迅全集·热风·随感录四十八》。

的长处，甚至把自己民族历史上的糟粕也当作精华，拒绝吸收其他民族的长处，则表现了妄自尊大的狭隘民族主义。因此，这两种态度都是错误的。

鲁迅正是从对中华民族的深切了解、从树立民族的自尊与自信出发，主张勇敢无畏地吸收一切外来文化，择其精华，作为我们民族发展的滋养。他十分推崇"汉唐气魄"。他说："遥想汉人多少闳放，新来的动植物，即毫不拘忌，来充装饰的花纹。唐人也还不算弱，例如汉人的墓前石兽，多是羊、虎、天禄、辟邪，而长安的昭陵上，却刻着带箭的骏马，还有一匹鸵鸟，则办法简直前无古人。"[1]这种气魄，就是对外族文化敏于探求、勇于吸收的胸襟、气度，是中华民族的优良传统。鲁迅又把汉唐的"闳大之风"与宋以后的"偏多忌讳"进行比较，指出能否大胆地吸收外来文化，敢于"将彼俘来"而不是只怕"彼来俘我"，关键在于是否有魄力、有自信，鲁迅提出，要有进步或不退步，"总须时时自出新裁，至少也必取材异域，倘若各种顾忌，各种小心，各种唠叨，这么做即违了祖宗，那么做又像了夷狄，终生惴惴如在薄冰上，发抖尚且来不及，怎么会做出好东西来"[2]。他不断抨击那些"使中国和世界潮流隔绝""排斥外来思想，异域情调"的守旧思想，热情地传播新文化。

应该看到，新文化运动时期的新文化，指的是反帝反封建的文化思想。当时的所谓新思潮、新主义，内容是很复杂的。新思潮的主流是社会主义，但是又有资产阶级民主主义和人文主义的政治、社会和伦理思想，还有帝国主义时代的各种资产阶级思想，如柏格森、尼采、杜威、罗素等的思想。就是初期的社会主义，也是兼容并包的，除了科学的社会主义外，更有圣西门的空想社会主义、武者小路实笃的新村主义、托尔斯泰的泛劳动主义以及工读主义、无政府主义、修

---

①《鲁迅全集·坟·看镜有感》。

②《鲁迅全集·坟·看镜有感》。

正主义、基尔特社会主义等等，都被笼统地当作"社会主义"接受过来。由于思想上的局限，鲁迅当时对西方社会思潮中的各种流派和倾向还不能够进行科学的鉴别。

还应看到，新文化运动时期，鲁迅世界观上仍未完全突破进化论观点的限制，所操的主要仍是个性解放的武器，"文化决定论"还有一定的影响。因此，对于造成萎靡、麻木的国民性的封建文化，鲁迅的批判是尖利的，但还缺乏进一步的分析，去区分其中的糟粕和精华（例如认为"中国古书，叶叶害人"[①]）；大力主张学习、吸收外来的新思想、新文化，但对这些新思想、新文化还不能够正确地进行选择。1925年以后，经过尖锐的阶级斗争的锻炼和马克思主义理论的学习，鲁迅树立了辩证唯物主义和历史唯物主义的科学的世界观。他的文化观也达到了一个崭新的马克思主义的高度。

五、"拿来主义"——传统文化的批判和继承

鲁迅转变为伟大的共产主义者以后，正确解决了革命的力量、道路等一系列重大问题，对作为意识形态的文化的实质以及文化与经济、政治之间的关系也有了确当的认识，克服了早期和前期的"文化决定论"倾向。但鲁迅仍然重视文化问题，他勇猛地战斗在文化战线上，同毒害、麻痹人民群众的半封建文化与帝国主义奴化思想的文化进行针锋相对的斗争，为无产阶级新文化的建设做出了卓越的贡献。

在辛亥革命准备时期，鲁迅从激发人民群众的爱国主义情感、推翻清政府的腐朽统治出发，对传统文化较多地采取了肯定的态度；在新文化运动时期，为了打退封建顽固势力的进攻、保卫新文化运动的成果，鲁迅倾注全力去抨击传统文化；到了后期，鲁迅运用马克思主义观点对待民族文化遗产，注重对传统文化具体分析，择取其中精华，以利于无产阶级新文化的建设。这是鲁迅文化观转变的一个重要

①《鲁迅全集·书信·190116致许寿裳》。

标志。这个转变，可以说经过了肯定—否定—否定之否定的辩证发展过程。

新文化的诞生，必须对旧文化进行猛烈的批判，但为了战胜旧文化和建立新文化，又必须对旧文化有所继承和择取。这就是革新和继承之间对立统一的关系。鲁迅深刻地分析了这种关系："因为新的阶级以及文化，并非突然从天而降，大抵是发达于对于旧支配者及其文化的反抗中，亦即发达于和旧者的对立中，所以新文化仍然有所承传，于旧文化也仍然有所择取。"[1]在批判和继承文化遗产时，鲁迅既反对像未来派那样盲目地破坏，也反对像复古派那样盲目地因袭，而主张无论破坏和保存，都要从"新的建设的理想"出发，即为建立无产阶级的新文化服务。鲁迅的见解和毛泽东的精辟论述是一致的。毛泽东指出："中国的长期封建社会中，创造了灿烂的古代文化。清理古代文化的发展过程，剔除其封建性的糟粕，吸收其民主性的精华，是发展民族新文化提高民族自信心的必要条件。"[2]鲁迅的这个思想，形象地体现在他的著名的"拿来主义"口号中。他以一个穷青年得了一所大宅子做比喻，批评了对待文化遗产的三种错误态度：一是畏畏缩缩，不敢接触遗产，这种人是"孱头"；二是全盘否定，搞民族虚无主义，这种人是"昏蛋"；三是弃精华而专吮吸糟粕的保守复古主义，这种人是"废物"。鲁迅认为，对待文化遗产，应该采取"拿来主义"的态度，以"沉着，勇猛，有辨别，不自私"的精神，"或使用，或存放，或毁灭"，分别做出不同的处理。[3]这是鲁迅过去一系列正确主张的继续和发展，而且更加科学和具体了。这反映在改造国民性上，就是既坚决批判传统文化中消极方面对国民性的影响，又注意继承传统文化中的积极方面，弘扬国民精神。

①《鲁迅全集·集外集拾遗·〈浮士德与城〉后记》。
②《毛泽东选集》，人民出版社1967年版，第667—668页。
③《鲁迅全集·且介亭杂文·拿来主义》。

在鲁迅生活的后期，国民党反动派在对革命力量进行军事"围剿"的同时，又发动了反革命的文化"围剿"。"共产主义者的鲁迅，却正在这一'围剿'中成了中国文化革命的伟人。"①反动派一方面指使御用文人向无产阶级文化发起猖狂进攻，另一方面提倡"新生活运动"，鼓吹"尊孔读经"，在"保存中国固有文化"的幌子下推行愚民统治。鲁迅认为，所谓"保存中国固有文化"，其实是要保存中国文化中窒碍中华民族生机的消极、落后的部分。这种文化的实质，"是岳飞式的奉旨不抵抗的忠，是听命国联爷爷的孝，是斫猪头，吃猪肉，而又远庖厨的仁爱，是遵守卖身契约的信义，是'诱敌深入'的和平"。②鲁迅还批判了"保存中国固有文化"的两种表现形式：

一是毫无理由地处处反"洋"，与"洋气"唱反调：他们活动，我偏静坐；他们讲科学，我偏扶乩；他们穿短衣，我偏着长衫；他们重卫生，我偏吃苍蝇；他们壮健，我偏生病……似乎"这才是保存中国固有文化，这才是爱国，这才不是奴隶性"③。

二是"每一新制度，新学术，新名词，传入中国，便如落在黑色染缸，立刻乌黑一团"④。例如科学，本身就是生产力，就是疗救愚昧的有力武器，但在中国，却被某些人用以维系与发展落后的社会风气："马将桌边，电灯代替了蜡烛，法会坛上，镁光照出了喇嘛，无线电播音所日日传播的，不往往是《狸猫换太子》《玉堂春》《谢谢毛毛雨》吗？"鲁迅激愤地说："科学不但更加证明了中国文化的高深，还帮助了中国文化的光大。"⑤可见，"保存中国固有文化"论调的实质，就是反对进步，反对改革，反对一切新事物。

---

① 《毛泽东选集》，人民出版社1967年版，第663页。

② 《鲁迅全集·南腔北调集·真假堂吉诃德》。

③ 《鲁迅全集·且介亭杂文·从孩子的照相说起》。

④ 《鲁迅全集·花边文学·偶感》。

⑤ 《鲁迅全集·花边文学·偶感》。

在中国近代文化史上，既有半封建的文化，又有帝国主义奴化思想的文化。"这一部分文化，除了帝国主义在中国直接办理的文化机关之外，还有一些无耻的中国人也在提倡。一切包含奴化思想的文化，都属于这一类。"[①]奴化思想的文化是直接为帝国主义侵略中国的政策服务的。帝国主义除了依恃洋枪洋炮在中国土地上横行无忌外，还要在思想文化上欺骗、毒化中国人民，使他们的侵略"有理"，掩盖其罪恶的嘴脸。20世纪30年代，随着日本帝国主义侵略中国活动的加剧，中华民族危机的日益加深，鲁迅对奴化思想的文化的批判也更加猛烈。他揭露了帝国主义宣传奴化思想的文化的几种手段：

第一，主动"送来"，例如电影、书籍等。"欧美帝国主义者既然用了废枪，使中国战争，纷扰，又用了旧影片使中国人惊异，胡涂。更旧之后，便又运入内地，以扩大其令人胡涂的教化。"[②]

第二，推行"以华制华"的老法宝。帝国主义为了要保持他们的"在华利益"，就积极网罗、培养一批可以"制华"的华人，有掌握政权的，也有弄文化的。"他们是最要紧的奴才，有用的鹰犬，能尽殖民地人民非尽不可的任务：一面靠着帝国主义的暴力，一面利用本国的传统之力，以除去'害群之马'，不安本分的'莠民'。"[③]

第三，赞赏和利用中国固有的"文明"。帝国主义看到中国传统文化有利于培养奴才主义，而奴才主义又有利于帝国主义征服中国民族的"心"，于是他们就大肆鼓吹和利用中国固有的"文明"。鲁迅揭露了这种似乎奇怪的现象：中国废止读经了，教会学校正请腐儒教学生读"四书"；民国废去跪拜了，犹太学校偏请遗老做先生，要学生磕头拜寿；日本人拜骈文于北京，英督"金制军""整理国故"于香港；等等。他们对中国固有的"文明"即封建文化如此一往情深，

①《毛泽东选集》，人民出版社1967年版，第655页。

②《鲁迅全集·二心集·现代电影与有产阶级》。

③《鲁迅全集·二心集·"民族主义文学"的任务和运命》。

如此不遗余力地鼓吹、保存，就是要"吃中国人的肉的！"

鲁迅前期主要集中在攻击封建的意识形态上，晚年所攻击的对象则比先前广泛得多，包括一切守旧的思想体系，即旧文化的各个方面。这突出体现在他重视改革旧的风俗习惯上。

风俗习惯主要是指一个民族（或一定地域的人们）在物质生活和文化生活方面长期形成的共同习惯，包括衣着、饮食、居住、生产、婚姻、丧葬、节庆、礼仪等方面的好尚、信仰和禁忌，它既是民族的外部特征之一，又体现了民族的共同心理素质，是构成民族的重要因素之一，具有群体性、地域性、稳定性以及可变性等特点。作为文化的一个组成部分的风俗习惯是社会生活的反映，反过来又对社会的发展产生一定的影响。鲁迅一直重视风俗习惯问题。他在1930年给许世瑛开的书单中，就有记叙"晋人清谈之状"的《世说新语》、"论及晋末社会状态"的《抱朴子外篇》、"可见汉末之风俗接信等"的《论衡》、反映"明末清初之名士习气"的《今世说》等①。他爱读明清笔记之类的野史，因为从中可以使人们了解某一时代的生活、习惯、风尚："譬如我们看一家的陈年账簿，每天写着'豆付三文，青菜十文，鱼五十文，酱油一文'，就知先前这几个钱就可买一天的小菜，吃够一家；看一本旧历本，写着'不宜出行，不宜沐浴，不宜上梁'，就知道先前是有这么多的禁忌。"②风俗习惯是在长期社会生活中形成的，其中有好的，也有不好的甚至是坏的。坏的旧的风俗习惯对人民群众起着潜移默化的毒害作用，使旧的思想绳绳不断，成为社会改革的阻碍。

当时的中国，许多风俗习惯是封建时代和半殖民地半封建时代的产物，甚至是人类蒙昧、野蛮时代的产物的残余，影响很广。20世纪30年代，报刊上开展关于"社会改革"问题的讨论，鲁迅便把

①《鲁迅全集·集外集拾遗补编·开给许世瑛的书单》。
②《鲁迅全集·且介亭杂文·随便翻翻》。

社会改革同旧的风俗习惯的改革联系起来，显示了一个成熟的马克思主义者的认识水平和理论深度。鲁迅指出，要进行社会改革，必须注重研究风俗习惯，同旧的习惯势力做长期的顽强的斗争。列宁说过："千百万人的习惯势力是最可怕的势力。"①他又指出，共产党的基本任务，"就是帮助培养和教育劳动群众，使他们克服旧制度遗留下来的旧习惯、旧风气，那些在群众中根深蒂固的私有者的习惯和风气"。②鲁迅赞扬并接受了列宁的意见，指出："真实的革命者，自有独到的见解，例如乌略诺夫（即列宁——引者注）先生，他是将'风俗'和'习惯'，都包括在'文化'之内的，并且以为改革这些，很为困难。我想，但倘不将这些改革，则这革命即等于无成，如沙上建塔，顷刻倒坏。"③因此，革命者应当深入民众，了解社会，研究风俗习惯，分别好坏，立存废的标准，然后"设法引导，改进"，如果只是"大叫未来的光明"而不敢正视黑暗的现实，那不过是书斋里欺骗性的空谈。鲁迅的这些重要观点，在今天对我们也是有启发的。

如何使人民群众真正获得思想和精神的解放，彻底摆脱愚昧的境地，这是鲁迅一生所认真思考和着力进行的一项伟大的工作。鲁迅在后期认为，人们首先要获得政治经济的解放，"改革最快的还是火与剑"，但又主张在人民大众未获得政治经济的彻底解放之前，用改革国民教育的办法，逐步改变他们文化思想落后的状况。这主要表现在重视汉字改革上。在著名的《门外文谈》中，鲁迅用历史唯物主义的观点，深刻论述了文字起源于人民群众，"文字在人民间萌芽，后来却一定为特权者所收揽"。剥削阶级不但剥夺了物质财富的创造者——劳动群众享有物质财富的权利，而且利用他们在政治上、经济上的特权，剥夺了精神财富的创造者——劳动群众享受文字的权利。

①《列宁选集》第4卷，人民出版社1972年版，第200页。

② 转引自《红旗》杂志评论员文章：《努力建设高度的社会主义精神文明》，《红旗》1982年第19期。

③《鲁迅全集·二心集·习惯与改革》。

汉字本来就难，统治者又用种种"故意特制的难"使文字同它的创造者分离开来，广大劳动者只能世世代代当"睁眼瞎"，遭受剥削和压迫。不识字是中国劳动人民长期处于愚昧状态的一个重要原因。鲁迅尖锐地指出，"汉字和大众，是势不两立的"[①]；"方块汉字真是愚民政策的利器"，"也是中国劳苦大众身上的一个结核，病菌都潜伏在里面，倘不首先除去它，结果只有自己死"。反动派出于愚民统治的需要，极力反对、阻挠人民群众掌握文字，"中国的劳苦大众虽然并不识字，但特权阶级却还嫌他们太聪明了，正竭力的弄麻木他们的思索机关呢"[②]。鲁迅认为，即使是"目不识丁"的人民大众，其实也并不如读书人所推想的那么愚蠢，"他们是要智识，要新的智识，要学习，能摄取的"。从有利于人民大众掌握汉字[③]出发，鲁迅坚决支持汉字拉丁化的提议，他说："倘要中国的文化一同向上，就必须提倡大众语，大众文，而且书法更必须拉丁化。"[④]

通过上述分析，我们看到，鲁迅的文化观虽然经过了前后期的重大变化，但是抨击传统文化中的消极因素，积极吸收外来的新文化，着眼于人民群众萎靡、麻木的精神状态的改变，着眼于改造愚弱的国民性，则是贯穿他的文化观前后期的一个基本方面。

---

① 《鲁迅全集·且介亭杂文·答曹聚仁先生信》。

② 《鲁迅全集·且介亭杂文·关于新文字》。

③ 《鲁迅全集·且介亭杂文·门外文谈》。

④ 《鲁迅全集·且介亭杂文·门外文谈》。

第四章

从"人性的解放"到"阶级意识觉醒"

——鲁迅改造国民性思想与人性观

　　伟大的鲁迅逝世后第十九天，他的挚友许寿裳就撰文回忆他们20世纪初年留学日本的情景。许寿裳说："（那时）我们又常常谈着三个相联的问题：（一）怎样才是理想的人性？（二）中国民族中最缺乏的是什么？（三）它的病根何在？"①这说明，鲁迅改造国民性思想与他的人性观紧密相关，追求理想人性并且是他改造国民性思想的一个出发点。因此，认真探讨这二者之间的关系，是研究鲁迅改造国民性思想中不容回避的一个问题。

一、人的解放与人性的改革：近代人本主义思潮的反映

　　所谓人性，是指人的本质属性。人性问题，这是一个古老而又常新的问题。自从孔子提出"性相近也，习相远也"②的著名命题以后，两千多年来，这个问题在中国历代著名思想家的思想体系中大都占有一个重要的位置。这是因为，人性问题既是一个重大的理论问题，又是与每一时代的社会政治生活和精神生活密切联系的现实问题。

　　鲁迅从早年投入革命运动起，就十分关注人的问题，重视对人性问题的探讨，而这种关注与探讨又是同他的救国救民道路的探求相联

---

① 许寿裳：《我所认识的鲁迅》。

②《论语·阳货》。

系的。他1907年所写的《文化偏至论》《摩罗诗力说》等，"都是怃于当时一般新党思想的浅薄猥贱，不知道个性之当尊，天才之可贵，于是大声疾呼地来匡救"①。匡救之途就是发展个性，解放人性。鲁迅认为，国家要在"角逐列国"之间求生存和发展，"首在立人"，"立人"之道是"尊个性而张精神"。"尊个性"就是要解除对人的各种桎梏，任其发展个性；"张精神"就是要振作精神，提倡高尚道德，发扬进步思想。这样才合乎人性的要求，才能发扬"性灵之光"。通过理想人性的形成而达到"立国"的目的，这是鲁迅所提出的救国方案，也说明他的人性观同改造国民性思想是相通的。

鲁迅在20世纪初年重视发展个性，鼓吹人性解放，有着特定的时代背景和深刻的思想渊源。从当时国内形势来看，把人的解放、人性的改革放在突出地位，放声疾呼，蔚为大潮，这是中国民主革命的客观要求，是当时先进的中国思想界的强烈呼声，也是近代中国人本主义思潮的反映。

封建专制主义是使人愚昧的制度，它鼓吹的是不许躐等的森严的等级秩序，是绝对的服从。马克思指出："专制制度的唯一原则就是轻视人类，使人不成其为人"；"哪里君主制的原则占优势，哪里的人就占少数；哪里君主制的原则是天经地义的，哪里根本就没有人了"②。在中国，君主制长达几千年，残酷的压迫、统治，致使"个人之性，剥夺无余"③。鲁迅一再愤慨地指出："中国原是'把人不当人'的地方。"④中国传统思想的一个特点，就是在个人与社会的关系中，强调个人的社会性，而不注重个体利益。社会责任感、社会伦理价值观念，被提到人性论的高度。所谓"人之所以异于禽兽者几希，无恻隐之心，非人也；无羞耻之心，非人也；无辞让之心，非人也；

---

① 许寿裳：《我所认识的鲁迅》。

②《马克思恩格斯全集》第1卷，人民出版社1956年版，第411页。

③《鲁迅全集·坟·文化偏至论》。

④《鲁迅全集·且介亭杂文末编·续记》。

无是非之心，非人也"①。儒家思想中虽也不乏明哲保身为个人打算，但强调人的社会性，就是在独善其身的思想中也禁不住流露出来。因此，个体长期湮没在共性之中，个人往往受压抑、被扼杀，根本谈不上什么真正的民主和自由，进而形成了巨大的民族精神缺陷，如奴性，顺从，四平八稳，等等。资产阶级民主革命是砸烂封建枷锁的政治革命，它必然要求打破万马齐暗的沉闷局面，促使人们个性的解放。20世纪初，随着资产阶级民主主义思想的广泛传播以及资产阶级革命运动的不断高涨，鼓吹民权，宣传个性解放、个人自由，便成了思想舆论界的重要话题，形成了一个人本主义的思潮。章太炎在《明独》一文中，倡导一种"大独"精神，即要求人们敢于独立思考，敢于发展自己的个性，敢于同流俗不合，敢于为实现自己崇高的理想去努力奋斗。他指出与这种"大独"精神相对立的是"小群"，即种种旧式的家族、宗派、小集团，它们使人们犹如虮虱相聚，严重地压抑、禁锢了个性的自由与独立的发展，从而也严重地妨碍了"大群"即社会的、民族的共同体的及早形成与健全发展。因此，"小群，大群之贼也；大独，大群之母也"。鲁迅的好友许寿裳，当时也曾撰文论述人性解放，与鲁迅的主张桴鼓相应。他说："兴国之命，自觉而已。惟有自觉。性灵于是乎广运，人道于是乎隆施，人间之意识于是乎启发，人类之光荣乃显焉，文明之意味乃全焉。"②他认为法国大革命精神的实质就是这种"自觉"亦即人们个性的自由、人性的解放。有意思的是，许寿裳这篇文章的署名"旒其"，就是俄语"人"（человек）的音译。人性解放呼声之高，于此亦可见一斑。

宣扬人性解放，就必然要抨击那摧残、泯灭人的本性的封建意识形态。封建主义竭力培育适合封建专制需要的顺民，然而这些顺民不

---

① 《孟子·公孙丑上》。

② 《兴国精神之史曜》，《辛亥革命前十年间时论选集》第3卷，生活·读书·新知三联书店1977年版，第298页。

过是毫无个性的俯首帖耳的奴隶。当时的资产阶级改良派、革命派，都把"国民"和"奴隶"这两个概念鲜明地对立起来，认为"奴隶无权利，而国民有权利；奴隶无责任，而国民有责任；奴隶甘压制，而国民喜自由；奴隶尚尊卑，而国民言平等；奴隶好依傍，而国民尚独立"①。他们提出，一定要以"民权"的真理，日日灌输于国民的头脑中，使人人都知自由的公理，养成独立的气质，这样国家才能自强。在这方面，邹容1903年写的被誉为中国近代《人权宣言》的《革命军》，更是惊世骇俗，对奴隶思想做了鞭辟入里的批判。他说："中国人无历史，中国之所谓二十四朝之史，实一部大奴隶史。"他还引用当时流行颇广的一首《奴才好》抨击奴隶思想："奴才好，奴才好！勿管内政与外交，大家鼓里且睡觉。古人有句常言道，臣当忠，子当孝，大家切勿胡乱闹。"悲愤寓于冷嘲。这一系列要求去掉奴隶根性、自由发展人们个性的宣传，使人不禁想起卢梭对封建制度痛心疾首的控诉："人生下来是自由的，可是处处受到束缚！"②解放人性、发展个性的呼吁成为时代的强音，在近代思想解放运动中起了积极而又重要的作用。这也说明，人性解放的观点并不限于鲁迅，它是当时的一种社会思潮，是资产阶级革命的思想武器。在鲁迅思想的前后期，反对奴才主义，反对形形色色的不抵抗、无特操、中庸调和等，像一条红线贯穿着，都可从早期的时代潮流中寻出它的端倪。

鲁迅关于人性解放观点的形成，还直接受到外来思想的影响，这主要有两个方面：一是17、18世纪西方资产阶级启蒙运动；一是18、19世纪西方浪漫主义运动。后者的影响尤为重要。

在文艺复兴运动中产生的人文主义，针对维护封建制度的神学蒙昧主义，针对宗教神学宣扬上帝，否定人的价值，要人们蔑视自己、

---

① 《说国民》，《辛亥革命前十年间时论选集》第1卷上册，生活·读书·新知三联书店1960年版，第72页。

② 《西方哲学原著选读》下卷，商务印书馆1981年版，第66页。

顺从上帝，沦为上帝附庸的观点，大力宣扬提高人的地位，强调人的价值和尊严，认为个性的自由和解放是人的天性，反对以神为中心，主张以人为中心。它宣扬的解放人性的口号背后，隐藏着资产阶级自由发展资本主义的要求。因此，这个口号是符合历史发展要求的，在当时反对作为封建制度精神支柱的中世纪神学的斗争中，起了巨大的进步作用。鲁迅给予人文主义充分的肯定。他指出，文艺复兴时期马丁·路德的宗教改革之所以能影响社会生产力的发展，就是由于"去羁勒而纵人心"，鼓励教徒从罗马教皇的思想控制中解放出来，并重视人权的缘故。[1]

在17、18世纪，针对封建专制和宗教神学那种"轻视人，蔑视人，使人不成其为人"[2]的意识形态和政治、道德实践，资产阶级思想家用理性反对信仰，用科学反对宗教，提出要肯定人的价值和尊严，强调要关心人、尊重人，要把人当人看待，并且响亮地提出"天赋人权""自由、平等、博爱"等口号。18世纪法国唯物主义和人道主义者霍尔巴赫就明确说过："社会道德中的第一个道德是人道。人道是一切其他道德的总体。就人道的最广义说，它就是给我们同类的人的心灵以正义的那种感情。它建立在一种有教养的感觉能力中，使我们能够对我们的同类做出我们力所能及的善事。它的效果便是对我们邻人的爱、善行、大度、宽容、慈善。"[3]他们主张要起开专制和神学加在人们心灵上的使人愚昧的蒙蔽物，这就是影响深远的资产阶级启蒙运动。他们所讲的"理性"，实质上是指人的良心、良知合乎自然和人性，亦即合乎资产阶级的利益和要求。鲁迅热情地讴歌法国大革命，宣扬启蒙运动中的理性主义和个性主义思潮。他说："盖自法朗西大革命以来，平等自由，为凡事首，继而普通教育及国民教育，无不基是以遍施。久浴文

①《鲁迅全集·坟·文化偏至论》。

②《马克思恩格斯全集》第1卷，人民出版社1956年版，第411页。

③ 转引自《普列汉诺夫哲学著作选集》第2卷，生活·读书·新知三联书店1974年版，第42页。

化，则渐悟人类之尊严；既知自我，则顿识个性之价值。"①

但是，对于鲁迅人性观形成具有重大影响的，则是西方浪漫主义思潮。鲁迅谈到自己早期的思想时说过："那时候（指1907年前后），相信精神革命，主张解放个性，简直是浪漫主义，也还是进化论的思想。"②郭沫若也指出，鲁迅"曾经经历过一段浪漫主义的时期"③。鲁迅的浪漫主义，与18世纪后半期至19世纪前半期欧洲各国在文学、哲学以至社会政治等方面，先后出现的向传统挑战的思潮亦即浪漫主义运动，有着很大关系。

浪漫主义从本质上讲，其目的在于把人的人格从社会习俗和社会道德的束缚中解放出来。④启蒙思想家曾经不遗余力地呼吁建立"理性的国家""理性的社会"，但是资本主义的发展，却同广大群众的灾难、贫穷和无产阶级化紧紧相联系。"和启蒙学者的华美约言比起来，由'理性的胜利'建立起来的社会制度和政治制度竟是一幅令人极度失望的讽刺画。"⑤这就使得一些思想家和作家对资本主义现实强烈不满，便由现实转到空想，追求理想境界。浪漫主义就是这种不满情绪在艺术科学的各个领域中的一种表现形式。

郭沫若说过："王国维喜欢浪漫派的哲学和文艺，鲁迅也喜欢尼采，尼采根本就是一位浪漫派。"⑥这里所说的浪漫派哲学，即德国古典哲学（鲁迅在《文化偏至论》中称为"神思派"）。德国古典哲学从康德开始，经过费希特和谢林，至黑格尔而发展到顶峰。在当时波及各个方面的浪漫主义运动中，德国古典哲学可以说是哲学领域里的浪漫运动。特别是费希特和谢林，突出"自我"，放纵感情，强调天

---

① 《鲁迅全集·坟·文化偏至论》。

② 冯雪峰：《回忆鲁迅》，人民文学出版社1981年版，第27页。

③ 郭沫若：《历史人物》，人民文学出版社1979年版，第218页。

④ 参阅罗素：《西方哲学史》，商务印书馆1977年版，第十八章。

⑤ 《马克思恩格斯选集》第3卷，人民文学出版社1972年版，第408页。

⑥ 郭沫若：《历史人物》，人民文学出版社1979年版，第218页。。

才，与浪漫主义文学运动有着密切的关系。鲁迅指出，以黑格尔为代表的德国古典唯心主义者所要求的人格理想，在于"聪明睿智，能移客观之大世界于主观之中"。德国浪漫主义文学的代表作家之一的席勒，认为支配物质的是"自由精神"，只要摆脱物质的限制，追求感觉和理性的完美的结合，人就能达到自由和理想的王国（"乃谓必知感两性，圆满无间，然后谓之全人"[①]）。他们的哲学思想反映出近代资本主义社会中日益发展的个人主义，对于提高人的尊严感，唤起民族觉醒，促进民族独立，曾起过积极的作用。但由于它颠倒了物质与精神的关系，把主观能动作用提到不恰当的高度，带来了消极的影响，尼采的"超人"哲学就是这种影响的一个典型产物。

叔本华的哲学是从康德哲学出发的，尼采则继承和发展了叔本华的神秘主义的唯意志论。尼采谴责当时的自由资产阶级，认为必须否定受理性主义、基督教和人道主义的影响而日趋没落的西方文明，提出要"重新估定一切价值"。他提倡主观战斗精神和对生活的"肯定"态度，强调进化即权力意志实现其自身的过程，人生的目的在于发挥权力、"扩张自我"。他鼓吹"超人"哲学，认为"超人"是历史的创造者，平常人不过是"超人"实现其权力意志的工具。鲁迅把尼采看作旧社会的叛逆者和批判者。他认为，"19世纪文明一面之通弊"在于"重其外，放其内，取其质，遗其神""性灵之光，愈益就于黯淡"[②]。鲁迅把尼采等人的"崇奉主观""张皇意力"看成是"力抗时俗""张大个人的人格"以及对压抑人性、束缚个性的桎梏的反叛，并因此指出，以尼采为代表的这种探索人类精神世界的"主观主义""个人主义"思潮，是匡正西方文明偏颇的良药，也是中国新生再造、建立真正"人国"的津梁。鲁迅根据自己的理解，又从中国当时的实际出发，吸取了尼采思想中符合他的要求的部分，成为他的人性观的思想材料。

---

①《鲁迅全集·坟·文化偏至论》。

②《鲁迅全集·坟·文化偏至论》。

二、个性解放与人道主义的矛盾统一：鲁迅人性观的一条线索

鲁迅的人性观一开始就具有两个方面的内容：一是强调个性解放，即个人主义[①]；一是强调人道主义。在鲁迅看来，人性是发展变化的，通过人性的解放即"立人"达到国家的独立兴盛即"立国"，是中国舍此而别无他途的选择，而"立人"的"道术"是"尊个性而张精神"，因此十分强调个性解放；由于相信人性是善的（"恶喋血，恶杀人，不忍别离，安于劳作，人之性则如是"[②]），人们的本性应该相爱，因此鲁迅又主张人道主义。这也与他所受的海克尔的影响有关。海克尔认为，人类具有自爱和博爱两种自然本能，合理的伦理学应以"自爱和博爱、利己主义和利他主义相结合"为最高原则[③]。自爱，就势必强调个性主义；博爱，就会重视人道主义。个性解放是对自己来说，重在个人自由，打破一切泯灭、扭曲人性的枷锁，使人的个性得到充分的发展；人道主义是对待他人的原则和规范，主张锄强扶弱，维护人的尊严，同情被侮辱与被损害者。这两个方面在鲁迅早期思想上既矛盾又统一地存在着，就是在他思想的前后期，也是作为一条线索存在的。这两方面都是从鲁迅改造国民性这个伟大宗旨出发的，因而互相补充，共同发展；又因为当时都是以抽象的人性论做基础，因此又互相矛盾着。

鲁迅把个性解放与人道主义放在同等重要的地位，形成了他的个性解放思想的鲜明特色。他认为，真正的人性解放，既包括个性的解放，也必须同时具有人道主义精神，因为缺乏人道主义的人，他们

---

① 这里的"个人主义"，不是我们今天理解的只顾自己、不顾别人，损人利己的错误思想。鲁迅1907年就指出："个人一语，入中国未三四年，号称识时之士，多引以为大垢，苟被其溢，与民贼同。意者未遑深知明察，而迷误为害人利己之义也欤？夷考其实，至不然也。"这种"个人主义"就是个性解放，其特点是"入于自识，趣于我执，刚愎主己，于庸俗无所顾忌"。（《鲁迅全集·坟·文化偏至论》）

② 《鲁迅全集·集外集拾遗补编·破恶声论》。

③ 参阅张锡勤等：《中国近现代伦理思想史》，黑龙江人民出版社1984年版，第332页。

的个性也是被扭曲了的。例如，当时中国许多所谓"志士"，"久匍伏于强暴者之足下，则旧性失，同情漓，灵台之中，满以势利"，渐渐养成了一种奴才性；这些人也最缺乏同情心，对于印度、波兰遭受侵略，不是同病相怜，而"以冰寒之言嘲其陨落"，"颂美侵略，暴俄强德，向往之如慕乐园"[①]。因此，鲁迅既力倡个性解放，因为不如此就无法使人变成真正的人；同时又注重人道主义，因为缺乏人道主义精神的个性解放，就全使人变成向往压制、恃强凌弱的"兽性"的人。

鲁迅的人性观与他的改造国民性思想相一致，就是努力追求一种理想的人性。他的理想人性，是"善美刚健"（"有作至诚之声，致吾人于善美刚健者乎？"）。善美，就是"诚和爱"；刚健，就是反抗斗争。鲁迅当时追求的理想人性有以下几个特点：

第一，有独立的人格，即"人各有己"。这样的人具有自我意识，认识个性的价值，明白人生的意义，敢于抗争，毫不退让，正如鲁迅对拜伦一生的评价："如狂涛如厉风，举一切伪饰陋习，悉与荡涤，瞻顾前后，素所不知；精神郁勃，莫可制抑，力战而毙，亦必自救其精神，不克厥敌，战则不止。"对于世俗的毁誉褒贬，也"悉措而不理也"[②]。

第二，独立思考，言必己出。这样的人看问题时，不随波逐流，不人云亦云，洞烛幽隐，独具我见，"弗与妄惑者同其是非，惟向所信是诣，举世誉之而不加劝，举世毁之而不加沮，有从者则任其来，假其投以笑，使之孤立于世，亦无慑也"[③]。他们的一切言论都发自内心，是真情实感的流露，毫无矫揉造作之态，正如奥古斯丁、托尔斯泰、卢梭等人的自传性的《忏悔录》一样，都是"心声之洋溢

①《鲁迅全集·集外集拾遗补编·破恶声论》。

②《鲁迅全集·坟·摩罗诗力说》。

③《鲁迅全集·集外集拾遗补编·破恶声论》。

者也"。

第三，有爱人之心，脱离了"兽性"。这样的人不仅希望自己国家强大，而且反对侵略，反对"兽性爱国者"。他们像拜伦援助希腊独立那样，"为自繇张其元气，颠仆压制，去诸两间，凡有危邦，咸与扶掖，先起友国，次及其他，令人间世，自繇具足"①。

鲁迅这种以个性解放与人道主义为内容的人性解放思想，在早期有四点值得重视的特色：

第一，把社会发展寄托在人道的进步上，但认为人道要靠斗争去夺取。鲁迅由于颠倒了社会意识与社会存在的关系，便把社会的发展寄托在人性的解放、人道的进步上。但鲁迅的人道主义并不是那些庸俗的劝善，也不是改良主义的说教；他认为人道不会自动而来，也不能乞求恩赐，只有经过斗争才能取得。这种认识建立在他的朴素的辩证法思想之上。鲁迅看到，世界上充满着矛盾、斗争，所谓无争无斗的平和状态根本不存在。"平和为物，不见于人间。其强谓之平和者，不过战事方已或未始之时，外状若宁，暗流仍伏，时劫一会，动作始矣"；"杀机之昉，与有生偕，平和之名，等于无有"②。因此就要敢于"撄"，即敢于触犯。而中国政治理想的特点是"不撄"，即不去触犯，以维护平和状态为出发点的。鲁迅指出，这是一种污浊的平和。要使人们变得美丽、坚强、雄伟，要让高尚的精神更加发扬起来，必须打破这种平和："平和之破，人道蒸也。"

第二，向摧残人性的封建主义发起凌厉进攻，但同时也尖锐抨击了压抑人们个性的西方资本主义。鲁迅在批判"个人之性，剥夺无余"的封建专制的同时，又毫不留情地把斗争矛头指向西方资本主义制度。当时的中国，无论是改良派要求的立宪，还是革命派主张的共和，其实都是要求实行西方的议会民主制即代议制。当一些人对西方

---

① 《鲁迅全集·集外集拾遗补编·破恶声论》。
② 《鲁迅全集·坟·摩罗诗力说》。

的"自由""平等"鼓吹得天花乱坠时，鲁迅针锋相对地指出，这些其实全是假的，"托言众治，压制乃尤烈于暴君"。在这种制度下，人们的个性仍在受压抑。"更睹近世人生，每托平等之名，实乃愈趋于恶浊，庸凡凉薄，日益以深，顽愚之道行，伪诈之势逞，而气宇品性，卓尔不群之士，乃反穷于草莽，辱于泥涂，个性之尊严，人类之价值，将咸归于无有。"①鲁迅还结合中国现状，批判了当时两种"伪士""灭裂人之个性"的主张："一曰汝其为国民，一曰汝其为世界人。"第一种人指以《中国时报》为旗帜的国家主义派，第二种人指挂着"社会主义"招牌的无政府主义者。鲁迅指出，这些"志士英雄"的主张有一个共同点，就是"灭人之自我，使之混然不敢自别异，泯于大群，如掩诸色以晦黑"②。

第三，提倡返本归真，但又反对人类社会的倒退。法国启蒙思想家卢梭提出了"回到自然"的口号，他竭力美化自然人，认为人的自然状态是人的"黄金时代"，因为那时人们仅有天赋的自爱心和怜悯心，这两种感情构成了自然法则。这是为了证明封建制度的不合乎人性，与他的提倡思想自由、个性解放是一致的。后来的浪漫主义运动继承了这一口号，产业革命在英国最先发生，在"回到自然"的影响下，出现了吟咏自然景色的感伤主义诗歌和小说，表现了对农村破产的哀挽，对城市腐化的诅咒和对于大自然的歌颂，例如拜伦的《恰尔德·哈罗德游记》等。尼采也有类似的返本归真的思想，鲁迅对此是赞赏的。他说："尼佉（Fr. Niet-zsche）不恶野人，谓中有新力，言亦确凿不可移。盖文明之朕，固孕于蛮荒，野人犷獉其形，而隐曜即伏于内。文明如华，蛮野如蕾，文明如实，蛮野如华，上征在是，希望亦在是。"③就是说，文明的萌芽本来就孕育在野蛮之中，因此野

---

①《鲁迅全集·坟·文化偏至论》。

②《鲁迅全集·集外集拾遗补编·破恶声论》。

③《鲁迅全集·坟·摩罗诗力说》。

蛮人（即原始人）中间有着新的力量，最有发展前途。

鲁迅提倡返本归真，与卢梭要求人类社会倒退到原始状态的思想则大相径庭。卢梭把原始社会理想化，鲁迅的结论则相反，反对那种美化原始社会的思想（"古民曼衍播迁，其为争抗劬劳，纵不厉于今，而视今必无所减；特历时既永，史乘无存，汗迹血腥，泯灭都尽。"[①]）历史唯物主义认为，衡量历史进步的尺度只能是社会物质文明和精神文明的水平，而不是抽象的人性。用这个标准衡量，私有制比起原始社会来，无论如何是个进步。当然这种进步是在阶级对抗中实现的，因而必然会伴随着许多罪恶、苦难和堕落。这里产生了一个似乎矛盾的问题：鲁迅既然提倡返本归真，为什么又反对回到原始状态？这需要用改造国民性思想来解释。鲁迅认为，中国国民性最缺乏的是"诚和爱"这种人类原有的天性，然而这种天性"洎夫今，乃仅能见诸古人之记录，与气禀未失之农人；求之于士大夫，戛戛乎难得矣"[②]。可见，鲁迅的返本归真，是专注在当时所谓下层社会，特别是农民身上，而不是辽远的唐虞时代或人兽杂居的古初之世；他不是在寻求避世的乌托邦，而是铸造与封建制度斗争的武器。

第四，在追求理想人性的同时，重视人的全面发展。人的全面发展是人道主义历来追求的理想目标。文艺复兴时代的人文主义针对基督教精神，大加宣扬多才多艺的"全才"这种人格理想[③]。在《科学史教篇》中，鲁迅肯定了科学的重要作用，但认为科学进步乃至社会进步的推动力，却在于"理想""圣觉"这一种"超科学之力"。因此，科学固然神圣，但社会决不能走向只是崇尚科学知识的极端，人们不仅需要物理学家牛顿，也需要莎士比亚那样的诗人；不仅需要化学家波义耳，也需要拉斐尔那样的画家；不仅需要哲学家康德，也需

---

① 《鲁迅全集·坟·摩罗诗力说》。

② 《鲁迅全集·集外集拾遗补编·破恶声论》。

③ 参阅雅各布·布克哈特：《意大利文艺复兴时期的文化》，商务印书馆1979年版，第130页。

要贝多芬那样的音乐家；不仅需要生物学家达尔文，也需要卡莱尔那样的历史学家："凡此者，皆所以致人性于全，不使之偏倚。"鲁迅提出的实现人的全面发展的要求，与他的改造国民性思想是一致的。他提醒人们不要急功近利地一味追求物质而忘记精神的作用，不要本末倒置，这当然还是把精神因素当作社会前进终极力量的历史唯心主义观点的反映。真正的人的全面发展，只有共产主义才能实现，正如马克思、恩格斯指出的："个人的全面发展，只有到了外部世界对个人才能的实际发展所起的推动作用为个人本身所驾驭的时候，才不再是理想、职责等等，这也正是共产主义者所向往的。"①鲁迅关于人的全面发展的思想，虽然带有空想的性质，但从当时唤起人民群众觉醒的时代要求来说，则是有积极意义的。

应当看到，在鲁迅的早期以至前期，由于唯心史观的限制，对于人、人性、人的本质的认识，还是不够科学的，仍然是一种抽象的人性论。例如，把人性看成是善的，就是一种先验的、脱离现实社会的空洞抽象，是不符合事实的论断。又如，对于帝国主义发动侵略战争，不是从其阶级本性去认识，而认为是由于"兽性"（"古性伏中，时复显露"）在作怪，也是不对的。再如，追求一种抽象的"爱"和"诚"，企图通过人性的解放以达到社会的解放，都是不切实际的空想。在马克思主义经典作家看来，人性是与兽性、动物性相区别的人类特性。马克思说："人并不是抽象地栖息在世界以外的东西。人就是人的世界，就是国家，社会。"②马克思把人的本质归结为"一切社会关系的总和"③，"不管个人在主观上怎样超脱各种关系，他在社会意义总是这些关系的产物"④。因为任何一个人都不可能离开生产劳动为基础的社会关系而单独存在和单独发展。这种区别于一

---

① 《马克思恩格斯全集》第3卷，人民出版社1956年版，第330页。

② 《马克思恩格斯选集》第1卷，人民文学出版社1972年版，第1页。

③ 《马克思恩格斯选集》第1卷，人民文学出版社1972年版，第18页。

④ 马克思：《资本论》第1卷，人民出版社1973年版，第12页。

般动物的人类特性，也不是先天就有的，而是后天才有的，它是在以生产劳动为基础的人们的社会关系中逐渐养成的。鲁迅对人的本质以及人性认识上的偏颇，就是没有从一定的社会关系上去考察。但是，由于鲁迅是从中国的社会现实出发的，是为了民族的独立和国家的强盛，因此他的人性解放思想看上去是超阶级、超历史的，实际上却反映着在中国特定历史条件下资产阶级的阶级性，反映着这个新兴阶级的向往、愿望，因而起到了积极的作用。

三、打破"奴隶规则"掀翻"人肉筵宴"

新文化运动时期，急进民主主义者在探索救国救民之道时，都十分注意人性的研究和改造，这与当时褐橥的"民主"与"科学"的旗帜是相适应的。民主在《新青年》创刊号被称为"人权"，说："自人权平等之说兴，奴隶之名，非血气所能忍受。世称近世欧洲历史为'解放历史'。……解放云者，脱离夫奴隶之羁绊，以完其自由之人格之谓也。""国人而欲脱蒙昧时代，羞为浅化之民也，则急起直追，当以科学与人权并重。"①李大钊早就非常重视"民彝"问题。所谓民彝，即人的本性、人性。他认为民权（民主）自由是人民的本能要求，是人民的本性；政治的好坏取决于人民善良的本性"得否尽量以著于政治"，政治是"民彝"的结晶②。青年毛泽东这时也追求"意志自由"，主张重视"个人价值"。强调必须除去一切压抑个性的东西。他说："凡有压抑个性，违背个性，罪莫大焉。故吾国之三纲所必去，而与宗教、资本家、君主国四者，同为天下之恶魔也。"③解放人性，人格独立，发展个性，思想自由，这是彻底地反对封建主义的客观要求，是当时思想解放运动中的强烈呼声。

鲁迅新文化运动时期的人性观，仍然以生物进化论为依据，认

① 陈独秀：《敬告青年》，《青年杂志》第1卷第1号。

② 李大钊：《民彝与政治》。

③ 转引自李锐：《毛泽东早期革命活动》，湖南人民出版社1983年版，第110—111页。

为人性就是人类自身保存和发展的趋向及要求，并提出要以人性的这种趋向和要求，作为民族生存的本能要求，作为社会发展的根本要求。他说："我现在心以为然的道理，极其简单。便是依据生物界的现象，一，要保存生命；二，要延续这生命；三，要发展这生命（就是进化）。"①鲁迅不仅反对封建的禁欲主义，也反对资产阶级的纵欲主义。他说："我之所谓生存，并不是苟活；所谓温饱，并不是奢侈；所谓发展，也不是放纵。"②鲁迅这里的"发展"不仅是指个人，同时也是指国家、民族的发展。鲁迅认为，"爱己"与"为他人牺牲自己"是人性中的两个重要方面："无论何国何人，大都承认'爱己'是一件应当的事。这便是保存生命的要义，也就是继续生命的根基。"这是一方面。另一方面，"人类总有些为他人牺牲自己的精神"③。从"爱己"出发，鲁迅强调个性解放；从"为他人牺牲自己"着眼，鲁迅又重视人道主义。这说明，鲁迅新文化运动时期仍然坚持人性解放思想，提倡个性解放与人道主义，这虽然与早期的思想没有根本的不同，但由于服从于"五四运动"反封建的主题，特别是鲁迅思想上新因素的不断增加，因此就有着更强烈的战斗性，更深刻的社会意义。

鲁迅新文化运动时期的个性解放与人道主义，也有了新的特点。他的个性解放，突出表现在"个人的自大"这个主张上。"个人的自大"有别于"合群的爱国的自大"，它的特点就是"独异"，是"对庸众宣战"。这种自大的人，思想见识高出庸众，又为庸众所不懂，"但一切新思想，多从他们出来，政治上宗教上道德上的改革，也从他们发端"。④"庸众"的共同特点则是愚弱、麻木，自己不觉悟，对于同类或同胞的痛苦，也不知道同情，这当然反映了鲁迅群众观上的偏颇，但也是他对当时群众尚未觉悟的落后状况的愤慨表示。鲁迅的

---

① 《鲁迅全集·坟·我们现在怎样做父亲》。
② 《鲁迅全集·华盖集·北京通信》。
③ 《鲁迅全集·坟·我们现在怎样做父亲》。
④ 《鲁迅全集·热风·随感录三十八》。

人道主义，突出表现在坚信人道的实现。他认为，人类社会终究要发展，"有如天亮，遮掩不住"①；人类不断发展，人道也随之"发荣滋长"，"什么都不必忧愁；将来总要走同一的路"②；"将来人道主义终当胜利"，促使"人类向上""人类进步"的"不欲用奴隶"的制度终必在中国实现③；"无论什么黑暗来防范思潮，什么悲惨来袭击社会，什么罪恶来亵渎人道，人类的渴仰完全的潜力，总是踏了这些铁蒺藜向前进"④。

新文化运动时期，鲁迅呼吁在中国要有"人"的萌芽。他认为，重视"人"，这是人类社会发展的必然结果："东方发白，人类向各民族所要的是'人'。"⑤但在中国，所缺的是"'人'的萌芽"。在中国，娶妻早是福气，儿子多也是福气，但是所有的小孩，只是他父母"福气"的材料，并非将来"'人'的萌芽"；孩子长大后，"照例是制造孩子的家伙，不是'人'的父亲，他生了孩子，便仍然不是'人'的萌芽"。因此，从重"人"出发，就首先得从儿童抓起，重视教育，使其摆脱传统思想的影响，从而成为"人"的萌芽。

为什么在中国缺少真正的"人"，也没有"人"的萌芽？主要是绵延数千年的封建等级制度对中国人民的摧残、压制。鲁迅在新文化运动时期，特别是1925年前后，激烈地抨击了那一套代代相传的"奴隶规则"。他激愤地指出，中国人向来就没有争到过"人"的价格，至多不过是服服帖帖的奴隶，他们只经历了两种时代：做稳了奴隶的时代和想做奴隶而不得的时代。而"想做奴隶而不得"即"下于奴隶"的时候，在中国历史上也数见不鲜。特别是遇到战时，"奴隶规则"无法遵循，"战乱人不及太平犬"，人们因此羡慕牛马。为什么

①《鲁迅全集·集外集拾遗补编·寸铁》。

②《鲁迅全集·热风·六十一不满》。

③《鲁迅全集·书信·180820致许寿裳》。

④《鲁迅全集·热风·六十六生命的路》。

⑤《鲁迅全集·热风·随感录四十》。

会出现这种"非人"的可怕状况？鲁迅指出，由于存在着森严和残酷的封建等级制度。"天有十日，人有十等。下所以事上，上所以共神也。故王臣公，公臣大夫，大夫臣士，士臣皂，皂臣舆，舆臣隶，隶臣僚，僚臣仆，仆臣台。"①但是"台"没有臣，不是太苦了吗？鲁迅指出："无须担心的，有比他更卑的妻，更弱的子在。"②在这种令人战栗的制度下，极易形成苟活的心理，"自己被人凌虐，但也可以凌虐别人"。于是，人们"所蕴蓄的怨愤"，不是"向强者反抗，而反在弱者身上发泄"，便产生、形成了欺弱怕强的奴性，"所蕴蓄的怨愤都已消除，天下也就成为太平的盛世"③。

　　"人有十等"的等级制度虽已成为"辽远的古事"，但这古老的鬼魂仍然顽固地存在于现实生活之中。辛亥革命后，这个等级制度依然存在，被这制度所制驭的中国社会更加畸形发展，贫富对立也更尖锐化了。鲁迅把这种自古相传的规矩叫作"大小无数的人肉的筵宴"，而整个中国就是"安排这人肉筵宴的厨房"，号召青年们起来抗争，坚决打破封建宗法等级制度这面旧网，"扫荡这些食人者，掀掉这筵席，毁坏这厨房"④。当然，等级制度关系并不等同于阶级压迫的关系。造成劳动人民命运悲惨的根本原因，则是阶级压迫和剥削，主要的不是那个等级制度。但是鲁迅通过对封建制度的剖析，看出了上流社会与下层社会的尖锐对立，对上流社会怀着憎恶，对被压迫者充满同情，表现了朴素的阶级倾向；又由于他的强调社会进化的思想与改造社会的革命要求相联系，以个性解放和人道主义为特征的反封建斗争与中国新民主主义革命的任务、与无产阶级和其他劳动人民的现实斗争相结合，因此，他的关于人性解放、个性发展的思想更具有现实主义的战斗意义。

---

①《左传·昭公七年》。

②《鲁迅全集·坟·灯下漫笔》。

③《鲁迅全集·坟·杂忆》。

④《鲁迅全集·坟·灯下漫笔》。

在改造社会的方法上，鲁迅重视爱的力量，提倡相爱。新文化运动时期，鲁迅虽然具有了一定的朴素的阶级和阶级对立的观点，但生物进化在他头脑中仍占重要地位。用进化论观点看待人类社会的发展，他便认为："新的应该欢天喜地的向前走去，这便是壮，旧的也应该欢天喜地的向前走去，这便是死；各各如此走去，便是进化的路。"①用"进化的路"观察社会，鲁迅的结论是："根本方法，只有改良社会。"鲁迅十分重视"爱"在改良社会中的作用。他认为，"爱"是人的"天性"。"中国的社会，虽说'道德好'，实际却太缺乏相爱相助的心思。"过去一意提倡虚伪道德，"蔑视了真的人情"。这都是孔孟一类"圣贤书"对中国人民精神锢蔽的结果。鲁迅指出："幸而这一类教训，虽然害过许多人，却还未能完全扫尽了一切人的天性。没有读过'圣贤书'的人，还能将这天性在名教的斧钺底下，时时流露，时时萌蘖；这便是中国人虽然凋落萎缩，却未灭绝的原因。"②

为了改造社会、解放思想，鲁迅当时恳切地劝告人们"相爱相助"，敦促人们"立意改变：扫除了昏乱的心思，和助成昏乱的物事（儒道两派的文书）"③；甚至还劝导互相角逐的人们："我们改良点自己，保全些别人；想些互助的方法，收了互害的局面罢！"④鲁迅还主张觉醒的人，应将这天性的爱，更加扩张，更加醇化，"用无我的爱，自己牺牲于后起新人"⑤。

通过上面分析可以看到，鲁迅的个性解放与人道主义思想在当时虽然起了积极的作用，但由于其核心即人性观是建立在历史唯心主义之上，企图依靠人性的解放以求得人民的解放、社会的解放，当然是难以行通的。因此，随着"五四"新文化阵营的分化，鲁迅曾有过一

①《鲁迅全集·热风·随感录四十九》。

②《鲁迅全集·坟·我们现在怎样做父亲》。

③《鲁迅全集·热风·随感录三十八》。

④《鲁迅全集·热风·六十四有无相通》。

⑤《鲁迅全集·坟·我们现在怎样做父亲》。

段彷徨。在如磐石般的反动统治的重压之下，个性解放、人道主义如同他用熟了的进化论武器一样，在现实斗争中越来越不适用了。一方面，以前一直坚持的个性解放与人道主义相结合的思想，这时感到两者的抵牾更加明显，正如他1925年说的："其实，我的意见原也一时不容易了然，因为其中本含有许多矛盾，教我自己说，或者是人道主义与个人主义这两种思想的消长起伏罢。"①另一方面，个性解放、人道主义在实际中的难以行通，促使他进行深刻的反思，他当时甚至觉得："要适如其分，发展各各的个性，这时候还未到来，也料不定将来究竟可有这样的时候。"②"人道主义么，我们人身还可以买卖呢。"③这貌似悲观的情绪，反映着鲁迅的焦虑和探索。事实教育了鲁迅，离开了社会的阶级斗争，仅仅把希望寄托在人性的解放、个性的发展上，是不现实的空想。《在酒楼上》《孤独者》等反映辛亥革命后知识分子彷徨、颠沛以至没落的小说，使我们从中窥见了鲁迅这一思想发展变化的过程。

如果说，辛亥革命前后直至新文化运动初期，个性解放等主张之所以能在中国思想界、知识界风靡不衰，是由于中国社会反封建斗争的客观需要，是资产阶级领导的革命斗争的必然要求，那么，"五四"以后，中国无产阶级登上政治舞台，中国共产党诞生了，中国产生了完全崭新的文化生力军，这就是中国共产党人所领导的共产主义文化思想，即共产主义的宇宙观和社会革命论，这就使鲁迅有可能找到新的武器，即阶级斗争的学说。历史唯物主义认为，生产力的发展，生产力同生产关系的矛盾，以及在阶级社会中表现这一矛盾的阶级斗争，是历史发展的动力。鲁迅积极投身革命斗争中去，阶级斗争的观点在他思想上不断加强，终于使他找到了社会发展的动力，认

---

①《鲁迅全集·两地书·二四》。

②《鲁迅全集·两地书·四》。

③《鲁迅全集·热风·五十六"来了"》。

清了革命道路，从而也促使他的人性观发生了重大变化，掌握了人性解放的正确途径。这个变化，正如他在1934年谈到一些文学工作者思想发展过程时说的一段话："最初，文学革命者的要求是人性的解放。他们以为只要扫荡了旧的成法。剩下来的便是原来的人，好的社会了。于是就遇到保守家们的迫压和陷害。大约十年之后，阶级意识觉醒了起来，前进的作家，就都成了革命文学者……"①

这里也包括鲁迅，是他的自况。列宁在高度评价俄国民主主义者车尔尼雪夫斯基时指出："但是车尔尼雪夫斯基没有上升到，更确切地说，由于俄国生活的落后，不能够上升到马克思和恩格斯的辩证唯物主义。"②我们说，由于时代的赐予，中国社会生活的发展，再加上个人的艰苦努力，比车尔尼雪夫斯基迟半个世纪的鲁迅，上升到了辩证唯物主义和历史唯物主义，避免了车尔尼雪夫斯基摆不脱的"人本主义"影响的缺憾。鲁迅是幸运的。

四、对资产阶级人性论的批判与对理想人性的不懈追求

在鲁迅成为马克思主义者的后期，他的人性观也发生了明显的变化，这种变化主要反映在两个方面：一是用阶级观点看待人性，看到人性无不带有阶级性；二是看到人性随着社会物质生活条件的变化而变化，不存在什么固定不变的人性。鲁迅的这些观点，集中反映在他对梁实秋鼓吹的资产阶级人性论的批判上。

梁实秋从1927年起，连续写了《文学批评辩》《文学与革命》《文学是有阶级性的吗？》等文章，贯穿其中的根本思想是超阶级的"人性论"。他鼓吹什么"普遍的人性是一切伟大的作品之基础""文学就是表现这最基本的人性的艺术""文学一概都是以人性为本，绝无阶级的分别"等等，攻击马克思主义文学理论是"把阶级

---

① 《鲁迅全集·且介亭杂文·〈草鞋脚〉小引》。
② 《列宁选集》第2卷，人民出版社1972年版，第368页。

的束缚加在文学上面",提出"人性是测量文学的唯一标准"①。资产阶级之所以大肆贩卖超阶级的人性论,反对文学的阶级性,就是企图把正在兴起的无产阶级革命文学扼杀在摇篮里。

人性论是资产阶级初期人文主义思潮的一个重要理论,是作为革命理论登上人类历史舞台的。在中国旧民主主义革命时期,直到"五四"前后,人性论在反帝反封建斗争中起了积极的作用。诚如前述,它也曾成为鲁迅所使用的思想武器之一。但是历史在前进,当中国共产党成立以后,资产阶级人性论就被新的思想武器——共产主义宇宙观和社会革命论所代替。在20世纪30年代,资产阶级人性论常被用来反对马克思主义的阶级论,被用来反对无产阶级的革命斗争。因此,当梁实秋鼓吹资产阶级人性论向无产阶级的阶级论发起猖狂进攻的时候,鲁迅就挺身而出,予以坚决的回击,并正确地阐明了马克思主义人性论。

马克思主义认为,人性是与兽性、动物性相区别的人类特性。由于人的本质在于社会关系的总和,因此,人固然有饮食男女等自然属性,但这种自然属性不是孤立的存在,而是依附于人的社会活动、社会关系即社会属性的;在阶级社会中,社会关系主要表现为阶级关系。因此,人性,人的本质属性主要表现为阶级性。当然,主要表现为阶级性,并不是可以完全归结为人的阶级性。这样的人,才是现实的、具体的、活生生的人。鲁迅正是坚持了这些基本观点,运用阶级分析的武器,揭露了资产阶级文人用"人性"的幌子所掩盖的阶级面目,捍卫了新生的成长中的革命文学,同时也为革命文学运动的理论建设做出了巨大贡献。鲁迅指出:

　　文学不借人,也无以表示"性",一用人,而且还在阶级

---

① 梁实秋:《文学是有阶级性的吗?》。《文学运动史料选》第三册,上海教育出版社1979年版,第49页。

社会里，即断不能免掉所属的阶级性，无需加以"束缚"。实乃出于必然。自然，"喜怒哀乐，人之情也"，然而穷人决无开交易所折本的懊恼，煤油大王哪会知道北京捡煤渣老婆子身受的酸辛，饥区的灾民，大约总不去种兰花，像阔人的老太爷一样，贾府上的焦大，也不爱林妹妹的。①

鲁迅这里以阶级社会里阶级对立的生动事实，驳斥了梁实秋否认人的阶级性的谬论。鲁迅指出，人的自然属性只能依附于人的社会属性，因此以人作为对象、以反映人的内心情感为特点的文学，就只能以人的社会属性为根本基础；如果以自然属性为基础，就是十足的"生物性的文学"了。梁实秋喋喋不休的永久人性，恰恰是以人的自然属性作为文学的基本内容，鲁迅尖锐地予以批驳："倘以表现最普通的人性的文学为至高，则表现最普遍的动物性——营养，呼吸，运动，生殖——的文学，或者除去'运动'，表现生物性的文学，必当更在其上。"②

梁实秋的人性论还有一个观点：人性永久不变。他认为文学应当写永远不变的人性，否则便不久长，例如英国的莎士比亚等人的作品，写的是永久不变的人性，所以至今流传，等等。鲁迅首先从人类发展的历史进行批判："类人猿，类猿人，原人，古人，今人，未来的人，……如果生物真会进化，人性就不能永久不变。"③他又以出汗为例，从阶级社会中对立阶级的关系戳穿了"永久不变"的人性的谎言，阐述了马克思主义人性论的一个重要观点：永恒的人性是不存在的，"整个历史也无非是人类本性的不断改变而已"④。鲁迅指出，被梁实秋称为描写"永久不变的人性"的莎士比亚等人，他们的作品其

①《鲁迅全集·二心集·"硬译"与"文学的阶级性"》。

②《鲁迅全集·二心集·"硬译"与"文学的阶级性"》。

③《鲁迅全集·而已集·文学与出汗》。

④《马克思恩格斯选集》第1卷，人民文学出版社1972年版，第138页。

实就有鲜明的阶级性，表现了新生的资产阶级反对封建制度、反对神权的要求，只是到了资本主义走向没落的阶段，才出现了在一定程度上反映工人阶级的要求和情绪的"很有些臭气"的作品。

鲁迅后期人性观还有一个重要思想，就是既重视阶级性，又反对把人性简单地归结为阶级性。日本人林癸未夫在《文学上之个人性与阶级性》一文中，批评唯物史观只承认阶级性，而不承认有共同的人性。有人给鲁迅写信，对此提出质疑，认为这是作者的误解，"唯物史观的理论"并不否认共同的人性的存在。鲁迅在复信中不仅同意这位作者的看法，并且做了发挥。他说，林癸未夫说有产者与无产者"只有'阶级性'"而"全然缺少"共同的人性，"似乎决定得太快一点了"。"有些作者，意在使阶级意识明了锐利起来，就竭力增强阶级性说，而别一面就也容易招人误解。"他对中国那种把否定共同人性作为唯物史观来宣传的做法表示担忧："中国却有此例，竟会将个性，共同的人性（即林氏之所谓个人性），个人主义即利己主义混为一谈，来加以自以为唯物史观底申斥，倘再有人据此来论唯物史观，那真是糟糕透顶了。"鲁迅鲜明地谈了自己的观点。他说："在我自己，是以为若据性格感情等，都受'支配于经济'（也可以说根据于经济组织或依存于经济组织）之说，则这些就一定都带着阶级性。但是'都带'，而非'只有'。"①鲁迅关于人性与阶级性关系的认识符合马克思主义。马克思曾指出："单独的个人并不'总是'以他所从属的阶级为转移，这是很'可能的'。"并认为，资产阶级的海因岑先生的错误并不在于他说人有某些共同性，而在于他"硬要一切阶级在'人性'这个炽热的思想面前消失"，"抹掉一切差别"②。

鲁迅后期人性观虽然发生了飞跃，不再把人性的解放看作民族解放的途径，但他仍然坚持人性解放的观点，孜孜不已地追求理想的人

---

① 以上引自《鲁迅全集·三闲集·文学的阶级性》。
② 《马克思恩格斯选集》第1卷，人民文学出版社1972年版，第183页。

性，一直在做着拔除人性的"萧艾"和培育人性的"芝兰"的工作，这是他努力实践的改造国民性思想的主要内容。与他的早期、前期一线贯穿的是，后期的鲁迅仍然重视个性解放与人道主义。不过由于人性观的根本变化，这种个性解放与人道主义又具有了新的特点。

鲁迅从尖锐激烈的阶级斗争中看到了个性解放的局限性，但并没有一般地否定个性解放的意义，仍然猛烈攻击中国"非个人"的传统，充分重视个人和个性的发展。他通过对历史的回顾，揭露了反动统治阶级对中国人民的残酷压迫："自有历史以来，中国人是一向被同族和异族屠戮，奴隶，敲掠，刑辱，压迫下来的，非人类能够忍受的楚痛，也都身受过，每一考查，真教人觉得不像活在人间。"①正是在这种绵延不绝的封建高压之下，中国广大劳动人民的个性被剥夺，人性被扭曲；国民党反动派实行黑暗统治，"万家墨面没蒿莱"，人民大众仍然不能发展自己的个性。鲁迅抨击旧教育压抑个性、培养奴才，指出在"产业主义社会"里，人民群众的个性"都得铸在一个模子里，不再能主张自我了"②；反对把个性、共同人性"混为一谈"等，都说明他对发展个性是重视的。鲁迅后期个性解放思想有两个特点：一是认为个人都是阶级的人，因此个人解放、个性解放的前提是阶级解放，就是说发展个性与民族和阶级的解放是紧密联系的；二是对个人、个性被压抑的原因，前期看重"庸众"即守旧的群众的作用，后期则主要从封建专制制度以及封建意识形态上着眼。

对于鲁迅后期个性解放思想，必须进行科学的实事求是的评判。有些论者肯定个性解放思想在前期有一定的作用，但认为后期的鲁迅则完全抛弃了这个思想。这是一种简单的缺乏具体分析的态度，也不符合鲁迅的思想实际。人是有个性的，这是人猿揖别以来的一个事实，而且个性要伴随人类社会的发展而发展。从世界范围来看，资产

---

① 《鲁迅全集·且介亭杂文·病后杂谈之余》。
② 《鲁迅全集·二心集·〈夏娃扫记〉小引》。

阶级提出"个性解放"作为一个反封建的口号，它的历史使命已宣告完成。但在当时的中国，"这种发展个性，思想自由，打破传统的呼声，客观上在当时还有相当的革命意义"①。瞿秋白的话无疑是对的。但显然还说得不够。不仅如此，个性解放还与民主主义、社会主义密切相关。毛泽东说过，解放个性，"这也是民主革命对封建革命必然包括的。有人说我们忽视或压制个性，这是不对的。被束缚的个性如不得解放，就没有民主主义，也没有社会主义"②。"我们主张的新民主主义制度的任务，则正是解除这些束缚和停止这种破坏，保障广大人民能够自由发展其在共同生活中的个性。"③我们应从这个意义上认识和评价鲁迅的个性解放思想。很清楚，人们的个性得不到充分的发展，理想的人性、国民性，也只是一句空话。

在国民党反动派的虐杀和暴政下，鲁迅肯定了"人道主义式的抗争"的作用。因为这种抗争对于揭露反动派的罪行，打破人们的幻想，争取社会各界对革命的同情等，都有一定的作用。因此，鲁迅很不赞成那种以极左面目大骂人道主义的做法。他说过："大家现在又在骂人道主义了，不过我想，当反革命者大屠杀革命者，倘有真的人道主义出而抗议，这对于革命为什么会有损呢？"④鲁迅在肯定"人道主义式的抗争"作用的同时，又提醒人们要认识那种敌我不分、是非不明的资产阶级人道主义对革命的危害性。在《〈解放了的堂·吉诃德〉后记》中，他指出："这一个剧本，就将吉诃德拉上舞台来，极明白的指出，吉诃德主义的缺点，甚至于毒害。在第一场上，他用谋略和自己的挨打救出了革命者，精神上是胜利的；而实际上也得了胜利，革命终于起来，专制者入了牢狱；可是这位人道主义者，这时忽又认为国公们为被压迫者了，放蛇归壑，使他又能流毒，焚杀淫掠，

---

① 瞿秋白：《〈鲁迅杂感选集〉序言》。
②《毛泽东书信选集》，人民出版社1983年版，第239页。
③《毛泽东选集》，人民出版社1967年版，第959页。
④ 冯雪峰：《回忆鲁迅》，人民文学出版社1981年版，第26页。

远过于革命的牺牲。他虽不为人们所信仰，——连跟班的山嘉也不大相信，——却常常被奸人所利用，帮着使世界留在黑暗中。"

鲁迅这里通过对剧本思想倾向的介绍和分析，联系历史的教训和现实的法西斯暴行，批判了这种"吉诃德主义"即不分敌我的人道主义。这表明鲁迅后期所主张的人道主义是与阶级斗争相结合的。鲁迅前期主张一种抽象的"爱"。爱是由社会的客观存在决定的，有着鲜明的阶级性，不可能人人都相爱。到了后期，鲁迅树立了正确的宇宙观和社会革命论，既重视爱，也强调憎，强调斗争。针对一些人鼓吹的"博爱和良心"，鲁迅指出："不能只说爱是伟大的，憎也是伟大的。"[1]因为"能杀才能生，能憎才能爱"[2]。"横眉冷对千夫指，俯首甘为孺子牛"，这就是鲁迅爱憎观的生动而辩证的反映。鲁迅从阶级对立和阶级斗争的现实出发，批判了那种所谓普遍的"人类之爱"。他说，在阶级社会里，不可能"人人相爱"，从美人香草一直爱到麻风病人的人是没有的，正如同"饿人却不爱饱人"[3]；"在帝国主义的主宰之下，必不容训练大众个个有了'人类之爱'，然后笑嘻嘻地拱手变为'大同世界'"[4]。鲁迅反对空洞的所谓"博爱""良心"。在批评"同路人"作者雅各武莱夫的创作倾向时，鲁迅指出，"他的艺术的基调，是博爱和良心"，"不但没有革命气，而且还带着十足的宗教气，托尔斯泰气，连用我那种'落伍'眼看去也很以苏维埃政权之下，竟还会容留这样的作者为奇"[5]。

从追求理想人性始，又以追求理想人性终，其间人性观虽然发生了重大变化，但追求理想人性的初衷始终未变——这就是鲁迅的人性观的一个重要特点，也是他的人性观与改造国民性思想之间的内在联系。

---

① 冯雪峰：《回忆鲁迅》，人民文学出版社1981年版，第158页。

②《鲁迅全集·且介亭杂文二集·七论"文人相轻"——两伤》。

③《鲁迅全集·三闲集·文艺与革命》。

④《鲁迅全集·二心集·非革命的急进革命论者》。

⑤《鲁迅全集·译文序跋集·〈译丛补〉〈农夫〉译者附记》。

第五章

"要自己和别人，都纯洁聪明勇猛向上"

——鲁迅改造国民性思想与道德观

国民性和人民的伦理道德是紧密联系的。因此，鲁迅在研究国民性改造问题中，伦理道德就成为其中的一个重点。下面，我们便探索一下鲁迅改造国民性思想与道德观的关系。

一、改造国民性思想与道德观、政治领域与道德领域的结合

鲁迅的道德观是在探求革命道路的过程中形成的。鲁迅认为，要使衰败落后的中国强盛起来，必须舍枝叶而抓根本。这个根本不是别的，就是人民大众思想上的觉醒，因为首先应把改造愚弱的国民性放在重要的位置。但是，改造国民性是一个很大的题目，所牵涉的方面很多，应该主要抓什么？在鲁迅看来，主要应从道德方面着手。这样，改造国民性思想与道德观、政治领域与道德领域，在鲁迅身上一开始就紧紧结合在一起了。

鲁迅伦理思想的形成，鲜明地体现了近代中国社会的特色。

重视思想意识，特别是道德的巨大力量，这是宣扬"公羊三世""变法图强"的资产阶级改良派和以"驱除鞑虏，恢复中华"为鹄的的资产阶级革命派的一个共同之处，虽然他们的出发点及其侧重点并不相同。改良派把清政府的腐败归结于中国人的道德不好、"品格低下"，提出了流传甚广的"新民德"的号召。我们在第一章中已谈到梁启超《新民说》对鲁迅改造国民性思想形成的影响。须知，所

谓新民，主要就是新民德。梁启超《新民说》突出强调的主题就是道德问题，是"以道德易国民"的"道德革命"。梁启超认为中国人最缺乏的是公德，并把公德的建立作为近代国家赖以维系存在的一个基础："知有公德，而新道德出焉，而新民出焉！"在《论私德》一节中，他还搞了一个"中国历代民德升降表"，认为清代民德"庸懦，卑怯，狡诈"；鸦片战争以来，"混浊达于极点，诸恶俱备"。《新民丛报》在创刊号《本报告白》中宣布三条办报宗旨，第一条就是"采合中西道德以为德育之方针，广罗政学理论以为智育之本原"。他们要求广大人民抛弃革命的理想，先从道德的修养和智力的提高入手，然后再协助清政府徐图改革。这是改良主义路线的必然产物。资产阶级革命派也非常重视道德在革命斗争中的作用，但他们突出的是对于封建伦理道德的猛烈抨击，对于"奴隶根性"、纲常名教的尖锐批判，为资产阶级革命高潮的到来而大造舆论。其中尤以章太炎鼓吹道德最为有力，对于鲁迅的影响也最为显著。

"用宗教发起信心，增进国民的道德"，这是章太炎在辛亥革命准备时期"视为最要紧"的东西，是他的一个重要的基本思想。他那建立在近代西方资产阶级唯心论，并对中国佛教唯识宗的主观唯心主义加以改造而形成的哲学体系基础上的道德观，自称为"革命之道德"。他主张大小事都要讲道德，提出了"无道德者不能革命"的观点。他认为，"道德堕废者，革命不成之原"；要革命，"则唯有道德者可以获胜"。在他看来，戊戌变法所以失败，就是由于像谭嗣同、杨深秀这样的有道德之士太少了的缘故；庚子自立军起义的失败，也是当事人缺乏道德所致。不仅如此，"道德衰亡，诚亡国灭种之根基也"[①]。正是从道德的这种重要作用出发，章太炎大力提倡佛入地狱的道德精神和众生平等的道德理想，猛烈抨击儒家"以富贵利禄为心"的弊害。他认为革命者应具有的道德，就是顾炎武说过的"知

---

① 章炳麟：《革命之道德》，《民报》第8号。

耻""重厚""耿介"，再加上"重然诺，轻死生"亦即"必信"。马克思说过："不管资产阶级社会怎样缺少英雄气概，它的诞生却是需要英雄行为、自我牺牲、恐怖、内战和民族战斗的。"①章太炎倡导革命之道德，正是要使广大革命者有足够的精神力量，去迎接这样的战斗。但很显然，把道德力量夸大为革命的根本，认为道德可以支配革命，这是中国资产阶级力量不足而又脱离广大人民群众的反映，是唯心的；章太炎的道德标准也并没有摆脱封建观念的影响，但由于他的道德观服从于"光复"的目标，因此客观上有着一定的进步意义。

章太炎的伦理道德思想对鲁迅的影响，主要表现在三个方面：

一是看重道德的作用，主张革命者首先应做一个有道德的人。鲁迅认为，一个人的智力活动，如果不以道德作为推动力，就不可能有重大成就。他驳斥了这样一种说法："谓知识的事业，当与道德力分。"他指出："此其说为不真，使诚脱是力之鞭策而惟知识之依，则所营为，特可悯者耳。"②章太炎还要求人们不能只把道德挂在口头上，而要身体力行，从小事做起，养成良好的道德习惯。鲁迅是认真实践了的。他一生自奉俭约，砥砺品行，"严气正性，宁愿覆折，憎恶权势，视若蔑如，皎皎焉坚贞如白玉，懔懔焉劲烈如秋霜"③，堪为楷模。

二是对西方资产阶级道德的批判。章太炎有个著名的观点，叫作"俱分进化论"，就是所谓进化并不只带来幸福、快乐和道德，而是乐进苦亦进，善进恶亦进，"若以道德言，则善亦进化，恶亦进化"。因此，"知文明之愈进者，斯蹂践人道亦愈甚"④。他因此揭露了资本主义社会的道德堕落："今美则膏粱国也，其社会趋于拜金，皮相其政治则最优，深察其风教则最劣。"⑤鲁迅虽没有接受章太炎的

---

① 《马克思恩格斯选集》第1卷，人民文学出版社1972年版，第604页。

② 《鲁迅全集·坟·科学史教篇》。

③ 许寿裳：《亡友鲁迅印象记》。

④ 章炳麟：《俱分进化论》，《民报》第7号。

⑤ 章炳麟：《清美同盟之利病》，《民报》第24号。

"俱分进化论"，但在章的影响下，对于西方资本主义社会尽管物质文明相当发达，然而人们精神道德方面却受到严重侵蚀的现象进行了尖锐批判，这种批判主要反映在《文化偏至论》一文中。

三是对中国上流社会虚伪腐朽道德的批判。章太炎用来测量道德高下的尺度是损人利己的程度。他从自己所立的这个道德标准出发，把当时的社会分为十六个等级，认为道德"大率从于职业而变"，因此道德也按次序分为十六等。其中"农人于道德为最高，其人劳身苦形，终岁勤动，田园场圃之所入，足以自养，故不必为盗贼，亦不知天下有营求诈幻事也"；"通人（指高级知识分子）以上，则多不道德者"；"要之知识愈进，权位愈申，则离于道德也愈远"①。章太炎这里把上流社会的道德堕落与他们压迫剥削的"职业"联系起来，表现了对上层社会腐败恶劣的憎恨，也大体上符合中国当时统治阶级与被统治阶级的分野。鲁迅也对下层社会，特别是农民的道德品质，给予了极高的评价。在1908年写的《破恶声论》中，他多次把封建士大夫与乡曲农人拿来比较，认为中国人民"崇爱之溥博"的天性，"洎夫今，乃仅能见诸古人之记录，与气禀未失之农人；求之于士大夫，戞戞乎难得矣"；"盖浇季士夫，精神窒塞，惟肤薄之功利是尚，躯壳虽存，灵觉且失"；等等。这种思想的持续发展，到了新文化运动时期，就是以反映"上流社会的腐败与下层社会的不幸"为小说创作的宗旨。应该看到，章太炎对鲁迅的这些影响，不仅在鲁迅的早期，就是终其一生，也有鲜明的反映，总的说来是起了积极的作用。

鲁迅重视道德的力量，但在早期又一度对自称为"第一个非道德论者"的尼采最为赞赏，这是什么原因呢？尼采确实鼓吹一种反道德的论调，据他解释，反道德这个词含有两种否定："第一，我否定以往称为最高的那种类型，即良善的、仁慈的、宽厚的人；第二，我否

---

① 章炳麟：《革命之道德》，《民报》第8号。

定普遍承认道德本身的那种道德，即颓废的道德。"①尼采在道德观上给予鲁迅的影响，主要是他对"奴隶道德"的批判。尼采把道德分为两种：一种是"强权道德"，另一种是"奴隶道德'。强力和骄傲，对自己和对他人无情，勇敢和喜爱战斗等，就是"强权道德"的主要内容；反之，谦让、博爱、怜悯、人道、自我牺牲、和平、悲哀等，则属于"奴隶道德"，这是弱者的道德，是使人类退化的道德。可见，"非道德"的尼采并不是不要一切道德，要的只是"强权道德"。但是，鲁迅从当时中国革命斗争的需要出发，却从积极方面吸取了尼采反对"奴隶道德"的斗争精神，并经过改造，借以批判在封建主义意识形态束缚下"安弱守雌，笃于旧习""纤弱颓靡，日益以甚"的状态，鼓励和号召人民群众敢于斗争，独立自强，奋发有为。

鲁迅所以选择文艺作为改造国民性的利器，其中一个重要原因，是他看到了文艺与道德之间的密切关系。文艺与道德作为社会意识形态的两种不同形式，在反映客观存在的对象、内容以及反映的方法上，都各有其自身的特点，存在明显的差别，但它们之间又互相影响和相互作用，彼此密不可分：文学既要反映社会生活，就不能不反映社会上一定阶级的道德观念；反之，文学表现一定的道德理想，就必然对社会道德发生影响。从文艺主要是用形象反映生活这一特征出发，鲁迅在《摩罗诗力说》中充分肯定了它的教育意义，即能实际启发人们自觉、勇猛、力求进步的精神（"自觉勇猛发扬精进，彼实示之"），"凡芩落颓唐之邦，无不以不耳此教示始"。他还强调文学对于培育人们理想的作用："涵养人之神思，即文章之职与用也。"在1913年《拟播布美术意见书》中，鲁迅更加明确提出"美术（指文学艺术）可以辅翼道德"，认为"美术之目的，虽与道德不尽符"，但"其力足以渊邃人之性情，崇高人之好尚，亦可辅道德以为治。物

---

① 参阅杜任之主编：《现代西方著名哲学家述评》，生活·读书·新知三联书店1980年版，第8页。

质文明，日益曼衍，人情因亦日趋于肤浅；今以此优美而崇大之，则高洁之情独存，邪秽之念不作，不待惩劝而国又安"。当然，这些说法未免有些过当，但他所揭示的文艺在影响人们的精神、道德，改变社会风气方面具有的重大作用，却是文艺史上无数事实所证明了的客观真理。这说明，在鲁迅开始投入伟大的民族和民主革命斗争时，他的政治观、道德观、文艺观，三者是统一的，有机地联系着的。还应看到，鲁迅既重视文艺对于道德的重要作用，又坚决反对那种仅仅从社会学角度着眼，忽视文学本身的特征，把文学只看作"贯道之器"，或者等同于一般的道德说教的观点。

鲁迅伦理思想的形成，是以他的哲学观点为理论基础的，因此就自然地带有其早期哲学观上的特色与局限性。鲁迅在自然观上坚持唯物主义，明确指出物质是第一性的，意识是第二性的；在初期的社会观中也具有辩证因素的发展观点，但他的社会观总的说来并没有超出唯心主义的范畴。马克思主义依据历史唯物主义关于社会存在和社会意识相互关系的原理，强调道德并不是独立存在的，而是被社会存在、经济基础所决定的。由于鲁迅当时还不能从经济基础上出发说明社会的矛盾，看不到道德与社会物质生活条件的辩证联系，因而他还不能科学地阐明道德的起源、本质、作用及其规律性，不可避免地陷入历史唯心主义。这样，他虽然看到了上流社会（压迫者）往往比下层社会（被压迫者）的道德还要低下，但不能科学地揭示其中的原因，反映在改变人们的思想道德——国民性问题上，就不懂得首先必须改变社会的经济基础，而是受到"道德万能论"的影响；他虽然看到"士大夫"与"气禀未失之农人"道德上的迥异，但只是直观的素朴的认识，还没有看到在阶级社会里，各种不同的道德观念和伦理学说，归根到底都反映着一定阶级的利益和要求，也就是都带有阶级性。这是他早期道德观上的局限。

二、"吃人"——封建道德的实质

"五四"前后，鲁迅在攻打国民性病根时，把斗争的矛头重点指向淤积在人们头脑中的封建意识，而他对于封建道德的有声有色的批判，又是其中特别重要的一个部分。

反对旧道德、提倡新道德，这是新文化运动的两大旗帜之一。伦理道德问题在中国新、旧民主主义革命之交被突出摆在如此重要位置，有着深刻的社会根源和历史根源。辛亥革命失败的教训，袁世凯复辟帝制的丑剧，封建道德乌烟瘴气充塞国内的现状，使得激进的民主主义者认识到，政治民主和封建的纲常名教势若水火，"倘于政治否认专制，于家族社会仍保守旧有之特权，则法律上权利平等、经济上独立生产之原则，破坏无余，焉有并行之余地？"①"盖伦理问题不解决，则政治学术，皆枝叶问题。纵一时舍旧谋新，而根本思想，未尝变更，不旋踵而仍复旧观者，此自然必然之事也。"②因此，"伦理的觉悟，为吾人最后觉悟之最后觉悟"。这种认识在新文化运动中相当普遍。如高一涵把改造青年道德作为改造中国的"根本"；钱玄同把改造伦理作为"根本的解决"；吴虞认为"宗法"观念阻碍着中国进入资本主义社会等。这种认识是有一定道理的。中国古代伦理学的一个显著特点，就是与政治思想结合得十分紧密。周公总结夏、商兴亡的教训时指出："惟不敬厥德，乃早坠厥命。"③这说明，敬德既是道德问题，又具有政治意义。孔子强调要"为政以德"，孟子要求以"不忍人之心"发而为"不忍人之政"。儒家主张的"修身、齐家、治国、平天下"的次序，都是伦理思想与政治思想融为一体的具体体现，对于维护封建社会的长治久安起了重大作用。辛亥革命发生

---

① 陈独秀：《吾人最后之觉悟》，《新青年》1卷6号。

② 陈独秀：《宪法与礼教》，《新青年》2卷3号。

③《尚书·召诰》。

了，但是封建伦理道德观念仍然占据着统治地位，并成为一切复辟倒退活动的思想基础。伦理道德问题随着革命的深入自然而然地凸现了出来。陈独秀是首先提出反对旧道德问题的。他把儒家"三纲"说作为旧伦理道德的要害抨击，指出："儒者三纲之说，为一切道德政治之大原，……缘此而生金科玉律之道德名词，——曰忠，曰孝，曰节，——皆非推己及人之主人道德，而为以己属人之奴隶道德也。"[①]吴虞还把儒家的伦理学说和政治上的专制制度、社会组织上的家族制度联系起来，作为三位一体的东西而加以批判，指出："儒家以孝、悌二字为两千年来专制政治与家族制度联结之根干"，流毒天下，"不减洪水猛兽矣"[②]。毛泽东当时认为，中国落后的根本原因是"思想太旧，道德太坏"，因此解救群众的根本办法是从抓"大本大源"入手，"愚以为当今之世，宜有大气量人，从哲学伦理学入手，改造哲学，改造伦理学，根本上变换全国之思想，比如大纛一张，万夫云集，雷电一震，阴曀皆开，则沛夫不可御矣"[③]。应该看到，在反对旧道德的斗争中，只有李大钊尝试运用马克思主义观点，正确地解释了旧道德产生和存在的经济基础，就是"有了那种物质的要求，才有那种精神的道德的要求"；因此，道德必定要"适应生活的变动，随着社会的需要，因时因地而有变动，一代圣贤的经训格言，断断不是万世不变的法则"[④]。这样，他对封建的纲常名教的攻击，也就格外深刻且又切中膝理。

鲁迅新文化运动时期非常重视道德的作用，他说："想在现今的世界上，协同生长，挣一地位，即须有相当的进步的智识，道德，品

---

① 陈独秀：《一九一六年》，《新青年》1卷5号。

② 陈独秀：《家族制度为专制主义之根据论》，《新青年》2卷6号。

③ 转引自汪树白、张慎恒：《毛泽东哲学思想形成的一个准备阶段（二）》，《求索》1982年第3期。

④ 李大钊：《物质变动与道德变动》。

格，思想，才能够站得住脚：这事极须劳力费心。"①在鲁迅看来，道德问题与国民性问题联系着，国民性的"怯弱，懒惰，而又巧滑"的弱点，也是道德上的缺陷，破除旧道德，正是改造国民性的重大任务。把道德看作决定社会发展的一种独立的力量，从而夸大道德的社会作用，这种认识显然是偏颇的。但鲁迅与胡适、傅斯年当时所提倡的"伦理革命"根本不同，也与一般的"道德决定论"有重大区别，最主要的是他反对调和、折中，猛烈地批判一切封建的旧东西。他不是企图通过说教来改变社会，而是期望通过对封建道德的揭露，促使国民觉悟，以达到社会改革的目的。

反对封建旧道德，就要提倡新道德。鲁迅指出了新道德的重要意义。他说，"刀兵盗贼水旱饥荒"、层出不穷的"丧尽天良的事"以至"国将不国"的情形，"只是不讲新道德新学问的缘故"，"行为思想，全钞旧账；所以种种黑暗，竟和古代的乱世仿佛"②。那么，鲁迅当时提倡的新道德是些什么呢？又如何来确立这些新道德呢？总的来看，鲁迅当时所提倡的新道德，基本上仍属于资产阶级道德要求范围，其中心则是"个性解放"，例如希望成为"独立的人"，宣传"人格的平等"，提倡独异即"个人的自大"，等等。对于新道德建立的途径，鲁迅认为应通过大量输入西方的民主科学思想，以改造中国的国民性，促使人们思想上的觉悟。

鲁迅新文化运动时期向封建道德展开了勇猛的攻击。他批驳了那种"中国地大物博，开化最早；道德天下第一"③的狂妄自大，甚至以丑恶骄人的论调，驳斥了那种"万恶都由科学，道德全靠鬼话"④的谰言，剥去了那些装出痛哭流涕样子的"国粹家道德家"的虚伪嘴

①《鲁迅全集·热风·随感录三十六》。

②《鲁迅全集·坟·我之节烈观》。

③《鲁迅全集·热风·随感录三十八》。

④《鲁迅全集·热风·随感录三十三》。

脸①，鞭挞了那些"勒派朽腐的名教，僵死的语言，侮蔑尽现在"的
"现在的屠杀者"②。鲁迅批判的范围很广，集中攻击的对象则是封建
礼教。礼是中国古代社会的典章制度和道德规范。孔子提出"齐之以
礼"③，要求人们的言行符合周礼，"非礼勿视，非礼勿听，非礼勿
言，非礼勿动"④。朱熹注道："礼，谓制度品节也。"封建道德至宋
代发展得更完备、更严酷，"三纲五常"等一套被说成是"天理"。
宋儒说："圣人千言万语，只是教人存天理灭人欲。"⑤这"理"，指
的是封建伦理纲常，与人们的生活欲望是对立的。二程则号召人们绝
对遵守封建伦理教条，说什么"饿死事极小，失节事极大"⑥。在中国
历史上特别是明清两代，进步的思想家就对封建礼教表示过怀疑和进
行过批判，例如清人戴震对此做了揭露："酷吏以法杀人，后儒以理
杀人"，"人死于法，犹有可怜者，死于理，其谁怜之"⑦。新文化运
动时期，对于封建礼教反动本质揭露得最深刻的是鲁迅。他的第一篇
小说《狂人日记》，就是"暴露家族制度和礼教的弊害"的呐喊：

> 我翻开历史一查，这历史没有年代，歪歪斜斜的每页上都写
> 着"仁义道德"几个字。我横竖睡不着，仔细看了半夜，才从字
> 缝里看出字来，满本都写着两个字是"吃人"！

这是对以封建礼教为核心的封建道德吃人本质的深刻揭露，是对
它的血腥罪恶的愤怒控诉，鲁迅的这个批判和控诉，主要集中在以下
三个方面：

---

① 《鲁迅全集·华盖集续编·马上支日记》。
② 《鲁迅全集·热风·五十七现在的屠杀者》。
③ 《论语·为政》。
④ 《论语·颜渊》。
⑤ 《朱子语录》卷十二。
⑥ 《二程遗书》卷二十二。
⑦ 《孟子字义疏证》。

第一,对于孝道的批判。

孝是封建社会地主阶级道德的基本规范。封建社会是一个以小农经济为主的社会,一家一户便是一个生产单位。与小农经济相适应的家庭制度就是封建宗法的家长制,它要求儿子绝对地服从父亲,即所谓孝。在这个基础上建立的封建政权,就是放大了的封建家长制的形式。"孝"扩大和延伸到君臣关系上就是"忠"。"君子之事亲孝,故忠可移于君。"①这样,维护宗法关系的道德与维护国家政权的政治法律就结合了起来,从而形成以"君为臣纲,父为子纲,夫为妻纲"为中心的道德规范体系。孔子提倡孝为德之本,说什么"三年无改于父之道""父母在,不远游"等。东汉郑玄注《孝经》,说"孝为百行之道"。我们说,这种反映和维护血缘关系及宗法制度的伦理思想,由于强调整体利益,维护了尊老爱幼的社会公德,有利于巩固正常的社会秩序,对我们民族的繁荣和发展曾起过积极作用。但它始终粉饰社会现实,掩盖阶级矛盾,成了统治者麻醉和欺骗人民的工具。"孝""忠"观念,是扼杀个性和自由,制造奴性和奴才的渊薮。

鲁迅在童年看了《二十四孝图》,那些诸如"老莱娱亲""郭巨埋儿""卧冰求鲤""哭竹生笋"等一类所谓孝子的孝行,引起他极大的反感和憎恶,使他痛切地看到了孝道的虚伪和残酷。鲁迅用进化发展观点批判了孝道的反动性,指出孝亲思想是必须破除而且早就应该破除的。他说:"'三年无改于父之道可谓孝矣',当然是曲说,是退婴的病根。假使古代的单细胞动物,也遵着这教训,那便永远不敢分裂繁复,世界上再也不会有人类了。"②针对孔子说的"身体发肤,受之父母,不敢毁伤,孝之始也",鲁迅尖锐地指出:"那么,'为国捐躯'是'孝之终'么?"③鲁迅认为,父亲必须正确教育孩

①《孝经》。

②《鲁迅全集·坟·我们现在怎样做父亲》。

③《鲁迅全集·且介亭杂文二集·"寻开心"》。

子，使孩子超越自己、超越过去。但是社会上却不大注重孩子的教育和解放，不管是穷人还是富人的孩子，长大了都昏天黑地地在社会上转。鲁迅把孩子同国家的前途连在一起，提出了以幼者为本位的思想，发出了"救救孩子"的呼号，要求觉醒的人先各自解放了自己的孩子，"自己背着因袭的重担，肩住了黑暗的闸门，放他们到宽阔光明的地方去；此后幸福的度日，合理的做人"①。

第二，对封建节烈观的批判。

在封建社会，妇女处在社会的最下层。男尊女卑、男主女从的无形的观念束缚着广大妇女，强制单独守贞、片面守节，更像一条毒蛇，千百年来吞噬了不知多少无辜妇女的青春和生命。窃夺了辛亥革命成果的袁世凯，大肆鼓吹封建道德，在颁布的《褒扬条例》中，又规定表彰"妇女节烈贞操"的条款，并在各地竖"节烈"牌坊，制"贞操"匾额。冯国璋任大总统时，公布《修正褒扬条例》，规定凡合"孝行纯笃""节烈妇女"等八条之一者，由部呈请褒扬。直到"五四"运动前后，报刊上还不时出现颂扬"节烈"的纪事和诗文。反对节烈等封建道德，是民主主义革命的一个迫切任务。《新青年》杂志从第二卷第六号开始，展开了关于"女子问题"专题讨论，痛击这股复古主义逆流。鲁迅写了《我之节烈观》一文，积极投入这场斗争。针对道德家要表彰"节烈"的鼓噪，鲁迅指出：节烈并不是道德家所说的存在于天地间的永恒天理，"由汉至唐也并没有鼓吹节烈。直到宋朝，那一班'业儒'的才说出'饿死事小失节事大'的话，看见历史上'重适'两个字，便大惊小怪起来"②。这就是说，节烈观念是我国封建社会走下坡路后才出现的，完全是压抑民族生机的昏迷和强暴的行为。鲁迅还深刻揭示了中国封建社会特别注重"节""烈"的社会根源。他认为，"中国的国家以家族为基础"，因此"中国亲

---

① 《鲁迅全集·坟·我们现在怎样做父亲》。
② 《鲁迅全集·坟·我之节烈观》。

权重，父权更重"。正因为如此，"皇帝和大臣们，向来总要取其一端，或者'以孝治天下'，或者'以忠诏天下'，而且又'以贞节励天下'"①。鲁迅用事实抨击"节烈"是一种"畸形道德"，是"实在无理可讲"，是从"古人模模糊糊传下来的道理"，是"极难，极苦，不愿身受，然而不利自他，无益社会国家，于人生将来又毫无意义"的野蛮行为，深刻地揭露了旧礼教的罪恶。鲁迅提出，应该对于在"节烈"的名义下无谓牺牲的妇女表示哀悼，应该使广大妇女从"节烈"的枷锁下解脱出来。他说："我们追悼了过去的人，还要发愿：要自己和别人，都纯洁聪明勇猛向上。要除去虚伪的脸谱。要除去世上害己害人的昏迷和强暴。""我们追悼了过去的人，还要发愿：要除去于人生毫无意义的苦痛。要除去制造并赏玩别人苦痛的昏迷和强暴。""我们还要发愿：要人类都受正当的幸福。"②

第三，对于爱情、婚姻中封建道德的批判。

恩格斯说过，只有以爱情为基础的婚姻才是合乎道德的。符合道德的爱情则必须是纯洁的爱情，也就是排除物质利害考虑，相互真挚倾慕的爱情。但在封建社会家长制统治下，"父母之命，媒妁之言"被认为是天经地义的，这就出现了包办婚姻、买卖婚姻，"古代所仅有的那一点夫妇之爱，并不是主观的爱好，而是客观的义务；不是婚姻的基础，而是婚姻的附加物"③。鲁迅借一位少年写的一首题为《爱情》的诗，对封建婚姻制度进行了尖锐的攻击。这位少年说："爱情！可怜我不知道你是什么！"因为他的婚姻"全凭别人主张，别人撮合"，"仿佛两个牲口听着主人的命令"④。这样形式上的夫妇，既然都全不相关，年少的便另去姘人宿娼，年老的再来买妾："麻痹了良心，各有妙法。"鲁迅认为，"在女性一方面，本来也没有罪，现

---

①《鲁迅全集·华盖集·十四年的"读经"》。

②《鲁迅全集·坟·我之节烈观》。

③《马克思恩格斯选集》第4卷，人民文学出版社1972年版，第72—73页。

④《鲁迅全集·热风·随感录四十》。

在是做了旧习惯的牺牲。我们既然自觉着人类的道德，良心上不肯犯他们少的老的的罪，又不能责备异性，也只好陪着做一世牺牲，完结了四千年的旧账"。但是毕竟到了20世纪，"人之子"醒了，这场持续数千年的大悲剧该结束了。鲁迅鼓励觉悟了的青年与封建道德进行坚决的斗争。他说："我们还要叫出没有爱的悲哀，叫出天所可爱的悲哀。……我们要叫到旧账勾销的时候。"旧账如何勾销？"我说，'完全解放了我们的孩子！'"①

鲁迅前期的道德观，主张合理的道德应以"自他两利"为根本原则。他认为，"道德这事，必须普遍，人人应做，人人能行，对于自他两利，才有存在的价值"②。"自他两利"，不仅是鲁迅，当时新文化运动的倡导者和参加者多持这种观点。这种"自利利他"观点的基本精神是："欲使一己之利益着着落实，非特不害他人利益，且以之赞助他人之利益。"③所以他们主张人人应"推己及人"，"以尊重一己之心推而施诸人人"。鲁迅以封建复古主义者鼓吹妇女"节烈"为例，指出：这些"道德家"所说的"节烈"，不特与男子绝不相干，就是女子，也不能全体都遇着这名誉的机会，这即是不普遍，不是人人能做的；"节烈"又很难、很苦，不愿身受，既不利人，又不利己，对于自他都无利，"所以决不能认为道德，当作法式"。应当看到，在"自他两利"的主张中，"利他"是以"自利"的个人主义为基础的，因此本质仍然是个人主义。还要看到，在阶级社会里，道德是有阶级性的，在道德的价值观念上，不同阶级的人就会赋予不同的意义，具有不同的价值。即如"节烈"来说，封建势力把它说得如何如何好，千方百计地进行鼓吹、维护，"五四"运动的先驱者们则坚决破除之。阶级社会中虽然也有长期形成的共同的道德规范，但从

---

① 《鲁迅全集·热风·随感录四十》。
② 《鲁迅全集·坟·我之节烈观》。
③ 高一涵：《共和国家与青年之自觉》，《青年杂志》1卷1号。

来也"规范"不了反动统治阶级。"自他两利"显然是不切实际的幻想。鲁迅在接受马克思主义后，便放弃了这种主张，以是否符合无产阶级革命利益作为道德的标准。

三、后期道德观的转变及其特点

鲁迅后期掌握了辩证唯物主义和历史唯物主义，伦理道德观也发生了根本的变化，这就是坚持用马克思主义的立场、观点和方法去对待、解决道德问题，克服了以前的偏颇。这种变化，体现在以下五个方面：

一是关于道德的阶级性的认识。诚如上述，前期的鲁迅还没有掌握马克思主义阶级分析的方法，对于道德的阶级性的认识还不够明确，不够自觉，这就势必影响到他正确地看待、理解道德现象的本质和作用。恩格斯明确指出："我们断定，一切已往的道德论归根到底都是当时的社会经济状况的产物。而社会直到现在还是在阶级对立中运动的，所以道德始终是阶级的道德；它或者为统治阶级的统治和利益辩护，或者当被压迫阶级变得足够强大时，代表被压迫者对这个统治的反抗和他们的未来利益。"① 把道德看作阶级的道德，自觉站在人民大众立场，坚决反对压迫者的虚伪道德，这是鲁迅后期伦理思想上的一个飞跃，在他关于俄国作家陀思妥耶夫斯基与托尔斯泰的评论中可以看出来。

俄国19世纪后半期著名小说家陀思妥耶夫斯基，在其一系列作品中，一方面无情地揭发了贵族资产阶级社会的腐化，对被侮辱被迫害的社会"底层"的人们表示了深厚的同情；另一方面，他的思想立场和19世纪60—70年代俄国革命民主主义者的立场处在针锋相对的地位，否认革命斗争，认为俄国人民是笃信宗教和顺从忍耐的，只要贵族阶级也接受人民的道德与宗教观点，就可以使两个对立的阶级和解。因此他极力宣扬从人性上来改善社会，夸大以及提倡宽恕、顺

---

① 《马克思恩格斯选集》第3卷，人民文学出版社1972年版，第134页。

从、忍耐、受苦等道德观念，企图借此洗涤人间社会的罪恶，从而建立博爱的世界。鲁迅对陀思妥耶夫斯基的"忍从"道德进行了批判。他指出，在中国，没有俄国的基督，君临的是"礼"，不是神。百分之百的忍从在一般的人们是没有的；忍从的形式是有的，但是陀思妥耶夫斯基式的掘下去，也还是虚伪。这是因为，"压迫者指为被压迫者的不德之一的这虚伪，对于同类，是恶，而对于压迫者，却是道德的"①。

鲁迅留学日本时就曾受过托尔斯泰人道主义的影响。托尔斯泰从19世纪70年代末80年代初思想发生了激变，激变后仍包含显著的矛盾。"他在自己的晚期作品里，对现代一切国家制度、教会制度、社会制度和经济制度作了激烈的批判"②；但他提出的一整套医治俄国社会病痛的药方，却是以"不以暴力抗恶""道德的自我修养""博爱"等为主要内容的"托尔斯泰主义"，这是反动的学说。鲁迅后期指出了托尔斯泰人道主义的根本弱点及其恶劣影响，认为"托尔斯泰样（即托尔斯泰主义）可就不高明，一代不如一代！"③"托尔斯泰正因为出身贵族，旧性荡涤不尽，所以只同情于贫民而不主张阶级斗争。"④托尔斯泰"爱"的说教、"道德的自我完善"这一套，曾在一段时期内引起鲁迅的注意。新文化运动时期，鲁迅还认为独有爱是真的，主张用爱、用天性的爱结合长幼，维系社会。到了后期，鲁迅对于"托尔斯泰主义"有了本质的认识，主张革命者必须执着于韧性的战斗，必须以革命暴力消灭反革命的暴力。

二是关于道德与社会革命关系的认识。前期的鲁迅从注重改变人们精神的目的出发，曾不恰当地夸大了道德的作用，以至于把思想上、道德上的觉醒看作社会革命的前提。正由于这个原因，鲁迅新文化运动时期给予旧道德以猛烈攻击，起了促人憬悟的作用，但是这种

---

① 《鲁迅全集·且介亭杂文二集·陀思妥耶夫斯基的事》。

② 《列宁全集》第16卷，人民出版社1959年版，第330页。

③ 冯雪峰：《回忆鲁迅》，人民文学出版社1981年版，第27页。

④ 《鲁迅全集·二心集·"硬译"与"文学的阶级性"》。

批判有一个根本的弱点，那就是从思想本身来研究思想，所以不能科学地阐明旧道德必然要消亡、新道德必然要发生的原因，最终还是难免陷入历史唯心论。在马克思主义看来，"人们自觉地或不自觉地，归根到底总是从他们阶级地位所依据的实际关系中——从他们进行生产和交换的经济关系中，吸取自己的道德观念"①。因此，随着社会经济基础的变化，人们的道德观念也随之或快或慢地发生变化。鲁迅在斗争实践中找到了唯一正确的革命道路，这就是首先用革命的暴力推翻剥削阶级的反动统治。鲁迅也就彻底清除了章太炎道德观中偏颇之处对自己的影响，把章提出的"用宗教发起信心，增进国民道德"的主张，视为"仅止于高妙的幻想"。

例如在关于卖淫问题的分析中，鲁迅就着重提出要改变旧的社会制度。当时社会上一些人把卖淫问题完全归结于妇女，认为在于妇女的淫靡和奢侈。鲁迅指出："问题还在买淫的社会根源。"因为资产阶级那种以卖淫和通奸做补充的"一夫一妻"制，是由资本主义的经济基础所决定的，"这根源存在一天，也就是主动的买者存在一天，那所谓女人的淫靡和奢侈就一天不会消灭。男人是私有主的时候，女人自身也不过是男人的所有品"②。因此只有消灭私有制度，才能扫除淫秽和其他罪恶。

三是关于马克思主义善恶观的认识。用马克思主义武装起来的鲁迅，看到不同的阶级具有不同的善恶观，看到善与恶是相比较而存在、相斗争而发展的。他说过："帝国主义和我们，除了它的奴才之外，哪一样利害不和我们正相反？我们的痛疽，是它们的宝贝，那么，它们的敌人，当然是我们的朋友了。"③"驯良之类并不是恶德。但发展下去，对一切事无不驯良，却决不是美德，也许简直倒

---

①《马克思恩格斯全集》第20卷，人民出版社1956年版，第102页。

②《鲁迅全集·南腔北调集·关于女人》。

③《鲁迅全集·南腔北调集·我们不再受骗了》。

是没出息。"①他在说到处世待人时认为，"装假固然不好，处处坦白，也不成，这要看是什么时候。和朋友谈心，不必留心，但和敌人对面，却必须刻刻防备。我们和朋友在一起，可以脱掉衣服，但上阵要穿甲"②。鲁迅认为，凡是符合本阶级的利益的行为就是善，否则就是恶；一个阶级认为是善，在敌对阶级看来则往往是恶。那种主张超阶级的善恶，只能是虚伪的说教。鲁迅的结论是明确的："被压迫者对于压迫者，不是奴隶，就是敌人，决不能成为朋友，所以彼此的道德，并不相同。"③

四是关于民族传统道德的继承问题。鲁迅的一生，是向中国封建传统道德进行勇猛、激烈而又持久斗争的一生，但是他又反对那种虚无主义态度，反对把中华民族的伦理道德遗产看成一团破烂的观点，这在他后期身上反映得尤为鲜明。这也与鲁迅后期改造国民性思想的特点有密切关系，即在继续攻打国民性病根的同时，更加着意发扬我国国民性格中光明、伟大的一面。马克思主义在承认道德具有阶级性的同时，还承认对传统道德的继承。这种继承性不仅指历史上劳动人民的优秀道德品质，就是对剥削阶级的道德遗产，也应采取科学的实事求是的态度，从中吸取有价值的东西，加以根本性的改造，为无产阶级革命斗争事业服务。鲁迅本人就是继承优良传统道德的榜样。例如在鲁迅的炽烈的爱国主义情感和坚定的革命节操、疾恶如仇的是非态度上，我们既可以从中看到其与屈原及魏晋诸大诗人的渊源，又可以感到"浙东人气质上的某种优秀的传统，即由大诗人陆游，明末浙东诸文人，清末和民初的浙东诸革命先进和烈士所表现着的那种爱国的富有特征的态度"④的影响。鲁迅即对一个人力车夫的高尚品德发过

---

① 《鲁迅全集·且介亭杂文·从孩子的照相说起》。

② 《鲁迅全集·书信·350313致萧军、萧红》。

③ 《鲁迅全集·且介亭杂文二集·后记》。

④ 冯雪峰：《鲁迅和俄罗斯文学的关系及鲁迅创作的独立特色》，见《鲁迅的文学道路》。

由衷的赞扬，从一个卖"黄枚朱古律三文治"的店员身上觉得自己周围"又远远地包着人类的希望"①，又在一定意义上肯定了孔子"知其不可而为之"的以柔进取、注重实行的精神，歌颂了传说中的同人民群众一起，百折不挠地与洪水搏斗的大禹，赞扬了主张非攻的古代思想家和实行家墨子的注重实力、反抗强暴的精神，等等。

五是对于共产主义道德的提倡和实践。用马克思主义武装起来的鲁迅，不仅用共产主义的道德标准要求自己，并且用这种精神对待现实生活中的人和事。共产主义道德的基本原则就是忠于共产主义事业的集体主义原则，它体现了无产阶级和劳动人民的整体利益，要求大公无私，要求为无产阶级革命事业鞠躬尽瘁，死而后已。鲁迅有一句名言："我好像一只牛，吃的是草，挤出来的是牛奶，血。"②贡献给人民的很多很多，要求于人民的甚少甚少，这就是鲁迅的共产主义精神。鲁迅也坚持用这个标准评判别人。共产党员柔石一生艰苦奋斗，最后为革命壮烈牺牲，他的崇高品格受到鲁迅的赞赏。鲁迅说："无论从旧道德，从新道德，只要是损己利人的，他就挑选上，自己背起来。"③损己利人，这是共产主义道德原则的崇高体现，一个真正的共产主义战士，就应该无条件地让个人利益服从革命的整体利益，反对任何形式的利己主义。这也是鲁迅道德品质的写照。对于损人利己的道德观念，鲁迅是坚决反对的。他描绘过这么一种人，"嘴里用各种学说和道理，来粉饰自己的行为，其实却只顾自己一个的便利和舒服，凡有被他遇见的，都用作生活的材料，一路吃过去，象白蚁一样，而遗留下来的，却只是一条排泄的粪"④。鲁迅慨叹地说："社会上这样的东西一多，社会是要糟的。"他提出一个人应该"随时为大

---

① 《鲁迅全集·热风·无题》。
② 转引自许广平：《欣慰的纪念》。
③ 《鲁迅全集·南腔北调集·为了忘却的纪念》。
④ 《鲁迅全集·书信·350423致萧军、萧红》。

家想想，谋点利益就好"①。

四、对生长在半封建半殖民地社会土壤上的畸形道德的批判

上海十年，面对国民党反动派的文化"围剿"，面对形形色色的资产阶级反动文人的猖狂进攻，鲁迅站在无产阶级立场，进行了艰苦而又无畏的斗争。鲁迅坚持改造国民性思想，仍然重视思想、道德等领域，把道德批判与现实批判结合了起来。如果说，新文化运动时期批判的锋芒针对毒害人民数千年的封建传统道德，那么后十年则以凌厉的气势着重指向在中国半殖民地半封建社会土壤上所产生、形成的畸形道德。这种畸形道德是一种资产阶级道德，但又带有封建道德的明显烙印，也掺杂着洋奴买办思想的强烈影响。对于旧中国，特别是十里洋场的上海这种畸形道德的虚伪性、腐朽性，鲁迅的批判是广泛、深刻而又犀利的。这些批判，着重在以下几个方面：

继续对"面子"思想的深入批判。鲁迅早就指出，中国人民很重"面子"，这种"面子"有好多种，因人的身份而异。例如，"车夫偷了一个钱袋，被人发现，是失了面子的，而上等人大捞一批金珠珍玩，却仿佛也不见得怎样'丢脸'，况且还有'出洋考察'，是改头换面的良方"②。鲁迅所说的"中国人"，主要指那些所谓"上等人"，同时也指出这种道德观念对劳动人民的侵蚀。鲁迅认为要"面子"、爱"面子"是"中国精神的纲领"，他说："中国人要'面子'，是好的，可惜的是这'面子'是'圆机活法'，善于变化，于是就和'不要脸'混起来了。长谷川如是闲说'盗泉'云：'古之君子，恶其名而不饮，今之君子，改其名而饮之。'也说穿了'今之君子'的'面子'的秘密。"③鲁迅剖析了重"面子"的实质，就是假面、虚伪，言行不一，口是心非。1923年6月3日出版的日文《北京周

---

① 《鲁迅全集·书信·351214致周剑英》。

② 《鲁迅全集·且介亭杂文·说"面子"》。

③ 《鲁迅全集·且介亭杂文·说"面子"》。

报》第六十八期，刊载了鲁迅在回答日本记者提出的"面子"问题时的谈话，他说："由于'面子'一词以表面的虚伪为主，其中就包含着伪善的意思。"①这种以"表面的虚伪"隐瞒实际，就是自欺欺人的精神胜利法的表现。鲁迅在日本开始探索国民性问题时，认为中国国民性中最缺乏的就有"诚"，反对诈伪无耻，猜疑相贼，后来又反对"瞒和骗"，批评中华民族是"做戏"的民族②，等等，都是反对这种"面子"思想的。鲁迅一再吁呼中华民族要正视现实，打破"瞒和骗"的泥沼，从"这普遍的做戏"的迷梦中醒来，分析，自省，自做功夫。鲁迅本人也总是毫不留情地揭穿一切假面，奋力铲除虚伪的恶习，表现了勇于面对现实、一切从中国实际出发的彻底革命精神。

对病态社会现象的批判。在剥削阶级损人利己的道德观念侵蚀下，旧中国社会上产生了许多丑恶的现象，反转过来又进一步毒化着社会风气。鲁迅用他那支铁笔，入木三分地勾画和戳穿了那些道德沦丧、风气败坏的现象，用讽刺的烈火毫不容情地去烧毁它。被称为"冒险家乐园"的旧上海，流氓成群，地痞麇集，这类社会渣滓是帝国主义、封建主义与官僚资本主义的产物，也是他们在中国借以维持其反动统治的社会基础。这伙人中不少的职业是所谓"吃白相饭"，其实就是"不务正业，游荡为生"。他们采取欺骗、威压、溜走等诸种手段，敲诈勒索，欺压良善。鲁迅以憎恶的笔触揭穿了这些人的流氓行径，愤慨地指出："'白相'可以吃饭，劳动的自然就要饿肚，明明白白，然而人们也不以为奇。"③鲁迅还惟妙惟肖地勾画出了旧社会"向上爬"和投机冒险这两种现象及其关系。反动统治者以及形形色色的无耻之徒，为了"妻，财，子，禄"，不惜拼命地向上"爬，爬，爬"。但是爬的人多，而路只有一条，于是"聪明"的人就采取

① 见《鲁迅研究资料》第3辑，天津人民出版社1976年版。
②《鲁迅全集·二心集·宣传与做戏》。
③《鲁迅全集·准风月谈·"吃白相饭"》。

推的办法，把别人推开、推倒，蹬着他们的肩膀和头顶爬上去了。爬不上去的人们则又发明了撞。"爬得上的机会越少，愿意撞的人就越多，那些早已爬在上面的人们，就天天替你们制造撞的机会。"这样，"爬了来撞，撞不着再爬……鞠躬尽瘁，死而后已"①。你争我夺，互相倾轧，各不相让，这就是一幅旧社会人与人关系的真实图画。在鲁迅的笔下，我们还看到那貌似"憎恶洋鬼子"的"爱国主义者"，"然而他们也像洋鬼子一样，看不起中国人，棍棒和拳头和轻蔑的眼光，专注在中国人的身上"②；看到那些像"吃教"一样，时而尊孔，时而崇佛，时而投机"革命"的"'吃革命饭'的老英雄"③；还看到那"精神已是成人，肢体却还是孩子"，在险境里早熟起来的少女④；等等。对于半封建半殖民地旧中国这些道德败坏的现象，鲁迅的抨击是尖锐的。

对"钱能通文"的批判。"金钱万能"是资本主义社会占统治地位的道德规范，正如列宁所指出的："做事就是为了金钱，——这是资本主义世界的道德。"⑤干什么都是为了捞钱，有了钱就什么事都能办到，这种"金钱万能""有钱能使鬼推磨"的观念也深刻渗透在20世纪30年代的上海文坛。当时有不少资产阶级文人把文学创作看成一本万利的投机生意，想用文学家的空名为自己取得实利，于是不惜采用种种投机取巧以至更下流的手段混迹于文坛，以收名利兼得之效。这些人颇懂文坛"登龙术"，笃信"金中自有文学家"，认为"开宗明义第一章，自然是要有钱"；有了钱，像清代"捐班"做官一样，同样可以弄个"学士文人"的顶戴⑥；有的以做富家女婿而"登

---

① 《鲁迅全集·准风月谈·爬和撞》。
② 《鲁迅全集·准风月谈·"揩油"》。
③ 《鲁迅全集·准风月谈·吃教》。
④ 《鲁迅全集·南腔北调集·上海的少女》。
⑤ 《列宁全集》第28卷，人民出版社1956年版，第105页。
⑥ 《鲁迅全集·准风月谈·各种捐班》。

龙"，有的企图以捧"富女诗人"，"由登龙而乘龙，又由乘龙而更登龙"①，等等。还有一些好名渔利之徒，更是挖空心思，花样翻新："拾些琐事，做本随笔的是有的；改首古文，算是自作的是有的。讲一通昏话，称为评论；编几张期刊，暗捧自己的是有的。收罗猥谈，写成下作；聚集旧文，印作评传的是有的。甚至于翻些外国文坛消息，就成为世界文学史家；凑一本文学家辞典，连自己也塞在里面，就成为世界的文人的也有。"②

鲁迅坚决反对这种种沽名钓誉的卑劣行径，尖锐地嘲笑了那些以为"钱能通文"的文人。他说："穷极，文是不能工的，可是金银又并非文章的根苗，它最好还是买长江沿岸的田地。然而富家儿总不免常常误解，以为钱可使鬼，就也可以通文。使鬼，大概是确的，也许还可以通神，但通文却不成，诗人邵洵美先生本身的诗便是证据。"③鲁迅诚挚地希望后来的青年们不要再走上这样的歧途，他的忠告是："不断的（！）努力一些，切勿想以一年半载，几篇文字和几本期刊，便立了空前绝后的大勋业。"④

对"无特操"者的批判。"善于变化，毫无特操，是什么也不信从的，但总要摆出和内心两样的架子来。"⑤这是鲁迅对"无特操"者的简单画像。所谓"无特操"，就是"骑墙"，"极巧妙的'随风倒'"，它曾经"在中国最得法"⑥。这些人得了"处世法的精义"，他们对任何事，"最好是莫闻是非曲直，一味附和着大家；但更好是不开口；而在更好之上的是连脸上也不显出心里的是非的模样来"⑦……鲁迅把这些"无特操"者称为"做戏的虚无党"。这种

①《鲁迅全集·准风月谈·登龙术拾遗》。

②《鲁迅全集·伪自由书·文人无文》。

③《鲁迅全集·准风月谈·后记》。

④《鲁迅全集·三闲集·鲁迅译著书目》。

⑤《鲁迅全集·华盖集续编·马上支日记》。

⑥《鲁迅全集·集外集·我来说"持中"的真相》。

⑦《鲁迅全集·南腔北调集·世故三昧》。

"无特操"性，是旧中国社会腐败以及道德上堕落的体现。鲁迅不仅怒斥了那些丧失气节、匍匐在敌人脚下的可耻叛徒，揭露了这些"狮子身中的害虫"的丑恶面目，而且批判了那些投机革命的资产阶级文人。这些人没有站到无产阶级的立场上，旧性未失，因此在革命稍受挫折时，就会露出本来面目，"激烈得快的，也平和得快，甚至于也颓废得快"。[①]他们把"革命"和"文学"当成两条靠近的小船，每一只脚就站在一条船上，根据形势变化来选择。这样，进退有据，左右得宜，什么原则，什么操守，便全都不顾了。他们还会"随时拿了各派的理论来作武器"，为自己的变化反复辩护，而且引经据典，振振有词。譬如说，"要人帮忙时候用克鲁巴金的互助论，要和人争闹的时候就用达尔文的生存竞争说"。鲁迅严肃指出，在革命斗争浪潮中"翻着筋斗"的文人，如果不从世界观上来个根本的转变，就会随风而倒，最终站到革命的对立面，投入反动派的怀抱。姚蓬子"转向"就是一例。鲁迅分析姚蓬子变节的原因时说道："蓬子的变化，我看是只因为他不愿意坐牢，其实他本来是一个浪漫性的人物。""左翼兴盛的时候，以为这是时髦，立刻'左'倾，待到压迫来了，他受不住，又即刻变化。"[②]所谓"浪漫性"，就是以狂热性去追逐革命，其实也是以革命而自利。这样的人必然要掉到人类最不干净的地方。鲁迅在这方面树立了榜样，表现了一个共产主义战士的崇高情操。他不管在任何险恶的环境下，都坚持了革命气节，不怕高压，不怕暗箭，正如毛泽东所赞美的："他在黑暗与暴力的进袭中，是一株独立支持的大树，不是向两旁偏倒的小草。"[③]

①《鲁迅全集·二心集·上海文艺之一瞥》。

②《鲁迅全集·书信·341117致萧军、萧红》。

③ 毛泽东：《在陕北公学鲁迅逝世周年纪念会上的讲话》（1937年10月19日）。

第六章

从"僵硬的传统"中解脱出来

——鲁迅改造国民性思想与儒学

传统是一种巨大的力量。国民性的形成，传统思想文化是一个十分重要的因素。鲁迅改造国民性思想的重点，是挖掘、剖析造成愚弱的中国国民性的根子，鞭挞窒碍民族生机的一切腐朽、落后的东西。很自然，他的犀利的解剖刀，就不能不伸向中国传统思想的腠理。鲁迅清醒地看到，由于传统思想的"昏乱"，在中国就形成了一种"昏乱病"，这病不仅年代久远，而且益发笃重。他指出，也无须悲观；只要对症治疗，这个"祖传老病"即使不能立刻奏效，也可把那些病毒略略攘淡。那么，"昏乱病"的根子在哪里？在于助成昏乱的"物事"——主要是"儒道两派的文书"①。结合现实斗争，对中国传统思想中影响颇巨的儒家和道家思想的批判，是鲁迅一生从事的战斗，是他刨"坏种的祖坟"②、改造国民性思想的主要内容。这里，我们首先探讨对以孔子为代表的儒家思想的清算和批判。

一、孔子及儒学与中华民族心理

儒家学说是中国封建社会经天不变的规范知识。鲁迅说过，他是从"旧垒"中来的③。所谓"旧垒"，就是旧文化，主要指以孔子为代

---

① 《鲁迅全集·热风·随感录三十八》。
② 《鲁迅全集·书信·350104致萧军、萧红》。
③ 《鲁迅全集·坟·写在〈坟〉后面》。

表的儒家学说。鲁迅从小就受到这种旧思想的教育。他在回忆幼小时候看了《二十四孝图》中的"老莱娱亲""郭巨埋儿"两个故事后，对于儒家宣扬的残酷而虚伪的"孝"，心中如何不解，甚至产生反感，深深留下了礼教"吃人"的烙印。

儒本来为古代拥有知识技艺者的通称。自春秋末年的孔子创立学派后，儒家便成为崇奉孔子学说的人的专称。儒家学说的内容，主要是"祖述尧舜，宪章文武"，崇尚"礼乐"和"仁义"，提倡"忠恕"和不偏不倚的"中庸之道"。儒家在先秦虽称显学，但未高出其他学派之上，《汉书·艺文志》列为"九流"之一。孔子生活在春秋末年的社会大变动时代，政治立场保守，一生致力于维护正在崩溃中的奴隶制度，因此当时颇受冷落，周游列国无人理会，正如鲁迅所尖锐讽刺的那样，孔子"虽然曾经贵为鲁国的警视总监，而又立刻下野，失业了；并且为权臣所轻蔑，为野人所嘲弄，甚至于为暴民所包围，饿扁了肚子。弟子虽然收了3000名，中用的却只有72人，然而真可以相信的又只有一个人"[1]。这是由于他的理想与社会发展的方向背道而驰，他鼓吹的"仁""礼"不足以解决春秋时的兼并争夺的缘故。荀子发现了儒家这一弱点，便力图糅合儒、法两家，融法于儒，以法治补救礼制。这样，以孔子之道为标帜的荀派儒学，便孕育了大法家韩非、李斯。韩非、李斯之所以反对孔孟，只是认为孔孟还没有达到提倡愚忠愚孝以至于绝对迷信的程度。其实他们不仅把儒家首倡的事君养亲的观念完全接了过来，而且加以发展，推向鼓吹君、父、夫必须实行绝对专制的极端。这就是"儒法斗争"的真相[2]。秦的统一表明了法治平定乱世的功效，但秦的短命也暴露了法家严刑峻法、重赋繁役不足以求得封建统治的长治久安的弊端。于是随着秦王朝的覆灭，法家学派亦从此一蹶不振。

---

[1]《鲁迅全集·且介亭杂文二集·在现代中国的孔夫子》。
[2] 参阅蔡尚思：《孔子思想体系》，上海人民出版社1984年版，第250页。

西汉初建，各方面都承秦制，唯独在思想上推崇黄老的"无为之术"，以此折中法家的严酷，补救严刑峻法之弊，使得汉初经济很快复苏，出现了政治比较稳定、经济相对繁荣的景象。这就是旧史家所乐于称道的"文景之治"。为加强思想上的统治，汉武帝接受董仲舒的建议，"罢黜百家，独尊儒术"。儒学开始成为官学，儒术取得了独尊地位。据班固《汉书·武帝纪》载："孝武初立，卓然罢黜百家，表章六经。遂畴咨海内，举其俊茂，与之立功。兴太学，修郊祀，改正朔，定历数，协音律，作诗乐，建封禅，礼百神，绍周后，号令文章，焕焉可述。后嗣得遵洪业，而有三代之风。如武帝之雄材大略，不改文景之恭俭以济斯民，虽《诗》《书》所称何有加焉！"

董仲舒根据先秦儒家的"天人合一"思想以及法家的集权思想和阴阳家的"五德终始"说，重新解释儒家经典，建立了一套以"天人感应"说为基础、以"三纲五常"为核心的神学思想体系。这套神学思想体系把封建统治秩序神圣化、永恒化、合理化了，并能起到欺骗腐蚀人民的需要，因此长期成为封建社会的正统思想。鲁迅曾批判了董仲舒荒谬的宗教神学。董仲舒从"天人感应"出发，把孔子的天命论发展成专言灾异祥瑞的宗教巫术，例如他的"祈雨法"就是："令吏民夫妇皆偶处。凡求雨之大体，丈夫欲藏匿，女子欲和而乐。"[1]鲁迅指出了他的荒谬："汉先儒董仲舒先生就有祈雨法，什么用寡妇，关城门，乌烟瘴气，其古怪与道士无异。"[2]汉晋以后，由原始巫教演变而成的道教以及由印度传入中国的佛教，势力逐渐膨胀起来，形成历时数百年的儒、佛、道三教纷争的局面。这期间，以孔子为代表的儒家阵地虽然大大缩小了，却始终处在支配地位。到了两宋时期，儒家学说又发生了一次巨变。从二程到朱熹，一个哲理化的儒学出现了，这就是兼取佛道思想的程朱理学，其中心是"存天理、灭人欲"

---

① 董仲舒：《春秋繁露》第七十四。

②《鲁迅全集·花边文学·迎神和咬人》。

的道德说教，"三纲五常"渗透到中国封建社会的每个角落，影响到男女老少。鲁迅沉痛地指出了这种状况："汉朝以后，言论的机关，都被'业儒'的垄断了。宋元以来，尤其利害。我们几乎看不见一部非业儒的书，听不到一句非士人的话。"①鲁迅一针见血地指出了孔子其所以受到历代统治者供奉的重要原因，是因为"孔子曾经计划过出色的治国的方法，但那都是为了治民众者，即权势者设想的方法，为民众本身的，却一点也没有。这就是'礼不下庶人'"②。孔子的"礼"，即严等差、贵秩序、百姓服从、宗法维系等一套东西。汉高祖马上得天下，看不起儒生儒术，以至于取儒冠撒尿，以示蔑视，但到成就了大业，就去曲阜以太牢祭孔。"半部《论语》治天下"，更是封建时代流传甚广的典故。在长达两千多年的封建社会中，儒家经典曾是封建统治阶级的最高教条，实际成为中国封建文化的主体。直到"五四"运动前后，以孔子为代表的儒家学说才随着时代潮流的冲击而日渐丧失其作为正统思想的地位。

鲁迅重视对孔子学说的清算和批判，就是从孔子以及儒家学说在民族传统文化中的地位出发的。中国文化是中华民族长期延续、不断发展的精神支柱。以孔子为代表的儒家学说对于中华民族的共同文化和共同心理的形成起了主要的作用，在民族心理上、观念上、习惯上带来深重的影响。汉代司马迁就注意到了这个事实，他说："孔子布衣，传十余世，学者宗之。自天子王侯，中国言《六艺》者折中于夫子，可谓至圣矣！"③这种影响主要表现在四个方面：其一，是以"修身、齐家、治国、平天下"为核心的入世哲学；其二，是以"仁、义、礼、智、信"为标准的道德观念；其三，是以"天、地、君、亲、师"为次序的伦理观念；其四，是以"允执其中"为规范的中庸

---

① 《鲁迅全集·坟·我之节烈观》。

② 《鲁迅全集·且介亭杂文二集·在现代中国的孔夫子》。

③ 《史记·孔子世家》。

哲学。^①这种影响总的说来起了消极的作用，阻碍了社会发展进步。那种长期存在的麻木不仁、封闭自守、四平八稳、奴隶性格等民族弱点，都可以在孔子学说中寻出端倪来。但是，孔子的影响又有积极的一面。例如，孔子的人生哲学蕴含着巨大的责任感和伟大的使命感（"为仁由己，而由人乎哉"^②、"志士仁人，无求生以害仁，有杀身以成仁"^③、"发愤忘食，乐以忘忧，不知老之将至"^④等），对于中华民族奋发向上、自强不息的传统的形成，有着重要的作用；孔子主张入世，倡导有为，并且强调力行践履（"听其言而观其行"^⑤、"君子欲讷于言，而敏于行"^⑥等），中华民族注重实践、不尚空谈的特点，与此有很大的关系；孔子高度重视道德价值（"士志于道，而耻恶衣恶食者，未足与议也"^⑦、"岁寒，然后知松柏之凋也"^⑧、"不义而富且贵，于我如浮云"^⑨等），在历代知识分子和劳动人民中存在着一种重视气节、刚正不屈的优良传统，与孔子的这种思想熏陶分不开。总之，孔子所主张的重视现实、乐观进取、经世致用、自强不息等人生哲学，都曾在漫长的中国历史上教育熏陶了一代代仁人志士，对于中华民族的发展，起过重要的作用。

二、鲁迅批孔坚持实事求是

鲁迅对孔子的揭露和批判是犀利、深刻的。他不仅指出了以孔子为代表的儒家学说的复古、倒退实质，而且揭穿了孔子的巧伪、言

---

① 刘再复：《略论中国文学的基本特征》，1986年1月23日《大公报》（香港）。

② 《论语·颜渊》。

③ 《论语·卫灵公》。

④ 《论语·述而》。

⑤ 《论语·公冶长》。

⑥ 《论语·里仁》。

⑦ 《论语·里仁》。

⑧ 《论语·子罕》。

⑨ 《论语·述而》。

行不一。例如，他用"瞰亡往拜""出疆载质"的事例说明孔子正是那种会要"钻营，取巧，献媚"的"玩艺儿"的人①；他把子路声言"吾闻君子死冠不免"，终于"结缨而死"的做法，认为是"上了仲尼先生的当"②；他说孔子的"毋友不如己者"，是交友上的"势利眼"③；孔子"厄于陈蔡"却并不饿死，真是"滑得可观"④；觉得孔子不肯随俗谈鬼神，但"祭如在，祭神如神在"中的两个"如"字，是"太聪明"的韬晦手段⑤；等等。如何看待鲁迅对孔子以及儒家思想的批判呢？恩格斯在谈到黑格尔哲学时说："仅仅宣布一种哲学是错误的，还制服不了这种哲学。像对民族的精神发展有过如此巨大影响的黑格尔哲学这样的伟大创作，是不能用干脆置之不理的办法加以消除的。"⑥同样，对于孔子这样一个在中华民族文化史上占有重要地位的人物，当然不能采取简单否定、一笔抹杀的态度。鲁迅在批孔中，就坚持了实事求是的科学态度，这应从以下三个方面去看待：

第一，把孔子本人同历代统治阶级利用孔子、改塑孔子区别开来。鲁迅指出，孔子生时并不受欢迎，他到死了以后，运气才好起来了。"种种的权势者便用种种的白粉给他来化妆，一直抬到吓人的高度。"⑦这有事实为证。从汉以来，历经隋、唐、宋、元、明、清，直至中华民国，孔子的头衔不断增加，地位不断升高：褒成宣尼公，先师尼父，文宣王，至成文宣王，大成至诚文宣王，至圣先师，大成至圣文宣先师，大成至诚先师，等等，真是"阔得可怕"。孔子的面貌随时代阶级的不同而变异。鲁迅指出，孔子自从死了以后，总是当着"敲门砖"的差使的。历代统治者所崇奉的孔子，并不完全等同于历

---

① 《鲁迅全集·华盖集·十四年的"读经"》。
② 《鲁迅全集·两地书·四》。
③ 《鲁迅全集·坟·杂忆》。
④ 《鲁迅全集·两地书·四》。
⑤ 《鲁迅全集·坟·再论雷峰塔的倒掉》。
⑥ 《马克思恩格斯选集》第4卷，人民文学出版社1972年版，第219页。
⑦ 《鲁迅全集·且介亭杂文二集·在现代中国的孔夫子》。

史上的真正的孔子，而是经过了一番改铸，把孔子打扮成适合自己需要的偶像。因此，"孔夫子之在中国，是权势者们捧起来的，是那些权势者或想做权势者们的圣人，和一般的民众并无什么关系"①。这种观点无疑是正确的，是符合历史事实的。李大钊在新文化运动"打倒孔家店"的斗争中也指出："掊击孔子，非掊击孔子之本身，乃掊击孔子为历代君主所雕塑之偶像的权威也；非掊击孔子，乃掊击专制政治之灵魂也。"②

　　第二，集中攻击孔子，这是中国近现代革命斗争任务的要求。孔子学说中对中国民族性格和民族心理的缺点、弱点的形成，有着重要的关系，以改造愚弱的国民性为己任的鲁迅，把斗争矛头经常指向孔子，这是必然的。但是鲁迅的批孔，又与当时思想文化战线上的尊孔逆流有关。从复辟帝制的袁世凯到"随便砍杀百姓"的孙传芳、"连自己也数不清金钱和兵丁和姨太太的数目"的张宗昌，从成立"孔教会"的康有为到主张读经的章士钊，从尊孔崇儒的国民党反动派到叫嚷恢复"孔子之教"的日本帝国主义，都是把孔子当作"砖头"使用的。鲁迅指出："孔夫子之被利用为或一目的的器具，也从新看得格外清楚起来，于是要打倒他的欲望，也就越加旺盛。"这就是"厌恶和尚，恨及袈裟"的道理。即使是孔夫子，缺点总也有的，在平时谁也不理会，因为圣人也是人，本是可以原谅的，"所以把孔子装饰得十分尊严时，就一定有找他缺点的论文和作品出现"③。鲁迅明确指出，时代不同了，那些企图把孔子当作"砖头"用的人不仅自己明明白白地失败了，而且带累孔子"也更加陷入了悲境"。明乎此，我们对于鲁迅对孔子的调侃、嘲讽、憎恶等"不恭敬"态度，以及一些尖

---

　　①《鲁迅全集·且介亭杂文二集·在现代中国的孔夫子》。

　　② 李大钊：《自然的伦理观与孔子》。

　　③《鲁迅全集·且介亭杂文二集·在现代中国的孔夫子》。

利甚至于刻薄的言辞①，也就不会感到奇怪了。

第三，肯定了孔子积极进取、知其不可而为之的人生态度。鲁迅写过一篇历史小说叫《出关》，说的是孔老相争、孔胜老败的故事。他在解释为什么这样处理时说："至于孔老相争，孔胜老败，却是我的意见：老，是尚柔的；'儒者，柔也'，孔也尚柔，但孔以柔进取，而老却以柔退走。这关键，即在孔子为'知其不可而为之'的事无大小，均不放松的实行者，老则是'无为而无不为'的一事不做，徒作大言的空谈家。"②

"知其不可而为之"，这是当时的隐士对孔子的讥讽③，但也确是孔子精神的反映。孔子为了求"仁"，倡导积极有为的思想态度，重视发挥人的主观能动作用，"造次必如是，颠沛必如是"④，表现了一种进取型的人生哲学，也构成了小国民族性格和民族心理的一个特征。毛泽东也很看重孔子的这一点。他在1939年的一封信中说，"观念哲学有一个长处，就是强调主观能动性，孔子正是这样"，"我们对孔子的这方面的长处应该说到"⑤。鲁迅在其他论述中，对孔子的某些做法或论点也采取了实事求是的态度。如在"五四""打倒孔家店"的热潮中，鲁迅就肯定了孔子"生在巫鬼势力如此旺盛的时代，

---

① 鲁迅在批孔中用了好多刻薄的言辞，例如："孔子曰：'唯女子与小人为难养也，近之则不逊，远之则怨。'女子与小人归在一类里，但不知道是否也包括了他的母亲。"（《鲁迅全集·南腔北调集·关于妇女解放》）"……张宗昌将军，则重刻了《十三经》，而且把圣道看作可以由肉体关系来传染的花柳病一样的东西，拿一个孔子后裔的谁来做了自己的女婿。""在那地方（指山东曲阜——引者注），圣裔们繁殖得非常多，成为使释迦牟尼和苏格拉第都自愧弗如的特权阶级。"（《鲁迅全集·且介亭杂文二集·在现代中国的孔夫子》）

② 《鲁迅全集·且介亭杂文末编·〈出关〉的"关"》。

③ 《论语·宪问》。

④ 《论语·里仁》。

⑤ 《致张闻天》（1939年2月20日），《毛泽东书信选集》，中国人民解放军出版社1984年版，第145页。

偏不肯随俗谈鬼神"①的做法；在批判国民党反动派的对日不抵抗政策时说过："孔子曰：'以不教民战，是谓弃之。'我并不全拜服孔老夫子，不过觉得这话是对的。"②应该看到，孔子所主张的乐观进取、自强不息的人生哲学，以及蕴含其中的责任感、使命感，在鲁迅身上也有所反映。"自己背着因袭的重担，肩住了黑暗的闸门，放他们到宽阔光明的地方去"③"我从别国里窃得火来，本意却在煮自己的肉"④"我好像一只牛，吃的是草，挤出来的是牛奶，血"⑤"现在的青年最要紧的是'行'，不是'言'"⑥，以及崇尚气节，反对"无特操"，等等，即是鲁迅精神的生动写照，从中就可窥见儒家思想的印痕。

三、打破独夫民贼的"敲门砖"——鲁迅前期的批孔

在近代中国，尊孔与反孔的斗争一直很激烈。一切反动派为了挽救他们必然灭亡的命运，总是乞灵于孔子，不遗余力地宣扬儒家思想，大搞尊孔读经活动，企图利用孔子的偶像继续麻痹人民；而革命的阶级在进行革命斗争中，也无不把批判以儒学为内容的封建意识形态当作一项重要的任务，启发人民大众的觉悟。总是处在阶级斗争大潮中的鲁迅，从来没有放松过对于孔子和儒家学说的揭露和批判，把清除儒学影响与现实斗争紧紧结合起来，写下了有声有色的一页。我们试以辛亥革命准备时期、"五四"前后和第二次国内革命战争时期这三个阶段为重点，追踪一下鲁迅批判孔学的足迹。这里，我们首先谈谈第一、二两个阶段，即鲁迅思想发展前期的批孔。

---

① 《鲁迅全集·坟·再论雷峰塔的倒掉》。
② 《鲁迅全集·南腔北调集·论"赴难"和"逃难"》。
③ 《鲁迅全集·坟·我们现在怎样做父亲》。
④ 《鲁迅全集·二心集·"硬译"与"文学的阶级性"》。
⑤ 转引自许广平：《欣慰的纪念》。
⑥ 《鲁迅全集·华盖集·青年必读书》。

辛亥革命准备时期

在近代中国革命史上，随着资产阶级改良派掀起的戊戌洋务运动的勃兴，西方资产阶级民主主义思想的传播，维护封建专制制度的儒学必然受到冲击和抵制。但是，改良派是不可能真正反孔子的。康有为维新思想的一个源流就是孔子学说。他的《新学伪经考》《孔子改制考》，虽然有着向封建传统观念挑战的意义，但还是离不开儒学的旧观念，还要利用孔子作为"托古改制"的招牌。谭嗣同比康有为进了一大步，他尖锐抨击封建君主专制，指斥"君为独夫民贼"，都是惊世骇俗之举，但是他的局限性又使他自己的言行出现相互矛盾之处：他一般反对"忠君"的观念，自己却摆脱不了"忠君"这个儒家思想的核心，由衷地赞颂光绪皇帝"圣恩高厚"。资产阶级革命派最早批孔而有重要影响的，要数章太炎。章太炎认为，儒学的最大弊病在于"汗漫"。所谓"汗漫"，即崇尚空谈而不切实际，牵强附会，主观臆断等。如果一切言论行动"必以无碍孔氏为宗"，便"终身不免掉污庸俗"[①]。章太炎指出，儒学另一大弊病，"在以富贵利禄为心"，其"苦心力学，约身穷处"，全为了"湛心荣利"，待价而沽[②]。当时的报刊上也发表了一些批孔文章。1908年《新世纪》第五十二期上发表的《排孔征言》一文，把批判孔子与反对封建专制制度相联系，说道："呜呼！孔丘砌专制政府之基，以荼毒吾同胞者二千余年矣。"文章提出："欲支那人之进于幸福，必先以孔丘之革命。"该刊还发表过《无父无君无法无天》一文，作者署名就是"四无"。《越报》在《名说》的文章中，指出儒家宣扬纲常名教，是适应统治者专制的需要，杀人于无形；要谋求中国的革新进步，就必须

---

① 章炳麟：《诸子学略说》。

② 鲁迅对孔子这种耽于利禄、只想做官的行径也有过多次揭露。例如，说孔子"不但是周朝的臣民而已，并且周游列国，有所活动，所以恐怕是为了想做官也难说。说得好看一点，就是因为要'行道'，倘做了官，于行道就较为便当，而要做官，则不如称赞周朝之为便当的"。（《鲁迅全集·且介亭杂文·关于中国的两三件事》）

摆脱腐儒陋说的迷惑，像卢梭那样改造新的学说，改变社会的观念。

年轻的鲁迅负笈东瀛，就是因为反对孔孟之道，而要学习西方资产阶级的新文化，寻求救国之道。他初到弘文学院读书，有一天学监集合大家到御茶之水的孔庙行礼时，鲁迅就表明了自己的厌恶："正因为绝望于孔夫子和他的之徒，所以到日本来，然而又是拜么？"[①]在鲁迅早期的几篇论文中，反对平和，讴歌斗争，反对保守，主张变革，都是对儒家思想的批判。他对儒家诗教的批判，在当时的中国更是前所未有的。

在1907年的《摩罗诗力说》中，鲁迅热情洋溢地介绍了西方"摩罗派"诗人，特别推崇他们敢于斗争、勇于反抗的精神；鲁迅又拿中国古典文学与"摩罗派"诗人相比较，深感在这点上中国古典文学相去深远。他认为，形成这种差别的原因，是儒家思想对作家禁锢所致。他说："如中国之诗，舜云言志；而后贤立说，乃云持人性情，三百之旨，无邪所蔽。夫既言志矣，何持之云？强以无邪，即非人志。许自繇于鞭策羁縻之下，殆此事乎？然厥后文章，乃果辗转不逾此界。其颂祝主人，悦媚豪右之作，可无俟言。即或心应虫鸟，情感林泉，发为韵语，亦多拘于无形之囹圄，不能舒两间之真美；否则悲慨世事，感怀前贤，可有可无之作，聊行于世。倘其嗫嚅之中，偶涉眷爱，而儒服之士，即交口非之。况言之至反常俗者乎？"

孔子说过："诗三百，一言以蔽之，曰：思无邪。"[②]后来南朝刘勰在《文心雕龙·明诗》中说："诗者，持也。持人性情。三百之蔽，义归无邪。"用"无邪"概括《诗》的内容，是从孔子的"诗教"出发的。孔子很重视"诗教"，把《诗》看成是事父事君的一种本领："小子何莫学夫《诗》？《诗》可以兴，可以观，可以群，

①《鲁迅全集·且介亭杂文二集·在现代中国的孔夫子》。

②《论语·为政》。

可以怨，迩之事父，远之事君；多识于鸟兽草木之名。"[1]正因为如此，孔子把《诗》中描写男女爱情的诗，都看成是借男女写君臣，不惜断章取义，把诗教当作满足于统治者宣传"思无邪"需要的手段。《诗》的第一篇《关雎》，被说成是歌咏"后妃之德"；第二篇《葛覃》，又是什么"后妃之本""化天下以妇道也"[2]等等。这完全是牵强附会，曲解诗意。鲁迅后来又指出："实则激楚之言，奔放之词，《风》《雅》中亦常有。"[3]但是这种"无邪"说如同"无形之囹圄"，严重地束缚了几千年来中国作家的思想，使他们不能抒发真情实感，描写爱情成了禁区，离经叛道更是不敢，出现的多是可有可无、无病呻吟一类的东西。鲁迅指出，中国文学要发展，必须打破传统的儒家"诗教"，解除作家思想上的枷锁。

"五四"前后

我们说辛亥革命前资产阶级革命派对儒家学说进行了批判，但应看到，这种批判是不彻底的。中国近代资产阶级及其知识分子一般都受儒家思想的教育，孙中山自己就承认，他的三民主义学说的一个重要思想源流，就是"因袭我国固有之思想"；他认为儒家的忠孝、仁爱、信义、和平等这些"中国固有的道德"，中国人至今不能忘记，并应"恢复起来，再去发扬光大"[4]。章太炎早年虽有不少反孔言论，但他从来没有把反孔提到对整个封建旧思想、旧制度的批判上；相反，积极鼓吹国粹，晚年则公开提倡尊孔读经，"身衣学术的华衮，粹然成为儒宗"[5]，企图拉车屁股向后，演出了落伍于时代的悲剧。辛亥革命失败的一个重要原因，就是以孔学为中心的封建意识形态没有打破，民主主义思想没有得到广泛传播。

---

[1]《论语·阳货》。

[2]《毛诗序》。

[3]《鲁迅全集·汉文学史纲要·〈书〉与〈诗〉》。

[4]《孙中山选集》下卷，人民出版社1966年版，第651页。

[5]《鲁迅全集·且介亭杂文末编·关于太炎先生二三事》。

　　封建旧文化是袁世凯篡夺辛亥革命胜利果实的思想基础。当袁世凯在政治上大搞复辟帝制的阴谋活动，操历代统治者的故技，把孔子当作"敲门砖"使用时，在思想文化领域里便出现了一股尊孔复古的逆流。袁世凯通过内务部发布《准孔教会批》，叫嚷"鉴于世道衰微，虑法律之有穷，礼义之崩坏，欲树尼山教义作民族精神"。1914年，他发布《祀天典礼告令》和《祭圣告令》，搞起模仿封建帝王的祭天祀孔典礼活动，正如鲁迅所揭露的："袁世凯也如一切儒者一样，最主张尊孔，做了离奇的古衣冠，盛行祭孔的时候，大概是要做皇帝以前的一两年。"①1912年，以康有为为首成立了孔教会，鼓吹"定孔教为国教"，尊奉孔丘为教主，以儒家经典为宗教教义，与袁世凯的复辟活动相呼应。帝国主义分子也不甘寂寞，对中国的孔子表示了极大的兴趣，狂热鼓吹所谓文化交流，吹捧孔丘，叫嚷什么"中国之新命必系于孔教"。意识形态里这股浊流越来越大。就在袁世凯呜呼哀哉以后，尊孔复古的鼓噪仍然不断。1916年8月国会复会后，孔教会的头目陈焕章等再次提出了定孔教为国教的请愿书。"永定为复辟的祖师"②的康有为，鼓吹孔子之道"本子天"，不仅中国人民，而且各国人民都不能离开孔教；不仅鼓吹祭祀孔子，而且宣称祭孔时必须跪拜。他竟荒谬地说："今之妄人，于祭谒孔圣亦行鞠躬礼者，其意徒媚师欧、美，以为废跪拜耳。不知欧、美人之废他种跪拜，乃专施其敬于天主。中国人不敬天，亦不敬教主，不知其留此膝以傲慢何为也？"③鲁迅说："康圣人主张跪拜，以为'否则要此膝何用'。"④

　　鲁迅就是在这愈演愈烈的尊孔活动中投入新文化运动的。新文化运动的主要任务就是批判儒学，打倒"孔家店"，开展反封建的思想

---

　　①《鲁迅全集·坟·从胡须说到牙齿》。

　　②《鲁迅全集·花边文学·趋时和复古》。

　　③康有为：《以孔教为国教配天议》。《康有为政论选集》下册，中华书局1981年版，第849页。

　　④《鲁迅全集·华盖集·忽然想到（一至四）》。

启蒙。应该看到，鲁迅当时是深感苦闷、矛盾的。辛亥革命后，鲁迅在教育部任佥事，职衔是社会教育司第一科科长，掌握社会礼俗和文化，因此在丁祭拜文庙的仪节中，担当了"执事"的角色。翻开鲁迅《日记》，从1913年到1924年，春秋丁祭的活动以及担任"执事"的记载有十数处。一方面是深恶痛绝这种倒退活动，在反对"祭孔读经"的信上毅然签名①；另一方面是职责攸关，又不能不去参加丁祭，"戴了冕帽"，"献爵于至圣先师的老太爷之前"②。这种矛盾生活给鲁迅带来的苦闷、悲愤，我们是不难想象的。"众已哗然"③、"其举止颇荒陋可悼叹"④等记载，就是这种心情的反映。但仅只是苦闷而已。伟大的鲁迅并未因此停止战斗，而是意气风发地向"孔家店"发起了进攻。鲁迅对孔子的批判是多方面的。他对于儒家标榜的"仁义道德"的"吃人"本质的深刻揭露，在当时引起强烈反映，对此在上面一章已论述，现在着重研究其他几个方面：

一是揭露了孔子与封建专制制度的关系。鲁迅在《孔教与皇帝》一文中，从孔丘嫡裔孔令贻"骑朝马"、上折谢恩一类的反动活动中，揭示了"孔教与帝制复辟，都极有关系"这一阶级斗争的客观规律⑤。鲁迅的这种批判具有代表性。当时激进的民主主义者从实际政治生活中看到，那些阴谋复辟帝制的人，或者以民主为名而行专制之实的人，都热衷于宣扬孔教，以便从思想上奴役和麻痹人民。陈独秀指出："孔教与帝制，有不可离散之因缘"；主张民国祭孔，"不啻主张专制国之祀华盛顿与卢梭"⑥。李大钊也指出了这一点："我总觉得中国的圣人与皇帝有些关系。洪宪皇帝出现以前，先有尊孔祭天的

① 见鲁迅博物馆、鲁迅研究室编《鲁迅年谱》第1卷，人民文学出版社1981年版，第350—351页。

②《鲁迅全集·书信·180705致钱玄同》。

③《鲁迅全集·日记》，1913年9月28日。

④《鲁迅全集·日记》，1914年3月2日。

⑤ 见《新发现的鲁迅佚文》，《北京大学学报》1978年第1期。

⑥ 陈独秀：《驳康有为致总统总理书》，《新青年》2卷2号。

事；南海圣人与辫子大帅同时来京，就发生皇帝回任的事。"[1]

二是揭露了"国粹"论者复古倒退的实质。国粹派最先是1905年出现的，是资产阶级革命派的一个支流，其宗旨是排满复汉。1905年初，"国学保存会"在上海成立，出版《国粹学报》，设立藏书楼，广征会友，并拟建国粹学堂。国粹派倡导国学，是以学术研究的形式为主的。鲁迅就称《国粹学报》是"谈学术而兼涉革命"的刊物。国粹派说，自秦汉隋唐宋明以来，国学日益衰微，"吾国之国体，则外族专制之国体也；吾国之学说，则外族专制之学说也"[2]。他们认为，"国粹存则其国存，国粹亡则其国亡"[3]。因此，必须像欧洲文艺复兴那样来振兴中国的国学，保存中国的国粹。国粹派提倡国粹主义，一方面用"保存国粹"的形式，宣传排满复汉思想，宣传反对君主专制的思想；另一方面是要反对那种"说中国比西洋人所差甚远，所以自甘暴弃""醉心欧化"的风气。革命派主将之一的章太炎被国粹派奉为泰斗。章以革命的精神衡量祖国的文化、学术、政治思想，主张古为今用。国粹派所要保存的国粹，主要是指封建文化的内容。因此，他们在当时实践中的主张，实际上是以狭隘的大汉族主义反对清王朝。他们虽然表现了一定的革命性，但当清帝退位、满族在国内的特权地位消失后，就认为政治目标实现了，趋向消沉保守。辛亥革命后，邓实、陈去病等人以为"满清退位，汉德中兴"，便一头钻进"发明绝学，广罗旧闻"的故纸堆中，以至同缪荃孙等清室遗老同气相求，合编起《古学汇刻》来了。

鲁迅指出，清末有两种人讲过"保存国粹"的话：一是爱国志士，一是出洋游历的大官。"他们在这题目的背后，各各藏着别的意

---

[1] 李大钊：《圣人与皇帝》。

[2] 《〈国粹学报〉序》，《辛亥革命前十年间时论选集》第2卷上册，生活·读书·新知三联书店1963年版，第43页。

[3] 《论国粹无阻于欧化》，《辛亥革命前十年间时论选集》第2卷上册，生活·读书·新知三联书店1963年版，第52页。

思。"①志士说保存国粹，是光复旧物的意思；大官说保存国粹，是教留学生不要去剪辫子的意思。辛亥革命后的"保存国粹"，则是复古派的复辟倒退之论。新文化运动时期，国粹派的大部分人都站到了新文化运动的对立面。国粹派由革命的支流蜕化成革命的逆流，其实是不可避免的结局。如果说，邓实、刘师培于1905年创办《国粹学报》，以"发明国学，保存国粹"为宗旨，实际上促进了反清革命斗争的话；那么，刘师培等于1919年创办《国故》月刊，鼓吹"昌明中国固有之学术"，则完全是为了与新文化运动相对抗。鲁迅1918年7月5日给钱玄同的信中，对刘师培等复古尊孔、计划出版《国粹丛编》一事给予尖锐指斥。他说："中国国粹，虽然等于放屁，而一群坏种，要刊丛编，却也毫不足怪"，因为"该坏种等，不过还想吃人"。但鲁迅对此表示了自己的轻蔑："阅历已多，无论如何复古，如何国粹，都已不怕"，倒不妨看看他们"发昏""放屁""做梦"的丑恶表演。什么叫"国粹"？从字面看，必是"一国独有、他国所无"的事物，或者说是"特别的东西"②。在国粹主义者看来，不仅"国学""儒道""文言"等"特别的东西"都是国粹，就是缠大足，拖长辫，一夫多妻，扶乩静坐，以及"九天玄女传与轩辕黄帝，轩辕黄帝传与尼姑"的老方法，也是不可多得的"宝贝"。"只要从来如此，便是宝贝。即使无名肿毒，倘若生在中国人身上，也便'红肿之处，艳若桃花；溃烂之时，美如乳酪'。国粹所在，妙不可言。"③国粹主义者竭力维护旧事物、旧制度，抵制改革，阻碍社会的进步。国粹太多的国民，便太特别，特别在没有进步的知识、道德、品格、思想；保存国粹，必将导致中国人从"世界人"中挤出。鲁迅指出，被某些人尊为"国粹"的以孔孟之道为核心的封建文化，就好

---

①《鲁迅全集·热风·随感录三十五》。

②《鲁迅全集·热风·随感录三十五》。

③《鲁迅全集·热风·随感录三十九》。

像人们的脸上瘤、额上疮，必须坚决割去。因为"要我们保存国粹，也须国粹能保存我们"；"保存我们，的确是第一义。只要问他有无保存我们的力量，不管他是否国粹。"①

三是揭露了"读经救国"论的险恶用心。当时国粹派所宣扬的"粹"，主要就是"经"，即儒家的典籍。随着汉武帝的"独尊儒术"，儒家书籍便被法定为"经"，阐发和议论儒家书籍之学的"经学"，也就成为封建文化的主体。以三纲五常为理论核心的经学，为封建统治起了维护和巩固的作用，其思想的影响，在两千余年的中国封建社会中，往往是天经地义，神圣不可侵犯的。封建复古派虽然在"五四"运动中受到了严重打击，但是"百足之虫，死而不僵"，他们一有机会就向新文化反扑，顽固地坚持旧文化，鼓吹尊孔读经。章士钊任教育总长以后，一面镇压学潮，一面宣扬"读经救国"。1925年11月2日，他召开教育部部务会议，规定小学生从四年级起就要读经，每周一小时，至高小毕业。这一倒行逆施激起了革命知识分子的反对。鲁迅为此写了《十四年的"读经"》这篇讨伐孔孟之道的著名文章。他通过民国以来十四年读经的回顾，深刻揭露了章士钊之流鼓吹"读经"的阴恶用心。他说："我看不见读经之徒的良心怎样，但我觉得他们大抵是聪明人，而这聪明，就是从读经和古文得来的。我们这曾经文明过而后来奉迎过蒙古人满洲人大驾了的国度里，古书实在太多，倘不是笨牛，读一点就可以知道，怎样敷衍，偷生，献媚，弄权，自私，然而能够假借大义，窃取美名。再进一步，并可以悟出中国人是健忘的，无论怎样言行不符，名实不副，前后矛盾，撒谎造谣，蝇营狗苟，都不要紧，经过若干时候，自然被忘得干干净净；只要留下一点卫道模样的文字，将来仍不失为'正人君子'。"

鲁迅用事实说明读经对实际是毫无用处的："欧战时候的参战，我们不是常常自负的么？但可曾用《论语》感化过德国兵，用《易

---

① 《鲁迅全集·热风·随感录三十五》。

经》咒翻了潜水艇呢？儒者们引为劳绩的，倒是那大抵目不识丁的华工？"[1]他还指出，在衰老的中国每年有人提倡读经，这是"因为大部分的组织被太多的古习惯教养得硬化了"，而一些被坏经验教养得"聪明了"的家伙，便在这"硬化的社会里"妄行。"唯一的疗效"，便是用"强酸剂"即革命的手段，来将他们"扑灭"。

四、反对尊孔崇儒卖国——鲁迅后期的批孔

第二次国内革命战争时期，是鲁迅批孔斗争的第三阶段，也是他思想发展的后期。

这是革命斗争极其尖锐、复杂和困难的时期。国民党反动派对革命力量一方面是军事"围剿"，残酷地杀戮共产党人和革命人民；一方面是文化"围剿"，鼓吹尊孔读经的反动思潮。蒋介石叛变革命的第二年，就学着历代封建帝王的做法，也到曲阜"朝圣"。他吹捧孔子是"千秋仁义之师""万世人伦之表"，并表明提倡孔孟之道的目的，就在于"辟邪说""正人心"，"意为共产主义根本之铲除"。鲁迅清醒地看到，当时掀起的尊孔逆流，是为蒋介石篡夺革命成果、建立法西斯独裁统治服务的，因此"把孔子礼教都拉出来了"。他指出，当时中国思想文化界的这股复古现象，从表面看，似与文艺复兴相仿佛，但实则大相径庭。文艺复兴是14—16世纪兴起的西方新兴资产阶级反对封建主义和宗教神权的思想文化运动，以复兴被泯没的古希腊、罗马文化为口号，"是把古时好的东西复活，将现在的坏的东西压倒，因为那时候思想太专制腐败了，在古时代确实有些比较好的；因此后来得到了社会上的信仰"[2]。现在中国的复古，则是拉出了被历代统治者当作"敲门砖"用的孔子，是儒家那一套维护封建秩序的纲常名教，这本身就是"专制腐败"的旧思想，与文艺复兴根本不

---

[1]《鲁迅全集·华盖集·十四年的"读经"》。
[2]《鲁迅全集·集外集拾遗补编·关于知识阶级》。

同。鲁迅认为，这些反动派虽然"把孔子礼教都拉出来了，但是他们拉出来的是好的么？如果是不好的，就是反动，倒退，以后恐怕是倒退的时代了"。鲁迅通幽洞微，完全看出了蒋介石尊孔的实质。

1933年，报上曾登载德国海京伯马戏团的一个经理关于"如何训练动物"的谈话，他鼓吹要"用爱的力量""温和的心情去感动它们"，不要只"用武力拳头"。鲁迅指出，我国历史上的统治者也是用这种"训兽之法"对付老百姓的。他说："训兽之法，通于牧民，所以我们的古之人，也称治民的大人物曰'牧'。""用武力拳头去对付，就是所谓'霸道'。然而'以力服人者，非心服也'，所以文明人就得用'王道'，以取得'信任'：'民无信不立。'"①鲁迅借用孔孟的话，揭出了反动统治者的老底。鲁迅又用了一句反话："然而这是古法，我不觉得也可以包括现代。"鲁迅指的正是现代。就是这一年，蒋介石坐镇南昌指挥"剿共"时，把孔孟之道作为"剿共"哲学，要求部下学习王阳明"破山中贼"必先"破心中'贼'"的"治心术"。这种"治心术"，正是继承了孔孟的衣钵，用所谓"宽猛相济"的反革命两手来对付中国共产党和革命的人民。

为了加强对人民的统治，1934年初，蒋介石发起了"新生活运动"，自任总会长。"新生活运动"的主要内容，是把"礼、义、廉、耻"贯彻于"衣、食、住、行"的日常生活的各个方面，把"做国家的一个良民，家庭的一个肖子，在学校里能做一个守规矩的学生，在社会上能做一个守礼法的君子"作为这一运动的根本任务。孔孟之道是其中心准则。在蒋介石的督办下，全国各地出现了一批由官僚、特务、党棍包办的"新生活运动"的反动机关，掀起了更大规模的尊孔读经的逆流。这一年，国民党山东省主席韩复榘提议修复曲阜孔庙，蒋介石捐款五万元"以示提倡"；时轮金刚法会理事会发起重建杭州的雷峰塔，称此举是"继往开来，士夫之责任，兴废振坠，学

---

① 《鲁迅全集·准风月谈·野兽训练法》。

子之功能"；广州某局局长根据"道路，男子由右，女子由左"的儒家古训，呈请国民党地方当局令男女分途而走，禁止同行，等等。据记载，1934年，灾害遍及全国，水灾15省，旱灾14省，全国受灾的耕地面积达3亿3000多万亩，占全国耕地面积的46％。鲁迅激愤地指出，反动派正在通过尊孔崇儒"征服中国民族的心"，"而这中国民族的有些心，真也被征服得彻底，到现在，还在用兵燹、疠疫、水旱、风蝗，换取着孔庙重修，雷峰塔再建，男女同行犯忌，《四库珍本》发行这些大门面"①。鲁迅把犀利的笔触指向了蒋介石的"新生活运动"，猛烈抨击了国民党反动派的尊孔丑剧。1934年7月，国民党当局明令规定8月27日为"孔诞纪念日"，这一天在上海举行了盛大的"孔丘诞辰纪念会"。"知礼必须尚乐"，会上便用40种古今乐器演奏了曾使孔子听得"三月不知肉味"的韶乐。据《申报》报道："聆其节奏，庄严肃穆，不同凡响，令人悠然起敬，如亲三代以上之承平雅颂，亦即我国民族性酷爱和平之表示也。"②鲁迅把这次尊孔奏乐讽刺为"民国以来第二次的盛典"。③在登载这一"盛典"的同一天报纸上，还刊有余姚地区因天旱缺水，广大农民挣扎在死亡线上的消息。鲁迅把反动派尊孔奏乐"不知肉味"与农民因天旱"不知水味"加以对照，尖锐地指出："闻韶，是一个世界，口渴，是一个世界。食肉而不知味，是一个世界，口渴而争水，又是一个世界。自然，这中间大有君子小人之分，但'非小人无以养君子'。"④这里，鲁迅通过尖锐而深刻的阶级对比，揭示了国民党反动派不顾人民水深火热的痛苦，大搞尊孔复古、崇尚礼乐的活动，原来就是为了维护自己的反动统治。

鲁迅还深刻地揭露了日本帝国主义尊孔侵华以及蒋介石反动派尊

---

① 《鲁迅全集·花边文学·算账》。
② 见1934年8月30日《申报》。
③ 第一次"盛典"指1914年袁世凯的祭孔。
④ 《鲁迅全集·且介亭杂文·不知肉味和不知水味》。

孔卖国的罪行。1931年"九一八"事变以后，日本帝国主义侵占了我国东北三省，不久又把铁蹄踏进华北。随着侵略活动的加剧，尊孔崇儒活动也更为猖獗，并在东京建成日本最大的孔庙"汤岛圣堂"，鼓吹用"孔子之教"来建立"东亚新秩序"。蒋介石反动政府不仅在政治上与日本帝国主义相勾结，也在文化上结成了伙伴，国民党军阀何健为了向日献媚，表示"志同道合"，寄去"向来珍藏"的孔丘画像；国民党政府特派孔氏"圣裔"专程去东京，"拜他们的祖宗"。鲁迅对帝国主义的尊孔阴谋是洞若观火的。他早就指出过，如果外国人来灭中国，就会称赞中国文化，"还要奖励你多读中国书，孔子还要更加崇奉"。鲁迅还以中国历史上异族入主中原的事例，说明这些战胜者为了坐稳天下，羁縻人心，无不崇奉孔子，"像元朝和清朝一样"[1]。鲁迅的话，包含着丰富而深刻的历史内容。在史书上，我们就常常看到这样的记载，例如：

> 太祖（指辽太祖耶律阿保机——引者注）问侍臣曰："受命之君，当事天敬佛。有大功德者，朕欲祀之，何先？"皆以佛对。太祖曰："佛非中国教。"倍（辽太祖长子——引者注）曰："孔子大圣，万世所尊，宜先。"太祖大悦，即建孔子庙，诏皇太子春秋释奠。[2]

辽太祖的祭孔，是把孔子当"敲门砖"用的；日本帝国主义尊孔，也是同样的目的。为什么他们都要尊孔崇儒呢？一个重要原因，就是儒家学说有利于苟活哲学、奴隶主义的形成。例如，中国古来一向注重生命，《孟子》上有"知命者不立于岩墙之下"的名言，《孝经》上有"身体发肤受之父母不敢毁伤"的教诲，还有什么"千金之

[1]《鲁迅全集·集外集拾遗·报〈奇哉所谓……〉》。
[2]《辽史》卷七十二。

子坐不垂堂"的老话，等等。这些都是教人苟活的话。鲁迅指出，苟活就是活不下去的初步，所以到后来，就活不下去了。"意图生存，而太卑怯，结果就得死亡。以中国古训中教人苟活的格言如此之多，而中国人偏多死亡，外族偏多侵入，结果适得其反，可见我们蔑弃古训，是刻不容缓的了。"①保古守旧，奴隶性格，也就"安排好了用子女玉帛所做的奉献于征服者的大宴"②。因此，"金制军"整理国故于香港，日本人佩服骈文于东京等等，也就不足为怪，因为这既是帝国主义的阴谋，又是帝国主义文化同封建文化所结成的反动同盟。

国民党反动派在日本帝国主义的咄咄进逼下，仍推行反共卖国的政策，同时竭力提倡"儒术"。这种"儒术"是些什么货色呢？金代儒者元好问，在金亡以后，请元世祖为"儒教大宗师"，便获得"蠲除儒户兵赋"，结果也能"渐渐的进身"。鲁迅通过对史事的考析，揭露了"一代文宗"的丑态。当时上海电台在"读经讲座"中广播《颜氏家训》的《勉学》时，竟宣扬什么"自荒乱以来，诸见俘虏，虽百世小人，知读《论语》《孝经》，尚为人师""千载终不为小人"的论调。鲁迅深刻指出，国民党反动派提倡"儒术"，援引《论语》《孝经》，正是"有感于方来"，为了达到"虽被俘虏，犹能为人师，居一切别的俘虏之上"的"儒效"③。这是对蒋介石集团"尊孔读经"的有力挞伐，使人们看清了这伙卖国贼的真面目。

五、破除守旧坚持改革——鲁迅批孔的中心线索

儒家思想的消极影响主要是因循守旧，维持现状，反对改革，反对前进，即所谓"道之大原出于天，天不变，道亦不变"。正如美国学者费正清说的："儒家思想重老而不重幼，重古而不重今，重既有的权威而不重革新，这就在事实上为社会稳定问题提供了一个历史

---

①《鲁迅全集·华盖集·北京通信》。

②《鲁迅全集·坟·灯下漫笔》。

③《鲁迅全集·且介亭杂文·儒术》。

的大答案。它曾经是一切保守思想体系中最成功的一个。"①鲁迅在光辉战斗的一生中，结合现实斗争，对孔子和以他所代表的儒家思想从各个方面进行了尖锐的批判。这些批判，集中反映在改革问题上，即热情地宣传改革、支持改革，抨击各种反对改革的谬论以及逆历史潮流的现象。鲁迅的改革理论和他的战斗风格，对我们今天也是有启发的。

第一，改革是民族振兴的动力，守旧是退婴委顿的病根。

儒学是为封建统治的长治久安服务的。在源远流长的儒家思想浸濡下，在不少中国人的心上形成了一种偏狭、愚昧的民族自大："祖宗之法"，动它不得；"从来如此"，便是宝贝；"古人所作所说的事，没一件不好，遵行还怕不及，怎敢说到改革？"②鲁迅把改革与中华民族的前途、命运紧紧连在一起。这是因为，改革是社会发展、人类进步的动力，"人固然应该生存，但为的是进化，也不妨受苦，但为的是解除将来的一切苦，更应该战斗，但为的是改革"③。在当时昏天黑地的旧中国，以孔孟忠实信徒自居的反动派，对任何一点改革都视为大逆不道，传统的守旧思想在广大国民中也普遍存在："看看报章上的论坛，'反改革'的空气浓厚透顶了。满车的'祖传'，'老例'，'国粹'等等，都想来堆在道路上，将所有的人家完全活埋下来。……有些人们——甚至于竟是青年——的论调，简直和'戊戌政变'时候的反对改革者的论调一模一样。你想，二十七年了，还是这样，岂不可怕。"④

鲁迅这话是1925年说的，但也反映了整个旧中国的实际状况。从鸦片战争以来的近代、现代中国史，可以说是中国改革与反改革的历史。但改革的步伐是相当艰难的，这是因为封建主义在中国有着广

---

① 费正清：《美国与中国》。

②《鲁迅全集·热风·随感录三十八》。

③《鲁迅全集·花边文学·论秦理斋夫人事》。

④《鲁迅全集·华盖集·通讯》。

泛的阶级基础，尤其在思想和文化传统方面有着不可低估的影响，还有帝国主义的支持等。北京有的小胡同，当时由于煤灰之类东西的堆积，房子几乎被埋掉了，鲁迅认为，这活像在给自己建造"活埋庵"。他说："我不知道什么缘故，见了这些人家，就像看见了中国人的历史。"①这个历史，就是不思改革、不断衰退的历史。鲁迅的话包含着异常深痛的观察和体验。反改革论者还口口声声叫喊着："保古！保古！保古！""但是不能革新的人种，也不能保古的"。中国历史上之所以多受异族侵略，重要原因就是"老大的国民尽钻在僵硬的传统里，不肯变革，衰朽到毫无精力了，还要自相残杀。于是外面的生力军很容易地进来了，真是'匪今斯今，振古如兹'"②。这"僵硬的传统"，就是代代相传的儒家思想。这不思改革、反对改革的消极影响，就使得不少的中国人对于旧状况是那么心平气和，对于较新的机运是那么疾首蹙额，对于已成之局是那么委曲求全，对于初兴之事是那么求全责备，而这也正是中国"不能再有振拔改进的原因"。舍弃改革，中国是没有出路的。因此，"无论如何，不革新，是生存也为难的，而况保古。现状就是铁证，比保古家的万言书有力得多"③。

鲁迅不仅指出了改革的必要性和艰难性，而且揭露和批判了反改革者阻挠、破坏以及把改革引向邪路的手法。反动派对改革者首先采用的是压迫、打击的手段，企图把改革的潮流镇压下去。鲁迅指出："凡带一点改革性的主张，倘于社会无涉，才可以作为'废话'而存留，万一见效，提倡者即大概不免吃苦或杀身之祸。古今中外，其揆一也。"④这是历史经验的深刻总结。列宁曾引用过一句著名格言：

---

①《鲁迅全集·华盖集·通讯》。

②《鲁迅全集·华盖集·忽然想到（五至六）》。

③《鲁迅全集·华盖集·忽然想到（五至六）》。

④《鲁迅全集·而已集·答有恒先生》。

几何公理要是触犯了人们的利益，那也一定会遭到反驳的。①何况改革并不是几何公理。鲁迅从自己亲身体会中感受到，在旧中国，反动派对改革者的迫害在不断加强。他在1925年就说："反改革者对于改革者的毒害，向来就并未放松过，手段的厉害也已经无以复加了。只有改革者却还在睡梦里，总是吃亏，因而中国也总是没有改革，自此以后，是应该改换些态度和方法的。"②

除直接迫害外，反改革者还善于运用其他种种手段阻挠改革，主要有两种：其一是攻其一点，不及其余。这些人往往抓住改革中的缺陷和差失，把改革诋毁得一无是处。在一些人看来，"改革的事倘不是一下子就变成极乐世界，或者，至少能给我（！）有更多的好处，就万万不要动！"③改革稍有差失或不完善之处，他们就以为有了把柄，大加挞伐，甚至把改革之外的种种弊端，也统统推到改革的身上，于是改革成了"大逆不道，为天地所不容"。实际上，"有百利而无一弊的事也是没有的，只可权大小"④。对改革百般挑剔、责难，不过是为了达到反对改革的目的。其二是禁锢起来，不让行动。这种禁锢，或是"彰明较著"，或是"改头换面"，是古来的读书人对于后起者的惯技。"近来自然客气些，有谁出来，大抵会遇见学士文人们挡驾：且住，请坐。接着是谈道理了：调查，研究，推敲，修养，……结果是老死在原地方。"⑤这些人的"高明"之处，就在于不说不行、反对，只是在所谓"调查，研究，推敲，修养"中磨掉改革者的雄心壮心，禁锢住他们的手脚。鲁迅指出："回复故道的事是没有的，一定有迁移，维持现状的事也是没有的，一定有改变。"⑥不

---

① 《列宁选集》第2卷，人民出版社1972年版，第1页。

② 《鲁迅全集·坟·论"费厄泼赖"应该缓行》。

③ 《鲁迅全集·华盖集·这个与那个》。

④ 《鲁迅全集·且介亭杂文二集·从"别字"说开去》。

⑤ 《鲁迅全集·华盖集·这个与那个》。

⑥ 《鲁迅全集·且介亭杂文二集·从"别字"说开去》。

管反对改革的旧的思想文化传统如何根深蒂固，不管反改革者如何猖獗，不管改革如何艰难而且"不免于流血"，历史的潮流不可逆转，改革的步伐不可遏止，对改革者来说，"愈艰难，就愈要做"，在不断的改革中求得民族的新生和国家的强盛。

第二，热情扶持新生事物。

儒家思想从守旧复古出发，认为越古越好，"温故而知新，可以为师矣"①"述而不作，信而好古"②"久矣吾不复梦见周公"③等等，因此对于新生事物是深恶痛绝的。要改革，就要热情地扶持新生事物，这是鲁迅改革思想的一个重要方面。

在旧中国，不仅反动统治者对新生事物歧视、压制，由于传统思想的影响，在一般民众中，也普遍存在着对新生事物淡漠相向甚至反对的态度，这就使得新生事物的成长极其困难。旧思想、旧势力对付新事物，往往采取这么三种手法：一是扼杀。反动统治阶级利用手中的权力，对新生事物压制、打击，必欲除之而后快。例如，对于旧中国唯一的文艺运动——无产阶级的革命文艺运动，国民党反动派就用诬蔑、压迫和杀戮来进行破坏，用流氓、侦探、走狗、刽子手来对付左翼作家，妄图一举消灭这"荒野中的萌芽"。④二是改变。旧势力利用其深厚的封建思想文化背景，依恃其巨大的同化力，对新生事物总要来一番改变，"不过并非将自己变得合于新事物，乃是将新事物变得合于自己而已。"⑤"每一新制度，新学术，新名词，传入中国，便如落在黑色染缸，立刻乌黑一团，化为济私助焰之具"，鲁迅慨叹道："此弊不去，中国是无药可救的。"⑥三是捣乱。例如那些好

①《论语·为政》。

②《论语·述而》。

③《论语·述而》。

④《鲁迅全集·二心集·黑暗中国的文艺界的现状》。

⑤《鲁迅全集·华盖集·补白》。

⑥《鲁迅全集·花边文学·偶感》。

讲鬼话的人为了排斥自然科学，想了好多办法，"其中最巧妙的是捣乱"①，即先把科学东拉西扯，羼进鬼话，弄得是非不分，连科学也带了妖气。这样，在中国便出现了两种很特别的现象：一种是新的来了之后，而旧的又回复过来，即是"反复"；一种是新的来了好久之后而旧的并不废去，即是"羼杂"。②这种"反复"和"羼杂"，就使得新事物面目全非。

　　鲁迅热情地支持、讴歌新生事物。新生事物代表了历史发展的方向，因此有着旺盛的生命力，在它们身上体现着未来。新生事物开始总是小的，"惟其幼小，所以希望就正在这一面"③。当上海美术专门学校学生出版木刻集时，鲁迅指出："这些作品，当然只不过一点萌芽，然而要有茂林嘉卉，却非先有这萌芽不可。"④既然是新生事物，就必然有一个由小到大，由弱到强，由不完善到比较完善，由不成熟到比较成熟的过程，决不能求全责备，因其幼稚而横加指责，甚至加以扼杀。那种以为"生下来的倘不是圣贤，豪杰，天才，就不要生；写出来的倘不是不朽之作，就不要写"⑤的观点，是十分荒谬的。因为幼稚，当头加以戕贼，只会使幼苗萎死。鲁迅以孩子学步为例，说明幼稚是不可怕的，是新事物的必经之途："孩子初学步的第一步，在成人看来，的确是幼稚，危险，不成样子，或者简直是可笑的。但无论怎样的愚妇人，却总以恳切的希望的心，看他跨出这第一步去，决不会因为他的走法幼稚，怕要阻碍阔人的路线而'逼死'他；也决不至于将他禁在床上，使他躺着研究到能够飞跑时再下地。因为她知道：假如这么办，即使长到一百岁也还是不会走路的。"⑥

---

①《鲁迅全集·热风·随感录三十三》。

②《鲁迅全集·中国小说的历史的变迁》。

③《鲁迅全集·二心集·一八艺社习作展览会小引》。

④《鲁迅全集·集外集拾遗补编·〈无名木刻集〉序》。

⑤《鲁迅全集·华盖集·这个与那个》。

⑥《鲁迅全集·华盖集·这个与那个》。

鲁迅在他一生中，反对复古守旧，疾恶如仇，而对于一切新生事物，则是热情提倡，积极培育。他提倡白话文，主张文字改革，逐步废除汉字，推崇现代科学，反对迷信与愚昧，特别是辛勤地"灌溉佳花，——佳花的苗"①，如扶植战斗的木刻，培育文学新人，等等，在中国现代文学史上留下了光辉的业绩。

第三，批判"中庸之道"。

儒家学说主张维持现状、反对改革，"中庸之道"就是实现这个主张、防止矛盾转化的一个重要理论。孔子的"中庸之道"，作为方法论，它提出了处理问题的尺度，主张执两用中，强调"过犹不及"②，作为道德观念，它又具有统率诸德的重要作用："中庸之为德也，其至矣乎！"③朱熹解释说："中者，无过无不及之名。庸者，平常也。……程子曰：'不偏之谓中，不易之谓庸。中者天下之正道，庸者天下之定理。'"④孔子的"中庸之道"，提出处理问题时防止走向极端，对人们的认识有着重要的意义。但事实上不存在不偏不倚的中道，所谓"允执其中"，只是脱离实际的幻想，正如鲁迅一针见血指出的："然则圣人为什么大呼'中庸'呢？曰：这正因为大家并不中庸的缘故。"⑤也正是由于这个原因，千百年来，中庸就与平庸、妥协、保守、不求上进等消极思想紧密相连。

孔子把中庸称为无上的美德，要求自己的言行合于"中庸之道"的标准，可是他没法做到。例如，他生在巫鬼势力旺盛的时代，却不肯随俗谈鬼神，说什么"祭如在祭神如神在"，这正反映了他的"深通世故"。鲁迅说："他肯对子路赌咒，却不肯对鬼神宣战，因为一

---

①《鲁迅全集·华盖集·并非闲话（三）》。

②《论语·先进》。

③《论语·雍也》。

④《中庸章句》。

⑤《鲁迅全集·南腔北调集·由中国女人的脚，推定中国人之非中庸，又由此推定孔夫子有胃病》。

宣战就不和平，易犯骂人——虽然不过骂鬼——之罪"；"所以只是不谈，而决不骂，于是乎俨然成为中国的圣人，道大，无所不包故也。否则，现在供在圣庙里的，也许不姓孔"①。孔子说过："不得中行而与之，必也狂狷乎，狂者进取，狷者有所不为也。"②鲁迅指出，以孔子交游之广，却终生找不到一位奉行中道的人做朋友，只好寻找狂者与狷者两类极端相反的人物交往，"这便是他在理想上之所以哼着'中庸，中庸'的原因"③。这实在是一幅中庸的讽刺画。标榜中庸的孔子没法做到中庸，后代的儒家之徒，也只能把中庸挂在嘴上，说说而已。宋朝的朱熹，是竭力鼓吹中庸、仁恕的"道学先生"。鲁迅揭露他说："道学先生是躬行'仁恕'的，但遇见不仁不恕的人们，他就也不能仁恕。所以朱于是大贤，而做官的时候，不能不给无告的官妓吃板子。"④

"中庸之道"客观上给中国国民性带来消极影响，主要表现是遇事折中、调和、墨守成规。鲁迅曾以开窗子为例，生动地描述了"中庸之道"的为害。他说："老先生们保存现状，连在黑屋子开一个窗也不肯，还有种种不可开的理由，但倘有人要来连屋顶也掀掉它，他这才魂飞魄散，设法调解，折中之后，许开一个窗，但总在觑机想把它塞起来。"⑤凡事折中、调和的人，总想把互相对立的两个方面调和，在自己头脑里并行不悖，颇有"兼收并蓄"之好，因此他们的所作所为就相当矛盾，以至于不可理解。在当时的中国社会上，新旧并陈、美丑与共的现象到处可见：自油松片以至电灯，自独轮车以至飞机，自标枪以至机关炮，自不许"妄谈公理"以至护法，自"食肉寝

---

① 《鲁迅全集·坟·再论雷峰塔的倒掉》。

② 《论语·子路》。

③ 《鲁迅全集·南腔北调集·由中国女人的脚，推定中国人之非中庸，又由此推定孔夫子有胃病》。

④ 《鲁迅全集·且介亭杂文·论俗人应避雅人》。

⑤ 《鲁迅全集·书信·350410致曹聚仁》。

皮"的吃人思想以至人道主义，自迎尸拜蛇以至美育代宗教，等等，这都与中庸思想的影响有关，必须连根拔掉，才能推进改革。

　　鲁迅提倡遇事要有热烈的爱憎、鲜明的是非，不能吞吞吐吐，欲言又止。他说："人世上并没有这样一道矮墙，骑着而又两脚踏地，右左稳妥，所以即使吞吞吐吐，也还是将自己的魂灵枭首通衢，挂出了原想竭力隐瞒的丑态。"[1]他曾这样明确地表达了对"中庸之道"的憎恶："只有中庸的人，固然并无堕入地狱的危险，但也恐怕进不了天国的罢。"[2]血与火交织的阶级斗争的实际，使鲁迅清楚地看到，"中庸之道"对劳动人民来说，是消磨斗志的毒药；对反动派来说，是掩盖其软硬两手的幌子。他提醒革命人民要识破反动派鼓吹中庸的阴谋，"以其人之道，还治其人之身"，同反动派进行坚决的斗争，通过斗争夺取胜利。

---

　　[1]《鲁迅全集·华盖集·答KS君》。
　　[2]《鲁迅全集·且介亭杂文二集·陀思妥耶夫斯基的事》。

第七章

反弱者哲学　破老庄之毒

——鲁迅改造国民性思想与道家

　　鲁迅不仅着重挖掘了封建统治的精神支柱——儒家思想，同时对中国传统文化思想的又一个基本方面——道家思想，给予了严厉的批判和认真的清算，而且这两方面的批判总是结合在一起，构成了鲁迅对缠在中国人民身上的"古老的鬼魂"——封建传统批判的主要内容。

一、儒道互补

　　《韩非子》中说："世之显学，儒墨也。"[①]鲁迅则指出，在"周室寝陵"、兼并剧烈的春秋战国时代，"当时号称'显学'者，实止三家，曰道，曰儒，曰墨"[②]。所谓显学，指著名的学说、学派。鲁迅在儒、墨之外加上道家，并且把道家放在重要地位，既符合当时儒、墨、道鼎足而三的历史实际，同时也说明鲁迅对道家思想的重视。

　　道家是以老子和庄子为代表的学派，因以"道"为宇宙本原，故称道家。老子是道家的创始人，庄子则继承和发展了老子的思想。道家的名称虽起于西汉，但在《庄子》里已勾画了道家的基本精神："以本为精，以物为粗，以有积为不足，澹然独与神明居，古之道术

---

①《韩非子·显学》。

②《鲁迅全集·汉文学史纲要·老庄》。

有在于是者，关尹、老聃闻其风而悦之。"①道家学说的内容，主张天道自然无为，强调人们应效法"道"的"生而不有，为而不恃，长而不宰"；政治理想是"小国寡民""无为而治"；提倡守己无为的人生哲学，追求个人精神的绝对自由，认为只要"虚静恬淡，寂寞无为"，物我两忘，就可以成为逍遥自在的"真人"。道家学派的出现不是偶然的，它是在社会变革中日趋没落的奴隶主旧贵族及破产的自由民阶层要求恢复往昔"小国寡民"社会意愿的反映，是在社会阶级斗争中连连败北的旧势力利益的代表。他们无法抗遏历史的潮流，又不甘心失败和沦落，因此希望有本阶级的"圣人"出来收拾残局，期冀用一套贵柔守雌的政治权术去对付生气勃勃的强者。他们在本阶级的没落无法挽救的形势下，便幻想逃避现实的斗争去寻求精神上的安慰，极力宣扬"无为""不争""全性保真""轻物重生"的自然无为主义，提出反对仁义、鄙视功利，要求绝弃智慧，废除法令，实行"结绳而治"等落后主张，反映了没落奴隶主阶级的无可奈何的消极心理。

道家思想在中国思想史上产生了广泛而深刻的影响。战国、汉初，道家思想与名家、法家相结合，成为黄老之学，汉初统治者据以为指导，实行清静无为与民休息的政策，曾收到一定的效果。魏晋间玄学盛行，崇尚老庄，王弼、何晏辈首以道家观点解释儒家，促成儒、道融合。以后宋明理学家力倡儒家道统，但对道家思想仍有某些吸收。道家思想虽再未占统治地位，但始终作为儒学的补充而为统治者所利用。应当看到，道家对事物的矛盾及其转化有较深刻的认识，认为矛盾双方互相依存，并看到矛盾会向反面转化（"反者道之功""祸兮福所倚，福兮祸所伏"等），但又强调"知其雌守其雄""知其白，守其黑""柔弱胜刚强"等，把转化看作是无条件的往返循环。道家的自然主义的天道观和辩证方法包含着合理的因素，

①《庄子·天下》。

在中国思想发展史上占有重要的地位。

鲁迅重视道家思想在中国传统文化思想中的地位，把儒道并列，是从实际出发的。"儒道互补是两千年来中国思想一条基本线索。"[①]所谓互补，就是两种意识形态的价值观与内和谐方式存在着既相反又相通的关系，即一个是另一个的否定和补充。[②]道家和儒家的学说，原来宗旨是相反的，"世之学老子者则绌儒学，儒学亦绌老子"[③]，《庄子》中"儒以诗礼盗冢"的寓言，也极其尖刻、辛辣地讥讽了儒家"诗礼"的虚伪性[④]。在感情色彩、处世态度上，儒家与道家也是离异而对立的：一个有为，一个无为；一个乐观进取，一个消极畏缩；一个主张大一统的大国统治，一个主张小国寡民；一个尚礼乐，一个法自然，等等。总之，道家以虚无为本，以因循为用，儒家则以伦理为本，以教化为用。这只是一个方面。实际上，儒道两家在思想方面却有相通之处，从"天"与"人"、自然与社会的对立方面，各自把握了一端，相互补充而协调，相反相成地在塑造中国民族性格和文化心理结构上起了决定性的作用。

中国思想文化史上这种儒、道互补的格局，对中国人的世界观、人生观产生了复杂的影响。以儒家思想为主导的封建知识分子，期望君臣遇合、用世求仕，以展其"济苍生""匡社稷"的抱负。但是，仕途的坎坷，官场的失意，是非的纷扰，使得他们又自觉不自觉地接受了道家思想的影响，以道家返于自然、追求精神自由等思想作为他们反抗现实压抑或自我解脱的思想武器和精神支柱，或避居山林，炼丹行散，或放鹤种梅，保身全生。因此，不但"兼济天下"与"独善其身"经常是后世士大夫的互补人生路途，而且悲歌慷慨与愤世嫉

---

① 李泽厚：《美的历程》，中国社会科学出版社1986年版，第59页。

② 金观涛、刘青峰：《兴盛与危机——论中国封建社会的超稳定结构》，湖南人民出版社1984年版，第260页。

③《史记·老子韩非列传》。

④ 见《庄子·外物》。

俗，"身在江湖"与"心存魏阙"，也成为中国历代知识分子的常规心理以及其艺术意念①。这种既恪守儒教，又不能忘情于老庄的矛盾心理，在封建时代知识分子身上打下了深深的烙印。我们试以鲁迅推崇、评论较多的嵇康、陶渊明两人为例，说明这种矛盾心理的影响。

嵇康，被鲁迅称作"竹林的代表"，"思想新颖，往往与古时旧说反对"②。他主张在思想上应"托好老庄，贱物贵身，志在守朴，养素全真"③；其行为应"超世独步，怀玉被褐，交不苟合，仁不期达"④；反对儒家礼教，在《与山巨源绝交书》中甚至大胆提出了"非汤武而薄周孔"的观点。嵇康思想上既有反对儒家礼教的一面，但也有承认礼教的一面，正如鲁迅指出的，"嵇阮的罪名，一向说他们毁坏礼教。但据我个人的意见，这判断是错的"，他们"实则倒是承认礼教"⑤，鲁迅的看法是对的。当时在司马氏以阴谋手段取得政权并以虚伪的"名教"为工具实行黑暗统治时，嵇康、阮籍正是以道家学说作为对抗"名教"、否定现实的思想武器，就是说，在他们身上，儒、道两种思想是互补而存在的。

陶渊明，历来多被描绘成"隐逸诗人""田园诗人"，他的"逃禄归耕""不为五斗米折腰"，被传为佳话。在他憧憬和创造的那个没有剥削，没有矫伪，人人劳作，大家平等的"桃花源"，分明也投下了道家自然主义哲学的影迹。但是，陶渊明同样陷在"仕"与"隐"的纠葛里。鲁迅认为，"闲适""悠然"只是陶渊明的一面；陶渊明尽管很"平和"，但"他于世事也并没有遗忘和冷淡"，他的一些诗，"是说当时政治的"。他的归隐，他的由尊儒转向慕道，出于对当时权势者的不满，对龌龊的官场生活的厌憎，因此是对社会的

---

① 李泽厚：《美的历程》，中国社会科学出版社1986年版，第65页。

② 《鲁迅全集·而已集·魏晋风度及文章与药及酒之关系》。

③ 《鲁迅全集·嵇康集·幽愤诗》。

④ 《鲁迅全集·嵇康集·卜疑》。

⑤ 《鲁迅全集·而已集·魏晋风度及文章与药及酒之关系》。

一种反抗。明清之际顾炎武就看出了这一点，他说："栗里之徵士，淡然若忘于世。而感愤之怀，有时不能自止，而微见其情者，真也。"[①]正因为这样，鲁迅便一再提出要全面地看待陶渊明及其作品，既看到他的"采菊东篱下，悠然见南山"的所谓"闲适""恬淡"的心怀，又倾听到他的"刑天舞干戚，猛志固常在"的反抗、斗争的心声。[②]

　　这种儒道互补，一般来说，得意时儒家意识占上风，失意时道家意识则上升。闻一多先生曾风趣而又形象地描述了这种由儒到道的转变过程："一个儒家做了几任官，捞得肥肥的，然后撒开腿就跑，跑到一所别墅或山庄里，变成一个什么居士，便是道家了。"[③]不独士大夫如此，就是处在水深火热中的广大农民，也愿意安于小生产的天地里以自保。总之，道家与儒家的"乐天知命""守道安贫""无可无不可"等观念结合起来，对培植逆来顺受、自欺欺人、得过且过的奴隶性格起了十分恶劣的作用。[④]

二、道家——君人南面之术

　　鲁迅说过："古时候，或以黄老治天下，或以孝治天下。"[⑤]所谓以"孝"治天下，指的是以儒家的"爱敬""忠顺"等伦理思想的"德政"管理国家；以"黄老"治天下，即以道家思想治理天下。鲁迅这里指出儒、道两家是统治者不可或缺的两手。黄老学派是战国、汉初道家的学派，以传说中的黄帝同老子相配，并同尊为道家的创始人，故名，他们的思想就叫黄老思想。司马迁在他的《论六家旨要》中仍称为"道家"，但因为他已不是原始道家，所以又有人称之

---

①《日知录》卷十九。

②《鲁迅全集·且介亭杂文二集·〈题未定〉草（六）》。

③《关于儒、道、土匪》，《闻一多全集》第3卷，生活·读书·新知三联书店1982年版，第473页。

④ 参阅李泽厚：《漫述庄禅》，见陈望衡编《李泽厚哲学美学论文选》，湖南人民出版社1985年版。

⑤《鲁迅全集·准风月谈·礼》。

为"新道家"。西汉初期，统治者采取与民休息、恢复生产的政策，颇崇黄老"清静无为"的治术。《汉书》上说："太后为黄老言，而婴、蚡、赵绾等，务隆推儒术，贬道家言，是以窦太后不悦。"①

道家之所以能为统治者所喜欢，成为治国之术，从根本上说，它的学说是统治者的工具。《史记》中说，道家"其术以虚无为本，以因循为用"，"虚者，道之常也；因者，君之纲也"②。这就点出了道家思想与统治者的关系。《汉书》则说得更清楚："道家者流，盖出于史官，历记成败存亡，祸福古今之道，然后知秉要执本，清虚以自守，卑弱以自持，此君人南面之术也。"③"君人南面之术"，这一语揭穿了道家学说的主旨和作用。

所谓"南面之术"，就是统治者如何驾驭臣下、压制人民的一套手法和权术。道家所主张的"清静""无为"，就是南面之术的具体内容，是一种统治的艺术。道家考虑到人主才力智慧有限，敌不过臣下，如果常常亲自动手做事，或多发议论，非但不能藏拙，且易露破绽，招致臣下的轻视，甚至引起权位莫保的危险。因此，人主遇事装一副糊涂相，以达到"无为""不言"的境地；"无为者，非谓其凝滞而不动也，以言其莫从己出也"④。人主只向臣下要办法，尽量发掘他们的才智以为己用，同时，"帝王内蕴神明，外须玄默，使深不可知"⑤，臣下对君主的意图无从窥探，只好加倍小心。这种办法如果运用得巧妙，就可以立于不败之地。因此，"君子不得已而临莅天下，莫若无为"⑥，"为无为，则无不治"⑦，亦即"不自伐，故有功；不

---

①《汉书·窦田灌韩传》。

②《史记·太史公自序》。

③《汉书·艺文志·诸子略》。

④《淮南子·主术》。

⑤《贞观政要》卷六《论谦让》。

⑥《庄子·在宥》。

⑦《老子》第三章。

自矜，故长。夫唯不争，故天下莫能与之争"[①]。在我国漫长的封建社会，不少统治者都擅长这种驾驭臣下的南面术。郭沫若曾说过："老聃之术传于世者二千余年，经过关尹、申不害、韩非等的推阐，在中国形成为一种特殊的权变法门，养出了大大小小不计其数的权谋诡诈的好汉，……"[②]

在道家的心目中，这个世界是充满杀身之祸的，"飘风不终朝，骤雨不终日，孰为此者？天地。天地尚不能久，而况于人乎？"[③]《庄子》也认为，人生的理想就是"可以保身，可以全生，可以养亲，可以尽年"[④]。从这种"保身"哲学出发，道家就主张逃避现实，"归真返璞"，它的理想人格就是"隐士"，即隐居不仕。"所谓隐士者，非伏其身而弗见也，非闭其言而不出也，非藏其知而不发也，时命大谬也。"不合世运而困顿天下，则深藏静处，等待时运的变化，——"此存身之道也"[⑤]。

在中国，隐士"历来就是一个美名"。他们遁迹田园，寄情山水，常以超然物外为标榜。鲁迅对这些人是不大客气的。早在1907年写的《摩罗诗力说》中，鲁迅就对这种隐君子风进行了批判。他指出，这些人总是向慕往古，以为越古越好，这是由于他们本身懦弱无为，不敢面对严酷的现实，只好希求超脱尘世，神往于远古，隐居山林，了此一生。鲁迅抨击这种幻想倒退、主张复古的思想，认为有这种思想的人是没有什么希望、不想前进、不肯努力的人。在《摩罗诗力说》之后28年即1935年，针对一些无聊文人津津乐道历史上隐士的"超然"和"静穆"，鲁迅又写了《隐士》一文，对隐士进行了深刻的阶级分析，反对那种企图逃避现实的消极思想。鲁迅指出，

①《老孟》第二十二章。
② 郭沫若：《稷下黄老学派的批判》，见《十批判书》，群益出版社1950年版。
③《老子》第二十三章。
④《庄子·养生主》。
⑤《庄子·缮性》。

"'隐'总和享福有些相关"。凡是有名的隐士，总是已经有了"悠哉游哉，聊以卒岁"的幸福的；不然，朝砍柴，昼耕田，晓浇菜，夜织屦，哪会有吟诗作文的闲暇？因此，"逸士也得有资格，首先即在'超然'，'士'所以超庸奴，'逸'所以超责任"①。陶渊明是赫赫有名的大隐，他的归隐与历史上那些热衷功名，以退为进，追求"终南捷径"的文人不同，但他也还略略有些生财之道的，他有奴子，"汉晋时候的奴子，是不但侍候主人，并且给主人种地，营商的，正是生财器具"②。鲁迅指出，"隐士"的"归隐"，其秘密和"登仕"一样，也是"瞰饭之道"。"翩然一只云中鹤，飞来飞去宰相衙"，就不仅道破了隐士的真面目，也可使我们从另一方面领悟儒、道之间的关系。隐士们关心的其实是自己的利益。"泰山崩，黄河溢，隐士们目无见，耳无闻，但苟有议及自己们或他的一伙的，则虽千里之外，半句之微，他便耳聪目明，奋袂而起，好像事件之大，远胜于宇宙之灭亡"。③

在近代中国思想史上，道家也是受到重视的。康有为在万木草堂向梁启超、陈千秋等讲所谓"学术源流"时，虽然对老子极为厌恶，认为他讲"天地不仁"，"开申、韩一派"，为历代暴主虐君所用，但对庄子却十分赞许，认为"庄子言心学最精，直出《六经》之外"。因此他认为后来凡是能办事的人，"皆用庄子之学"④。严复1895年写的战斗性极强的《辟韩》一文，就用先秦道家的自然主义的天道观和"窃钩者诛，窃国者侯"等老庄的话，攻击中国两三千年来的专制政治，提倡资产阶级的民权思想。20世纪初年，严复根据近代社会学术发展的特点，评注老庄，先后写了《老子评点》《庄子评点》等书，为他的改良主义思想服务。章太炎1906年在日本讲学时，

---

① 《鲁迅全集·且介亭杂文二集·杂谈小品文》。
② 《鲁迅全集·且介亭杂文二集·隐士》。
③ 《鲁迅全集·且介亭杂文二集·隐士》。
④ 《万木堂口说》，转引自邝柏林：《康有为的哲学思想》，中国社会科学出版社1980年版，第14页。

除《说文》《尔雅》外，还讲《庄子》，推崇道家。鲁迅也是这个时候从章太炎学。他后来写小说《出关》，有的情节就是受到章太炎的启发，如他所说："老子的西出函谷，为了孔子的几句话，并非我的发见或创造，是三十年前，在东京从太炎先生口头听来的，后来他写在《诸子学略说》中，但我也并不信为一定的事实。"①

老、庄虽然并称，但两者又有明显的区别。王夫之在《庄子解·天地》中指出老子学说的特点，"是以机而制天人者也"，即宅心玄虚，静观万物之反复以知机，就进取者而言，是握机以制敌，就恬退者而言，则见机而远害。庄子的学说，"尝探得其所自悟，盖得之于浑天"，其学宗旨处于材与不材之间，安时顺化，物我两忘，终与大化合一。鲁迅也指出了其间的差异，他说："故自史迁以来，均谓周（指庄周——引者注）之要本，归于老子之言。然老子尚欲言有无，别修短，知白黑，而措意于天下；周则欲并有无修短白黑而一之，以大归于'混沌'，其'不谴是非'，'外死生'，'无终始'，胥此意也。中国出世之说，至此乃始圆备。"②

因此，老子与庄子在中国思想史上影响是不同的，鲁迅在分析、批判中的着重点也不一样，下面我们分别做以论述。

三、漫画了的老子："一事不做，徒作大言的空谈家"

鲁迅对老子的批判，主要集中在他的"无为"思想的广泛而深远的影响上。

"无为"是道家的哲学思想，即顺应自然变化的意思。老子认为，"道"是世界万物的本源，它"象帝之先""先天地生"，即它

---

①《鲁迅全集·且介亭杂文末编·〈出关〉的"关"》。鲁迅所讲见章太炎《诸子学略说》，原文为："孔子本出于老，以儒道之形式有异，不欲崇奉以为本师。……老子胆怯，不得不曲从其请。逢蒙杀羿之事，又其素所忧惕也……于是西去函谷，知秦地之无儒，而孔子之无如我何，则始著《道德经》以发其覆。"

②《鲁迅全集·汉文学史纲要·老庄》。

在天地之前就有了，比上帝出现得更早，因此"道"是"无不为"的，但"道"并不是有意志有目的地构成世界万物，因此又是"无为"而"自然"的。人效法"道"，也应以"无为"为主。老子说："道常无为，而无不为，侯王若能守之，万物将自化。"①老子的"无为"并不是无所事事。鲁迅注意到了这一点，他说："然老子之言亦不纯一，戒多言而时有愤辞，尚无为而仍欲治天下。其无为者，以欲'无不为'也。"②"无为"是现象、手段，"无不为"才是本质、目的。老子曾用一个生动形象的比喻来说明"无为"和"无不为"之间的关系："治大国若烹小鲜。"③烹鱼乱搅就会把鱼搅烂，不乱搅，就是"无为"；要按烹鱼的规律去治国，烹好鱼治好国家，这就是"无不为"。这样看来，老子的"无为"思想，强调认识规律，服从规律，有着重要的意义。但是，老子把"天道无为"的思想提到了绝对化的程度，并认为只有"无为"才是最高原则，而不是发挥人的主观能动性，积极地创造条件，利用规律，办好事情。老子"天道无为"思想中包含的这种消极因素，以后的庄子又有所发展。长期以来，与这种影响有关而形成的逆来顺受、含辱忍垢等适应环境的麻木性，成为中国国民性格中的软弱成分。

鲁迅在《摩罗诗力说》中批判那种要求复古倒退的思想时，就指出老子是这种思想的主要代表，他的"无为之治"是复古倒退的途径："老子书五千语，要在不撄人心；以不撄人心故，则必先自致槁木之心，立无为之治，以无为之为化社会，而世即太平。"老子所理想的太平世界，就是古老的原始社会。老子说过："人法地，地法天；天法道，道法自然。"④他把"自然"作为最高法则，反对一切违反"自然"的东西。他的政治理想是"小国寡民"，"使有什伯之器

①《老子》第三十七章。

②《鲁迅全集·汉文学史纲要·老庄》。

③《老子》第六十章。

④《老子》第二十五章。

而不用，使民重死而不远徙。虽有舟舆，无所乘之；虽有甲兵，无所陈之，……邻国相望，鸡犬之声相闻，民至老死不相往来"①。在老子看来，各种器物扩张了人的物欲，流动交往不利于人们安心劳动，因此必须废弃这一切违反"自然"的东西，使人只满足于原始简单的生活。鲁迅指出，希望通过"无为而治"的办法，用"无为"的"为"来达到世界太平，完全是幻想。自从星云凝固、人类出现之后，无论什么时候、什么事物，无不存在着斗争；同时，社会、生物的进化都是不可遏止的，就像离弦的飞箭，要让它倒过头来，是情理上不会有的事。那种既想不触犯人心，自己也心如槁木的"无为之治"，事实上是不存在的。这是鲁迅对"无为"思想的最早批判。后来他又多次批判了复古倒退思想，例如："现在的幻想中的唐虞，那无为而治之世，不能回去的乌托邦，那确实性，比到'阴间'去还稀少。"②

鲁迅认为，老子"无为"思想影响的主要表现是说空话不干实事。据他所说，他在1936年发表的"历史速写"《出关》，"其实是我对于老子思想的批评"③。在《出关》中，他把老子塑造成一个"一事不做，徒作大言的空谈家"④，加以漫画化，送他出了函谷关，而毫不可惜。鲁迅说，老子为了孔子的几句话而西出函谷，是他从章太炎那儿听来的，但他也并不相信为一定的事实。"至于孔老相争，孔胜老败，却是我的意见"；"这关键，即在孔子为'知其不可而为之'的事无大小，均不放松的实行者，老则是'无为而无不为'的一事不做，徒作大言的空谈家。要无所不为，就只好一无所为，因为一

① 《老子》第八十章。

② 《鲁迅全集·集外集·〈奔流〉编校后记》。

③ 《鲁迅全集·书信·360221致徐懋庸》。

④ 鲁迅总是把老子当作不干实事的空谈家的，例如，1926年鲁迅在揭露现代评论派佯装"不管闲事"和"宣称将有大著作问世"的伎俩时指出，他们"总有一面辞严义正的军旗，还有一条尤其义正辞严的逃路"："要做事的时候可以援引孔丘墨翟，不做事的时候另外有老聃，要被杀的时候我是关龙逢，要杀人的时候他是少正卯。"（《鲁迅全集·华盖集续编·有趣的消息》）

有所为，就有了界限，不能算是'无不为'了"①。《出关》的结末，关尹喜对老子有一番议论，嘲笑他是一个连老婆也娶不成的无用人："这家伙真是'心高于天，命薄如纸'，想'无不为'，就只好'无为'。有所爱，就不能无不爱，那里还能恋爱，敢恋爱？"鲁迅说，关尹喜的这些话，是作者自己的本意，因为"这种'大而无当'的思想家，是不中用的"②。

鲁迅很不喜欢老子这种"无为"的说教，认为"无为而无不为"的话是骗人的，因为人"生活在世上而'无为'，是最没有意思的事情"，然而这种"无为"思想已成为"中国人——有闲知识人性格的一面"③。鲁迅看到，中国有许多知识分子，不干实事，不为大家着想，只顾自己的便利和舒服，嘴上却用各种学说和道理装饰自己的行为。在20世纪30年代，鲁迅针对自己营垒内一些光唱高调、不干实事的恶劣作风，指出"唱高调就是官僚主义"④。他对这种状况非常焦虑。凡是自己力所能做的就去做，日日译作不息，"几乎无生人之乐"⑤，有些人却斥责鲁迅不干事，而他们却"昂头天外，评论之后，不知哪里去了"⑥。

鲁迅还剖析了空谈风对革命的危害。左联初成立，有些人以为一经加入，就可以称为前进，而又并无大危险，但后来受到国民党反动派的残酷迫害，那些空谈的就逃走了，有的竟叛变了。"分裂，高谈，故作激烈等等"老毛病时常复发。"但空谈之类，是谈不久，也谈不出什么来的，它终必被事实的镜子照出原形，拖出尾巴而去。"⑦徒作大言的人常常立论极高，"高论"不少，但是"文章虽好，能说

①《鲁迅全集·且介亭杂文末编·〈出关〉的"关"》。

②《鲁迅全集·书信·360221致徐懋庸》。

③ 增田涉：《鲁迅的印象》，湖南人民出版社1980年版，第19页。

④《鲁迅全集·书信·341206致萧军、萧红》。

⑤《鲁迅全集·书信·360405致王冶秋》。

⑥《鲁迅全集·书信·341206致萧军、萧红》。

⑦《鲁迅全集·书信·341210致萧军、萧红》。

而不能行，一下子就消灭，而问题却依然如故"①。鲁迅还把这种空话、大话称作"豪语"，指出："这故作豪语的脾气，正不独文人为然，常人或市侩，也非常发达。"②比如，市上甲乙打架，输的大抵说："我认得你的！"这是说，他将如伍子胥一般，誓必复仇的意思，不过总是不来的居多。因此，对这类豪语必须打折扣。鲁迅深刻地批判了这种自欺欺人的社会恶习。

鲁迅还批判了老子"不争"思想的影响。老子具有朴素的辩证法思想，他看到自然现象和社会现象在不停地运动和变化，并且会向其相反的方向去变："人之生也柔弱，其死也坚强。草木之生也柔脆，其死也枯槁。"③他认为对待生活也应当这样："物壮则老，是谓不道，不道早已。"④就是说，事物强大了，就会引起衰老、带来死亡，有意造成事物的强大，是违反道的原则的，因为这会促使早日结束它的生命。"故坚强者，死之徒；柔弱者，生之徒。是以兵强则灭，木强则折，强大处下，柔弱处上。"⑤因此为了避免死亡，就不要过于强大，要经常处在柔弱的地位。他宣扬什么"曲则全，枉则直，洼则盈，敝则新，少则得，多则惑"⑥。就是说，委曲反能保全，屈枉反能伸直，低洼反能充盈，敝旧反能新奇，少取反能多得，多取反而迷惑。

既然用柔弱和谦下的手段可以达到胜过刚强者的目的，老子就宣扬"不争"的思想。"夫唯不争，故无尤"⑦。在他看来，不仅社会上"圣人"的做事原则是"为而不争"，而且自然界也遵循着不争的法则，所谓"天之道，不争而善胜"⑧。从人类社会到自然界，"不争"

---

①《鲁迅全集·且介亭杂文·答曹聚仁先生信》。

②《鲁迅全集·准风月谈·豪语的折扣》。

③《老子》第七十六章。

④《老子》第三十章。

⑤《老子》第七十六章。

⑥《老子》第二十二章。

⑦《老子》第八章。

⑧《老子》第七十三章。

思想到处适用。与这种"不争"思想相联系，老子又主张"不敢为天下先"①。非但"不敢为天下先"，而且应当"知其雄，守其雌"；"知其荣，守其辱"；"知其黑，守其白"②。就是说，虽然深知什么是雄强，却安于柔雌；虽深知什么是光荣，却安于卑辱；虽深知什么是光彩，却安于暗昧。老子看到了事物向相反方向的变化，但他不懂得变化的内在之因，不懂得事物的对立双方所以能相互转化的辩证关系。所以，他虽然承认矛盾的存在，却不主张通过斗争去解决矛盾，而是害怕斗争，回避矛盾。

这种"不争""不敢为天下先"的思想，几千年来影响深远，由此而形成的畏缩忍让，苟且偷生以及"好死不如赖活""人怕出名猪怕壮""出头椽子先烂"等十分古老而又在现实生活中起着作用的格言，已深深渗入中国民族性格里面，成为一种消极的东西。鲁迅坚决反对"不争"思想。他说，"不敢为天下先"的人，自然也不敢"不耻最后"：

> 中国人不但"不为戎首"，"不为祸始"，甚至于"不为福先"。所以凡事都不容易有改革；前驱和闯将，大抵是谁也怕得做。然而人性岂真能如道家所说的那样恬淡；欲得的却多。既然不敢轻取，就只好用阴谋和手段。从此，人们也就日见其卑怯了，既是"不为最先"，自然也不敢"不耻最后"，所以虽是一大堆群众，略见危机，便"纷纷作鸟兽散"了。如果偶有几个不肯退转，因而受害的，公论家便异口同声，称之曰傻子。对于"锲而不舍"的人们也一样③。

---

① 《老子》第六十七章。
② 《老子》第二十八章。
③ 《鲁迅全集·华盖集·这个与那个》。

　　鲁迅认为，中国长期以来正由于缺少这种"锲而不舍""不耻最后"的精神，在国民性格上便出现了一种病态，就是只为自己着想，力求不招惹是非，看风向，随大流，见胜兆则纷纷聚集，见败兆则纷纷逃亡，因此一向少有失败的英雄，少有韧性的反抗，少有敢单身鏖战的武人，少有"敢抚哭叛徒的吊客"①。鲁迅以运动会为例，说明要民族振兴、国家强大，"不耻最后"与"敢为天下先"具有同等重要的意义："优胜者固然可敬，但那虽然落后而仍非跑至终点不止的竞技者，和见了这样竞技者而肃然不笑的看客，乃正是中国将来的脊梁。"②

　　与"不争"思想相反，鲁迅提倡针锋相对，坚决斗争。他说："斗争呢，我倒以为是对的。人被压迫了，为什么不斗争？"③他认为，那种在恶势力面前卑怯胆小的人是没有作为的；卑怯的人，即使有万丈的愤火，除弱草以外，又能烧掉什么呢？因此他反对宽恕，认为这是"怯汉的发明"；对于"怨敌"，表示至死也"一个都不宽恕"④。鲁迅的一生是战斗的一生，他用自己手中的一支笔，同一切邪恶势力进行了拼死的搏斗；他也深深懂得，只有斗争才是出路：

　　　　我自己也知道，在中国，我的笔要算较为尖刻的，说话有时也不留情面。但我又知道人们怎样地用了公理正义的美名，正人君子的徽号，温良敦厚的假脸，流言公论的武器，吞吐曲折的文字，行私利己，使无刀无笔的弱者不得喘息。倘使我没有这笔，也就是被欺侮到赴诉无门的一个；我觉悟了，所以要常用，尤其是用于使麒麟皮下露出马脚。⑤

———————

① 这里的"叛徒"，指旧制度的叛逆者。

②《鲁迅全集·华盖集·这个与那个》。

③《鲁迅全集·三闲集·文艺与革命》。

④《鲁迅全集·且介亭杂文末编·死》。

⑤《鲁迅全集·华盖集续编·我还不能"带住"》。

鲁迅深刻指出："劝人安贫乐道是古今治国平天下的大经络，开过的方子也很多，但都没有十全大补的功效。"①安贫乐道，在中国历史上被当作一种美德得到宣扬，儒家曾拼命地宣传它，老子也是开出这个方子中的著名的一个。老子认为，社会的灾难之根在于人的占有欲，知足是天道；如果不知满足，让个人欲望不断扩张，那是很危险的。他郑重地警告说："罪莫大于可欲，祸莫大于不知足，咎莫大于欲得。故知足之足，常足。"②"故知足不辱，知止不殆，可以长久。"③他甚至还主张闭目塞听，"清静为天下正"，鼓吹"少私寡欲"，实行禁欲。老子宣扬知足常乐，就是要人们知足而不进取，常乐而不去追求。后来的封建统治阶级把这种消极、落后、保守的人生观发展为禁欲主义，要求劳动人民甘受剥削压迫，安贫乐道，过清心寡欲的生活。20世纪30年代，在国民党反动统治下，政治黑暗，生产停滞，失业问题非常严重，"安贫乐道""知足常乐"便被作为麻痹人民的法宝用了起来。当时报刊对就业问题展开讨论，一些资产阶级文人就大肆宣扬"安贫乐道"，极力劝导青年安于现状，"先自己反省"，应当提高"自觉"，应当"安贫"，等等。鲁迅识破了这帮资产阶级走狗的伎俩和阴谋，指出，任何安贫乐道法都没有十全大补的功效，而"事实是毫无情面的东西，它能将空言打得粉碎"。因此，他正告那些"开方子"的人们，"大可以不必再玩'之乎者也'了——横竖永远是没有用的"④。

鲁迅对朱谦之宣扬老子虚无思想、鼓吹"智识即罪恶"的谬论也进行了批判。20世纪20年代初，北京大学哲学系学生朱谦之提倡虚无主义哲学，这种哲学其实是老庄的虚无思想、法国伯格森的唯心主义哲学以及无政府主义杂糅在一起的混合物。他在一篇题为《教育上

---

① 《鲁迅全集·花边文学·安贫乐道法》。

② 《老子》第四十六章。

③ 《老子》第四十四章。

④ 《鲁迅全集·花边文学·安贫乐道法》。

的反智主义》的文章中，说什么"知识就是脏物""知识是罪恶的原因，为大乱的根源"①等等。朱谦之的这一番话，其实是老子言论的翻版。老子把知识文化看成是人类分裂堕落、社会动乱黑暗的根源。他说："智慧出，有大伪"②；"民之难治，以其智多。故以智治国，国之贼，不以智治国，国之福。"③在老子看来，人类最初是愚昧无知的，不懂得奸诈虚伪，后来有了知识，变聪明了，也就学会了奸诈虚伪，所以他认为人民智慧多了就难以治理，用知识文化治国，是国家的灾害，不用知识文化治国，则是国家的福气。我们说，老子看到了西周以来的礼乐文化制度给人们带来了自私、欺诈的不道德行为，而向往愚朴的原始状态，这里面有其善良的愿望和合理的因素。从总体上看，文化的产生和发展，都应是有利于社会发展、有利于造福人类的。但在阶级社会里，有些文化进步的成果却被用来作为阶级压迫和剥削的工具，有些本身就是阶级压迫和剥削的产物，如国家、法律、政治制度，以及某些伦理道德规范等。这便造成了私有制条件下文化进步与社会罪恶、苦难和堕落同生并存的矛盾现象。④因此，老子的抨击、揭露有其合理的一面，它反映了人类由野蛮时代进入文明时代后的社会状况。但这种要求倒退复古的思想又有其幻想的不正确的一面。特别是老子反对知识文化的思想，有利于统治阶级推行愚民政策。朱谦之鼓吹"智识即罪恶"，客观上也是为推行愚民政策服务的。当时在新文化运动的影响下，广大青年纷纷寻求知识，思想文化战线十分活跃。鲁迅在《智识即罪恶》一文中，以梦幻的形式，虚构了一个青年，本是"四平八稳，给小酒馆打杂，混一口安稳饭吃的人，不幸认得几个字，受了新文化运动的影响，想求起智识来了"；由于寻求智识，他死后在地狱受到了惩罚。鲁迅这里揭露了虚无哲学

① 参阅《鲁迅全集·热风·智识即罪恶》注释③，人民文学出版社1981年版。

②《老子》第十八章。

③《老子》第六十五章。

④ 参阅《马克思恩格斯选集》第4卷，人民文学出版社1972年版，第173页。

为封建统治阶级反对新文化运动和推行愚民政策服务的反动本质，因为按照虚无哲学，人们只能浑浑噩噩地活着，像猪、羊一样，"满脸呆气，终生胡涂"。

鲁迅还揭露了老子的阴谋权术对后世的影响。他在1925年指出，当时的所谓"阔人"都是"聪明人"，也都是不老实的人，这些人从读经中很悟到一点"玩意儿"，即机诈权术一套，"这种玩意儿，是孔二先生的先生老聃的大著作里就有的，此后的书本子里还随时可得"。①所谓"老聃的大著作里就有的"，指《老子》中的"将欲歙之，必固张之；将欲弱之，必固强之；将欲废之，必固兴之；将欲夺之，必固与之"②一类的话，意思是说：原来想这样干的，故意先反其道而行之。老子这一套就演变为中国祖传的老法：压与捧。正如鲁迅指出的："我们的乏的古人想了几千年，得到一个制驭别人的巧法：可压服的将他压服，否则将他抬高。而抬高也就是一种压服的手段，常常微微示意说，你应该这样，倘不，我要将你摔下来了。"③ "中国的人们，遇见带有会使自己不安的朕兆的人物，向来就用两样法：将他压下去，或者将他捧起来。"④鲁迅深深地铭记着这件事：辛亥革命后，王金发当了绍兴都督，绅士们便用"祖传的捧法"群起而捧之了，这个拜会，那个恭维，今天送衣料，明天送翅席，捧得他连自己也忘其所以，结果渐渐变成老官僚一样，动手刮地皮，走到了自己的反面。鲁迅一方面提醒人们要防压防捧，同时指出，对于压迫人民的恶势力尤其不能"捧"，而要"挖"，这才能免除灾难。这是因为，

①《鲁迅全集·华盖集·十四年的"读经"》。

"此后的书本子里还随时可得"，鲁迅曾举《鬼谷子》为例："往日看《鬼谷子》，觉得其中的谋略也没有什么出奇，独有《飞钳》中的'可钳而从，可钳而横，……可引而反，可引而覆。虽覆能复，不失其度'这一段里的一句'虽覆能复'很有些可怕。但这一种手段，我们在社会上是时常遇见的。"（《鲁迅全集·华盖集·补白》）

②《老子》第三十六章。

③《鲁迅全集·华盖集·我的"籍"和"系"》。

④《鲁迅全集·华盖集·这个与那个》。

恶势力"本来不易餍足"，而捧的结果，便和捧者的希望适得其反。鲁迅强调指出："中国人的自讨苦吃的根苗在于捧，'自求多福'之道却在于挖。"①

还应该看到，鲁迅对《老子》一书甚为熟悉，书中的好多话被他巧妙地用在杂文中。1924年，周灵均在一篇文章中，把"五四"以来许多新诗集都用"不佳""不是诗""未成熟的作品"等几句话粗暴地加以否定，而他在一首《寄给母亲》的诗中，又多是"写不出"之类的空话。对这种"提起一支屠城的笔，扫荡了文坛上一切野草"的恶劣倾向，鲁迅以《"说不出"》为题，给予了讽刺和抨击。他说："太上老君的《道德》五千言，开头就说'道可道非常道'，其实也就是一个'说不出'，所以这三个字，也就替得五千言。"20世纪30年代，国内"文坛"上有些人利用"名人题签"，或假冒"名人""校阅""编辑""主编""特约撰稿"等欺骗读者，抬高身价。鲁迅说，"至于大部的各门类的刊物的所谓'主编'，那是这位名人竟上至天空，下至天底，无不通晓了，'无为而无不为'，倒使我们无须再加以揣测。"②这就揭穿了这伙人"欺世盗名"或"盗卖名以欺世"的无耻行径。鲁迅巧妙地引用了这些话，就使文章增添了力量，加强了感染力。

四、庄子精义："彼亦一是非，此亦一是非"

鲁迅精通庄子之学，熟习《庄子》这部书的辞藻和成语。据郭沫若在《庄子与鲁迅》一文中的钩稽，鲁迅作品里面运用"为庄子所独有或创造的语汇"的地方共有十处；"引用庄子的完整的词句"的地方共十一处："引庄子书中的故事或寓言作为创作题材的，在《故事新编》里有《出关》和《起死》两篇。"又据有人研究，《鲁迅日

---

① 《鲁迅全集·华盖集·这个与那个》。
② 《鲁迅全集·花边文学·大小骗》。

记》中引庄子语的有两处①。

先秦道家学说，首推老子；庄子继承了老子思想的某些方面，把"道"看作世界的本原，又有自己的显著特点，这从鲁迅的一些片断论述中可以看出来。他说，老子"言清净之治，迨庄周生于宋，则且以'天下为沉浊不可与庄语'，自无为而入于虚无"②；"战国之世，言道术既有庄周之蔑诗礼，贵虚无，尤以文辞，陵轹诸子"③；谈到贾谊《鹏鸟赋》的大意，"谓祸福纠缠，吉凶同域，生不足悦，死不足患，纵躯委命，乃与道俱，见服细故，无足疑虑"，指出"其外死生，顺造化之旨，盖得之于庄生"④。鲁迅这一系列评判，基本揭示了《庄子》一书的主旨。《庄子》对后世的影响是深远而复杂的。知识分子几乎都喜欢它，封建帝王也很重视它。唐开元二十五年（737年）诏号庄周为南华真人，《庄子》一书为《南华真经》。庄子哲学在中国民族文化心理结构上占有重要地位，带来不少消极影响，主要是在培植逆来顺受、自欺欺人的奴隶性格方面起了十分恶劣的作用；而这，又主要是通过士大夫知识分子的思想、行为和心理状态而弥漫和影响整个社会的。⑤

《庄子》对鲁迅的消极影响是无须隐讳的。鲁迅曾说过，自己"就是思想上，也何尝不中些庄周韩非的毒，时而很随便，时而很峻急"⑥。所谓随便，就是旷达、超脱、玩世不恭的意思。庄子这种思想是特定时代的产物。庄子与孟子约略同时，当时兼并剧烈，所谓"争地以战，杀人盈野，争城以战，杀人盈城"⑦；统治者对人民残酷地剥削、压榨，所谓"庖有肥肉，厩有肥马，民有饥色，野有饿殍，此率

① 张向天：《〈鲁迅日记〉引庄子》，1982年4月12日《文汇报》（香港）。
②《鲁迅全集·汉文学史纲要·老庄》。
③《鲁迅全集·汉文学史纲要·屈原与宋玉》。
④《鲁迅全集·汉文学史纲要·贾谊和晁错》。
⑤ 参阅李泽厚：《漫述庄禅》，《李泽厚哲学美学文选》。
⑥《鲁迅全集·坟·写在〈坟〉后面》。
⑦《孟子·离娄篇》。

兽而食人也"①。庄子看不惯社会上的种种恶劣现象，自己没有能力加以改变，又不愿同流合污，就只好借玩世不恭的态度来抒发胸中的愤慨。这种玩世不恭，含有不能坚持斗争而采用一种消极态度的意思。我们理解鲁迅所说自己中有庄周"随便"之毒的话，应注意这么三点：

一是庄子的"随便"即玩世不恭的思想，鲁迅不仅是就他个人所受的影响，也是从这种思想在社会上的广泛影响而言的。这种随随便便、游戏人生的态度，也成为一种"古老的鬼魂"压在中国人身上。金圣叹临刑前大叹诧曰："断头，至痛也。籍家，至惨也。而圣叹以不意得之，大奇！"②阿Q被游街示众时，也"似乎觉得人生天地间，大约本来有时也未免要杀头的""以为人生天地间，大约本来有时也未免要游街要示众罢了"。一个是熟读《庄子》的封建文人，一个是僻野村庄的无知小民，但竟然"心有灵犀一点通"，表现出来的都是庄子式的"超然""泰然"态度，这是发人深思的。

二是这种消极思想对鲁迅既有一般意义上的影响，又与他当时所处的特定境况有关。"随便"思想对鲁迅的影响主要反映在辛亥革命后至新文化运动前这一段。这时的鲁迅，强烈反对袁世凯篡夺革命成果以及进行的种种倒退复辟活动，却又找不到革命的道路；憎恶北洋政府的黑暗腐败统治，因职业所关又不能不在北洋政府教育部做事。这种愤世嫉俗而又无力反抗现实的矛盾，使鲁迅陷入了苦闷，庄子的"随便"思想很自然地表现了出来，这就是一方面读佛经、抄古籍，似乎与世无涉；但在书信、日记中，则有不少愤懑激烈之词，使我们看到了他沸腾的心灵深处的斗争。当然，新文化运动退潮后，鲁迅还有过一段彷徨时期，"随便"思想也有所反映，但这个过程很短。

三是这种"随便"思想的影响只是一个较短的时期，鲁迅后来进行了坚决的清算和批判，反对那种随随便便、不负责任、玩世不恭的

---

① 《孟子·梁惠王上》。
② 王应奎：《柳南随笔》卷三。

无所谓态度，主张严肃认真、一丝不苟。他在一则杂感中说：

> 庄子以为"在上为乌鸢食，在下为蝼蚁食"，死后的身体，大可随便处置，因为横竖结果都一样。
>
> 我却没有这么旷达。假使我的血肉该喂动物，我情愿喂狮虎鹰隼，却一点也不给癞皮狗们吃。
>
> 养肥了狮虎鹰隼，它们在天空，岩角，大漠，丛莽里是伟美的壮观，捕来放在动物园里，打死制成标本，也令人看了神旺，消去鄙吝的心。
>
> 但养胖一群癞皮狗，只会乱钻，乱叫，可多么讨厌！①

这就是鲁迅精神与庄子精神的截然对立！《在酒楼上》的吕纬甫，曾是反封建的战士，当年敢于拔去庙里神像的胡子，但在社会上旧势力的精神侵迫下，他失望了，以至整个精神崩溃，一变而为"敷敷衍衍""随随便便""模模胡胡"，一切都觉得无所谓。鲁迅对于吕纬甫的沉沦，既是悲悯、叹息，又是愤怒、反对，揭示了庄子思想对他的毒害，引起人们的深思。

庄子对鲁迅的影响也有积极的一面。《庄子》中对礼法和权贵的蔑视（"强以仁义绳墨之言术暴人之前者，是以人恶有其美也，命之曰菑人"②），对追名逐利的媚世者的嘲讽（"世俗之所谓然而然之，所谓善而美之""垂衣裳，设采色，动容貌，以媚一世"③），以及笑傲王侯，对统治者的不合作（视相位如腐鼠，"无为有国者所羁""终身不仕"④）等等，在中国广大知识分子中曾起过好的影响，我们在鲁迅的战斗风貌中也可领略到这一点。《庄子》中有不少

---

① 《鲁迅全集·且介亭杂文末编·半夏小集》。
② 《庄子·人间世》。
③ 《庄子·天地》。
④ 《史记·老庄申韩列传》。

指摘和抨击统治者的言论，例如："为之斗斛以量之，则并与斗斛而窃之；为之权衡以称之，则并与权衡而窃之；为之符玺以信之，则并与符玺而窃之；为之仁义以矫之，则并与仁义而窃之。"①鲁迅针对旧中国反动统治者打着科学旗号，实则把科学弄得乌七八糟的行径，引用庄子的话给予了批判。他说："老子曰（应为庄子——引者注）：'为之斗斛以量之，则并与斗斛而窃之。'罗兰夫人曰：'自由自由，多少罪恶，假汝之名以行！'每一新制度，新学术，新名词，传入中国，便如落在黑色染缸，立刻乌黑一团，化为济私助焰之具，科学，亦不过其一而已。"②

老子认为事物存在着对立的双方，而且互相联结，并能向其相反的方面转化。这是朴素的辩证法思想。庄周却"欲并有无修短白黑而一之，以大归于'混沌'"，用自我主观精神把各种对立现象统统消除掉了，认为彼此都一样，否定了事物之间的差别，就陷入了相对主义。庄子从相对主义出发，抹杀了事物的质的规定性。在他看来，一切以人的主观感觉为转移："天下莫大于秋毫之末，而泰山为小，莫寿于殇子，而彭祖为夭"，"以差观之，因其所大而大之，则万物莫不大；因其所小而小之，则万物莫不小"；"以功观之，因其所有而有之，则万物莫不有；因其所无而无之，则万物莫不无"③。就是说，从事物的相对差别看来，万物的大小都是相对的，如果从它大的方面说来，万物都可以说是大的，反之，都可以说是小的；就事物的功效来看，从有效方面说就样样都有效，从没有效方面说，就样样都没有效。他还说："自其异者视之，肝胆楚越也；自其同者视之，万物皆一也。"④肝和胆本来紧密相连，但从两者不是一样东西的角度去看，可以说相距极远；倘从相同的角度去看，天地间纷纭万物也没有什么

①《庄子·胠箧》。

②《鲁迅全集·花边文学·偶感》。

③《庄子·秋水》。

④《庄子·德充符》。

差异了。这样，事物的差别不在事物本身，而在于认识者的态度、看法。

庄子从相对主义出发，不仅抹杀了事物的质的规定性，而且也把认识客观真理的标准取消了，宣扬起"无是非观"。庄子认为，以儒家的言论为"是"，则反儒家的墨家为"非"；反之，如果给前者标上"非"，则后者就是"是"，两者之间根本没有真理与谬误的客观标准。因此，是非都是"以是其所非而非其所是"；"因是因非，因非因是。……是亦彼也，彼亦是也。彼亦一是非，此亦一是非，……是亦一无穷，非亦一无穷也"①。庄子认识论的相对主义有其特点。它看到了人们在任何时候认识上都不免带有局限性、片面性这一事实，自觉地反复地提醒人们注意到这一点，有其积极意义，但他通过相对主义的认识论，却把人们引向了虚无主义。②列宁在批判马赫之流时说过："把相对主义作为认识论的基础，就必然使自己不是陷入绝对怀疑论、不可知论和诡辩，就是陷入主观主义。"③庄子的哲学正是这样。鲁迅也说过："我们虽挂孔子的门徒招牌，却是庄生的私淑弟子。'彼亦一是非，此亦一是非'，是与非不想辨；'不知周之梦为蝴蝶欤，蝴蝶之梦为周欤？'梦与觉也分不清。生活要混沌。如果凿起七窍来呢？庄子曰：'七日而混沌死。'"④

庄子宣扬无是非观，要人们是非双遣、物我两忘，这其实是做不到的。《庄子》里有一则寓言："泉涸，鱼相与处于陆，相呴以湿，相濡以沫，不如相忘于江湖。"⑤鲁迅指出："可悲的是我们不能互相忘却。"因为人是没法超出现实的，"超然"的心是没法做到的。

---

① 《庄子·齐物论》。

② 参阅任继愈主编：《中国哲学史》第1册，上海人民出版社1981年版，第162—163页。

③ 《列宁选集》第2卷，人民出版社1972年版，第136页。

④ 《鲁迅全集·南腔北调集·"论语一年"》。

⑤ 《庄子·大宗师》。

"超然的心，是得像贝类一样，外面非有壳不可的。"①鲁迅揭穿了庄子唯无是非观的骗局，他说："我们如果到《庄子》里去找词汇，大概又可以遇着两句宝贝的教训：'彼亦一是非，此亦一是非'，记住了来作危急之际的护身符，似乎也不失为漂亮。然而这是只可暂时口说，难以永远实行的。喜欢引用这种格言的人，那精神的相距之远，更甚于叭儿之与老聃，这里不必说它了。就是庄生自己，不也在《天下篇》里，历举了别人的缺失，以他的'无是非'轻了一切'有所是非'的言行吗？要不然，一部《庄子》，只要'今天天气哈哈哈……'七个字就写完了。"②

《天下篇》是《庄子》的最后一篇。在这篇总结性的文章里，庄子对墨家、宋尹、关老等诸家进行了分析，批评其不足之处。例如，说墨翟、禽滑厘"之意则是，其行则非也"；宋钘、尹文"其为人太多，其自为太少"；彭蒙之师"所言之韪（是），不免于非"；关尹、老聃是"古之博大真人"，但还"未至于极"。最后，只有他庄周自己的学说是天道的体现，是当时学术的高峰。可见，庄周这里的是非界限何等鲜明！

在《起死》这篇小说中，鲁迅又一次戳穿了庄子无是非观的虚伪性和荒谬性。鲁迅取了《庄子》中的一个寓言故事，描写庄周乞求神灵复活了一个髑髅，髑髅却认为是庄周抢了他的衣服，硬要归还，庄周就宣传什么"也许有衣服对，也许是没有衣服对""鸟有羽，兽有毛，然而王瓜茄子赤条条"。但这一类废话并没产生什么效果，反被诬为强盗，急欲分辨是非而不得，最后借助巡警的庇护才得以脱身。虽然说什么"衣服本来并非我有"，但庄周自己却是袍子、小衫件件都不能少的。这里通过庄周自身言行的矛盾，使我们看到无是非观是不存在的。

庄子处世哲学的精义，就是"彼亦一是非，此亦一是非"的糊

---

①《鲁迅全集·且介亭杂文末编·我要骗人》。
②《鲁迅全集·且介亭杂文二集·"文人相轻"》。

涂主义、无是非观。这种思想经过几千年的广泛流传、影响，凝成了所谓"中国的高尚道德"①。鲁迅深刻地批判了这种思想对于中国人民，尤其是知识分子的消极影响。他指出，任何人都是有是非、有爱憎的，但又因为是文人，他的是非就愈分明，爱憎也愈热烈。"从圣贤一直敬到骗子屠夫，从美人香草一直爱到麻风病菌的文人"，在这世界上是找不到的。他坚决反对当时所谓"文人相轻"的说法，认为它不但是混淆黑白、抹杀是非的口号，也在给有一些人"挂着羊头卖狗肉"的。现在文坛上的纠纷，其实并不是为了文笔的短长，而是由于不同是非爱憎的对立造成的。因此，革命文学家"遇见所是和所爱的，他就拥抱，遇见所非和所憎的，他就反拨"，他不应该"随和"，"却又并非回避"，"他得像热烈地主张着所是一样，热烈地攻击着所非。像热烈地拥抱着所爱一样，更热烈地拥抱着所憎"②。鲁迅鄙夷那种毫无是非爱憎的"和事佬"，认为作为一个文人，到了逢人便打躬作揖，让座献茶，连称"久仰久仰"才是的地步，就很有些近乎婊子了。

在20世纪30年代，中国文坛上无产阶级与资产阶级的斗争非常激烈，看上去似乎很"混乱"。有的人就说文坛混乱得像军阀混战，指斥文人都变成了凶手，感到很悲观，便用"彼亦一是非，此亦一是非"的论调，将一切作者，不分青红皂白，各打五十大板，诋为"一丘之貉"。鲁迅指出，只要有个"坛"，便免不了斗争，甚至于谩骂、诬陷，从来不会太平无事。清朝的章实斋和袁子才、李莼客和赵执叔，就如水火不可调和；近代的《民报》和《新民丛报》之争，《新青年》和封建复古派之争，也都非常猛烈。这种斗争，看上去十分"混乱"，似乎扰乱得永远不会收场，其实有着明明白白的是非之别。"我们试想一想，林琴南攻击文学革命的小说，为时并不久，现

---

① 《鲁迅全集·准风月谈·难得糊涂》。
② 《鲁迅全集·且介亭杂文二集·再论"文人相轻"》。

在那里去了？"鲁迅坚定地指出：历史决不倒退，文坛无须悲观。"悲观的由来，是在置身事外不辨是非，而偏要关心于文坛，或者竟是自己坐在没落的营盘里。"①

庄子采取玩世不恭、随俗浮沉的处世态度，为的是保全自己。他常说"无用之用"才是"大用"，看见山木以不材免伐，雌雁以不鸣见杀，就想到自己"将处乎材与不材之间"②。就是说既不表现太有用，也不表现太无用，小心谨慎，唯恐有什么缺失。这种思想在过去封建知识分子中很有市场。"壮岁旌旗拥万夫，锦襜突骑渡江初"的辛弃疾，也说他喜欢"味无味处有真乐，材不材间过一生"。鲁迅批判了这种思想的影响。"譬如中国人，凡是做文章，总说'有利然而又有弊'，这最足以代表知识阶级的思想。"③为什么说这最足以代表知识阶级的思想？因为它反映了旧时代知识分子希图有利而无弊，求得安安稳稳活下去的愿望。但是有利而无弊的事是不会有的，无论什么都会有弊端，即如吃饭来说，它能滋养我们，却又使消化器官疲乏，这就是有利必有弊。"假使做事要面面顾到，那就什么事情都不能做了。"鲁迅十分鄙弃那种只求安稳、只顾自己的人，要求去掉各种顾忌，大胆生活，为社会、为人民而辛勤工作。

庄子从回避矛盾、不敢抗争的思想出发，鼓吹一种精神上的胜利（"独与天地精神往来，而不傲倪于万物。不谴是非，以与世俗处"④）。这种精神上的胜利虽然不完全等同于阿Q的"精神胜利法"，但同样是自欺欺人的东西，同样有着广泛的影响。例如，有的文人常常采用的相轻之术是"自卑"："自己先躺在垃圾里，然后来拖敌人，就是'我是畜生，但是我叫你爹爹，你既是畜生的爹爹，可见你也是畜生了'的法子"，或者是"已经把别人评得一钱不值了，临

---

① 《鲁迅全集·准风月谈·"中国文坛的悲观"》。

② 《庄子·山木》。

③ 《鲁迅全集·集外集拾遗补编·关于知识阶级》。

④ 《庄子·天下》。

末却又很谦虚的声明自己并非批评家，凡有所说，也许全等于放屁之类。"①

这里，有必要谈谈鲁迅与施蛰存关于《庄子》《文选》的争论。施蛰存1933年发表文章，推荐《庄子》《文选》，认为可以当作"青年文学修养之根基"。当时思想文化战线上的复古思潮相当严重，施蛰存推荐《庄子》等古书，也是其中的一个表现。鲁迅敏锐地察觉到这个问题的严重性。在《重三感旧》一文中，他用光绪末年"图富强"的维新思潮，反衬和批判这股复古逆流，指出有些"新式青年的躯壳里，大可以埋伏下'桐城谬种'或'选学妖孽'的喽啰"。当然，鲁迅反对施蛰存向青年推荐《庄子》，并不是说鲁迅不承认《庄子》一书的文学价值。《庄子》在文学史上的地位是客观存在的。郭沫若指出，秦汉以来的一部中国文学史，差不多大半在《庄子》的影响之下发展的。②闻一多对《庄子》更是推崇备至："读《庄子》，本分不出那是思想的美，那是文字的美。那思想与文字、外型与本质的极端的调和，那种不可捉摸的浑圆的机体，便是文章家的极致。"③鲁迅对《庄子》也评价颇高："其文则汪洋辟阖，仪态万千，晚周诸子之作，莫能先也。"④鲁迅反对推荐《庄子》，是反对以消极的庄子思想影响、毒害青年，反对把青年引向歧途，这与鲁迅提出的青年少读或者竟不读中国书的思想是一致的。但施蛰存并没接受鲁迅的批评，又发表文章为自己辩解，说推荐这两部书的目的是为了让青年学文法、寻字汇，并以鲁迅的文章为例，说如果"没有经过古文字的修养，鲁迅先生的新文章决不会写到现在那样好"⑤。这显然是对鲁迅的歪曲。鲁迅固然古文学的修养好，但他的文章所以写得好，主要在

①《鲁迅全集·且介亭杂文二集·五论文人相轻——明术》。

② 郭沫若：《庄子与鲁迅》。

③ 闻一多：《古典新义》。

④《鲁迅全集·汉文学史纲要·老庄》。

⑤《〈庄子〉与〈文选〉》，见《准风月谈·"感旧"以后（上）》一文"备考"。

于思想上、文学上的革新精神，因此，企图"从这样的书里去找活字汇，简直是胡涂虫"。[①]对于施蛰存的错误态度，鲁迅进行了严肃的批评。我们应该学习鲁迅的这种原则立场。

五、"中国根柢全在道教"

道家与道教是两回事，但它们之间有联系。道家哲学，成为道教的思想渊源之一。鲁迅曾指出："儒士和方士，是中国特产的名物。方士的最高理想是仙道，儒士的便是王道。"[②]所谓方士，亦称道士，指那些通晓方术的人。在古代，这些人以修炼成仙和不死之药取悦于统治者。道教追求的是长生不老和即身成仙。鲁迅这里说的方士，从其以仙道为理想来看，显然是指道教。道教的产生，利用了道家哲学中的一些神秘思想，例如《庄子·逍遥游》中有这样的话："藐姑射之山，有神人居焉。肌肤若冰雪，绰约若处子；不食五谷，吸风饮露；乘云气，御飞龙，而游乎四海之外；其神凝，使物不疵疠而年谷熟。"诸如《庄子》中的这类话以及《老子》中的"长生久视""谷神不死""陆行不遇兕虎，入军不被甲兵"之类的言论，便被道教所吸收。道教在形成过程中，利用老子的威信及其学说中有关"道"和其他内容加以附会引申，把"道"作为根本的信仰和制订教理教义的根据，称其教曰"道教"，尊老子为三清尊神之一的"道德天尊"。唐高宗乾封元年（666年），封老子为太上玄元皇帝，宋真宗大中祥符六年（1013年）加号太上老君混元上德皇帝。道教徒也把庄子神化，《真诰》卷十四谓师长桑公子，授以微言，隐于抱犊山中，服北育火丹，白日升天，补太极闱编郎。唐玄宗封庄子为"南华真人"，宋徽宗封庄子为"微妙元通真君"。

鲁迅对道教的批判集中在新文化运动时期。他1918年在致友人书

---

① 《鲁迅全集·准风月谈·"感旧"以后（上）》。

② 《鲁迅全集·且介亭杂文·关于中国的两三件事》。

中说："前曾言中国根柢全在道教，此说近颇广行。以此读史，有多种问题可以迎刃而解。"①

道教是中国土生土长的宗教，东汉时就逐渐形成了。原始道教多在民间活动，后来经过统治阶级的多次改造，就变成了他们所信奉的神仙道教。神仙道教的中心目的是追求长生不老，成仙永世。修炼的具体方法有服饵、导引、胎息、内丹、外丹、符箓、房中、辟谷等。道教的重要代表人物葛洪在其《抱朴子内篇》里，有一段对话很能说明道教的实质：

> 或曰："审其神仙可以学致，翩然凌霄，背俗弃世，烝尝之礼，莫之修奉，先鬼有知，其不饿乎！"抱朴子曰："盖身体不伤，谓之终孝，况得仙道，长生久视，天地相毕，过于受全归完，不亦远乎？果能登虚蹑景，云舆霓盖，餐朝霞之沆瀣，吸玄黄之醇精，饮则玉醴金浆，食则翠芝朱英，居则瑶堂瑰室，行则逍遥太清。先鬼有知，将蒙我荣，或可以翼亮五帝，或可以监御百灵。位可以求而自致，膳可以咀茹华璚，势可以总摄罗酆，威可以叱咤梁成。诚如其道，罔识其妙，亦无饿之者。"②

请看这幅赤裸裸的利己享乐的理想图，何等贪婪，何等丑恶，然而又说得多么冠冕堂皇！这其实是对封建贵族的特殊地位和权势的美化和夸大，所追求的是一种超世间的极乐境界。道教是贪生的宗教，它对民族精神带来的祸害是很大的。可以说，"伪冒了'道'的招牌，集中了所有原始的、封建的、愚妄荒谬的理论与做法，而以宗教形式出现，对中国广大人民进行欺骗、麻醉、恐吓、荼毒至二千年

---

①《鲁迅全集·书信·180820致许寿裳》。

② 王明：《抱朴子内篇校释》第3卷，中华书局1985年版，第46页。

之久，其流弊远较道家更为深刻广泛的，却是正宗的神仙道教"①。在新文化运动中，道教受到了猛烈的批判。陈独秀当时指出："道教出于方士，方士出于阴阳家"，"这是我中华国民原始思想，也是我中华自古迄今普遍国民性思想，较之后起来的儒家孔学'忠孝节'之思想入人尤深"。他认为，一切阴阳、五行、吉凶、灾祥、生克、画符、念咒、奇门、遁甲、吞刀、吐火、飞沙、走石、算命、卜卦、炼丹、出神、采阴、补气、圆光、呼风、唤雨、求晴、求雨、招魂、捉鬼、拿妖、降神、扶乩、静坐、设坛、授法、风水、谶语等等迷信邪说，其所以能普遍社会，都是历代阴阳家、方士、道士造成的。②钱玄同认为，"欲使中国民族为20世纪文明之民族，必以废孔学、灭道教为根本之解决"。他并且激烈地提出废除汉字的主张，"而废记载孔门学说及道教妖言之汉字，尤为根本解决之根本解决"③。

道教思想在中国有着广泛的影响。鲁迅指出："人往往憎和尚，憎尼姑，憎回教徒，憎耶教徒，而不憎道士"；"懂得此理者，懂得中国大半"④。为什么这么说呢？这是因为，道教作为粗俗的宗教神学，与佛教、伊斯兰教、基督教都有不同之处。佛教宣扬来世，教人修行成佛，进入西天极乐世界；伊斯兰教信死后复活及末日审判，信一切皆由安拉前定；基督教认为人类从始祖起就犯了罪，并在罪中受苦，只有信仰上帝及其儿子耶稣基督才能获救。道教虽也讲地狱，但它强调修现世，追求长生不死与成仙，进入洞天福地；至于地狱，那只是让不修道的人进去受罪的。有人赠道士对联曰："超然不然，可为福始；出家有家，不沾祸先。"这说明，道教宣扬的是追求享乐、处处为个人打算的腐朽没落的剥削阶级思想，这在旧社会是颇有市场的，正如鲁迅说过的："然而假使比较之后，佛说为长，中国却一定

---

① 参阅侯外庐等：《中国思想通史》第三卷第七章，人民出版社1957年版。

② 陈独秀：《克林德碑》，《新青年》5卷5号。

③ 钱玄同：《中国今后之文字问题》，《新青年》4卷4号。

④ 《鲁迅全集·而已集·小杂感》。

仍然有道士，或者更多于居士与和尚。"①

　　鲁迅着重从这么两个方面批判了道教思想对中国人民的毒害：一是只为个人着想，"要占尽了少年的道路，吸尽了少年的空气"②。鲁迅新文化运动时期用进化论观点看待人类社会的发展，认为将来必胜于现在，"后起的生命，总比以前的更有意义，更近完全，因此也更有价值，更可宝贵；前者的生命，应该牺牲于他"③。然而在道教鼓吹的"长生不老"的毒雾弥漫下，不少中国人却想用现有的肉体永远享受无穷的人欲，或者清净修道，或者服丹修炼，企图"羽化成仙"，抵挡生物界新陈代谢的规律；等到明白无论如何也躲不过死神的威胁，希冀永在人世无非是妄想时，便退而求其次，要让自己的僵尸永久占据一抔黄土。这些人头脑里只有他自己一个。鲁迅把这称之为"生物界的怪现象"。二是没有理想，一味耽于物质利欲。鲁迅早期就曾指出西方资本主义物质文明所带来的不重精神的弊病，后来又对封建主义所造成的人们精神上的愚妄、革命理想日被轻薄的现象进行了批判。他指出，中国的所谓"大丈夫"并不是没有理想，他们孜孜以求的理想，就是道教所鼓吹的纵情享乐，是"纯粹兽性方面的欲望的满足——威福，子女，玉帛，——罢了"④。物质利欲充塞着这些人的头脑，他们浑浑噩噩地活着，单想"取彼"，单要由自己喝尽了一切空间时间的酒。在这种情况下，任何新的主义都与中国无干。鲁迅强调人们要树立革命理想，摆脱道教宣扬的享乐思想的束缚，养成容纳新思潮的能力。在鲁迅成为马克思主义者的后期，对道教的批判就更深刻、更尖锐，也更科学了。

①《鲁迅全集·集外集拾遗补编·关于〈小说世界〉》。
②《鲁迅全集·热风·随感录四十九》。
③《鲁迅全集·热风·随感录四十九》。
④《鲁迅全集·热风·五十九"圣武"》。

第八章

"鬼画符"·文化交融·三教合流：
佛学的复杂影响
——鲁迅改造国民性思想与佛学

陈寅恪认为："故二千年来华夏民族所受儒家学说之影响，最深最巨者，实在制度法律公私生活之方面，而关于学说思想之方面，或转有不如佛道二教者。"特别是佛教，经国人吸收改造，在我国思想上"发生重大久远之影响"[①]。作为中国现代文化革命巨人的鲁迅，以他百科全书式的气魄，吮吸了人类文化的丰富的营养，当然也注意到自己悠久深厚的传统文化的又一个重要部分——佛学。鲁迅在早期，主张用佛学挽救"民德之堕落"，后来结合现实斗争，戳穿了佛学用以欺骗、愚弄人民群众的那一套"鬼画符"，特别是通过佛教文化对中国中古以来文化发展深远影响的研究，强调发扬中华民族的优良传统，大胆吸收外域文化，为我所用。

一、用佛学挽救民德：高妙的幻想

佛学最讲"因缘"。研究鲁迅改造国民性思想与佛学，自然应先探讨鲁迅与佛学的因缘，即最初是怎样引起他对佛学的兴趣，又怎样促使他进一步深入佛学的堂奥，并在构成自己思想体系上形成鲜明的特色。

鲁迅与佛学的缘分可谓久矣。他一生下来，家人就在神佛处给他"记名"，表示已出家，免得鬼神妒忌，要想抢夺了去。不到一岁，

[①]《金明馆丛稿二编·冯友兰中国哲学史下册审查报告》，上海古籍出版社1980年版。

便拜一个和尚为师，并从师处领得一个法名，叫"长庚"，后来也曾用作笔名。他开始接触佛学是在留学日本时。1904年致友人书信中，就有"吾将以乌托邦目东樱馆，即贵临馆亦不妨称华严界也"①的话。1908年的《破恶声论》中，对佛学做了肯定的评价："夫佛教崇高，凡有识者所同可。"这正是鲁迅在辛亥革命前夕，努力进行革命的文化思想启蒙教育的重要时期。了解鲁迅这时推重佛教的契机，应注意到以下社会的和个人的三方面的原因：

第一，时代风气的浸染。

梁启超说过："晚清思想家有一伏流，曰佛学。"他在分析其原因时指出，佛学是对清代沉溺于文字、音韵、训诂之学的"汉学"的反对，从龚自珍、魏源到康、梁诸今文学家，"多兼治佛学"；"故晚清所谓新学家者，殆无一不与佛学有关系，而凡有真信仰者率皈依文会。"②从19世纪中叶开始，崇信佛教似乎成了一种时代风尚，社会上逐渐形成了复兴佛学的运动。除了僧侣以外，还出现过不少居士，例如沈善登、杨文会、黎端甫、桂伯华、梅光羲、欧阳渐等，都很有名，其中尤以杨文会弘扬佛教的业绩影响最大。当时维新思潮的一个特色，就是以佛法解释孔孟，谈西学则取证佛经。我们看到，"开风气"的龚自珍，晚年沉醉于佛学之中，说什么"烈士暮年宜学道"，"才人老去例逃禅"，笃信因果报应、生死轮回等谬说；以擅长经世学而知名的魏源，暮岁也潜心佛典，成了虔诚的佛门弟子；谭嗣同鼓吹冲破罗网的著名的《仁学》一书，是随从杨文会一年而产生的，"治佛教之唯识宗，华严宗，用以为思想之基础，而通之科学"③；康有为"潜心佛典，深有所悟"④，佛学成为他哲学思想的重要来源，并在《大同书》中预言将来的宇宙定是佛学的世界；梁

---

① 《鲁迅全集·书信·041008致蒋抑厄》。

② 梁启超：《清代学术概论》。

③ 梁启超：《清代学术概论》。

④ 梁启超：《南海康先生传》。

启超对佛学一往情深，愈老弥笃，认为"佛学广矣！大矣！深矣！微矣！"由衷地唱尽了赞歌；严复，作为中国近代最早系统宣传和介绍西学的主要代表人物，在翻译《天演论》《法意》等著作时所加的按语，对佛学不乏赞叹之词；章太炎怒斥孔教，力排耶稣，唯独对佛教钟爱之至，无怪乎当时有人批评他把《民报》办成了"佛报"；此外，南社、同盟会的不少成员也熟读内典，或从佛学里汲取激励自己的精神力量，或到其中寻求精神寄托的天地；……从地主阶级的革新派到资产阶级的改良派、革命派，这么多的人与佛学结下了不解之缘，自然有着深刻的阶级的、社会的和历史的根源。对于受中国传统文化影响较深，并且经历了旧民主主义革命的鲁迅来说，受到佞佛这种浓厚的时代风气的浸濡，也就不足为奇了。

第二，章太炎的直接影响。

章太炎1903年因《苏报》案在上海被捕，三年后出狱，即东渡日本，一面为《民报》撰文，一面为青年讲学，鲁迅就是在此时得以亲炙章的。许寿裳回忆说，鲁迅的读佛经，当然是受章太炎的影响。[①]有的论者则否认这种影响，断言在这方面鲁迅与章氏是无缘的。论据是在《关于太炎先生二三事》一文中，鲁迅曾明确说过："我爱看这《民报》，但并非为了先生的文笔古奥，索解为难，或说佛法，谈'俱分进化'，是为了他和主张保皇的梁启超斗争，和'××'的×××斗争，和'以《红楼梦》为成佛之要道'的×××斗争，真是所向披靡，令人神往。"鲁迅还指出，章太炎视为最要紧的两点：第一用宗教发起信心，增进国民的道德；第二用国粹激动种性，增进爱国的热肠，都"仅止于高妙的幻想"。笔者以为，对鲁迅的话应进行全面的历史的分析。这里需要把握两点：

一是，鲁迅撰写此文的主旨及针对性。章太炎于1936年1月逝世后，国民党反动派及其御用文人假纪念之名，极尽歪曲颠倒之能事，

[①] 许寿裳：《亡友鲁迅印象记》。

把章作为他们鼓吹尊孔读经的"金字招牌",当作"复古的先贤"。也还有一些人,在纪念文章中有明显的错误观点,如许寿裳,便认为在当时"外侮益亟,民气益衰"的情况下,必须大力提倡佛教,像章太炎1906年说过的那样:"以勇猛无畏治怯懦心,以头陀净行治浮华心,以唯我独尊治猥贱心,以力戒诳语治诈伪心。"①这显然没有抓住章太炎革命精神的实质,误把瑕疵当美玉。鲁迅抱病执笔,略其小节,突出和肯定了章太炎的辉煌的革命业绩,澄清了一些人在日寇侵逼下的糊涂认识,洗去了少数人抹在死者身上的泥污。这在当时具有重要的现实意义。

二是,这时的鲁迅是站在一个成熟的、坚定的马克思主义立场上来评价章太炎,又由于是及门弟子,对先生的长处和短处知之甚深,分析也就切中腠理。章在辛亥革命前提出的"佛法救国"的主张,在已掌握辩证唯物主义和历史唯物主义武器的鲁迅看来,自然不过是"高妙的幻想"。

当然,鲁迅的从章太炎学,并非仅仅为了耽佛,但引起他对于佛学的强烈兴趣,促使他以后矻矻地读佛经,确与章太炎有关。这是不容亦无须避讳的事实。

清末的学佛者,大约有两种人:一为佛教徒,很迷信佛教;一为佛学派,只研究法相宗、华严宗的哲理,章太炎即其中的一个。②章太炎同当时许多先进的中国人一样,是在从接受西方近代自然科学知识的基础上形成自己的自然观的。章太炎坚决反对封建迷信,反对耶稣教和孔教。他在《訄书》中,对帝国主义利用耶稣教作为侵华工具,制造"教案""以割吾地"的罪恶表示愤怒,对宗教神学思想进行了批判。他也尖锐地揭露和抨击了"使人不能摆脱富贵利禄的思想"的孔教。章太炎反对宗教有神论,却又提倡建立无神的宗教,主张"用

---

① 转引自《鲁迅全集·书信·360925致许寿裳》注②,人民文学出版社1981年版。
② 参阅蔡尚思:《中国文化史要论》。

宗教发起信心，增进国民的道德"。这个无神的宗教，他认为就是佛教，因为"佛教的理论，使上智人不能不信，佛教的戒律，使下愚人不能不信"①。章太炎之所以认为佛教是无神的宗教，有着一定的原因。佛教一开始就是以无神论的姿态出现的。原始佛教在反对婆罗门神权统治及其梵天创世说的斗争中，认为上帝和神造万物的观点不符合"无常""缘起"的原理，而专讲业报轮回，教导人们依靠自力超度，脱离苦趣；后来又由于在思辨哲学上有进一步发展，使许多人往往只看到这种精致的僧侣主义同粗鄙的有神论在形式上的差异，而看不到它由于承认超自然现实的神秘本体、彼岸世界的存在，最终目的是论证灵魂不灭和死后成佛，因此正是地地道道的有神论。这也是佛教最易迷惑人的地方。

　　章太炎20岁时曾读过佛书，但并未继续下去。在因《苏报》案的三年禁锢期间，他认真研究了弥勒的《瑜伽师地论》和世亲的《成唯识论》这两部法相唯识学的书。41岁（1910年）时，他用法相唯识学的观点解老庄，撰成《齐物论释》这一名著。章太炎十分推崇法相唯识学。他说："今之立教，唯以自识为宗。"②"这法相宗所说，就是万法惟心。一切有形的色相，无形的法尘，总是幻见幻想，并非实在真有"，必须"要有这种信仰，才得勇猛无畏，众志成城，方可干得事来"③。法相唯识宗为中国佛教宗派之一，出于古印度大乘佛教的瑜伽宗，由唐代高僧玄奘及其弟子窥基所传。它以主张外境非有、内识非无，成立"唯识无境"为基本理论。由于它集中地分析了世界各种（心的和物的）现象，所以叫作法相学派；分析到最后，认为一切现象不过是识（精神、观念）所表现出来的，所谓"三界唯心，万法唯识"，因此也叫唯识学。因其教义过于烦琐，仅三传即衰微，近代以

---

① 章炳麟：《演说辞》，《民报》6号。

② 章炳麟：《建立宗教论》，《民报》4号。

③ 章炳麟：《演说辞》，《民报》6号。

来曾一度兴起。有人认为，法相宗在学界从清末到民国时代，几乎代表了中国佛学，有点像唐末以后，禅宗几乎代表中国佛教的样子。[①]章太炎对法相的"不援鬼神，自贵其心""依自不依他"十分赞赏，认为这也是中国道德方面的优良传统，并且同尼采思想有相通之处："尼采所谓超人，庶几相近（但不可取尼采贵族之说）。"他认为提倡这种精神对于净化道德、开启民智有好处，"排除生死，旁若无人，布衣麻鞋，径行独往。上无政党猥贱之操，下作懦夫奋矜之气。以此揭橥，庶于中国前途有益"。[②]

毛泽东说过，佛教"同帝国主义联系较少，基本上是和封建主义联系着"[③]。章太炎与他同时代的一些人希图从我国固有的思想中找到适合于资产阶级要求的哲学理论，便采取了与我国传统文化有深刻联系的佛教思想，要把佛教的主观唯心主义改造成资产阶级革命斗争的武器。这是当时中国资产阶级既企图"作为全社会的代表出现"[④]，但又在政治上脱离人民群众、深感实力不足的反映。从历史上看，资产阶级除了它的最卓越的无神论代表，如以狄德罗为首的"百科全书派"之外，不仅不主张消灭宗教，并且还大力鼓吹利用宗教。法国启蒙思想家伏尔泰有一句名言：因为神对秩序有用处，所以没有神也必须捏造一个。章太炎同伏尔泰、中国资产阶级同法国资产阶级虽不能等同看待，但在宗教问题上，其看法是大有共通之处的。

第三，推重佛教与鲁迅改造国民性主张有密切关系。

鲁迅留学日本，在改变医学救国的初衷后，便把重点放在改造国民性这个不少先进的中国人所瞩目的问题上。他认为，要推翻清朝专制统治，改造社会弊端，必须从改变人们精神面貌做起。而佛教对

---

① 蔡尚思：《论清末佛学思想的特点》。《中国佛学论文集》，陕西人民出版社1984年版。

② 章炳麟：《答铁铮》，《民报》14号。

③《毛泽东选集》第5卷，人民出版社1977年版，第68页。

④《马克思恩格斯选集》第1卷，人民文学出版社1972年版，第53页。

于纯净人们的道德，改造愚弱的国民性，激发人们的民族民主革命斗争激情，则有着积极的作用。这显然是章太炎提出的"用宗教发起信心，增进国民的道德"主张的影响。鲁迅对当时有些地方毁佛像、占祠庙做学堂的做法很反感，认为"迩来沙门虽衰退"，但和那些"志操特卑下，所希仅在科名"的学生比起来，"其清净远矣"。他说，如果认为佛教"无功于民，则当先自省民德之堕落；欲与挽救，方昌大之不暇，胡毁裂也"。[①]

我们从以上三个方面探讨了鲁迅早年对佛教引起兴趣的原因。但他真正钻研佛经却是辛亥革命以后，具体说，主要在1914—1916年这三年。据许寿裳撰写的《鲁迅先生年谱》，在1914年内写着"是年公余研究佛经"[②]。翻开鲁迅这一年的日记，就可看到，从这年4月到年底的九个月里，共买佛教书籍八九十部一百二十来册，花去四五十元，占全年买书总款的百分之三四十。这几年他经常流连在琉璃厂一带，成了有正书局、文明书局等店铺的老主顾。他所买所读的佛书，既有入门性质的如《佛教初学课本》《阅藏知津》，又有影响很大的如《弘明集》《法苑珠林》，既有佛教史书如《居士传》，历代《高僧传》，也有原始佛教的经典如《长阿含经》《中阿含经》等。他和清末佛学领袖杨文会的高足梅光羲、佛教徒许季上等往来频仍。不仅自己大力搜购、潜心披阅，还与许寿裳、周作人等彼此交换。中国佛教的天台宗、华严宗、禅宗、净土宗、唯识宗等，他都有所涉猎。鲁迅还大作功德，捐款佛经流通处；为祝母寿，托金陵刻经处刻《百喻经》一百册，又用余资刻了《地藏十轮经》。《日记》中不时有这样的记载："午后阅《华严经》竟""从季上借得《出三藏记集》残本，录之起第二卷""夜抄《法显传》"等等。鲁迅这时虽然研究范围颇广，但更多注重唯识宗和华严宗，如《瑜伽师地论》、《华

①《鲁迅全集·集外集拾遗补编·破恶声论》。
② 见许寿裳《我所认识的鲁迅》一书附录。

严经合论》、《华严决策论》、《大乘起信论》（梁译）等。这不仅由于当时佛学界广为流行的是唯识、华严，而且也可看到章太炎的影响。总之，在近三年中，鲁迅买佛经数量之丰，用功之勤，实在是惊人的。

如果说，鲁迅辛亥革命前推重佛教，是从改造国民性的宏愿出发，真诚地企望通过佛学的振兴有助于社会的改革、国民道德的改造和革命者无私无畏精神的培养；那么，辛亥革命后几年的读佛经，主要是从哲理、文学方面来研究，把它作为人类思想发展的史料对待。这也是鲁迅一贯倡导的"拿来主义"的实践。鲁迅颇爱六朝人的文章，由于不少佛经是唐以前翻译的，文笔很好，鲁迅便把它作为六朝的著作看待。还要说明的是，除过这几年外，在1921—1922年间，鲁迅又一次钻研佛经，这主要是为了撰写小说史的需要。当时周作人在香山碧云寺养病，鲁迅常去看望，顺便到卧佛寺买了不少佛经。关于鲁迅对佛教与中国文化的关系的研究和认识，我们后面还要论述。

也应看到，鲁迅的嗜读佛经与当时险恶的政治环境有关。随着辛亥革命的失败，袁世凯的复辟活动，京华特务横行，缇骑四出，鲁迅的理想破灭了，现实一片黑暗，光明在哪里？鲁迅一度陷入苦闷、迷惘、彷徨的境地。佛学原本是一种消极遁世的精神麻醉剂。不容讳言，在这种情况下读佛经，佛学那套空灵的唯心主义，超然出世、"四大皆空"的消极思想，不可避免地会对鲁迅产生一定的影响。鲁迅这时就对人说过："释迦牟尼真是大哲，我平常对人生有许多难以解决的问题，而他居然大部分早已明白启示了，真是大哲！"[1]认为释迦牟尼解决了人生问题，这说明佛学对鲁迅的消极影响，那精致圆巧的唯心主义把鲁迅一度迷惑住了。

然而鲁迅毕竟是鲁迅。对于永远是革命战士的鲁迅来说，坚韧执

---

[1] 许寿裳：《亡友鲁迅印象记》。

着的战斗精神同因果报应的佛门教义水火不容，勇于面对现实的清醒态度同追求超脱世间的"涅槃寂静"格格不入，始终把自己与国家、民族的命运连在一起的宽广胸怀同只为个人"来生"打算的猥贱用心更是风马牛不相及。鲁迅有过暂时的消沉，但并没有放弃战斗。他终于得出了这么一个结论："佛教和孔教一样，都已经死亡，永不会复活了。"①

二、揭穿"鬼画符"

鲁迅是从改造国民性出发重视佛学的，但实际斗争使他认识到这不过是"高妙的幻想"。鲁迅以他丰富的佛学知识，不仅深刻地剖析了佛学教义的实质，戳穿了佛教麻痹人民群众的手法，而且对佛教发展中的一些问题提出了自己的看法，体现了一个伟大的思想家的思想深度和特色。

鲁迅不仅大量搜求佛籍，而且钻研之精，领会之深，也是一般人所不及的，因此佛学造诣很深。他曾给初学者指津②，为求知者解惑。例如，"要看为和尚帮忙的六朝唐人辩论，则有《弘明集》《广弘明集》也"③等等。对于佛教造像艺术的发展，鲁迅也是深知的。1914年1月25日，季自求访问鲁迅，谈及古画问题，季在当日日记中写道："途中过一地摊，见画一轴，写释迦像甚奇，异于常画，一青面红发状貌狰狞之神乘一白马，两旁二神作护持状。青面神之顶际则群云缭绕，上有文佛，法相庄严。其创古拙，疑是明人手笔。问其价，亦不昂。乃见豫才，因具道之。豫才言，此当是喇嘛庙中物，断非明代之物。盖明以前佛像无作青面狰狞状者。余深叹服，遂不作购置之想。"④

---

① 许寿裳：《亡友鲁迅印象记》。

② 参阅梵澄：《昙花旧影》，《鲁迅研究资料》第11辑。

③《鲁迅全集·书信·290106致章廷谦》。

④《鲁迅全集·书信·290106致章廷谦》。

鲁迅的佛学造诣，还可从他对中国历史上不同时代佛经翻译特点的熟谙上看出来。他说过："严又陵为要译书，曾检查过汉晋六朝翻译佛经的方法。"严复自己知道《天演论》太"达"的译法是不对的，所以他不称为"翻译"而写作"侯官严复达诣"，并做了声明："什法师有云：'学我者病。'来者方多，幸勿以是书为口实也。"什法师即后秦时高僧、著名佛经翻译家鸠摩罗什，他和弟子800多人，曾用意译的方法，译出佛经74部384卷。鲁迅指出，严复的翻译，"实在是汉唐译经历史的缩图。中国之译佛经，汉末质直，他没有取法。六朝真是'达'而'雅'了，他的《天演论》的模范就在此。唐则以'信'为主，粗粗一看，简直是不能懂的，这就仿佛他后来的译书。译经的简单的标本，有金陵刻经处汇印的三种译本《大乘起信论》，……"[1]鲁迅这里通过评论严复的翻译，简明而准确地指出了中国历史上不同时期翻译佛经的特点。例如，关于"汉末质直"的评语就很确当。汉末的佛典翻译，主要有安世高、支娄迦谶等译师，他们大率用质朴的直译，《出三藏记集》就说世高的译本"直而不野"，称支谶的译本"了不加饰"，评竺佛朔的译本"弃文存质"等。关于六朝译经的"达"而"雅"，可举周作人的一段话来证明，他说："两晋六朝的译本多有文情俱胜者，什法师最有名，那种骈散合用的文体，当然因了新的需要而兴起，但能恰好的利用旧文字的能力去表出新意思，实在是很有意义的一种成就。"[2]唐代大翻译家和学者玄奘，用19年工夫，与弟子译成经书75部共1335卷。他当时提出的译经标准是"既须求真，又须喻俗"，即要做到译文忠于原文，而又通俗易懂。他采取了直译与意译相结合的译法，译笔严谨，远超过前人的译经。但唐代译经，着重求信，因此质胜于文。鲁迅的评论是正确的。

---

①《鲁迅全集·二心集·关于翻译的通讯》。
②《知堂回想录·二〇六拾遗（午）》。

两千多年来，佛教以它那虚幻的"极乐世界"的许诺，拨动了无数受苦受难的群众的心弦，吸引了众多的善男信女，也使不少失意文人、落魄政客为之倾倒。鲁迅把佛教的一套唯心主义教理斥之为"鬼画符"，进行了深刻的剖析和揭露。他说："话要回到释迦先生的教训去了，据说：活在人间，还不如下地狱的稳妥。做人有'作'就是动作（＝造孽），下地狱却只有'报'（＝报应）了，所以生活是下地狱的原因，而下地狱倒是出地狱的起点。这样说来，实在令人有些想做和尚，但这自然也只限于'有根'（据说，这是"一句天津话"）的大人物，我却不大相信这一类鬼画符。"①

佛教的基本教义是四圣谛、八正道、十二因缘。佛教认为，人生在世，一切皆苦，甚至在娘胎里就开始受苦了，一直到死，死了又生，生生死死不断轮回受苦。苦的原因既不在超现实的梵天，也不在社会环境，而由每人自身的"惑"（指贪、嗔、痴等烦恼）、"业"（指身、口、意等活动）所致。"惑""业"为因，造成生死不息之果；根据善恶行为，轮回报应。因此摆脱痛苦之路，唯有依据佛理，修持戒、定、慧三学，彻底转变自己世俗欲望和认识，才能脱离"生灭无常"的人间，获得"解脱"。佛教修行，以涅槃为终极目的。所谓涅槃，实际只是死的化名。佛学是研究死的学问，它要人专心在死字上做功夫，希望死后解脱轮回之苦。"我常常感叹，印度小乘教的方法何等厉害，它立了地狱之说，借着和尚，尼姑，念佛老妪的嘴来宣扬，恐吓异端，使心志不坚定者害怕。那诀窍是在说报应并非眼前，却在将来百年之后，至少也须到锐气脱尽之时。"②任何宗教唯心主义总是同蒙昧主义、信仰主义和禁欲主义结合在一起的，以发挥其麻痹人民、为剥削阶级利益服务的最大作用，佛教也是如此。

应该看到，佛教的出世思想和它所提供的对彼岸世界的幻想，给

---

① 《鲁迅全集·华盖集续编·有趣的消息》。

② 《鲁迅全集·华盖集续编·有趣的消息》。

人们以精神上的寄托，六道轮回、善恶报应等说教，也可被用作阿Q式的自我安慰，而统治阶级又利用佛教不抗争的自我苦行精神，进行精神麻醉，强化思想上的统治。因此，佛教在我国封建社会得到迅速的传播，产生了广泛的影响，起到了"麻醉人民的鸦片"的作用。鲁迅结合现实的斗争，戳穿了佛教骗人的手法以及麻醉人民的目的。他指出，佛学这一套是由被神化成"深入山林，坐古树下，静观默想，得天眼通，离人间愈远遥，而知人间也愈深，愈广；于是凡有言说，也愈高，愈大；于是而为天人师"①的释迦牟尼编造出来的，只不过是唯心主义的诳言。"说佛法的和尚，卖仙药的道士，将来都与白骨是'一丘之貉'，人们现在却向他听生西的大法，求上升的真传，岂不可笑！"②"和尚喝酒养婆娘，他最不信天堂地狱。巫师对人见神见鬼，但神鬼是怎样的东西，他自己心里是明白的。"③

鲁迅认真研究了佛教的发展史，并对有的问题提出了自己的看法，这主要是下面相互关联的两点：

一是关于大、小乘佛教。认为大乘教使佛教变得浮滑，失去佛教的一些本来面目。佛教产生于公元前6—前5世纪。1世纪开始出现大乘佛教，它是由大众部中的一些支派演变而成。乘，指运输工具或道路。大乘佛教自称能运载无量众生从生死大河之此岸达到菩提涅槃之彼岸，而把以前的原始佛教和部派佛教贬称为小乘佛教。两者的主要区别是：小乘一般主张"我空法有"，即否认有实有的我体，但不否认客观物质世界的存在；大乘则主张"我法二空"，把世界一切归之于空。小乘把释迦视为教主；大乘则提倡三世十方有无数佛，并进一步把佛神化。小乘主张自行解脱，要求苦行修炼，在很大程度上保持了早期佛教的精神；大乘主张"普度众生"，强调尽人皆能成佛，一

---

① 《鲁迅全集·华盖集·题记》。
② 《鲁迅全集·华盖集·导师》。
③ 《鲁迅全集·集外集拾遗补编·通讯》。

切修行以利他为主，戒律比较松弛。可见，大乘的佛教哲学比小乘更精致，唯心主义更彻底、更露骨，因而欺骗性更大。当然，大乘佛教的出现，在佛教发展中，是有其深刻的、历史的、社会的根源，有其必然性[①]，它顺应了当时案达罗和笈多两王朝社会发展的需要，是佛教的一次变革，也推动了佛教的发展[②]。在我国流传广影响大的是大乘佛教。鲁迅说："我对于佛教先有一种偏见，以为坚苦的小乘教倒是佛教，待到饮酒食肉的阔人富翁，只要吃一餐素，便可以称为居士，算作信徒，虽然美其名曰大乘，流播也更广远，然而这教却因为容易信奉，因而变为浮滑，或者竟等于零了。"[③]他又说过："释迦牟尼出世以后，割肉喂鹰，投身饲虎的是小乘，渺渺茫茫地说教的倒算是大乘，总是发达起来，我想，那机微就在此。"那"机微"是什么？就是"志愿愈大，希望愈高，可以致力之处就愈少，可以自解之处也愈多"[④]。

二是关于居士与僧尼，认为居士的增多是佛教败坏的反映。居士，佛教用以称呼在家佛教徒之受过"三皈"（对佛、法、僧的归顺依附）、"五戒"（不杀生、不偷盗、不邪淫、不妄语、不饮酒等五项戒条）者。佛教发展到大乘阶段，承认在家修行也是成佛途径。据《维摩诘经》说，维摩诘是吠舍离城富有而又神通广大的大乘居士，曾以称病为由，同释迦牟尼派来问病的文殊师利等反复论说佛法，义理深奥，"妙语"横生。该经宣扬达到解脱不一定过严格的出家修行生活，关键在于主观修养，"示有资生而恒观无常，实无所贪；示有妻妾婇女，而常远离五欲淤泥"，据称此为"通达佛道"，是真正

---

① 见吕澂著《印度佛学源流略讲》第三讲《初期大乘佛学》，上海人民出版社1979年版。

② 乐寿明：《大乘佛教对小乘佛教的变革》，《安徽大学学报（哲学社会科学版）》，1985年第4期。

③《鲁迅全集·集外集拾遗补编·庆祝沪宁克复的那一边》。

④《鲁迅全集·三闲集·叶永蓁作〈小小十年〉小引》。

的"菩萨行"。中国佛学史上，包括出家的僧侣和在家的居士两部分人。清代曾有人编《居士传》，记中国东汉以来历代著名居士的传略，其中有不少政治家和文人。例如，唐白居易晚年居香山寺为居士，王维是禅宗南宗神会禅师的弟子。鲁迅指出，晋以来的名流，每一个总有三种小玩意，其一就是《维摩诘经》。这就是以礼佛当居士为时髦。近代出了不少有名的居士。有人认为，"杨文会那般居士们只是代表了伪善而又不放弃既得权益的地主官僚罢了"①。鲁迅说过："给一处做文章时，我说青天白日旗插远去，信徒一定加多。但有如大乘佛教一般，待到居士也算佛子的时候，往往戒律荡然，不知道是佛教的弘通，还是佛教的败坏？"②鲁迅显然是作为"败坏"看待的。

理解鲁迅提出的这么两个相互联系的观点，应把握两点：第一，鲁迅确实揭示了佛教史上的事实，他的见解是深刻的。例如，各个时代都有一些潜心礼佛的居士，他们虽然没有出家，仍然是虔诚的佛教徒，但有相当多的则是以《维摩诘经》为幌子，以当居士为时髦，他们的增多，当然只能是佛教的败坏。第二，鲁迅的这些论述紧密结合当时的斗争实际，有很强的针对性。大乘佛教宣扬成佛很容易，特别是阿弥陀净土宗，提倡口念佛号，宣传"若一念称阿弥陀佛，即能除却八十亿劫生命之罪"③。这就使处在苦难中的人民群众产生幻想，得到廉价的精神上的满足；那些军阀、官僚在下台之后也念起"阿弥陀佛"，摇身一变而为"居士"，似乎"放下屠刀，立地成佛"，或者悟到"四大皆空，人生无常"，其实这统统是假的，不过是韬晦之计，他们等待的是东山再起。鲁迅在一首诗中写道："一阔脸就变，

---

① 蔡尚思：《论清末佛学思想的特点》。《中国佛学论文集》，陕西人民出版社1984年版。

②《鲁迅全集·三闲集·在钟楼上》。

③ 道绰：《安乐集》（卷上）。

所砍头渐多。忽而又下野，南无阿弥陀。"①"民国以来，有过许多总统和阔官了，下野之后，都是面团团的，或赋诗，或看戏，或念佛。"②当时国民党军阀、政客经常发生内讧，上台下野，走马灯似的丑恶表演，"即使弄到这地步，也没有什么难解决：外洋养病，名山拜佛，这就完结了"③。这不仅看上去有些滑稽，而且只能使佛教愈益变得浮滑，正如鲁迅尖锐指出的："军人自称佛子，高官忽挂念珠，而佛法就要涅槃。"④涅槃者，消失殆尽也。

三、"将彼俘来"，消融吸收——中华民族的优良传统

上文谈了鲁迅对佛教本质的深刻认识，以及对它作为精神鸦片所起的麻醉人民的消极作用的揭露，但这只是一个方面。在佛学问题上，鲁迅还站在中外文化交流的高度，充分肯定了印度佛教文化对中国中古以来文化发展的深远影响，赞扬了中国历史上那种对外族文化敏于探求、勇于吸收的宏大气魄，要求克服和改变封闭守旧的传统心理和国民性格。在文化上大胆开放，为我所用。

在我国文化发展的过程中，以佛教为中心的印度文化系统，在1—8世纪的汉唐盛世中，逐渐传来，被我们引进、翻译、学习和消化，融入我们民族精神生活的很多方面；经过消化后进一步再创造，反过来又丰富了人类文化。鲁迅十分推崇的敢于大胆吸收外来文化的"汉唐气魄"，也十分鲜明地体现在对佛教文化的态度上。"汉唐虽然也有边患，但魄力究竟雄大，人民具有不至于为异族奴隶的自信心，或者竟毫未想到，凡取用外来事物的时候，就如将彼俘来一样，自由驱使，绝不介怀。"⑤从汉到唐，中国封建社会走着上坡路，毫无顾忌地

①《鲁迅全集·集外集拾遗·赠邬其山》。

②《鲁迅全集·准风月谈·外国也有》。

③《鲁迅全集·伪自由书·天上地下》。

④《鲁迅全集·准风月谈·"滑稽"例解》。

⑤《鲁迅全集·坟·看镜有感》。

吸取从外域传来的各种新东西。西汉哀帝元寿元年（公元前2年）时，佛教传入中国内地，魏、晋、南北朝时得到发展，至隋唐达于鼎盛。这里试以唐代为例，可以看出对佛教文化的豁达态度。唐代经济繁荣，文化发达，各种宗教十分活跃。除过原有的佛、道二教之外，又出现了如景教、祆教、摩尼教等外来新宗教。这与唐代统治者制定的宗教政策有关。道教因其所奉教主老子与唐室同姓备受崇敬，但唐代统治者在尊崇道教的同时，对其他宗教也采取了兼容并收、诸教并行的态度。原有的佛教，唐代政府更是大力扶持，中间虽有武宗灭佛，但时间很短。当三论宗祖师吉藏初到京师时，受到唐高祖的优礼。被聘为十大德之一玄奘病重时，高宗派御医急赴，未至已卒，为之废朝数天。中国佛教的十个宗派，除天台宗、禅宗以外，其他八个都是在长安的大慈恩寺、大兴善寺、华严寺、香积寺等六座寺院创立的。当时长安佛教宗派纷生，寺庙林立，谈禅佞佛之风遍及帝王公卿、工商百姓。唐代的译经基本上由国家主持，成绩很可观，译出的佛典总数达到372部2159卷。唐代长安也是一座世界闻名、国际交往频繁的都市。四方僧尼风闻长安佛法隆盛，无不慕名而至。当时新罗和日本的很多学僧来中国学习佛教各宗学说，得到各宗大师的传承，归国开宗。中国高僧也有去日本传教的。我们由此看到了鲁迅一再盛赞的"汉唐气魄"的风貌。这是一个民族积极向上、有自信力和自尊心的表现，是中华民族的优良传统。

陈寅恪说："故自晋至今，言中国之思想，可以儒释道三教代表之。此虽通俗之谈，然稽之旧史之事实，验以今世之人情，则三教之说，要为不易之论。"①不仅佛学在我国思想上发生了深远重大的影响，而且随着佛教的传入，印度的逻辑学、文法学、声韵学、医药学、天文学、数学、历法学以及音乐、舞蹈，绘画、雕塑等都带进中

---

① 《金明馆丛稿二编·冯友兰中国哲学史下册审查报告》，上海古籍出版社1980年版。

国来了。鲁迅在他的一些论著和杂文中，也明确指出了佛教文化对中国文化的广泛而深刻的影响。以下从文学、艺术、哲学等方面撮要谈谈鲁迅的论述。

文学。鲁迅说过："至于释迦牟尼，可更与文艺界'风马牛'了，据他老先生的教训，则作诗便犯了'绮语戒'，无论道德或不道德，都不免受些孽报，可怕得很的！"[①]但是佛学对中国文学的发展，却起了积极的作用。这不仅因为佛教要利用文艺的形式传播它的教义，而且佛典的构成就包含着丰富的文学成分。汉译的佛典，有很多就是优美的文学作品，它们最常用记事的文体，以生动的形象，奇妙的想象以及曲折的情节，引人入胜。例如《佛所行赞经》，是一部叙述佛陀一生故事的长诗，译本虽未用韵，论者亦谓读之"犹觉其与《孔雀东南飞》等古乐府相仿佛"，"其《庄严经论》，则直是《儒林外史》式之一部小说，其原料皆采自《四阿含》，而经彼点缀之后，能令读者肉飞神动"[②]。鲁迅1914年出资刻印《百喻经》，就是把这部书作为佛教文学看的。他说："尝闻天竺寓言之富，如大林深泉，他国艺文，往往蒙其影响。即翻为华言之佛经中，亦随在可见。""佛藏中经，以譬喻为名者，亦可五六种，惟《百喻经》最有条贯。"[③]《百喻经》是一部用寓言故事来宣讲佛教大乘法的书，充满了哲理，语言又很精练古朴，故事多从生活中来，因此虽说都是佛家的寓言，但"智者所见，盖不惟佛说正义而已矣"。

中国的小说，从六朝开始，才有志怪小说出现，发展到唐人传奇、宋人话本、元明以后的章回小说等，小说才逐渐登上文学舞台。在这个发展过程中，佛教都曾给予不同程度的影响。魏晋南北朝的志怪小说繁荣的一个重要原因，就是由于佛教的传播。鲁迅指出："还

---

① 《鲁迅全集·热风·反对"含泪"的批评家》。

② 梁启超：《翻译文学与佛典》。

③ 《鲁迅全集·集外集·〈痴华鬘〉题记》。

有一种助六朝人志怪思想发达的，便是印度思想之输入。因为晋、宋、齐、梁四朝，佛教大行。当时所译的佛经很多，而同时鬼神奇异之谈也杂出，所以当时合中、印两国底鬼怪到小说里，使它更加发达起来。"①"中国本信巫，秦汉以来，神仙之说盛行，汉末又大畅巫风，而鬼道愈炽；会小乘佛教亦入中土，渐见流传。凡此，皆张皇鬼神，称道灵异，故自晋讫隋，特多鬼神志怪之书。"②梁吴均《续齐谐记》中所记阳羡鹅笼书生的故事，鲁迅在《中国小说史略》中考出"此类思想，盖非中国所故有，段成式已谓出于天竺"。唐代出现变文后，佛经对后来通俗文学影响尤大。变文是一种把晋、宋以来僧徒的转读经文发展到讲唱佛经故事的通俗新文体，以韵、散二体组合而成，形式虽亦出于佛经，而已大有不同。鲁迅论述宋人说话这种新文体时，认为白话作书，"实不始于宋。清光绪中，敦煌千佛洞之藏经始显露，……书为宋初所藏，多佛经，而内有俗文体之故事数种，……以意度之，则俗文之兴，当由二端，一为娱心，一为劝善，而尤以劝善为大宗，故上列诸书，多关惩劝，京师图书馆所藏，亦尚有俗文《维摩》《法华》等经及《释迦八相成道记》《目连入地狱故事》也"③。俗文体故事即"变文"，它对后世戏剧、白话小说和民间曲艺都有显著的影响。

绘画。鲁迅说："至于怎样的是中国精神，我实在不知道。就绘画而论，六朝以来，就大受印度美术的影响，无所谓国画了；……"④从三国鼎立到隋朝统一的三百年间，是魏晋南北朝时期，社会动荡混乱，佛教也得到迅速发展。这个时期的画迹主要是佛教壁画。佛像艺术是1、2世纪出现的，那是一种受到古希腊文化影响的、印度文化和西域文化相混合的"犍陀罗"文化的产物，以后逐渐地传到河西四郡

---

① 《鲁迅全集·中国小说的历史的变迁》。

② 《鲁迅全集·中国小说史略·六朝之鬼神志怪书（上）》。

③ 《鲁迅全集·中国小说史略·宋之话本》。

④ 《鲁迅全集·书信·350204致李桦》。

和中国内地。随着佛教被汉族地区的文化所融合，佛教艺术也中国化了。南朝的佛画作家以张僧繇为最，创立了"张家样"。梁武帝建佛院寺塔，大都令他作画。当时由郝骞等的西行和迦佛陀的东来，曾把印度阴影法的新壁画介绍到中土。张僧繇所画建康乘一寺的匾额，就是活用这种手法的新佛画。①北朝的佛画家，以北齐的曹仲达为最。曹本是西域曹国人，带有西域的作风，在中原既久，画艺渐进于中国民族风格。他创立的"曹家样"，为唐代盛行的四大样式之一，所画璎珞天衣，带有犍陀罗式的作风，后世画家称为"曹衣出水"，与吴道子的"吴带当风"并称。因此，印度佛教美术对中国绘画自六朝起就产生了影响。鲁迅所说完全符合事实。鲁迅还强调在绘画艺术上要承受古代遗产的润泽。他说，我们"生在中国，即必须翻开中国的艺术史来"；以绘画而言，"在唐，可取佛画的灿烂，线画的空实和明快"②。诚如鲁迅所言，唐代佛画是"灿烂"的。从敦煌所存唐代壁画看，色彩鲜丽，十分富美。唐代最流行的是佛教净土宗，因此净土变相在壁画中表现得最多。在净土变相中，把极乐世界装饰得非常美丽，其中有七宝楼台，香花伎乐，莲池树鸟，表现出无尽的美景，用富丽的物质现象去描绘观想法门境界。画面上表现的乐观美满的生活，与出世苦行禁欲的态度有很大差异，而且所绘的佛、菩萨、诸天、力士等，都是美丽与健康的化身，这和唐代的社会生活、人民的爱好是完全一致的。③

木刻。鲁迅指出："木刻的图画，原是中国早先就有的东西。唐末的佛像，纸牌，以至后来的小说绣像，启蒙小图，我们至今还能够看见实物。"④我国在8世纪前后，发明了刻版印刷术，于是随之而来的便是木刻版画。敦煌发现唐咸通九年（868年）的版刻印本《金刚

---

① 中国佛教协会编：《中国佛教》第1辑，知识出版社1980年版，第40页。

②《鲁迅全集·且介亭杂文·论"旧形式的采用"》。

③ 常任侠：《中国佛教美术的来源及其概况》，《法音》1982年第1期。

④《鲁迅全集·且介亭杂文二集·〈全国木刻联合展览会专辑〉序》。

经》的扉页《说法图》，是我们现在所能看到最早的、相当成熟的宗教题材木刻版画。它是秦汉、魏晋以来画像砖的演变，同时也是从唐代绘画艺术中派生的一个新门类与新形式，给后来日益发展的版画、年画开辟了新的道路。①因此，"中国木刻版画，从唐到明，曾经有过很体面的历史"。鲁迅还指出了中国新木刻发展的道路，一方面是"采用外国的良规，加以发挥，使我们的作品更加丰满"；另一方面，还要"择取中国的遗产，融合新机，使将来的作品别开生面"。②

哲学。佛学是一种特殊形态的思辨哲学，它通过唯心主义的理论的论证，把人们引进信仰主义的大门。佛教的逻辑分析、心理分析相当精致，辩证法思想也很丰富，恩格斯曾经指出："辩证的思维——正因为它是以概念本性的研究为前提——只对于人才是可能的，并且只对于较高发展阶段上的人（佛教和希腊人）才是可能的，而其充分的发展还晚得多，在现代哲学中才达到。"③我国封建时代哲学在全世界达到了很高的水平，就与佛教的传入有关。"宋儒道貌岸然，而窃取禅师的语录。"④鲁迅这里以幽默的口吻，道出了宋儒理学与佛教的关系。理学又称道学，是宋代周敦颐、程颢、程颐、朱熹等人阐释儒家学说而形成的唯心主义思想体系，它认为"理"是宇宙的本体，把三纲五常等封建伦理道德说成是"天理"，提出"存天理，灭人欲"的主张。宋儒理学与佛教禅宗、华严有着深厚的思想渊源。二程、朱熹等理学大师，尽管表面上以"辟佛"者自居，其实都是外儒而内佛，几乎无一例外地从佛学中摭取思想养料，以充实他们的体系。例如"理一分殊"（天地万物的本体——"理"是唯一的，而天地万物都是差别的）的命题，就是对华严宗"事法界"和"理法界"的抄袭："然事法名界，界则分义，无尽差别之分齐故。理法名界，界即

---

① 阎丽川：《中国美术史略》，人民美术出版社1980年版，第148页。

② 《鲁迅全集·且介亭杂文·〈木刻纪程〉小引》。

③ 《马克思恩格斯全集》第20卷，人民出版社1956年版，第565—566页。

④ 《鲁迅全集·准风月谈·吃教》。

性义，无尽事理同一性故。"① 又如朱熹讲"致知"时说："致知，乃本心之知。如一面镜子，本全体通明，但被昏翳了，而今逐旋磨去，使四边皆照见，其明无所不到。"② 这显然是抄袭神秀的"身是菩提树，心是明镜台，时时勤拂拭，勿使惹尘埃"这一偈意。因此，佛学思想深深渗透进了宋儒理学。③

四、"三教"合流：中庸调和思想的反映

鲁迅不仅运用丰富的佛学知识进行创作、开展研究，而且紧密结合当时激烈的阶级斗争和民族斗争，揭露了"佛法救国"的谬说，抨击了国民党反动派利用佛教推行愚民政策的行径，并且通过历史上的儒释道"三教"合流，批判了国民性上的中庸调和思想。

鲁迅的佛学知识是丰富的。在他的作品中，就信手拈来，用了不少的佛学典故、思想材料，赋予极为深刻的崭新的寓意，给人以历史的和思想的启发。他不仅用了刹那、涅槃、生死、轮回等已习用的佛教语言，而且还恰到好处地用了随喜、香像、檀越、印可、善知识、言语道断等一般人较少用的典故、语言。他的《华盖集》《华盖集续编》中的"华盖"、《摩罗诗力说》中的"摩罗"，也都是佛教用语。鲁迅用"狮子身中的害虫"喻混入革命阵营的投机分子④；用"牛首阿旁，畜生，化生，大叫唤，无叫唤"等"重叠的黑云"，形容如同地狱般的华夏⑤；用"释迦出世，一手指天，一手指地曰：'天上地下，唯我独尊'"比喻国民党反动派的独裁统治⑥；用"布袋和尚"的举动鼓励人们勇于解剖自己⑦；等等。在鲁迅的《中国小说史略》这部

---

① 澄观：《华严法界玄镜》（卷上）。

② 黎靖德：《朱子语类》。

③ 参阅郭朋：《佛教禅宗与程朱理学》，见《中国佛学论文选》。

④《鲁迅全集·伪自由书·后记》。

⑤《鲁迅全集·华盖集·"碰壁"之后》。

⑥《鲁迅全集·伪自由书·天上地下》。

⑦《鲁迅全集·书信·230612致孙伏园》。

学术著作中，某些精辟的论断就得力于深厚的佛学素养，这我们上面已谈过了。

在鲁迅的一些文章中，佛学知识的恰当运用，开阔了读者的思路，增强了论述的说服力。当时有些人强调要保持汉语的"纯洁性"，反对引入外来语。鲁迅则力主引入一些必要的外来语，他说："唐译佛经，元译上谕，当时很有些'文法句法词法'是生造的，一经习用，便不必伸出手指，就懂得了。"①鲁迅的看法是对的。唐代翻译佛经，引进了不少外来语以及原作中的表现方法，起先使人觉得别扭，但日子久了，就用惯了，补充了我们语言上的不足。20世纪30年代，苏汶抹杀连环图画，说它是"低级的形式"，鲁迅便用中外绘画史上的大量事实，"证明了连环图画不但可以成为艺术，并且已经坐在'艺术之宫'的里面了"②。鲁迅列举的东方艺术的例子。就是宣传佛陀本生的印度阿旃陀石窟。这个石窟约从公元前2世纪开凿，到六七世纪建成，共29洞。洞内保存了很多印度壁画，也较完整，壁画的内容大多表现佛的生平和印度古代人民与宫廷生活的情景，为印度古代艺术的著名宝藏之一。鲁迅指出，这"明明是连环图画，而且是宣传"。在《庆祝沪宁克复的那一边》中，借用佛教大、小乘以及居士和僧尼发议论，告诫人们在革命不断胜利的情况下，要防止投机分子钻进革命队伍。在《〈二月〉小引》《林克多〈苏联闻见录〉序》等文章中，都曾借用佛教典故，使读者加深了理解，增长了知识，收到了好的效果。

在阶级社会里，反动统治阶级对广大劳动人民进行压迫和剥削，总是软、硬两手并用。这软的一手就包括宗教。宗教是为剥削制度辩护的，给过剥削生活的人廉价地出售享受天国幸福的门票；对于被压迫和被剥削的人民群众，宗教却劝他们把希望寄托在天国的恩赐上，

---

① 《鲁迅全集·二心集·"硬译"与"文学的阶级性"》。
② 《鲁迅全集·南腔北调集·"连环图画"辩护》。

放弃在现实中做人的权利。千百年来，宗教这种"精神上的劣质酒"①
把人们灌得昏昏沉沉；使得他们"怯懦、自卑、自甘屈辱、顺从屈
服"，按照"愚民的各种特点"②去规范自己。鲁迅十分重视包括风俗
习惯在内的旧思想旧文化的改革。他指出："现在已不是在书斋中，
捧书本高谈宗教，法律，文艺，美术……等等的时候了，即使要谈论
这些，也必须先知道习惯和风俗，而且有正视这些的黑暗面的勇猛和
毅力。因为倘不看清，就无从改革。"③这里正确指出了宗教等问题同
风俗习惯的密切关系。但是旧的风俗习惯却顽强地存在着，每日每时
也影响着人民群众。当时的报刊上，不时登有被鲁迅称之为"中国的
科学资料"的"毒蛇化鳖""乡妇产蛇""冤鬼夺命"一类奇闻；不
少地方盛行着"放爆竹救月亮""放焰口施饿鬼"的迷信习俗；"烧
香拜龙，作法求雨，赏鉴'胖女'，禁杀乌龟"④，这些酷似讽刺小说
《格列佛游记》中所写的事竟发生在20世纪30年代的中国。旧的风俗
习惯为什么如此根深蒂固？主要是反动派施行愚民政策的结果。鲁迅
认为，要进行改革，医治包括佛教在内的宗教所带给人们思想上的愚
妄病，必须大力提倡科学。他生前期望有那么一天，"和尚，道士，
巫师，星相家，风水先生……的宝座，就都让给了科学家，我们也不
必整年的见神见鬼了"⑤。

　　在鲁迅后期的中国，民族矛盾和阶级矛盾空前尖锐、激烈。为了
麻痹人们思想，反动统治阶级大肆鼓吹宗教的作用。例如，在日本帝
国主义的侵略威胁下，竟然演出了"佛法救国"的丑剧。鲁迅指出：
"一到求神拜佛，可就玄虚之至了，有益或是有害，一时就找不出分

①《马克思恩格斯全集》第4卷，人民出版社1956年版，第218页。

②《列宁全集》第10卷，人民出版社1958年版，第62页。

③《鲁迅全集·二心集·习惯与改革》。

④《鲁迅全集·花边文学·奇怪》。

⑤《鲁迅全集·且介亭杂文·运命》。

明的结果来，它可以令人更长久的麻醉着自己。"①麻醉的结果，就是发展着"自欺力"。1934年杭州灵隐寺举行时轮金刚法会，该会在《募捐缘起》中哀叹道："今则人心浸浸以衰矣。"所谓"浸浸以衰"，也说明释迦牟尼正在失去诱惑力，"天堂地狱""因果报应"的谬说也慢慢吓唬不住老百姓了。但为了敛取钱财，不得不翻新花样，于是庄严的法会上便出现了美人影星，梵呗圆音竟为轻歌曼舞所加被，靠这样以广招徕，可见佛法已到了末路。鲁迅对此予以尖锐的讽刺："赛会做戏文，香市看娇娇，正是'古已有之'的把戏。既积无量之福，又极视听之娱，现在未来，都有好处，这是向来兴行佛事的号召的力量。否则，黄胖和尚念经，参加者就未必踊跃，浩劫一定没有消除的希望了。"②国民党考试院长戴季陶，曾发起"仁王护国法会""普利法会"以讲经礼佛，还在南京中山陵附近造塔收藏孙中山著作，煞有介事，俨然是个十足的教徒了。老百姓称信奉耶稣教的人为"吃教"。鲁迅说，"吃教"二字，真是提出了教徒的"精神"！岂止耶稣教，"包括大多数的儒释道教之流的信者"，"也可以移用于许多'吃革命饭'的老英雄"③。戴季陶"既尊孔子，又拜活佛"，恰如将他的钱试买各种股票，分存许多银行一样，其实哪一面都不相信，这何尝不是在"吃教"？蒋介石也何尝不是在"吃教"？对他们来说，孔圣人也好，释迦牟尼也好，张天师也好，都不过是其利用的对象，是愚弄和欺骗人民群众的工具。鲁迅的批判何等锋利、有力！

鲁迅还通过研究中国历史上儒释道"三教"的合流，批判了中国国民性中庸调和的弱点。鲁迅在新文化运动中，就注意研究"三教"合流的问题。他曾对许寿裳说，孔子提出三纲五常，硬要民众当奴才，本来不容易说服人，而佛教轮回说很能吓人，道教炼丹求仙则

①《鲁迅全集·且介亭杂文·中国人失掉自信力了吗?》。

②《鲁迅全集·花边文学·法会和歌剧》。

③《鲁迅全集·准风月谈·吃教》。

颇有吸引力，能补孔子之不足，所以历代统治者以儒释道三者兼济，互相补充、融汇。[①]鲁迅以后又多次谈到中国思想文化发展史上的这个现象。在《中国小说史略》中说："释氏辅教之说，……引经史以证报应，已开混合儒释之端矣。"[②]在《中国小说的历史的变迁》中说："况且历来三教之争，都无解决，大抵是互相调和，互相容受，终于名为'同源'而已。"1925年又说："佛教初来时便大被排斥，一到理学先生谈禅，和尚做诗的时候，'三教同源'的机运就成熟了。"[③]

在中国历史上，梁武帝用儒家的礼来区别富贵贫贱，用道家的无为来劝导不要争夺，用小乘佛教的因果报应来解答人为什么应安于已有的富贵贫贱、为什么不要争夺。他感到三家合用对于维护自己的统治非常有利，便创儒释道"三教同源"说。[④]长时期以来，"三教"之间虽然也互相排斥、斗争，但总的是不断融合、互相补充的趋势，同是反动统治阶级钳制人民群众思想的有力工具。儒家的伦常礼法，佛教的因果报应，道教的长生成仙，都共居在一个人的头脑里了。对于"三教同源"，过去就有不少人进行过揭露，例如旧笔记中就说过："儒家以仁义为宗，释家以虚无为宗，道家以清静为宗，今秀才何尝讲仁义，和尚何尝说虚无，道士何尝爱清静，惟利之一字，实是三教同源。秀才以时文而骗科第，僧道以经忏而骗衣食，皆利也。"[⑤]"三教"合流的事实，自然有着深刻的社会的阶级的原因，但鲁迅却从中看到了中国国民性中调和、折中的弱点，这当然主要指反动统治阶级而言。鲁迅说：

---

① 参阅罗慧生：《鲁迅与许寿裳》，浙江人民出版社1982年版。

②《鲁迅全集·中国小说史略·六朝之鬼神志怪书（下）》。

③《鲁迅全集·华盖集·补白》。

④ 参阅范文澜：《中国通史简编》第2编第5章，人民出版社1965年版。

⑤ 钱泳：《履园丛话·三教同源》，中华书局1979年版。

其实是中国自南北朝以来，凡有文人学士，道士和尚，大抵以"无持操"为特色的。晋以来的名流，每一个人总有三种小玩意，一是《论语》和《孝经》，二是《老子》，三是《维摩诘经》，不但采作谈资，并且常常做一点注解。唐有三教辩论，后来变成大家打诨。所谓名儒，做几篇伽蓝碑文也不算什么大事。宋儒道貌岸然，而窃取禅师的语录。清呢，去今不远，我们还可以知道儒者的相信《太上感应篇》和《文昌帝君阴骘文》，并且会请和尚到家里来拜忏。①

鲁迅认为，"中国人自然有迷信，也有'信'，但好像很少'坚信'"。正因为如此，"崇孔的名儒，一面拜佛，信甲的战士，明天信丁。宗教战争是向来没有的，从北魏到唐末的佛道二教的此仆彼起，是只靠几个人在皇帝耳朵边的甘言蜜语"②。虽然佛道之间也曾闹得很厉害，"但中国人，所擅长的是所谓'中庸'，于是终于佛有释藏，道有道藏，不论是非，一齐存在"③。在中庸思想指导下，"悟善社里的神主有了五块：孔子，老子，释迦牟尼，耶稣基督，谟哈默德"④。鲁迅在实际斗争中看穿了中庸思想的危害，看到它是阻碍中华民族改革前进的阻力。鲁迅号召人们吸取经验教训，对阶级敌人决不能讲"中庸之道"，对旧事物决不能揖让妥协，而必须旗帜鲜明，坚决斗争，在斗争中求得民族的进步。

---

① 《鲁迅全集·准风月谈·吃教》。

② 《鲁迅全集·且介亭杂文·运命》。

③ 《鲁迅全集·集外集拾遗补编·关于〈小说世界〉》。

④ 《鲁迅全集·华盖集·补白》。

第九章

剥"涂饰"察"底细"测"将来"
——鲁迅改造国民性思想与历史观

"总之：读史，就愈可以觉悟中国改革之不可缓了。虽是国民性，要改革也得改革，否则，杂史杂说上写的就是前车。"[①]鲁迅1925年的这段话，大约指出了这么三个关系：一是读史与中国社会改革的关系；二是读史与中国国民性改革的关系；三是读正史与读杂史的关系。据许寿裳回忆，鲁迅留学日本时，就认为中国国民性病根的症结，"当然要在历史上去探究"[②]。这说明，鲁迅改造国民性思想与他的历史研究紧紧相连。因此，认识鲁迅改革国民性思想，就不能不留意他的历史观。鲁迅的历史观是一个非常丰富的整体，这里不打算进行全面的研究，仅就其与改造国民性思想联系的方面做一探讨。

一、从"个人的自大"到"世界却正由愚人造成"

鲁迅历史观的形成，是以生物进化论为基础的。在他早期所写的《人之历史》《科学史教篇》《摩罗诗力说》《文化偏至论》等论文中，就完整地准确地介绍了西方生物进化的学说。在介绍"质力不灭律"（物质不灭和能量守恒定律）时，承认物质是第一性的，批判了宗教唯心论和形而上学观点；在论证生物从低级到高级、从简单到复

---

① 《鲁迅全集·华盖集·这个与那个》。
② 许寿裳：《我所认识的鲁迅·回忆鲁迅》。

杂的运动发展的规律时，不仅生动地叙述了从猿到人的进化历史，而且还深刻地探究了客观事物之间的内在联系和交互作用，引申出物质世界是永恒运动的历史发展观。进化论使青年鲁迅相信，未来必胜过现在，青年必胜过老年，坏的东西一定被好的东西所代替。"五四"前后，鲁迅仍用进化论观察和剖析社会生活的一些根本问题，分析人类历史新陈代谢的进化过程。应该看到，鲁迅以进化论为武器，坚信历史发展，坚决反对复古倒退，适应了当时中国反帝反封建的民主革命的政治任务和历史要求，具有积极的、进步的社会意义。但是总的说来，他早期、前期的历史观，是属于唯心史观的范畴。

列宁指出，在马克思主义以前，一切历史理论有两个主要缺点："第一，以往的历史理论，至多是考察了人们历史活动的思想动机，而没有考究产生这些动机的原因，没有摸到社会关系体系发展的客观规律性，没有看出物质生产发展程度是这种关系的根源；第二，过去的历史理论恰恰没有说明人民群众的活动，只有历史唯物主义才第一次使我们能以自然史的精确性去考察群众生活的社会条件以及这些条件的变更。"①

鲁迅早期和前期历史观的局限也在于此。从鲁迅改造国民性思想来看，这种局限性也表现在两个方面：一是颠倒了社会存在与社会意识的关系，把国民性的改造看成是社会解放的唯一道路；二是颠倒了个人与群众的关系，认为少数"个人"的思想和意志是推动历史发展的主要决定力量。关于第一个方面，我们在前边第二章已经论述过了，这里着重谈谈鲁迅在第二个方面的思想发展过程。

早期的鲁迅认为，中国要强盛，必须从改造国民性即"立人"上入手。那么靠谁来改造国民性呢？靠少数觉醒的知识分子，即他所希望的"振臂一呼，人必将靡然向之"的"精神界之战士"。他热烈地

①《列宁选集》第2卷，人民出版社1972年版，第586页。

期待这些先知先觉发出"先觉之声"，"来破中国之萧条"①。鲁迅这时受到包括尼采哲学在内的历史唯心主义英雄史观的影响，过分强调英雄对于改造人类社会的作用。他说："惟超人出，世乃太平。苟不能然，则在英哲"；"与其抑英哲以就凡庸，曷若置众人而希英哲？则多数之说，缪不中经，个性之尊，所当张大，盖揆之是非利害，已不待繁言深虑而可知矣"②。鲁迅看到当时"大部分的市侩和守旧的庸众，替统治阶级保守着奴才主义，的确是改革进取的阻碍"③这一现实，但却片面地夸大了"个人"的力量，对群众中蕴藏的革命力量认识不足。在"五四"前后，鲁迅与早期一样，始终热爱人民，关心人民的命运，但由于对群众认识上的唯心史观的局限性，仍未能摆正个人与集体的关系，未能把自己的斗争同无产阶级及广大人民群众的斗争和力量紧密结合起来，因此常常过分强调"个人的自大"。他只看到少数激进的民主知识分子"有几分天才""几分狂气"，认为他们"思想见识高出于庸众之上，又为庸众所不懂"，以之来与"合群的自大"相对立，并以其"独异"来"对庸众宣战"④。在好长时间内，鲁迅对人民大众基本上采取的是"哀其不幸，怒其不争"的态度，而他虽然一直与封建势力进行斗争，却难免有一种孤军奋战之感。

鲁迅前期不仅指出了人民群众的落后，而且多次谈到，为多数谋利益的牺牲者，在牺牲之后，却没有谁去表示感谢一番，群众反而表现出冷漠、麻木、无动于衷的态度。"凡有牺牲在祭坛前沥血之后，所留给大家的，实在只有'散胙'这一件事了。"⑤在鲁迅看来，这些不觉悟的群众，还会不自觉地帮着统治者迫害先知先觉者。例如，"巡抚想放耶稣，众人却要求将他钉上十字架""先觉的人，

① 《鲁迅全集·坟·摩罗诗力说》。

② 《鲁迅全集·坟·文化偏至论》。

③ 瞿秋白：《〈鲁迅杂感选集〉序言》。

④ 《鲁迅全集·热风·随感录三十八》。

⑤ 《鲁迅全集·热风·即小见大》。

历来总被阴险的小人昏庸的群众迫压排挤倾陷放逐杀戮。中国又格外凶"①"孤独的精神的战士，虽然为民众战斗，却往往反为这'所为'而灭亡"②。鲁迅把那些封建社会的群臣百官和在暴君统治下的蒙昧的人们称作"暴君的臣民"，这些人"只愿暴政暴在他人的头上，他却看着高兴。拿'残酷'做娱乐，拿'他人的苦'做赏玩，做慰安，因此，他们'大抵比暴君更暴'"。③他在《娜拉走后怎样》的讲演中不无悲愤地说道："群众，——尤其是中国的，——永远是戏剧的看客。牺牲上场，如果显得慷慨，他们就看了悲壮剧；如果显得觳觫，他们就看了滑稽剧。"他认为，"对于这样的群众没有法，只好使他们无戏可看倒是疗救"。

现实是严酷的。早期"振臂一呼应者云集"的幻梦的破灭，促使鲁迅对个人与集体的关系进行严肃的思考。新文化运动前，鲁迅埋头读史，努力使自己"沉入于国民中""回到古代去"，从故纸堆中挖掘军阀、政客、洋奴买办、遗老遗少的祖传衣钵，刨他们的"祖坟"。"五四"以后，中国无产阶级领导的新民主主义革命的彻底性和不妥协性，它所显示的战斗精神和光明前景，鼓舞着鲁迅探索马克思主义，促使鲁迅的思想在矛盾斗争中滋生新的因素，对社会现象的分析便愈来愈科学，对历史规律的认识也愈来愈透彻。鲁迅后期终于达到唯物史观的高度，又是与"事实的教训"分不开。1927年国民党反动派的背叛行径，残酷的阶级斗争现实，使鲁迅的世界观包括历史观发生了根本的转变。正如他几年后总结这个过程时所说的："我一向是相信进化论的，总以为将来必胜于过去，青年必胜于老人，……然而后来我明白我倒是错了。这并非唯物史观的理论或革命文艺的作品蛊惑我的，我在广东，就目睹了同是青年，而分成两大阵营，或则

---

① 《鲁迅全集·集外集拾遗补编·寸铁》。

② 《鲁迅全集·华盖集·这个与那个》。

③ 《鲁迅全集·热风·六十五 暴君的臣民》。

投书告密，或则助官捕人的事实！我的思路因此轰毁。"①显然，"这并非唯物史观的理论或革命文艺的作品蛊惑"，分明是反话，是鲁迅对一些浅薄的小资产阶级革命家的批评，而不是否认历史唯物主义对他自己思想转变所起的决定性作用。

如何评估人民群众和个人在历史上的地位和作用问题，是历史唯心主义和历史唯物主义两种历史观的重要区别之一。历史唯物主义认为，历史是人民创造的，"历史活动是群众的事业，随着历史活动的深入，必将是群众队伍的扩大"②。后期的鲁迅站在历史唯物主义的高度上指出，人民群众是物质文明和精神文明的创造者，是历史的主体；人类社会的存在，意味着"几千百万的活人在创造"③。在《写在〈坟〉后面》中，鲁迅指出："古人说，不读书便成愚人，那自然也不错的，然而世界却正由愚人造成，聪明人决不能支持世界，尤其是中国的聪明人。"1933年鲁迅写道："人们大抵已经知道一切文物，都是历来的无名氏所逐渐的造成。建筑、烹饪、渔猎、耕种，无不如此；医药也如此。"④文字的创制也不例外。鲁迅不相信"古代会有一个独自造出许多文字来的人"。他在著名的《门外文谈》一文里，生动地论述了文字产生的过程和劳动群众的历史作用。他认为，"在社会里，仓颉也不止一个，有的在刀柄上刻一点图，有的在门户上画一些画，心心相印，口口相传，文字就多起来，史官一采集，便可以敷衍记事了。中国文字的由来，恐怕也逃不出这例子的"。很显然，没有这千千万万的"活人""愚人""无名氏"的默默无闻的劳动创造，就没有人类社会赖以存在和发展的直接的物质的生活资料，也就没有社会的发展。因此，鲁迅认为，"即使'目不识丁'的文盲，由我看来，其实也并不如读书人所推想的那么愚蠢。他们是要智识，要

---

① 《鲁迅全集·三闲集·序言》。

② 《马克思恩格斯全集》第2卷，人民出版社1956年版，第104页。

③ 《鲁迅全集·准风月谈·难得糊涂》。

④ 《鲁迅全集·南腔北调集·经验》。

新的智识，要学习，能摄取的。……那消化的力量，也许还赛过成见更多的读书人"①。

　　鲁迅不仅肯定了人民群众在创造文化知识方面的作用，而且歌颂了他们在大是大非上鲜明的政治态度以及不怕杀头，坚持斗争，推动社会前进的伟大力量。明代魏忠贤诛杀东林党人，文选员外郎周顺昌遭到诬陷，魏派缇骑捕周时，周的亲朋远远躲避，有的其至卖身投靠阉党，然而数十万苏州人民却仗义执言，奋起抗击。鲁迅通过这件事指出："老百姓虽然不读诗书，不明史法，不解在瑜中求瑕，屎里觅道，但能从大概上看，明黑白，辨是非，往往有决非清高通达的士大夫所可几及之处的。"②鲁迅从报纸上看到国民党反动派镇压迫害"一二·九"爱国运动中的青年学生，"水龙喷射，棍击刀砍，一部分则被闭于城外，使受冻馁"，却有许多师生及附近居民组织慰劳队，"送水烧饼馒头等食物"时，高兴地说："谁说中国的老百姓是庸愚的呢，被愚弄诓骗压迫到现在，还明白如此。"并引用明张岱在《越绝诗小序》中一段话，得出了一个结论："石在，火种是不会绝的。"③人民才是历史的火种；只要有人民在，历史的火种是谁也扑灭不了的。反动统治者所显示的"死之恐怖"，仍然不能够警诫后来，使人民永远变作牛马。"历史上所记的关于改革的事，总是先仆后继者，大部分自然是由于公义，但人们的未经'死之恐怖'，即不容易为'死之恐怖'所慑，我以为也是一个很大的原因。"④同样，历代反动阶级的"酷的教育"，也只能证明他们的色厉内荏，在事实上促进着人民的觉醒。"要防'奴隶造反'，就更加用'酷刑'，而'酷刑'却因此更到了末路。……酷的教育，使人们见酷而不再觉其酷，……人民真被治得好像厚皮的，没有感觉的癫象一样了，但正因

①《鲁迅全集·且介亭杂文·门外文谈》。

②《鲁迅全集·且介亭杂文二集·"题未定"草（六至九）》。

③《鲁迅全集·且介亭杂文二集·"题未定"草（六至九）》。

④《鲁迅全集·华盖集续编·"死地"》。

为成了癫皮，所以又会踏着残酷前进，这也是虎吏和暴君所不及料，而即使料及，也还是毫无办法的。"①

鲁迅后期的历史观反映在改造国民性思想上，有这么三个特点：

第一，揭示了群众愚昧落后的根源。

鲁迅后期充分认识到群众力量的伟大，但并没有盲目称颂或任意夸大。他不仅仍然着意针砭群众中落后、愚昧的一面，更重要的是从阶级压迫上找到了群众落后的主要根源。在长达数千年的封建统治下，人民群众是政治专制和文化专制的受害者。封建专制的目的就是要在人民群众中制造愚昧，以利其宰割。"愚民的发生，是愚民政策的结果。"②在中国历史上，秦始皇对人民群众进行了空前的残酷的压迫和剥削，鲁迅称之为"残民""愚民"③。"秦始皇已经死了二千多年，看看历史，是没有再用这种政策的了，然而，那效果的遗留，却久远得多么骇人呵！"④针对所谓中国人好像"一盘散沙"的说法，鲁迅指出：其实这是冤枉了大部分中国人的，中国的大小统治者才是自私自利的沙。他们要发财，财从何来？从小民身上刮下来。"小民倘能团结，发财就烦难，那么，当然应该想尽办法，使他们变成散沙才好。以沙皇治小民，于是全中国就成为'一盘散沙'了。"人民"知道关于本身利害时"是会团结的。"他们的像沙，是被统治者'治'成功的，用文言来说，就是'治绩'。"⑤"统治阶级的思想在每一时代都是占统治地位的思想。"⑥因此老百姓虽然不大读书识字，但"间接受古书的影响很大，他们对于乡下的绅士有田三千亩，佩服得不得了，每每拿绅士的思想，做自己的思想"⑦。"绅士的思想"，就是剥

---

① 《鲁迅全集·南腔北调集·偶成》。

② 《鲁迅全集·集外集拾遗·上海所感》。

③ 《鲁迅全集·准风月谈·华德焚书异同论》。

④ 《鲁迅全集·准风月谈·华德焚书异同论》。

⑤ 《鲁迅全集·南腔北调集·沙》。

⑥ 《马克思恩格斯全集》第3卷，人民出版社1956年版，第52页。

⑦ 《鲁迅全集·而已集·革命时代的文学》。

削阶级的思想，封建的意识形态。要使劳动人民觉悟起来，就必须帮助他们清除剥削阶级思想的影响、毒害，这也正是改造国民性的长期而艰巨的任务。

第二，重视觉悟的知识分子的作用。

鲁迅看到了人民群众中间蕴藏着的革命力量，肯定了人民群众的无穷智慧，得出了"农工大众日日显得着重"①的结论，批评了那种"秀才不出门，而知天下事"这自负的漫天大谎，但并没有因此忽视觉悟的知识分子的作用。他指出："不过也不能听大众的自然，因为有些见识，他们究竟还在觉悟的读书人之下，如果不给他们随时拣选，也许会误拿了无益的，甚而至于有害的东西。"②鲁迅因此热烈地赞颂了历史上的先觉者和人民利益的代表者，把他们看作国家的脊梁，历史的筋骨。他指出了"觉悟的读书人"的历史使命，提出了他们如何才可以做好大众事业的要求。他说：

> 由历史所指示，凡有改革，最初，总是觉悟的智识者的任务。但这些智识者，却必须有研究，能思索，有决断，而且有毅力。他也用权，却不是骗人，他利导，却并非迎合。他不看轻自己，以为是大家的戏子，也不看轻别人，当作自己的喽啰。他只是大众中的一个人，我想，这才可以做大众的事业。③

国民性的改革，从根本上说，要靠社会革命，靠社会生产力的发展，但是清除传统思想对人们的束缚，向他们灌输新的先进的思想，也是一个重要方面，这无疑是"觉悟的读书人"的任务。"多数的力量是伟大、要紧的，有志于改革者倘不深知民众的心，设法利导，改

---

① 《鲁迅全集·三闲集·"醉眼"中的朦胧》。
② 《鲁迅全集·且介亭杂文·门外文谈（十一）》。
③ 《鲁迅全集·且介亭杂文·门外文谈（十一）》。

进，则无论怎样的高文宏议，浪漫古典，都和他们无关。"①一是"深知民众"，亦即使自己成为"大众中的一个人"，一是"设法利导、改进"。一切改革都要做到这两条，国民性的改革当然也不例外。

第三，明确了思想革新与革命斗争的关系。

鲁迅说："思想革新的结果，是发生社会革新运动。这运动一发生，自然一面就发生反动，于是便酿成战斗。"②这里正确指出了思想发动、革命运动、武装斗争的关系。改造国民性是一场启蒙工作，是艰巨的思想发动，对于革命运动、武装斗争具有十分重要的意义。

二、"据过去以推知未来"

鲁迅一生反对复古倒退，反对迷恋故纸堆，但又十分重视历史，注意从中研究中国的灵魂和中国人民将来的命运。在鲁迅看来，治史有这么两条好处：

第一，"一治史学，就可以知道许多'古已有之'的事。"③"看历史，能够据过去以推知未来。看一个人的以往的经历，也有一样的效用。"④"以过去和现在的铁铸一般的事实来测将来，洞若观火！"⑤"过去""现在""未来"三者，是互相联系的。"过去"的影响，反映于"现在"的事物之中，而"现在"的情形，又是发展到"未来"的一个基础。因此，研究"过去"，有助于认识"现在"，预见"未来"，掌握历史发展的规律。鲁迅指出："史书本来是过去的陈账簿，和急进的猛士不相干。但先前说过，倘若还不能忘情于咿唔，倒也可以翻翻，知道我们现在的情形，和那时的何其神似，而现

①《鲁迅全集·二心集·习惯与改革》。
②《鲁迅全集·三闲集·无声的中国》。
③《鲁迅全集·集外集拾遗·又是"古已有之"》。
④《鲁迅全集·华盖集·答KS君》。
⑤《鲁迅全集·南腔北调集·〈守常全集〉题记》。

在的昏妄举动，胡涂思想，那时也早已有过，并且都闹糟了。"①

第二，治史能够汲取前人的经验，特别是历代劳动人民积累下来的经验。鲁迅深刻指出，"古人所传授下来的经验，有些实在是极可宝贵的，因为它曾经费去许多牺牲，而留给后人很大的益处"②。他以《本草纲目》为例，令人信服地说明了这个问题。这本书所记载的药物的功用，不仅包括中国历代人民的经验，还有古代印度和阿拉伯人民的经验，其中自然难免有捕风捉影的成分，"但里面却含有丰富的宝藏"。

鲁迅研究历史，善于把历史和现实结合起来，从中找出阶级斗争的规律。他说过："凡见于古书的，也都可以抄出来编为一集，和现在的来比照，看思想手段，有什么不同。"③20世纪30年代，他结合当时的斗争实际，较多地剖析中国知识分子的心态，并对某些劣根性进行了深刻的批判。当时文坛上有些人热衷于搬弄是非，造谣生事，鲁迅认为，这也是"古已有之"的，弄清"历来'流言'的制造散布法和效验"，即是研究中国国民性的一个新方面。④他指出："造谣说谎诬陷中伤也都是中国的大宗国粹，这一类事实，古来很多，鬼祟著作都消灭了。不肖子孙没有悟，还是层出不穷的做。"⑤"中国历来的文坛上，常见的是诬陷，造谣，恐吓，辱骂，翻一翻大部的历史，就往往可以遇见这样的文章，直到现在，还在应用，而且更加厉害。"⑥这在革命队伍内部也难以避免。左联成立前后，有些所谓革命作家，其实是破落户的飘零子弟，也有不平，有反抗，有战斗，"而往往不过是将败落家族的妇姑勃谿，叔嫂斗法的手段，移到文坛上。喊喊嗦

①《鲁迅全集·华盖集·这个与那个》。

②《鲁迅全集·南腔北调集·经验》。

③《鲁迅全集·三闲集·匪笔三篇》。

④《鲁迅全集·华盖集续编·马上支日记（7月4日）》。

⑤《鲁迅全集·集外集拾遗补编·寸铁》。

⑥《鲁迅全集·南腔北调集·辱骂和恐吓决不是战斗》。

嚓，招是生非，搬弄口舌，决不在大处着眼。这衣钵流传不绝"①。还有一些无耻文人，靠造谣过日子，毫无持操，为反动派效劳，例如诬陷进步作家"受了赤色主义的收买，受了苏俄卢布的津贴"，把鲁迅对他们的揭露批判说成是"都由于墨斯科的命令"等等。鲁迅戳穿了他们的手法和用心，指出："这又正是祖传的老谱，宋末有所谓'通虏'，清初又有所谓'通海'，向来就用了这类的口实，害过许多人们的。""所以含血喷人，已成为中国士君子的常经，实在不单是他们的识见，只能够见到世上一切都靠金钱的势力。"②

　　鲁迅通过历史研究，重视总结丰富的历史经验。关于中国儿童教育历史的研究，就是一例。鲁迅从改造国民性思想出发，十分重视儿童教育，因为儿童是一个国家的未来，"童年的情形，便是将来的命运"③。他说过："倘有人作一部历史，将中国历来教育儿童的方法，用书，作一个明确的记录，给人明白我们的古人以至我们，是怎样的被熏陶下来的，则其功德，当不在禹下。"④鲁迅虽然没有写出一部中国儿童教育史，但他在这方面做了许多努力：在"意在暴露家族制度和礼教的弊害"的《狂人日记》中，就揭露了"吃人"的传统思想，连孩子也受到影响，发出了"救救孩子"的呼声；在《我们怎样做父亲》《我们是怎样教育儿童的？》《上海的儿童》等文章中，认真总结了历史经验，提出了不少关于儿童教育上的精湛论述。鲁迅指出，中国一般家庭在儿童教育上大抵是这么两种错误的方法：一是放纵不管，任其跋扈，在家里是暴主、是霸王，一到外面，"便如失了网的蜘蛛一般，立刻毫无能力"；二是冷遇鞭答，使其畏葸退缩，仿佛一个奴才、一个傀儡，却美其名曰"听话"，放出后"则如暂出樊

①《鲁迅全集·且介亭杂文末编·答徐懋庸并关于抗日统一战线问题》。
②《鲁迅全集·二心集·序言》。
③《鲁迅全集·南腔北调集·上海的儿童》。
④《鲁迅全集·准风月谈·我们是怎样教育儿童的？》。

笼的小禽，他决不会飞鸣，也不会跳跃"①。把儿童教育成类乎"失了网的蜘蛛"或"暂出樊笼的小禽"的方法，都是错误的，是对儿童的戕害。鲁迅还进而比较了中国与外国在儿童教育方式上的不同。他以儿童画为例，由于画家"供给儿童仿效的范本"各不相同，就看到了儿童画上各国的差别："英国沉着，德国粗豪，俄国雄厚，法国漂亮，日本聪明，都没有一点中国似的衰惫的气象。"②鲁迅指出，从儿童画上是可以"观民风"的。从小就是衣裤郎当，低眉顺眼，精神萎靡的中国儿童，中国的前途是可想而知的。因为"顽劣，钝滞，都足以使人没落，灭亡"。中外儿童的这种明显差别，完全是不同的教育方式所致。中国儿童，从小就受封建伦理道德的熏染，正如鲁迅回忆自己小时候受的教育："屏息低头，毫不敢轻举妄动。两眼下视黄泉，看天就是傲慢，满脸装出死相，说笑就是放肆。"③这样教育出来的孩子，一味驯良，唯唯诺诺，其实倒是最没有出息的。鲁迅呼吁人们"为儿女提出家庭教育的问题，学校教育的问题，社会改革的问题"。他指出："先前的人，只知道'为儿孙作马牛'，固然是错误的，但只顾现在不想将来，'任儿孙作马牛'，却不能不说是一个更大的错误。"④鲁迅通过古今、中外的对比研究，指出了中国儿童教育上的弊端，揭示了抓好儿童教育的极端重要性，这些见解，今天对我们也是有启发的。

对于以改造国民性为职志的鲁迅来说，进行历史研究，着眼点是人，重点是对中国人性质的探索。鲁迅后期曾想参照英国卡莱尔的《英雄及英雄崇拜》和美国亚懋生的《伟人论》的写法，"作一部中国的'人史'"。"人史"一书没有写出来，但鲁迅谈了他的一些打算："择历来极其特别，而其实是代表着中国人性质之一种的人

①《鲁迅全集·南腔北调集·上海的儿童》。
②《鲁迅全集·南腔北调集·上海的儿童》。
③《鲁迅全集·华盖集·忽然想到（五至六）》。
④《鲁迅全集·南腔北调集·上海的儿童》。

物，原则是'好坏俱有'。"他还举了一些例子，如"有啮雪苦节的苏武，舍身求法的玄奘，有'鞠躬尽瘁，死而后已'的孔明，但也有呆信古法，'死而后已'的王莽，有半当真半取笑的变法的王安石；张献忠当然也在内"①。鲁迅提出，"惟须好坏俱有"；"因为不如此，便无从知道全般"。他说中国的史家是早已明白了这个道理的："所以历史里大抵有循吏传，隐逸传，却也有酷吏传和佞幸传，有忠臣传，也有奸臣传。"②鲁迅所说"中国人性质之一种"，显然是指中国国民性而言；"好坏俱有"，可以说是代表国民性中优点和弱点的两个方面。从他所列举的苏武、玄奘、孔明等古人看，他是持肯定赞扬态度的，这三个人就是从古以来"埋头苦干的人""拼命硬干的人""为民请命的人""舍身求法的人"的代表。鲁迅不是信手拈来这三个人，而是针对中国国民性的弱点，有的放矢的。他赞扬苏武的啮雪苦节、坚贞不屈，反对那种没有原则，不讲操守，缺乏热烈的好恶和明确的是非的软骨头精神；赞扬玄奘的舍身求法、坚韧不拔，反对那种缺乏理想、缺乏艰苦奋斗精神的态度；赞扬孔明的"鞠躬尽瘁，死而后已"，反对那种对人生和事业敷敷衍衍、随随便便的态度。鲁迅提倡发扬中华民族的这些传统美德，以克服我们民族的弱点和不足。

三、尤留意于野史杂说

鲁迅重视历史典籍，对于野史笔记更为留意。他说过，读史，"尤其是宋朝明朝史，而且尤须是野史；或者看杂说"③。

野史是对"正史"而言。正史是统治阶级官方修订的史书，清乾隆时选定从《史记》至《明史》等二十四部史书作为"正史"。野史指的是中国古代私人编撰的史书；杂说即杂记，往往记一时之见闻和

---

①《鲁迅全集·准风月谈·晨凉漫记》。

②《鲁迅全集·且介亭杂文二集·"题未定"草（六至九）》。

③《鲁迅全集·华盖集·这个与那个》。

一事之始末，或是带有掌故性质的史书。野史杂说，统称为杂史，它的特点，据《四库全书总目》所言，其一是体例杂，"义取乎兼包众体，宏括殊名"；其二是内容杂，"大抵取其事系庙堂，语关军国，或但具一事之始末，非一代之全编；或但述一时之见闻，只一家之私记，要期遗文遗事，足以存掌故，资考证，备读史者之参稽云尔"。野史杂记在我国可以说始于秦汉，出现最早的有《山海经》《穆天子传》以及汉应劭的《风俗通》等，唐代便兴盛了起来，到宋代几乎每一个作家都写一本笔记，著名的如唐王定保《摭言》、李肇《国史补》，五代王仁裕《开元天宝遗事》，宋孟元老《东京梦华录》、周密《武林旧事》、沈括《梦溪笔谈》、方勺《泊宅编》等。明代野史笔记空前繁荣，全祖望说：明代野史，不下千家。梁启超也指出："明清鼎革之交一段历史，在全中国史上实有重大的意义，当时随笔类之野史甚多。虽屡经清廷禁毁，现存者尚百数十种。"①

野史笔记内容非常广泛，包括自然、社会经济、政治、思想、文化、民族关系、对外关系等各个方面，诸如典章制度、地区经济、人物传记、农民起义、风土人情、朝野掌故、生产技术、文学艺术、奇说异闻、花卉草木、鸟兽虫鱼、自然灾害、物产资源、山川河湖、名胜古迹等等，可谓无所不包。正史与野史在史料上的价值，实甚悬殊，有人对两者做了比较：因正史贵志综约，别记文每增益；因国史牵延忌讳，野乘反存实录；因社会琐细不登国史。私家摭拾信有足征。②因此，野史笔记对于扩充历史的内容、增补官修正史的不足，有着重要的作用。例如司马光编著《资治通鉴》时，说曾取材于南唐尉迟偓《中朝故事》、刘崇远《金华子》等书；元修《金史》，就据金刘祁《归潜志》作蓝本。

鲁迅从小喜欢野史笔记。他十四五岁时，阅读的注意力就转向

① 梁启超：《中国近三百年学术史》。
② 参阅苏渊雷：《读史举要》，黑龙江人民出版社1981年版，第31—32页。

了所谓的"杂学"方面，读了《立斋闲录》《曲洧旧闻》《窃愤录》
《玉芝堂谈荟》《鸡肋编》《明季稗史汇编》《南烬纪闻》等。[①]后
来，又接触了明季顾亭林、黄梨洲、王船山等遗老诸书；家藏的《经
策通纂》一书后附有部分《四库书目提要》，启发他搜求各种"杂类
书"。他晚年曾回忆说："我常说明朝永乐皇帝的凶残，远在张献忠
之上，是受了宋端仪的《立斋闲录》的影响的。那时我还是满洲治下
的一个拖着辫子的十四五岁的少年，但已经看过记载张献忠怎样屠杀
蜀人的《蜀碧》，痛恨这'流贼'的凶残。后来又偶然在破书堆里发
现了一本不全的《立斋闲录》，还是明抄本，我就在那书上看见了永
乐的上谕，于是我的憎恨就移到永乐身上了。"[②]

阅读野史对鲁迅认识中国的历史和社会起了很大的作用，有的
材料还成为他以后的创作素材。他曾说过，《故事新编》中的《铸
剑》，"出处忘了，因为是取材于幼时读过的书，我想也许是在《吴
越春秋》或《越绝书》里面"[③]。

鲁迅为什么如此注重野史笔记？应注意到这么两个方面：

第一，鲁迅认为，封建社会官修的正史，其材料的可靠程度远
不及笔记。这种看法是有道理的。当然，在我国几千年的封建社会
里，也有不少史家，不为权势所迫，秉笔直书，敢于说真话，为后代
保存了大量确凿的史料。"崔杼弑其君"，董狐宁冒杀头之祸，也决
不改写历史事实，被传为美谈；司马迁敢于讽谏汉皇帝，也是颇为勇
敢的。但总的说来，"官修"而加以"钦定"的正史，虽然摆出一副
"史架子"，什么本纪、列传，其实"里面也不敢说什么"[④]。鲁迅分
析了正史记载不大可靠的三条原因：

---

① 参阅周启明：《影写画谱》《鲁迅读古书》《关于鲁迅》《鲁迅的青年时代》，中
国青年出版社1957年版。

②《鲁迅全集·且介亭杂文·病后杂谈之余》。

③《鲁迅全集·书信·360328致增田涉》。

④《鲁迅全集·华盖集·这个与那个》。

一是本朝人历史由别朝人作。我们翻看旧史就会发现：某朝的年代长一点，其中必定好人多，某朝的年代短一点，其中差不多没有好人。为什么呢？因为年代长了，作史的是本朝人，当然恭维本朝的人物；年代短的，作史的是别朝人，便很自由地贬斥其异朝的人物。"所以在秦朝，差不多在史的记载上半个好人也没有。曹操在史上年代也是颇短的，自然也逃不了被后一朝人说坏话的公例。"因此历史上的记载，"有时也是极靠不住的，不能相信的地方很多"①。

二是统治者从有利于维护、巩固自己统治的需要出发，"字里行间也含着什么褒贬的"②。孔子作《春秋》，就特别重视利用褒贬的手法，借以达到"乱臣贼子惧"，收到"正名""定分"的效果。例如，楚国当时经济文化比较落后，它的国王虽自称为王，《春秋》上却始则书"荆人"（称地不称国）、继书"楚人"（称国），至宣公四年后始称"楚子"。又如，宣公二年记载的"晋赵盾弑其君夷皋"，实际上弑君的不是赵盾而是赵穿，但《春秋》上写为赵盾，因赵盾身为上卿，负有讨贼之责，却放弃职守，故坐以弑君之罪，以诛其心。显然，这样写出来的历史，很难说是"信史"。

三是删削篡改，有意粉饰。鲁迅说过："《颂》诗早已拍马，《春秋》已经隐瞒。"③据《春秋谷梁传》成公九年：孔丘编《春秋》时，"为尊者讳耻，为贤者讳过，为亲者讳疾"。例如晋侯传见天子，《春秋》为了维护周天子的尊严，便有意粉饰，变其文为"天王狩于河阳"，这叫作"婉而成章"。《诗经》里的《周颂》《鲁颂》《商颂》，虽有一定的史料价值，但多是统治阶级祭祖酬神用的作品，旨在歌颂祖先的丰功伟烈，"大率叹美"④。鲁迅指出，这经过改削的十三经二十五史，便成为"酋长祭师们一心崇奉的治国平天下

①《鲁迅全集·而已集·魏晋风度及文章与药及酒之关系》。

②《鲁迅全集·华盖集·这个与那个》。

③《鲁迅全集·伪自由书·文学上的折扣》。

④《鲁迅全集·汉文学史纲要》第二篇《〈书〉与〈诗〉》。

的谱"①。

鲁迅因此指出，汗牛充栋的皇皇正史，"涂饰太厚，废话太多，所以很不容易察出底细来，正如通过密叶投射在莓苔上面的月光，只看见点点的碎影。但如看野史和杂记，可更容易了然了，因为他们究竟不必太摆史官的架子"②。当然，"野史和杂说也免不了有讹传，挟恩怨，但看往事却可以较分明，因为它究竟不像正史那样装腔作势"③。

鲁迅特别重视野史，但对正史并不是采取简单的一笔抹杀的态度。相反，他通过除涂饰、去废话，披沙拣金，努力查出正史的底细来。在他的杂文中，引用了大量的正史材料，以古鉴今，收到了好的效果。他还有一段名言："我们从古以来，就有埋头苦干的人，有拼命硬干的人，有为民请命的人，有舍身求法的人，……虽然等于为帝王将相作家谱的所谓'正史'，也往往掩不住他们的光耀，这就是中国的脊梁。"④

第二，在鲁迅的青少年时代，推翻清朝统治的革命斗争正在如火如荼地展开。为了揭露满清残暴，激发民族气节，那时聚在日本的革命派中间，有一些人专意整理出版明末遗民的著作和满族残暴的记录，如《扬州十日记》《嘉定屠城记略》《朱舜水集》《张苍水集》《黄肃养回头》等，输入国内，以制造"光复"的舆论。它对鲁迅是有影响的。三十多年后，鲁迅还回忆起这时候的情景："留学日本的学生中的有些人，也在图书馆里搜寻可以鼓吹革命的明末清初的文献"；他甚至记得当时湖北留学生办的《汉声》杂志增刊扉页上的四句话："摅怀旧之蓄念，发思古之幽情；光祖宗之玄灵，振大汉之天声。"⑤

---

①《鲁迅全集·热风·随感录四十二》。

②《鲁迅全集·华盖集·忽然想到（一至四）》。

③《鲁迅全集·华盖集·这个与那个》。

④《鲁迅全集·且介亭杂文·中国人失掉自信力了吗？》。

⑤《鲁迅全集·且介亭杂文·病后杂谈之余》。

在野史杂说中，鲁迅之所以特别留意宋明野史，大约有这么三个原因：

一、官修的"正史"（即"二十四史"），虽都是站在地主阶级立场，为维护封建统治服务的，但前四史和魏晋南北朝的史书，容或记载朝野的遗闻，社会风俗的情状，农民的暴动，畸士异人科技学家的事迹；而宋代以后的史书，只不过是官样文章，动涉忌讳，或避而不谈。因此要了解宋明的真实历史，就不能不有赖于大量的稗乘杂家了。①

二、宋、明两朝都灭亡于少数民族，代之而起的是元、清。鲁迅通过野史笔记，研究宋、明两朝，特别是宋末、明末腐败的政治，探讨它们灭亡的原因。例如，明末社会十分腐朽，宦官魏忠贤等专权，通过特务机构残酷压榨和杀戮人民。魏的阉党把大批反对他们的正直的士大夫，如东林党人，编成"天鉴录""点将录"等名册，按名杀害。鲁迅指出，"满洲人早在窥伺了，国内却是草菅民命，杀戮清流"；"鹰犬塞途，干儿当道，魏忠贤不是活着就配享了孔庙么？"②20世纪30年代初，周作人、林语堂等借鼓吹袁中郎等明人小品来宣扬所谓"空灵"，鲁迅在《读书忌》一文中引用明末遗民屈大均《翁山文外》中有关残酷的民族压迫的记载，主张读一点野史笔记之类的作品，借以提高人们抗日的民族意识。他说："明人小品，好的；语录体也不坏，但我看《明季稗史》之类和明末遗民的作品实在还要好，现在也正到了标点，翻印的时候了：给大家来清醒一下。"在当时民族危机的情况下，鲁迅的主张是有积极意义的。

三、鲁迅深感，不管是北洋军阀的残酷压迫，还是国民党反动派的黑暗统治，都与宋末、明末的腐败情形相似。他在1925年曾指出："秦汉远了，和现在的情形相差已多，且不道。元人著作寥寥。至于唐宋明的杂史之类，则现在多有。试将记五代，南宋，明末的事情

---

① 参阅谢国桢：《明末清初的学风·明清野史笔记概述》，人民文学出版社1982年版。

②《鲁迅全集·伪自由书·文章与题目》。

的，和现今的状况一比较，就当惊心动魄于何其相似之甚，仿佛时间的流驶，独与我们中国无关。现在的中华民国也还是五代，是宋末，是明季。"①

鲁迅1935年又说："偶看明末野史，觉现在的士大夫和那时之相像，真令人不得不惊。"②"中国事其实早在意中，热心人或杀或囚，早替他们收拾了，和宋明之末极像。"③鲁迅正是通过对宋明野史的研究，认真总结阶级斗争的规律。

四、文化统制："遗留至今的奴性的由来"

鲁迅阅读野史笔记，从中探索愚弱的国民性形成的原因，并且紧密结合斗争实际，尖锐地抨击了反动派承袭老谱的伎俩，指出了他们必然灭亡的命运。

鲁迅认真考察历史，看到中国人民几千年来被虐杀的悲惨命运。他愤慨地说："自有历史以来，中国人民是一向被同族和异族屠戮，奴隶，敲掠，刑辱，压迫下来的，非人类能够忍受的楚毒，也都身受过，每一考察，真教人觉得不像活在人间。"④统治者对待反抗分子或者违背他们旨意的人，或者他们认为有罪的人，制造了种种惨无人道的酷刑。鲁迅说到古代的酷刑，从周到汉，次于"大辟"的，就有一种施于男子的"宫刑"，也叫"腐刑"，对于女性则叫"幽闭"。宋明野史笔记中有关酷刑的记载比比皆是。读这些野史，"有些事情，真也不像人世，要令人毛骨悚然，心里受伤，永不痊愈的"⑤。据记载，朱元璋所用的酷刑就有三十多种：有族诛，有凌迟，有极刑，有枭令，有斩，有死罪，有墨面文身，挑筋去膝盖，有剥指，有断手，

①《鲁迅全集·华盖集·忽然想到（一至四）》。

②《鲁迅全集·书信·350108致郑振铎》。

③《鲁迅全集·书信·350624致曹靖华》。

④《鲁迅全集·且介亭杂文·病后杂谈之余》。

⑤《鲁迅全集·且介亭杂文·病后杂谈》。

有刖足，有阉割为奴，有剁趾枷令，有常枷号令，有枷项游历，有重刑，有免死罚广西拿象，人口迁化外，有充军，有全家抄没，有戴罪还职，有戴罪充书吏等。①最丧失人性的就是"剥皮揎草"。《安龙逸史》载：永历六年明朝孙可望党羽张应科杀御史李如月，剥皮示众，"应科促令仆地，剖脊，及臀，……及断至手足，转前胸，犹微声恨骂，至颈绝而死。随以灰渍之，纫以线，后乃入草，移北城门通衢阁上，悬之"。明初，永乐皇帝剥了景清的皮，也用的是这方法。鲁迅还说："大明一朝，以剥皮始，以剥皮终，可谓始终不变。"②

鲁迅从《立斋闲录》中永乐的上谕，看到了这位明朝皇帝的凶残猥亵。据永乐立法，罪人不仅自己要被剥皮，被油炸，还要牵连到妻女，被送到"教坊"里去做婊子，而且要"转营"，即到每座兵营里住几天，供士兵凌辱，并让生下"小龟子"和"淫贱材儿"；如果死了，那就"着狗吃了！钦此！"这就是明代统治者的虐政。在《病后杂谈》《病后杂谈之余》中，鲁迅执意要弄清一件明代的史实，就是明永乐皇帝油炸了建文皇帝的忠臣铁铉后，铁铉的两个女儿则发付教坊做婊子，后来二女献诗于原问官，被永乐知道，就赦放出来，嫁与士人了。鲁迅却想到，在下过不少凶残猥亵的上谕的永乐皇帝治下，"做一首诗就能超生的么？"他查阅了杭世骏的《订讹类编》，发现这诗并非铁女所作；又据另一本书的说法，则铁铉有无女儿还是一桩疑案。鲁迅因此指出："中国的有一些士大夫，总爱无中生有，移花接木的造出故事来，他们不但歌颂升平，还粉饰黑暗。"这种不敢正视现实人生，习惯于瞒和骗，即是国民性的弱点。

"然而酷刑的方法，却决不是突然就会发明，一定都有它的师承或祖传"③鲁迅结合现实斗争，揭露了国民党反动派镇压、屠杀人民

---

① 参阅丁易：《明代特务政治》，群众出版社1983版，第336页。

②《鲁迅全集·且介亭杂文·病后杂谈》。

③《鲁迅全集·南腔北调集·偶成》。

的罪行。国民党反动派是在血泊中建立起法西斯统治的，它继承了历代反动派的衣钵，无所不用其极。鲁迅1933年说："现在官厅拷问嫌疑犯，有用辣椒煎汁灌入鼻孔去的，似乎就是唐朝遗下的方法，或则是古今英雄，所见略同。"①但现在所谓文明人制造的刑具，残酷又超出于此种方法万万。上海有电刑，一上，即遍身痛楚欲裂，遂昏去，少顷又醒，则又受刑。曾有连受七八次者，即幸而免死，亦从此牙齿皆摇动，神经变钝，不能复原。在《晨凉漫记》中，鲁迅借用《蜀碧》关于张献忠的记载，分析了杀人者的心理状态，认为那些想做皇帝的人，在走到末路的时候就大肆杀人，因为他分明感到："天下已没有自己的东西，现在是在毁坏别人的东西了，……所以就杀，杀，杀人，杀……"文章所勾画的这类垂死挣扎、逞凶作恶的病态心理，直指国民党的反革命屠杀政策，预示了它们必然灭亡的命运。

在漫长的中国历史上，反动统治者不仅用虐杀手段镇压人民，而且用尽办法在思想上钳制人民。鲁迅通过清朝统治者查禁删改野史笔记和镇压知识分子的行径，揭露了他们实行文化统制的罪行，并且探讨了其对国民性弱点形成的影响。

清朝是中国北方落后的少数民族入主中原的朝代。"满洲人仅用四十日工夫便奠定北京，却须用四十年工夫才得有全中国。"②面对数量巨大又有着悠久文化传统的汉民族，清统治者怀着深深的恐惧，为了消弭汉人民族意识，巩固他们的统治，便十分重视思想文化上的统制。这主要表现在两个方面：删改古书，大兴"文字狱"。

删改古书是清代统治者的创举，是他们的拿手好戏。清政府从维护自己统治的需要出发，将认为内容"悖谬"和有"违碍字句"的书都列为禁书，分别予以"销毁"或"撤毁"（即"全毁"或"抽毁"）。孙中山在1904年的英文对外宣言中指出："满洲人更欲愚中

---

① 《鲁迅全集·伪自由书·电的利弊》。

② 梁启超：《中国近三百年学术史》。

国之民智，使其永久服事，凡中国文人著作有涉于满洲侵略暴虐事实者，皆焚毁绝灭，使后世无所考。"[1]鲁迅说："现在不说别的，单看雍正乾隆两朝的对于中国人著作的手段，就足够令人惊心动魄。全毁，抽毁，剜去之类也且不说，最阴险的是删改了古书的内容。"[2]集中反映清政府这一毒辣政策的，可以说是编纂《四库全书》。

清乾隆三十七年（1772）设立"四库全书馆"，将宫中所藏和民间所献图书，加以编纂，历时10年，共选入书籍3503种，编为经、史、子、集四部，称为《四库全书》，它在一定程度上起了保存和整理文献的作用。鲁迅认为，《四库全书简明目录》"是现有的较好的书籍之批评"，因而还是值得看一看，"但须注意其批评是'钦定'的"[3]。但是鲁迅指出，这被"许多人颂为一代之盛业的"，实际上是清政府文化统制的重要措施之一。清政府借编辑《四库全书》之名，对全国所存的书籍做了一番检查，其中不利于清朝统治者的书籍全都没有列入，而在列入的图书中有部分也被删或抽毁。禁毁的一个重点就是明末野史。乾隆在三十九年（1774年）致各地督抚的上谕中提出："乃各省进到书籍，不下万余种，并不见奏及稍有忌讳之书，岂有裒集如许遗书，竟无一违碍字迹之理？况明季末造野史甚多，其间毁誉任意，传词异词，必有诋触本朝之语，正当及此一番查办，尽行销毁，杜遏邪言，以正人心而厚风俗，断不宜置之不办。"[4]后来又扩大到宋元时期的史书，凡是对于辽金元等少数民族"语句乖戾""议论偏谬"的，都在删改或销毁之列。据统计，全国范围内列入全毁的书目有2400多种，抽毁的书目有400多种，销毁的总数在10万部左右。鲁迅就将宋代晁说之的《嵩山文集》旧抄本，与《四库全书》中

---

① 《孙总理之英文对外宣言》，参阅冯自由：《革命逸史》第5集，中华书局1981年版，第3页。

② 《鲁迅全集·且介亭杂文·病后杂谈之余》。

③ 《鲁迅全集·集外集拾遗·开给许世瑛的书单》。

④ 转引自吕坚：《四库全书的编纂与"寓禁于征"》，《社会科学辑刊》1986年第3期。

的有关部分逐字逐句做了对比，发现仅《负薪对》这一篇里，"非删即改，语言全非"的地方就很多。①他又把宋代庄季裕《鸡肋编》的元钞本，与《四库全书》的改删加以对照，指出清朝"不但兴过几回'文字狱'，大杀叛徒，且于宋朝人所做的'激烈文字'，也曾细心加以删改"②。鲁迅激愤地指出："他们却不但捣乱了古书的格式，还修改了古人的文章，不但藏之内廷，还颁之文风较盛之处，使天下士子阅读，永不会觉得我们中国的作者里面，也曾经有过很有些骨气的人。"因此，这是对古书的践踏，"清人纂修《四库全书》而古书亡"。③

　　清代统治者不仅任意删改古书，而且大搞"钦定"的选本，所选都是那些"纯厚"的作品。鲁迅指出，古人并不纯厚，大有不满黑暗，指斥当路的诗文俱在，只是由于统治者删除了那些不合他们口味的篇章，给人留下了似乎古人真的纯厚的印象。他说："清朝曾有钦定的《唐宋文醇》和《唐宋诗醇》，便是由皇帝将古人做得纯厚的好标本。"④如在《唐宋诗醇》中，选录李白、杜甫、白居易、韩愈、苏轼、陆游等六大家诗，各家前有总评，各篇后亦常有编者评语，如谓杜甫为"忠君"诗人的典范，李白、陆游诗中"忠爱之志"与杜甫"固无不同"，白居易《新乐府》"不失温厚和平之意"等，都可见其鼓吹的"纯厚"的意旨。

　　与删改古书紧密相连的是大兴"文字狱"，这也是清代文化统制政策的必然产物。鲁迅指出：

　　　　清的康熙、雍正和乾隆三个，尤其是后两个皇帝，对于"文艺政策"或说得较大一点的"文化统制"，却真尽了很大的努力的。文字狱不过是消极的一方面。积极的一面，则如《钦定四库

---

① 《鲁迅全集·且介亭杂文·病后杂谈之余》。

② 《鲁迅全集·而已集·谈"激烈"》。

③ 《鲁迅全集·且介亭杂文·病后杂谈之余》。

④ 《鲁迅全集·花边文学·古人并不纯厚》。

全书》，于汉人的著作，无不加以取舍，所取的书，凡有涉及金元之处者，又大抵加以修改，作为定本。此外，对于七经，《二十四史》，《通鉴》，文士的诗文，和尚的语录，也都不肯放过，不是鉴定，便是评选，文苑中实在没有不被蹂躏的处所了。而且他们是深通汉文的异族的君主，以胜者的看法，来批评被征服的汉族的文化和人情，也鄙夷，但也恐惧，有苛论，但也有确评，文字狱只是由此而来的辣手的一种，那成果，由满洲这方面言，是的确不能说它没有效的。①

在中国历史上，封建统治者对知识分子即士人，往往采用两手政策，一手是通过科举等途径羁縻罗致，一手是严刑峻法，对于在思想、文字上稍有"越轨"表现的，无情地予以镇压。清朝统治者从厉行民族歧视和民族压迫政策出发，承袭了过去统治者的伎俩，而且手段更为凶残，用血腥的屠杀压制排满思想，加强了对文化思想的统制。清的顺治、康熙、雍正、乾隆四朝，文字狱发展到了登峰造极的地步。例如，清顺治朝的毛重倬坊刻制艺序之狱，康熙朝的庄廷鑨的《明书》之狱、戴名世《南山集》之狱，雍正朝的查嗣庭试题之狱，吕留良、曾静之狱；乾隆年间更是愈演愈烈，著名的如胡中藻《坚磨生诗抄》之狱、徐述夔《一柱楼诗》之狱等。当然，形成文字狱的原因也很复杂，鲁迅指出："大家向来的意见，总以为文字之祸，是起于笑骂了清朝。然而，其实是不尽然的。""有的是卤莽；有的是发疯；有的是乡曲迂儒，真的不识讳忌；有的则是草野愚民，实在关心皇家。"②被鲁迅称为"最有趣的""风雅"案件的疯子冯起炎案就是一例。但是，清政府厉行文字狱，则完全是从加强专制主义中央集权统治出发的，因此必然妄意引申，构陷入罪，株连无辜，备极惨酷，

①《鲁迅全集·且介亭杂文·买〈小学大全〉记》。
②《鲁迅全集·且介亭杂文·隔膜》。

致使文人士子，人人自危。鲁迅就将清代的文字狱抨击为"脍炙人口的虐政"。

鲁迅认为中国历史上的文字狱与中国国民性有着很大关系。他曾指出，弄清"中国从古到今有多少文字狱"，是中国人"研究自己"、认识自己的一个新方面。①残虐的文字狱，严重地压抑和束缚了广大士人的思想。鲁迅在谈到晚明作家袁宏道、钟惺、张岱等人的小品文时说："明末的小品虽然比较的颓放，却并非全是吟风弄月，其中有不平，有讽刺，有攻击，有破坏。这种作风，也触着了满洲君臣的心病，费去许多助虐的武将的刀锋，帮闲的文臣的笔锋，直到乾隆年间，这才压制下去了。"②这种"压制"，是赤裸裸的血腥屠杀。例如康熙初年的庄廷鑨《明书》之狱，因为该书对清太祖努尔哈赤直呼其名，又在一段时间未书清朝年号，而将南明隆武、永历二帝视作正统，都被清廷认为大逆不道。庄廷鑨被戮尸，其父在狱中死后亦被戮尸，其弟及其子孙，年十五以上均斩，妻女发配沈阳为奴。"庄氏私撰明史一案，名士伏法者二百二十二人。庄故富人，卷端多列诸名士，本欲借以自重。相传此二百余人中，多半未与编纂之役。"③在这种文禁森严的情势下，知识分子噤若寒蝉，鲁迅尖锐指出："为了文字狱，使士子不敢治史，尤不敢言近代事。"④"所谓读书人，便只好躲起来读经，校刊古书，做些古时的文章，和当时毫无关系的文章。"⑤广大士人绝不敢言及国事，不敢研究经世致用的学问，转而埋头古籍的考证和整理，从事那些文字、训诂、校勘、考据之学，从而出现了"为考据而考据""不谈义理"的乾嘉学派，所谓"人人许（慎）郑（玄），户户贾（逵）马（融）"。"避席畏闻文字狱，著

①《鲁迅全集·华盖集续编·马上支日记》。

②《鲁迅全集·南腔北调集·小品文的危机》。

③ 郎潜：《纪闻》卷十一。

④《鲁迅全集·且介亭杂文·买〈小学大全〉记》。

⑤《鲁迅全集·三闲集·无声的中国》。

书都为稻粱谋。"龚自珍的诗句，就是这种高压政策的生动写照。文字狱是封建专制制度的必然产物。剖析它产生的原因及造成的严重后果，不仅使我们清楚地看到中国封建主义统治的顽固性和残酷性，而且看到其对中国人民特别是广大知识分子思想的压制和桎梏，以及长期存在的那种服服帖帖、逆来顺受的奴隶性格的影响和加强。鲁迅因此很重视对文字狱的研究，指出"集中国文字狱史料，此举极紧要，大约起源古矣"①。他生前还曾提出，应着手编写"文祸史"②。

鲁迅还揭露了清朝统治者的恶辣的策略。他以为，像《东升录》《御批通鉴辑览》《上谕八旗》《雍正朱批谕旨》等，"倘有有心人加以收集，一一钩稽，将其中的关于驾驭汉人，批评文化，利用文艺之处，分别排比，辑成一书，我想，我们不但可以看见那策略的博大和恶辣，并且还能够明白我们怎样受异族主子的驯扰，以及遗留至今的奴性的由来的罢"③。清朝统治者为了维护自己的专制统治，向人民灌输奴隶意识，严分主奴的界限。奴隶只能奉行，不许言议，这就叫"思不出其位"。倘一乱说，便是"越俎代谋"，当然"罪有应得"。鲁迅指出，清朝的开国之君是十分聪明的，他们虽然打定了这样的主意，嘴里却并不照样说，还用中国的"爱民如子""一视同仁"的古训。一些简单愚蠢的人们便去讨好，结果上了当，被杀掉了，后来的就不敢再开口，他们的计划居然成功，严分主奴就成了"祖宗的成法"④。

鲁迅对清朝统治者的批判，是紧密结合现实斗争，矛头指向国民党反动派的。国民党反动派集明清虐政之大成，文网密布，禁毁进步书刊，屠杀革命文化工作者，全国到处一片恐怖。于是刊物上出现了"吁请海内文豪，从兹多谈风月，少发牢骚，庶作者编者，两蒙其

①《鲁迅全集·书信·351219致杨霁云》。
②《鲁迅全集·书信·330618致曹聚仁》。
③《鲁迅全集·且介亭杂文·买〈小学大全〉记》。
④《鲁迅全集·且介亭杂文·隔膜》。

休"的启事;"从清末以来,'莫谈国事'的条子贴在酒楼饭馆里,至今还没有跟着辫子取消。"①"清初删禁小国人文章的事情,其手段大抵和现在相同。"②鲁迅的许多文章,是被国民党检查官"全毁,抽毁,剜去",有的弄得上下文不通。鲁迅在编辑成集时,又把刊登时被删改的文字补上去了,而且旁加黑点,以清眉目。他说,这为的是"以存中国文网史上极有价值的故实"③。鲁迅还指出:"清朝之狱,往往亦始于汉人之告密,此事又将于不远之日见之。"④在清代,由于文字狱的迭兴,一些坏人则乘机掀风推浪,他们在书坊、私室广为搜罗,精心编织罪名,以此邀功请赏,竟成了升官一途。20世纪30年代,一些文痞、国民党走狗也精于此道,出现了"希望别人以文字得祸的人所做的文字"⑤。有人查出"鲁迅即周树人",是"因为我也做短评,所以特地揭出来,想我受点祸"⑥。鲁迅尖锐地揭露了这伙叭儿的可耻面目。

鲁迅在抨击国民党反动派的"文化围剿"时,通过明末野史,映照出"现今的围剿法"乃是历史上一切反动腐朽势力惯用的方法。他说:"看看明末的野史,觉得现今之围剿法,也并不更厉害,前几月的《汗血月刊》上有一篇文章,大骂明末士大夫之'矫激卑下',加以亡国之罪,则手段之相像,他们自己也觉得的。"⑦明成祖朱棣夺取他的侄儿明惠帝朱允炆皇位后,惠帝的遗臣景清,谋刺明成祖不成,惨遭磔死和灭族,并且牵连乡里,"转相攀染,谓之'瓜蔓抄'"⑧。鲁迅指出,蒋介石也袭用了这个手段。1927年蒋介石叛变革命后,在

① 《鲁迅全集·华盖集续编·新的蔷薇》。
② 《鲁迅全集·书信·350204致杨霁云》。
③ 《鲁迅全集·准风月谈·前记》。
④ 《鲁迅全集·书信·351219致杨霁云》。
⑤ 《鲁迅全集·华盖集续编·新的蔷薇》。
⑥ 《鲁迅全集·华盖集续编·新的蔷薇》。
⑦ 《鲁迅全集·书信·340522致杨霁云》。
⑧ 张廷玉等:《明史》卷一四一《景清传》。

全国各地屠杀共产党员及国民党内拥护孙中山三大政策的"左派"分子，称之为"清党"。当时鲁迅在广州，常听到因为捕甲，从甲这里看见乙的信，于是捕乙，又从乙家搜得丙的信，于是连丙也捕去了。鲁迅说："古时候有牵牵连连的'瓜蔓抄'，我是知道的，但总以为这是古时候的事，直到事实给了我教训，我才分明省悟了做今人和做古人一样难。"①

①《鲁迅全集·两地书·序言》。

第十章

"引导国民精神的前途的灯火"：
启蒙主义的特色

——鲁迅改造国民性思想与文艺观

　　鲁迅的思想经历了一个发展过程，他是从革命民主主义者转变为共产主义者、从启蒙主义者转变为无产阶级革命家的。后期的鲁迅虽不是启蒙主义者，但仍然坚持了启蒙主义的思想。他在1933年写的《我怎么做起小说来》一文中说过："说到'为什么'做小说罢，我仍抱着十多年前的'启蒙主义'，以为必须是'为人生'，而且要改良这人生。"这里提到的启蒙主义，其实不仅是鲁迅小说创作的宗旨，也是他文艺思想的一个显著特色；不仅开始于他所认为的"十多年前"即新文化运动时期，更是他最初步入文学生涯的推动力；不仅反映在他的早期、前期，在光辉的后期也有鲜明的体现。鲁迅的启蒙主义，既带有一般启蒙主义者的特点，又由于掌握马克思主义而克服了其中的缺陷。正是从启蒙主义出发，鲁迅以文学为利器，毕生致力于启发人民群众觉悟、改造愚弱的国民性这个艰巨而神圣的事业。紧紧抓住鲁迅的启蒙主义，就能更好地理解和把握其文艺思想形成，递嬗的规律和特点。

一、善于改变精神的"当然要推文艺"

　　鲁迅的启蒙主义是中国近代与现代反帝反封建这个革命斗争主题的产物，它集中反映在关于改造国民性的观点上；由改造国民性出发而选择的文艺道路，发轫时就有着强烈的启蒙主义运动的色彩。

　　所谓启蒙，就是启迪理智、开发蒙昧的意思。启蒙运动是伴随着资产阶级反封建的革命运动而出现的。启蒙运动有广、狭二义。广义的指任何通过宣传教育，使社会接受新事物而得到进步的运动，狭义的则指18世纪在欧洲发生的启蒙运动。考察鲁迅的启蒙主义，需要从国外和国内两个不同时代的启蒙运动中去找原因。

　　18世纪欧洲的启蒙运动，是继文艺复兴以后又一次资产阶级的思想文化运动，它的任务主要是为资产阶级推翻封建统治的政治革命做舆论准备。欧洲各国这场轰轰烈烈的反封建斗争，在法国表现得尤为突出。恩格斯指出："在法国为行将到来的革命启发过人们头脑的那些伟大人物，本身都是非常革命的。"①这些"伟大人物"，就是以伏尔泰、狄德罗、孟德斯鸠、卢梭等为代表的法国启蒙运动者。他们认为，社会制度腐败的根源在于思想的混浊，而这混浊是由宗教迷信和封建思想造成的，因此改良社会制度，首先必须用理性启蒙人们的思想。他们自觉地在文化教育和思想领域中掀起了一个反封建、反教会的思想启蒙运动。这场波澜壮阔的启蒙运动替资产阶级制造了一套新的意识形态，成为法国资产阶级政治革命的先导。还应提到的是，启蒙运动者不仅是思想家和社会改革家，同时也是文学家。他们用来宣传启蒙思想的启蒙主义文学，继承和发展了人文主义文学反封建反教会的优良传统，并且把反封建的矛头指向政治、思想、文化等一切上层建筑和经济基础，宣扬自由平等的资产阶级理性王国，在文艺形式上也努力摒弃古典主义的清规戒律，有不少新的创造。启蒙主义文学启迪了人民群众的头脑，激发了第三等级平民的革命热情，在为资产阶级政治革命制造舆论中发挥了很大作用，同时也给予19世纪文学以重大影响。

　　鲁迅曾受到西方启蒙主义运动的很大影响。"天赋人权"观念在他早期思想上就留下很深的烙印。他在《文化偏至论》中，对启蒙运动以及由此推动下的法国大革命的意义和作用，给予极高评价。法国

---

　　①《马克思恩格斯选集》第3卷，人民文学出版社1972年版，第56页。

启蒙运动给予中国资产阶级革命以深刻的影响。列宁曾把"能够代表真诚的、战斗的、彻底的民主主义的资产阶级"的孙中山等人，誉之"不愧为法国18世纪末叶的伟大宣传家和伟大活动家的同志"[①]。应该说这里也包括当时年轻的鲁迅。

但应看到，20世纪初的中国显然不同于18世纪末的法国，鲁迅的启蒙主义也毕竟不是法国启蒙运动的简单翻版，而根植于中国革命斗争的现实土壤，具有鲜明的时代的和民族的特色。自从帝国主义在鸦片战争中用炮舰打开中国大门之后，中国社会便一步步地跌入半殖民地半封建的深渊，特别是甲午一役的战败，更使中华民族到了岌岌可危的生死关头。当时先进的中国人已经看到，中国缺少的主要不是声光化电、船坚炮利，而是社会制度的变革，民族精神的觉醒。资产阶级启蒙运动就顺理成章地逐渐开展了起来。同时，从半殖民地半封建社会的间隙中不断挣扎着的民族资本主义，也要求有一个思想上的启蒙运动为它开辟道路。杰出的启蒙思想家严复译介的西学，在中国起了振聋发聩的作用。随着中国资产阶级革命高潮的出现，启蒙运动更有了新的发展，邹容的《革命军》，陈天华的《猛回头》《警世钟》，以及章太炎的《驳康有为论革命书》等，都曾风靡一时，对传播资产阶级民主革命思想起了很大的作用。鲁迅当时自觉地勇猛地投入了这场颇具声势的启蒙运动。

从启蒙主义的需要出发，鲁迅毅然选择了文艺这个终生的事业。鲁迅认为，"第一要著"是改变中国人民的精神；"而善于改变精神的是，我那时以为当然要推文艺"。[②]鲁迅如此"当然"地肯定文艺对于改变人们精神的重大作用，也与当时的启蒙宣传运动有着密切的关系。

文学是社会意识形态之一，是一定的社会生活和社会思想的反映。在政治运动和社会运动的高潮中，迅速的思想变革必然引起文学

---

①《列宁选集》第2卷，人民出版社1972年版，第425页。

②《鲁迅全集·呐喊·自序》。

在内容和形式方面的变革，而文学的这种变革又可为思想变革提供更为锐利、更为激动人心的武器。中国近代早期改良主义者魏源、龚自珍等人，在开始向西方寻找真理、鼓吹变法的同时，便向以"道统""文统""义法"为标帜的清代文坛正宗——桐城派，发起猛烈进攻，要求在文学上解除旧的束缚，真实地反映新的现实，努力为政治上的变法服务。19世纪末，资产阶级改良派在维新高潮中发起了改良主义文学运动，出现了所谓的"诗界革命""小说界革命"，把文学，特别是在中国历史上不登大雅之堂的小说，提到前所未有的地位，强调小说的政治性、普及性及其社会教育作用，反映了启蒙时期资产阶级对于文学艺术的迫切要求。康有为在戊戌政变后，感到"颇欲移挽恨无术"，但看到了小说雅俗共赏、广泛流传的情况："我游上海考书肆，群书何者销流多？经史不如八股盛，八股无如小说何。"[①]因此希望多写小说，通过小说来传播新思想，鼓吹爱国，推动改良运动。当时鼓吹最力的当推梁启超。就在鲁迅留学日本的头一年，梁发表了著名的《论小说与群治之关系》一文，提出了文学（小说）为革新社会服务的根本观点。他从正反两方面论述了小说具有的改变社会、支配人道的"不可思议之力"，即"用之于善，则可以福亿兆人"，"用之于恶，则可以毒万千载"，因而得出，"可爱哉小说！可畏哉小说！"的结论。他一方面把中国社会腐败的原因归结为人们思想道德的堕落，而这种堕落又无不与旧小说的影响有关，另一方面，他又把由新小说传播新思想，看成改造社会的根本途径。他那关于"欲新一国之民，不可不先新一国之小说"的理论，实在使当时的人们耳目一新且又大开思路。他极力推崇文学家的作用，甚至这样认为，欧洲"各国政局之变迁，罔不由二三文豪，引其火而衍其澜"[②]。在这种鼓吹下，小说便从"稗官野史"的地位上升到为社会

---

① 康有为：《闻菽园居士欲为政变说部，诗以促之》。

② 梁启超：《俄罗斯革命之影响》。

改革服务的地位上来。不仅小说，甚至戏曲也引起了人们的注意。陈独秀1904年的《论戏曲》一文很有代表性。他说："唱戏一事，与一国的风俗教化，大有关系，万不能不当一件正经事做"；"譬如看了《长坂坡》《恶虎村》，便生些英雄气概。看了《烧骨记》《红梅阁》，便要动哀怨的心肠。看了《文昭关》《武十回》，便起了报仇的念头。看了《卖胭脂》《荡湖船》，还有动那淫欲的邪念。此外象那神仙鬼怪、富贵荣华，我们中国人这些下贱性质，哪一样不是受了戏曲的教训，深信不疑呢！"因此，他认为应"排些开通民智的新戏"，使那些认不得字的人，也得着些益处，受它的感化，变成有血性、有知识的好人。①

　　清末文坛这种一反封建文人鄙薄小说的观点，充分强调小说为社会政治服务的作用，当时无疑有着很大的进步意义，但也不免失之偏颇，以至得出"小说救国""小说创造世界"的结论。这些都给予鲁迅以明显的影响。鲁迅曾这样肯定小说的力量："于不知不觉间，获一斑之智识，破遗传之迷信，改良思想，补助文明，势力之伟，有如此者！"②他也十分钟爱科学小说："苟欲弥今日译界之缺点，导中国人群以进行，必自科学小说始。"③他后来还说过："但我们国民的学问，大多数却实在靠着小说，甚至于还靠着从小说编出来的戏文。虽是崇奉关岳的大人先生们，倘问他心目中的这两位'武圣'的仪表，怕总不免是细着眼睛的红脸大汉和五绺长须的白面书生，或者还穿着绣金的缎甲，脊梁上还插着四张尖角旗。"④在《摩罗诗力说》中，鲁迅充分阐述了文学，尤其是诗歌的巨大作用。他说，19世纪德国败于拿破仑后，作家爱伦德（即恩斯特·莫里茨·阿恩特）及开纳（即西奥多·克尔讷）以高度的爱国热忱，发为刚健的雄声，令读者展卷

---

① 见《陈独秀文章选编》上册，第57、60页。

②《鲁迅全集·译文序跋集·〈月界旅行〉辨言》。

③《鲁迅全集·译文序跋集·〈月界旅行〉辨言》。

④《鲁迅全集·华盖集续编·马上支日记》。

方诵，血脉偾张，因而"败拿破仑者，不为国家，不为皇帝，不为兵刃，国民而已。国民皆诗，亦皆诗人之具，而德卒以不亡"。这里就把文学的兴废与国家的存亡连在了一起。鲁迅严厉斥责了国内那班"笃守功利，摈斥诗歌"的顽固派，提出他们崇奉的"黄金黑铁"断不足以兴国家，要使国家强盛，就必须依赖一批精神界的战士。他所翘首盼望的精神界战士，主要指类如西方"摩罗"派那样的浪漫主义诗人。

对一个作家来说，文艺思想总是与政治思想和哲学思想相联系的。鲁迅从革命斗争的需要出发对待文艺，决定了他的文艺观有一个崇高的发端。鲁迅一生经历了民主主义革命的旧与新两个阶段，他的思想在前后期也发生了根本性质的变化，但启蒙主义在他思想上一直占有重要的地位，这突出地表现在三个方面：一、始终把斗争矛头指向封建势力和传统思想；二、始终着眼于人民群众的觉醒；三、始终坚持把文艺作为改造国民性的有力工具。

马克思称之为亚细亚条件的东方封建专制主义的政治制度和意识形态，在古代中国统治了几千年，又在近代中国半殖民地半封建社会中改头换面保存了下来。对于封建主义的根深蒂固及其在中国造成的危害，鲁迅有着痛切的认识。从20世纪初鼓吹民族民主革命的启蒙宣传，到新文化运动时期以"民主"与"科学"为旗帜的反封建启蒙运动，鲁迅都紧跟时代步伐，积极地参加了。但在马克思主义指导下的启蒙主义，具有迥异于以前的崭新的性质。改造国民性是关系中国革命前途的历史课题，是促进民族觉醒斗争中具有重大意义的一环，这也就决定了鲁迅在中国近代以至现代思想史上反封建的启蒙思想家的历史地位。在研究鲁迅的文艺观时，我们当然应该重视其中的启蒙主义的特色。

二、坚持文艺社会功利原则与重视文艺本身特征——启蒙主义特色之一

鲁迅文艺思想启蒙主义特色的一个方面，就是始终坚持文艺的

社会功利原则，强调文艺要有鲜明的倾向性和强烈的战斗性，但是鲁迅克服了过去启蒙主义文学普遍存在的忽视文艺本身特征、把文艺等同于一般宣传工具的缺陷，更好地发挥了文艺在革命斗争中的重大作用。

唯物主义者并不一概地反对功利主义，反对的是那种只求个人的或狭隘集团的功利，只看到局部和目前的最自私最短视的功利主义者。诚如前述，鲁迅在20世纪初年走上文学道路，完全是从当时革命斗争需要出发，服务于改变国民精神、促进祖国独立和强盛这个伟大的目的，这在他为1921年出版的《域外小说集》作的序里，说得更直接明白："我们在日本留学时候，有一种茫漠的希望：以为文艺是可以转移性情、改造社会的。"鲁迅不是为艺术而艺术的，也不是企图借助文艺这条路子达到什么个人目的，而是把文艺当作改造社会的有力武器，因此这是一种广阔的民族功利主义。在势如狂飙的新文化运动时期，鲁迅意气风发地投入新文化运动，更是重视文艺在抨击封建势力、惊醒昏睡在"铁屋子"里同胞的作用。1925年有一段话很能代表他这时关于文艺与改造国民精神关系的看法："文艺是国民精神所发的火光，同时也是引导国民精神的前途的灯火。这是互为因果的。正如麻油从芝麻榨出，但以浸芝麻，就使它更油。"[1]正由于是从一般启蒙主义的观点看待文艺的社会作用，因此很显然，前期鲁迅的文艺观既带有启蒙主义的革命性，又不可避免地带有启蒙主义的局限性。启蒙主义思想家普遍存在着强调、夸大精神作用的特点，企图用革命宣传去激励、鼓舞人们的斗争热情，把人们的思想从封建主义的束缚下解放出来，为资产阶级夺取政权的政治革命做好准备。鲁迅重视文艺的社会作用是对的，偏颇之处在于他把依靠文艺改变人们精神当作改造社会的根本手段。

事实教育着鲁迅。他的思想在不断发展。他在北伐战争中清楚地

---

①《鲁迅全集·坟·论睁了眼看》。

看到："中国现在的社会情状，止有实地的革命战争，一首诗吓不走孙传芳，一炮就把孙传芳轰走了。"在黄埔军校演讲时，明确表示自己"倒愿意听听大炮的声音，仿佛觉得大炮的声音或者比文学的声音要好听得多似的"①。1927年"四一二"政变后反动派的血腥屠杀，彻底摧毁了鲁迅的进化论的思路，使他转到了共产主义的立场上来。鲁迅的文艺思想也发生质的飞跃。他摆正了思想作用和物质力量的关系，不再像过去那样相信文艺有旋乾转坤的威力，从唯心史观走到了唯物史观。在文艺与社会的关系上，论述也就更深刻、更准确了：文艺"先是它敏感的描写社会，倘有力，便又一转而影响社会，使有变革"②。在掌握马克思主义的后期，鲁迅仍然坚持文艺的社会功利原则，提倡阶级的功利主义，尖锐批判形形色色的超阶级、超功利的艺术观。功利原则像条红线，贯穿鲁迅文艺思想的前后期。

从文艺的社会功利原则出发，鲁迅十分喜爱并着力提倡进取的、战斗的美学风格。鲁迅一生一直处于民族斗争和阶级斗争的激流之中，自觉地服从于革命的大目标，他因此响亮地提出："文学是战斗的"③"战斗一定有倾向"④。在鲁迅看来，文学的社会效果有完全相反的两种，一是鼓舞人心的战斗作用，一是使人消沉的麻醉作用。革命文学应激起人们的斗争热情，去同反动势力进行坚决的斗争，"如果从奴隶生活中寻出'美'来，赞叹，抚摩，陶醉，那可简直是万劫不复的奴才了，他使自己和别人永远安住于这生活"⑤。鲁迅时刻没有忘记文学的战斗作用，而反对那种纤巧柔弱的风格，鄙视那种为少数人所欣赏的"高雅"。他曾说过，在"风沙扑面，狼虎成群"的时候，谁还有许多闲工夫赏玩"琥珀扇坠，翡翠戒指"呢？"他们即使

①《鲁迅全集·而已集·革命时代的文学》。

②《鲁迅全集·书信·331220致徐懋庸》。

③《鲁迅全集·且介亭杂文二集·叶紫作〈丰收〉序》。

④《鲁迅全集·且介亭杂文·序》。

⑤《鲁迅全集·南腔北调集·漫与》。

要悦目，所要的也是耸立于风沙中的大建筑，要坚固而伟大，不必怎样精；即使要满意，所要的也是匕首和投枪，要锋利而切实，用不着什么雅。"①

　　在强调文艺的战斗性、倾向性的同时，鲁迅还批判了中国封建社会里占统治地位的儒家的文艺观。鲁迅早年就对孔子的"思无邪"之说以及汉儒把"诗言志"改为"诗人性情"等谬论加以驳斥，认为文艺的使命就在于激动人心，引起共鸣，"盖诗人者，撄人心者也"②。鲁迅坚持对儒家传统思想的斗争，后来发展到对形形色色"尊孔读经""保护国粹"的垂死的封建文化的批判。针对历史上中国缺乏反抗挑战的声音，现实中国又迫切需要这种声音的状况，鲁迅便"别求新声于异邦"，特别介绍了拜伦、雪莱、裴多菲等力倡反抗、鼓吹复仇的浪漫主义诗人，赞颂他们"如狂涛厉风，举一切伪饰陋习，悉与荡涤"的顽强斗争精神，期望中国也能出现这样的战士和作品，唤起人民觉醒，使他们成为善美刚健者，走出荒寒之界。出于同样原因，鲁迅更多地注意介绍俄国和东、北欧被压迫民族的作品，这是因为当时中国的情况与他们有很多相似之处，他们的叫喊和反抗的作品，容易被中国的青年引为同调。随着革命斗争的深入，鲁迅对于中国封建势力的顽固性有了进一步的认识。他已不满足于一般慷慨激昂的浪漫主义，认为这对于中国麻木的群众，对于如染缸一般的黑暗社会，是起不了多大作用的。"正无需乎震骇一时的牺牲，不如深沉的韧性的战斗。"③他转而走向现实主义，用那锋利如刀的笔，冷静地、深入地、细致地对旧社会进行解剖，战斗性也就愈强了。

　　在注意到鲁迅一贯坚持文艺功利原则的同时，还应看到鲁迅的可贵之处，在于避免和克服了启蒙主义文学往往不大重视文艺本身特征

①《鲁迅全集·南腔北调集·小品文的危机》。

②《鲁迅全集·坟·摩罗诗力说》。

③《鲁迅全集·坟·娜拉走后怎样》。

的弊端，而这个弊端在西方启蒙主义文学以及近代、现代中国文学中都曾存在过。

在18世纪欧洲的启蒙运动中，新兴的资产阶级重视并充分运用了文艺这个武器，特别是启蒙戏剧和哲理小说，更是发挥了很大的作用。但是这些作品在艺术手法上一般都有一个缺陷，就是忽略了对典型人物形象的刻画和描写，不注意人物性格和具体环境的联系，只是把人物当作表达自己观念和理想的工具。马克思曾把这种缺陷批评为"席勒化"倾向，即"席勒式地把个人变成时代精神的单纯的传声筒"①。在日本明治维新时大为流行的政治小说和翻译小说中，这种缺陷也明显存在着。这些作品大都贯穿着政治演说式的慷慨激昂的调子，体裁则属于传奇、说理式的，虽然在当时开辟了重视人生的新文学的道路，提高了人们对文学功利性的认识，但由于艺术手法上的不足，就势必影响到它的效果。

从鲁迅弃医就文直至赍志以殁的三十年中，中国近、现代文坛上强调文学紧密为现实斗争服务，突出的大约有这么三次：第一次是梁启超等发起的"小说界革命"，为推行改良主义路线大造舆论。梁的小说理论对于当时小说的繁荣与发展无疑起了积极的促进作用，但由于他过分强调作品的思想性，忽视艺术性，曾造成一定的消极影响，晚清小说的艺术性普遍不高，与此不无关系。即如梁本人的创作小说《新中国未来记》、《劫灰梦传奇》以及翻译小说《佳人奇遇》等，艺术上都很粗率，书中主要人物大抵都是他的改良主义思想的代言人。第二次是新文化运动时期陈独秀等人倡导的"文学革命"，它是当时反对旧道德提倡新道德、反对旧文学提倡新文学的文化革命运动的一翼。这是新文学的草创阶段，在榛莽中开拓前进，虽在各个方面免不了幼稚但却虎虎有生气，并取得了可观的成绩。第三次是20世纪20年代由共产党人邓中夏等首先提出的"革命文学"，这是为无产阶

---

① 《马克思恩格斯选集》第4卷，人民文学出版社1972年版，第340页。

级领导的革命事业服务作指导思想的文学。1928年左翼文艺阵营内部开展的文学与政治关系的探讨和论争，纠正了某些倡导者们忽视艺术特性的片面性。在这三十年中，不少富有革命热情的作家，往往只强调文艺对政治的巨大作用，重视文艺的社会功利原则，却忽视了文艺与政治、诗与宣传的区别。

毛泽东指出："政治并不等于艺术，一般的宇宙观也并不等于艺术创作和艺术批评的方法。"[1]艺术性是艺术作品之所以称为艺术的前提和基础，取消了艺术，也就只能把政治和艺术等同起来。鲁迅的卓特之处在于，当他以文艺为武器投入启蒙主义运动的时候，就十分重视这个武器的特征，强调文艺自身的特点和规律，也就是它的艺术性。早期的鲁迅即从理论上探讨了艺术的本质和特点，他说："由纯文学上言之，则以一切美术之本质，皆在使听观之人，为之兴感怡悦。文章为美术之一，质亦当然"；"涵养人之神思，即文章之职与用也。"[2]鲁迅从"纯文学"上把艺术的本质归结为"兴感怡悦""涵养人之神思"的作用，也就是美感作用，这是正确的。鲁迅指出文学与学说是不同的："学说所以启人思，文学所以增人感。"[3]就是说，理论直接诉之于人的理性，而文学则要通过形象打动读者的感情。这也是文学所以能改变人们思想、转移人们性情的原因。这个说法虽然来源于西欧资产阶级文学理论，却从根本上矫正了它们常常以文学的感性特点排斥其思想教育职能的错误倾向，使文学服从于革命斗争的需要，在改造国民性中发挥重大作用。

鲁迅历来强调文艺作品的思想性和艺术性的统一，到后期更用辩证唯物主义观点对文艺的特征做了科学的说明。他在《〈艺术论〉译本序》中，完全赞同普列汉诺夫关于"将艺术的特质，断定为感情

---

[1]《毛泽东选集》，人民出版社1967年版，第826页。

[2]《鲁迅全集·坟·摩罗诗力说》。

[3]许寿裳：《亡友鲁迅印象记》。

和思想的具体底形象底表现"的看法，并进一步对文艺与政治的辩证关系做了深刻的阐述。他认为美是客观存在的，而人们的审美标准是根据"阶级的功利主义底见解"。文艺作品应具有革命的功利性，然而这种"功用"又是"伏着"的，是通过"直接性"表现出来的。所谓"直接性"，就是按照生活本来的样子再现生活。正因为如此，读者在文艺作品中接触的是具体可感的、渗透着作者美学理想和思想评价的艺术形象，它在使读者"凭直感底能力"认识并"享乐着美的时候"，由"理性"去认识其"功用"，从而得到深刻的启发和教育。对于那种不从生活实际出发，不是让形象和事实说话，而是掇拾一些现成的口号、概念，发一通空洞议论的作品，或者虚张声势、借以吓人的"教训文学"，鲁迅都是十分反感的。他有一段名言："一切文艺固是宣传，而一切宣传却并非全是文艺，……革命之所以于口号，标语，布告，电报，教科书……之外，要用文艺者，就因为它是文艺。"[①]20世纪20年代末在与创造社、太阳社关于革命文学的论争中，鲁迅一再强调作家要重视文艺的特殊规律，重视艺术之所以为艺术，以及艺术本身的价值。他尖锐指出，那些为表示其"新兴"而填进标语、口号的诗歌小说，"实际上并非无产文学"[②]，这种作品既损害了文艺，也无助于政治。"我们需要的，不是作品后面添上去的口号和矫作的尾巴，而是那全部作品中的真实的生活，生龙活虎的战斗，跳动着的脉搏，思想和热情，等等。"[③]而在这方面，鲁迅那些倾向性与真实性、革命的政治内容与尽可能完美的艺术形式高度统一的作品，给我们树立了典范。

三、暴露黑暗与显出"亮色"——启蒙主义特色之二

鲁迅文艺思想启蒙主义特色的又一方面，就是坚决反对任何形

[①]《鲁迅全集·三闲集·文艺与革命》。

[②]《鲁迅全集·二心集·"硬译"与"文学的阶级性"》。

[③]《鲁迅全集·且介亭杂文末编·论现在我们的文学运动》。

式的瞒和骗，要求作家敢于正视人生，毫无粉饰地反映令人战栗的现
实生活；但鲁迅同时又强调作家内心要有理想之光，作品应显出"亮
色"，能够激励和鼓舞人民群众同一切不合理的现象进行斗争，满怀
信心地争取美好的未来。

　　鲁迅是从中国国民性的痼疾上来认识瞒和骗的危害的。他指出，
中国人向来缺乏正视人生的勇气，害怕改革和进步，便只好瞒和骗，
而且这种瞒和骗的思想渗透到了各个方面，以致成为"关于国民性底
问题"。鲁迅把这种国民性的病态比为"十景病"。就像每一部县
志，往往有十景之类记载，什么"远村明月""萧寺清钟""古池好
水"等等。"十景病"的广为流播，便是点心有十样锦，菜有十碗，
音乐有十番，阎罗有十殿，药有十全大补，猜拳有全福手福手全，甚
至连人的劣迹或罪状，宣布起来也大抵是十条。如果十景中缺了一
景，"雅人和信士和传统大家，定要苦心孤诣巧语花言地再来补足了
十景而后已"[1]。因为这么一来，"无问题，无缺陷，无不平，也就无
解决，无改革，无反抗"。鲁迅认为：

　　　　中国人的不敢正视各方面，用瞒和骗，造出奇妙的逃路来，
　　而自以为正路。在这路上，就证明着国民性的怯弱，懒惰，而又
　　巧滑。一天一天的满足着，即一天一天的堕落着，但却又觉得日
　　见其光荣。[2]

　　鲁迅指出，思想上的瞒和骗，"由此也生出瞒和骗的文艺来，
由这文艺，更令中国人更深地陷入瞒和骗的大泽中，甚而至于已经自
己不觉得"。在漫长的中国封建社会，许多作家在孔孟之道束缚下，
囿于传统思想，不敢正视现实，更不敢写出生活的实情来，万事闭眼

---

[1]《鲁迅全集·坟·再论雷峰塔的倒掉》。
[2]《鲁迅全集·坟·论睁了眼看》。

睛，聊以自欺，而且欺人，这样就产生了大量宣扬封建伦理道德、代"圣人"立言的"载道"文学，以及粉饰现实、掩盖矛盾的"瞒和骗"的作品。正如鲁迅所说："《颂》诗早已拍马，《春秋》已经隐瞒，战国时谈士蜂起，不是以危言耸听，就是以美词动听，于是夸大，装腔，撒谎，层出不穷。现在的文人虽然改著了洋服，而骨髓里却还埋着老祖宗。"①

这类瞒和骗的作品有一个共同特点，就是结局往往都是皆大欢喜的大团圆式的。例如，中国婚姻方法的缺陷，才子佳人小说作家其实早就感到了，所以在他们的诗、戏曲或小说里，常有"私订终身"而仍免不了要离异的描写。明末那些如荻岸山人（《平山冷燕》的作者）、名教中人（《好逑传》的作者）等作家，便闭上眼睛加以补救，用"才子及弟，奉旨成婚"的大帽子压倒了"父母之命，媒妁之言"。于是什么问题也没有了。假使有之，也只在才子能否中状元，而决不在婚姻制度的良否。这样，"凡有缺陷，一经作者粉饰，后半便大抵改观，使读者落诬妄中，以为世间委实是尽够光明，谁有不幸，便是自作，自受"②。这种大团圆的格局，甚至影响到一些优秀的作品。比如《西厢记》，鲁迅就不满意它"叙张生和莺莺到后来终于团圆了"③。《红楼梦》这部伟大的现实主义杰作，鲁迅认为也未能将悲剧情节贯穿到底，特别是高鹗的续书，重又走回到大团圆的路子上来。鲁迅指出，有时遇到彰明的史实，瞒不了，则只好别设骗局，一是前世已造凤因，一是死后使他成神。定命不可逃，成神的善报更满人意，所以杀人者不足责，被杀者也不足悲，冥冥中自有安排。鲁迅深刻地分析了中国人所以喜欢作品中大团圆的原因，就是中国人也很知道人生现实的缺陷，但不愿说出来；因为一说出来，便要发生"怎

---

① 《鲁迅全集·伪自由书·文学上的折扣》。

② 《鲁迅全集·坟·论睁了眼看》。

③ 《鲁迅全集·中国小说的历史的变迁》。

样补救这缺点"的问题，或者免不了要烦闷、要改良，这样一来，当然就麻烦了。"所以凡是历史上不团圆的，在小说里往往给他团圆；没有报应的，给他报应，互相骗瞒。——这实在是关于国民性的问题。"①

鲁迅这种反对瞒和骗，提倡作家真实地反映社会人生，大胆地承认和揭示矛盾，暴露丑恶，就是他的最清醒的现实主义的体现。在尖锐地揭露和抨击封建社会弊端方面，启蒙主义文学一般都具有这个特点。但在鲁迅看来，这种反映和暴露又不是光怪陆离、纷然杂陈的社会现象的罗列，也不是为暴露而暴露，而要顾及作品的客观效果，重视在革命斗争中的实际作用。这是鲁迅的启蒙主义高出一般启蒙主义文学的地方。这在他关于清末谴责小说的评价上可以看出来。

在启蒙主义思潮的推动下，辛亥革命前十年间，出现了诸如《官场现形记》《二十年目睹之怪现状》等一批暴露社会黑暗、指摘政治窳败的旧小说，鲁迅称之为"谴责小说"。鲁迅从政治、经济、文化等方面，分析了这些小说特盛的原因，认为是在当时特定历史条件下，"社会上的人们觉得自己的国势不振""极想知其所以然""想寻出原因的所在"的产物，肯定了它们"揭发伏藏，显其弊恶，而于时政，严加纠弹，或更扩充，并及风俗"②的社会意义。鲁迅同时也指出了这类作品的严重缺陷与不足之处：其一是搜罗"话柄""轶闻"，迎合时人口味。文学艺术指斥时弊，不可避免地要揭发生活中的那些丑恶现象，但揭发的目的在于否定它，以催促新事物的生长，而一般街谈巷语虽列举生活中的种种"话柄""趣闻"，却是为了猎奇。如果作者只是一味搜罗这类东西，客观主义地陈列丑恶现象，为了"自快"，或为了别人"得此为快"，只能令人一笑了之，而达不到鞭笞丑恶、同生活中丑恶现象告别的目的，也就势必导致艺术的庸俗化。其二是故意夸张，伤于"溢恶"。《二十年目睹之怪现状》的

---

① 《鲁迅全集·中国小说的历史的变迁》。

② 《鲁迅全集·中国小说史略·清末之谴责小说》。

作者吴沃尧说过，二十年中他只见过三种东西：蛇虫鼠蚁，豺狼虎豹，魑魅魍魉。充斥于他书中的也就是这种人物。这样把人物虫兽化、恶鬼化，便失去了人的真实。鲁迅说："这部书也很盛行，但他描写社会的黑暗面，常常张大其辞，又不能穿入隐微，但照例的慷慨激昂，正如南亭亭长有同样的缺点。"①"谴责小说"的一个通病就是"溢恶"，即不合理地夸大丑恶。鲁迅一针见血地指出，它们"虽命意在于匡世，似与讽刺小说同伦，而辞气浮露，笔无藏锋，甚切过甚其辞，以合时人嗜好，则其度量技术之相去亦远矣"②。这类小说的消极、落后影响，则有所谓"黑幕小说"的出现。虽然旨在揭露社会上种种罪恶和龌龊行为，但不加批判地记录各种犯罪作恶的材料，"丑诋私敌，等于谤书；又或有嫚骂之志而无抒写之才"③。"黑幕小说"旋生旋灭，"五四运动"后便销声匿迹了。

既要大胆暴露社会人生，又切忌自然主义的描绘，不为暴露而暴露，要做到这一点，鲁迅认为，关键在于"使作品比较的显出若干亮色"来。而要使作品有"亮色"，按照鲁迅的论述，应该注意到以下三点：

第一，要挖出"病根"。

揭露旧社会的黑暗，其目的在于使人们看清旧社会的底细，弄清腐败的根源在哪里，这样对症下药，攻打下去也最有力。鲁迅谈到自己的作品，就"不免夹杂些将旧社会的病根暴露出来，催人留心，设法加以疗治的希望"④。鲁迅一直重视挖"病根"的工作，虽然开始时挖得不那么准，但在坚持不懈的斗争中终于摸准了旧中国的病根。因此，鲁迅在作品中不仅把旧中国的溃疡、脓疮、血泪都摆了出来，更重要的是它没有使人诅咒社会，或者使人厌世，而是积极地面对这个

---

① 《鲁迅全集·中国小说的历史的变迁》。
② 《鲁迅全集·中国小说史略·清末之谴责小说》。
③ 《鲁迅全集·中国小说史略·清末之谴责小说》。
④ 《鲁迅全集·南腔北调集·〈自选集〉自序》。

社会现实，起而参加疗治这个社会的战斗。在20世纪30年代激烈的阶级斗争中，出现了一些反叛的小资产阶级的反抗的或暴露的作品，其中有的貌似革命的作品，但并非要将本阶级或资产阶级推翻，倒是憎恨或失望于这样阶级的不能改良，不能较长久地保持它们的地位。它们虽然揭露了不少丑恶现象，有些甚至十分尖锐，然而并没有挖到病根，只不过是一曲无可奈何的挽歌。鲁迅深刻指出："虽是仅仅攻击旧社会的作品，倘若知不清缺点，看不透病根，也就于革命有害。"①

第二，爱憎分明，坚定地站在劳动人民的立场。

鲁迅暴露的对象是腐败的旧制度，是堕落的"上等社会"，是那些"中国的阔人""正人君子"之流，把他们的丑恶嘴脸、肮脏灵魂毫不留情地揭出来示众，而绝不是不分对象，抹杀一切，正如他所说的："我总以为下等人胜过上等人，青年胜于老头子，所以从前并未将我的笔尖的血，洒到他们身上去。……所以我所揭发的黑暗只有一方面的。"②对于广大劳动人民，鲁迅虽然也严厉地批评了他们身上例如愚昧落后、狭隘保守、淡漠麻木、怯懦温顺等一些缺点，但对他们的悲惨遭遇是同情的，总是寄希望于他们，鲁迅的作品也因此为广大人民所欢迎。

第三，作者要有理想之光。

鲁迅十分重视理想的力量。新文化运动时期，他就针对辛亥革命后，随着封建势力的复辟，革命理想日被轻薄的事实，揭露了所谓"经验"的反动实质和"国粹"的腐朽性。在《再论雷峰塔的倒掉》中，指出世间有两种毁坏：一种是奴才式的破坏，如寇盗的志在掠夺或单是破坏；一种是革新者志在扫除的破坏。二者的区别在于后者内心有"理想之光"。鲁迅所说的理想，是对于美好未来的殷切希望，是建立在真实基础上的理想。他前期在进化论指导下，相信社会的发

---

① 《鲁迅全集·二心集·上海文艺之一瞥》。
② 《鲁迅全集·三闲集·通信》。

展，人类的进步。后期有了科学的世界观，不管在如何艰难困苦的情况下，都坚信唯新兴的无产者才有将来，对中国共产党领导的革命事业充满必胜的信念。他曾这样分析过现在和将来、黑暗和光明的辩证关系："希望是附丽于存在的，有存在，便有希望，有希望，便是光明。只要不做黑暗的附属物，为光明而灭亡，则我们一定有悠久的将来，而且一定是光明的将来。"①对于一个革命的、进步的作家来说，首先，必须有理想、有追求，紧跟时代步伐，执着地向往美好的未来。这样写出来的作品，也才会是"东方的微光，是林中的响箭，是冬末的萌芽，是进军的第一步"②。虽然在揭露旧社会的黑暗和罪恶，却有一种催人前进的力量。鲁迅因此反对那种"或者憎恶旧社会，而只是憎恶，更没有对于将来的理想"③的作品，要求革命文学既反映现实，又蕴含理想，把现实和理想结合起来。

四、启发群众与向群众学习、为群众欢迎与提高群众审美趣味——启蒙主义特色之三

鲁迅文艺思想的启蒙主义特色，还十分鲜明地体现在作家与人民、文艺与人民的关系问题上。鲁迅认为，作为精神界战士的作家，必须努力用先进的思想启发人民群众的觉悟，帮助他们克服自身存在的弱点，同时又要注意向人民群众学习，严于解剖自己，从他们中摄取营养；既要使作品为群众所理解、所接受、所欢迎，真正成为他们的精神财富，又要用好的作品去满足并不断提高人民群众的审美要求与审美趣味。

鲁迅文艺思想的出发点是"为人生"并且"改良这人生"，这也是他的启蒙主义的根本所在。这个发端决定了他在作家与人民、文艺与人民关系上的进步立场，使他始终着眼于广大人民群众的现实生

①《鲁迅全集·华盖集续编·记谈话》。
②《鲁迅全集·且介亭杂文末编·白莽作〈孩儿塔〉序》。
③《鲁迅全集·三闲集·现今的新文学的概观》。

活，关注并反映他们的苦难，不幸，愤怒，挣扎，斗争。"为人生"作为新文化运动时期具有现实主义倾向的一种文艺主张，曾产生了相当大的影响。要了解鲁迅"为人生"文学观点的特点，应注意其所受外来影响的两个方面。一是西方启蒙运动的影响。西方中世纪的封建阶级宣扬神学高于一切，把文艺看作宣传宗教教义的工具，大力鼓吹描写神秘的天堂，赞美上帝和圣母，讴歌清心寡欲的高僧、贤君，用以美化披着"神"的外衣的封建统治者。到了文艺复兴时期，特别是启蒙运动中，一些进步的思想家、作家就提出重视人生的思想，提倡面向现实，把人物和现实生活联系起来，并且通过文艺来向现实挑战。二是俄国批判现实主义文学的影响。"俄国的文学，从尼古拉斯二世时候以来，就是'为人生'的，无论它的主意是在探究，或在解决，或者堕入神秘，沦于颓唐，而其主流还是一个：为人生。"①鲁迅主张向"为人生"的俄国文学学习，注重描写下层社会不幸的人生，为被压迫者呼号。鲁迅眼里与笔下的人生，虽也同样有上流社会的堕落和下层社会的不幸，但与西方启蒙运动者以及俄国批判现实主义者却有着很大的不同。这是由于鲁迅立足于中国民族和民主的革命斗争的现实，如他所说，他在后期仍然坚持"为人生"的文学观点，不过这个"人生"具有了新的内涵，就是"目的都在工农大众"②。

　　启蒙思想家的一个很大弱点，就是只看到少数知识分子的先进作用，而忽略了或者看不到人民群众创造历史的伟大力量。法国启蒙运动者曾经提出了反对封建统治的"天赋人权"说，但他们所谓的人，却是资产阶级的人，有着鲜明的资产阶级的印记，对于"庶民"也免不了鄙视的偏见。在晚清改良派的小说理论中，有的竟把所谓"文豪"看作驱使人民的"上帝"，说什么"从尔驰骋，凭尔驱使，资

---

　　①《鲁迅全集·南腔北调集·〈竖琴〉前记》。
　　②《鲁迅全集·二心集·对于左翼作家联盟的意见》。

尔诱掖，荷尔陶镕，挟尔作无量化身"①。毋庸讳言，早期以至前期的鲁迅，也同样存在着这个不足之处。特别是受尼采"超人哲学"的消极影响，使他长时期未能看到人民群众的伟大作用，没有摆正作家与人民群众的关系。鲁迅也曾把诗人推崇为旷世的"天才"，"诗人绝迹，事若其微，而萧条之感，辄以来袭"②。复国兴邦，"惟此亦不大众之祈，而属望止一二士，立之为极，俾众瞻观，则人亦庶乎免沦没"③。但是鲁迅高明之处在于，他虽然强调这些"天才""一二士"的号召力，却认为他们不能以随意的空想强加于民众，而要植根于民众内心的"暗流"，是民众"心声"的感应。在《摩罗诗力说》中，他用"拨"和"弦"来比喻诗人和民众的关系："凡人人心，无不有诗，……惟有而未能言，诗人为之语，则握拨一弹，心弦立应。其声澈于灵府，令有情皆举其首，如睹晓日，益为之美伟强力高尚发扬，而污浊之平和，以之将破。"可见，鲁迅既重视诗人的作用，又认识到仅凭他们是难以奏效的，他们不能包办一切，代替一切。鲁迅之所以力主改造国民性，就因为他的着眼点是普通民众，期望"精神界之战士"以"立意在反抗，指归在动作"的文艺去"振其邦人"，以"群之大觉"去掀起"民之大波"，人人独立自强，达到抗暴兴邦的目的。这说明鲁迅在一定程度上看到并承认群众的力量。鲁迅前期作品，确有过于强调群众的"麻木""愚弱"的一面，正如他评价拜伦时所说的是"哀其不幸""怒其不争"，这固然也反映了世界观的局限性，但"哀""怒"的目的，则分明是希望人民群众能够"幸"和"争"。

鲁迅是在革命斗争实践中逐步掌握历史唯物主义的。激烈、复杂的阶级斗争使他认识到作家世界观问题的重要性。他看到那些还站

---

① 陶曾佑：《论文学之势力及其关系》。《中国近代文论选》，人民文学出版社1981年版。

②《鲁迅全集·坟·摩罗诗力说》。

③《鲁迅全集·集外集拾遗补编·破恶声论》。

在小资产阶级立场上，"并非与无产阶级一气"的作家，即使自我标榜为"革命文学家"，"也最容易将革命写歪，写歪了，反于革命有害"。①在关于"革命文学"的论战中，一些人认为，作家世界观的改变就是从书本上接受辩证唯物主义的概念，以至把它看得过于容易，仿佛一夜之间就可完成这种转变。鲁迅是不同意这种观点的，认为不能仅用书本上得到的革命意识去"获得大众"，启蒙大众，而应该和大众，特别是和无产阶级大众的思想感情首先融成一片。

如何更好地发挥文艺在启蒙大众中的作用，是鲁迅经常关注并认真研究的一个重要问题。鲁迅认为，"要启蒙，即必须能懂"②。把作品交给群众，让群众能看懂、能接受，这实在是发挥文艺作用的关键的一步。正是从这点出发，鲁迅积极参加了文艺大众化的讨论。新文化运动时期，由于资产阶级启蒙学派的社会观点和把艺术神秘化的文艺观点的影响，新文学的实际对象还主要局限于城市资产阶级和资产阶级知识分子，并没有普及到作为人民大众主体的工农中去。对于如何克服文艺与群众相隔绝的状况问题，当时几乎都认为应"提高"民众的欣赏水平，却不去考虑如何使自己的作品适应民众的要求。随着无产阶级革命文学队伍的兴起，革命作家从工农大众是革命的主要力量这一认识出发，看到革命文学为工农大众服务的迫切要求，便开始了文艺大众化的探索。这就是贯穿第二次国内革命战争时期、前后将近十年的关于文艺大众化问题的讨论。鲁迅指出，文艺不是绅士淑女的专利品，不是少数"优秀者"才能够鉴赏的东西，文艺是属于人民的，大众并不如读书人所想象的愚蠢。"大众并无旧文学的修养，比起士大夫文学的细致来，或者会显得所谓'低落'的，但也未染旧文学的痼疾，所以它又刚健，清新。"③鲁迅坚决反对那种"作品愈高，

①《鲁迅全集·二心集·上海文艺之一瞥》。

②《鲁迅全集·且介亭杂文·连环图画琐谈》。

③《鲁迅全集·且介亭杂文·门外文谈》。

知音愈少"的偏见。重要的是让群众看懂："为了大众，力求易懂，也正是前进的艺术家正确的努力。"①因此，"现今的急务"，"应该多有为大众设想的作家，竭力来作浅显易解的作品，使大家能懂，爱看，以挤掉一些陈腐的劳什子"②。从易于为群众接受着眼，鲁迅关心并提倡一切为群众所喜闻乐见的文艺形式。

文艺作品当然要使群众能懂，但懂的"标准"，却"不能俯就低能儿或白痴"，而"应该着眼于一般的大众"。鲁迅因此认为，大众化并不是"迎合大众"。那种"主张什么都要配大众的胃口，甚至于说要'迎合大众'，故意多骂几句，以博大众的欢心"的论调和做法，是不会于大众有益的，甚至"可要成为大众的新帮闲的"③。媚悦、迁就一些人思想中落后的、不健康的地方，这是一种庸俗化的做法。进步的、革命的文艺作品，必须符合美的要求，通过它去提高群众的审美趣味和思想水平。鲁迅新文化运动时期关于美术家与美术作品的论述，就深刻地反映了他的这个一贯的主张。他说："我们所要求的美术家，是能引路的先觉，不是'公民团'的首领。我们所要求的美术品，是表记中国民族知能最高点的标本，不是水平线以下的思想的平均分数。"④美术家，不仅要有精熟的技工，尤须有"进步的思想与高尚的人格"，他的作品是"思想与人格的表现"，人们看了，不但喜欢赏玩，尤能发生感动，造成精神上的影响。鲁迅的创作在这方面就堪为楷模。

---

①《鲁迅全集·且介亭杂文·论"旧形式的采用"》。

②《鲁迅全集·集外集拾遗·文艺的大众化》。

③《鲁迅全集·且介亭杂文·门外文谈》。

④《鲁迅全集·热风·随感录四十三》。

第十一章

"画出这样沉默的国民的魂灵来"

——鲁迅改造国民性思想与小说创作

鲁迅是抱着启蒙主义的态度进行小说创作的。"我深恶先前的称小说为'闲书',而且将'为艺术的艺术',看作不过是'消闲'的新式的别号。所以我的取材,多采自病态社会的不幸的人们中,意思是在揭出病苦,引起疗救的注意。"①鲁迅的这种创作主张,是与他长期探索的改造国民性问题联系在一起的。作为中国现代小说奠基的鲁迅小说,深刻地再现了现代中国"沉默的国民的魂灵",暴露了国民性的弱点,促使人们憬悟,诊治这些阻碍民族发展,戕贼民族生机的痼疾。它与鲁迅的大量杂文一起,记录了鲁迅用文艺这一武器改造国民性的实践与战绩。

一、"忧愤深广": 民族命运和心理的思索

鲁迅谈到自己的《狂人日记》时说: "意在暴露家族制度和礼教的弊害,却比果戈理的忧愤深广。"②"忧愤深广",不仅是《狂人日记》,而且是鲁迅整个小说创作的一个重要特色。这种忧愤,是对于国家民族命运的忧虑,对于社会黑暗的愤懑,是把历史和现实结合起来,进行民族历史文化的反思与自我批判。

---

① 《鲁迅全集·南腔北调集·我怎么做起小说来》。
② 《鲁迅全集·且介亭杂文二集·〈中国新文学大系〉小说二集序》。

鲁迅致力于改造中国国民性，因为他把国家民族的命运寄托在人民群众身上。他的出发点是人民群众，是立意改变他们的被扭曲了的灵魂，疗救他们所受的精神上的创伤，因此他的小说的取材，主要是处于经济剥削和精神奴役双重压力下的普通人，深刻地表现了"上流社会的堕落和下层社会的不幸"，"将这示给读者，提出一些问题"①。当时的文坛，不仅题材大多陈旧，反映的是达官贵人、才子佳人的"听厌了的老故事"，就是小说也"不算文学，做小说的也决不能称为文学家，所以并没有人想在这一条道路上出世"②。鲁迅全部革新了小说，自然也革新了小说的题材，认为"选材要严，开掘要深"③。鲁迅对中华民族的历史和现实，对民族的性格和心理，有着透辟深刻的认识和理解。他的"开掘要深"，就是在主题的深入开掘中，反映中华民族特定的心理。在鲁迅笔下，我们看到了病态社会中一个个不幸的人们以及他们的生活。阿Q的被作践的灵魂，祥林嫂的悲剧命运，闰土的麻木呆滞，七斤的辫子所引起的风波，等，在中国落后、封闭、停滞的广大农村，这类悲剧每时每刻都在发生，甚至人们慢慢被吃掉也不觉察。鲁迅悲愤地说："我先前读但丁的《神曲》，到《地狱》篇，就惊异于这作者设想的残酷，但到现在，阅历加多，才知道他还是仁厚的了：他还没有想出一个现在已极平常的惨苦到谁也看不见的地狱来。"④中国的广大贫苦农民就生活在这地狱的最底层。鲁迅还描写了一些卑琐庸俗的小市民，刻画了他们"奴性十足，对权威顶礼膜拜"⑤的特点。在《药》中，我们看到诸如"驼背五少爷""花白胡子的人"等一批茶客，他们闲得无聊，把革命者的牺牲作为茶余酒后笑谈的资料。《故乡》中的杨二嫂，由"豆腐西施"变

---

① 《鲁迅全集·集外集拾遗·英译本〈短篇小说选集〉自序》。

② 《鲁迅全集·南腔北调集·我怎么做起小说来》。

③ 《鲁迅全集·二心集·关于小说题材的通信》。

④ 《鲁迅全集·且介亭杂文末编·写于深夜里》。

⑤ 高尔基：《谈谈小市民习气》。《论文学（续集）》，人民出版社1978年版，第52页。

成"凸颧骨，薄嘴唇"，沾染了很多坏习气，她的形象本身亦是这个日益衰败的畸形社会的产物。旧社会的毒害使她走上逐渐堕落的道路。知识分子是最先觉悟的部分。鲁迅从知识分子在中国革命中的作用的高度出发，创作了一些知识分子题材的小说。鲁迅笔下的下层小资产阶级知识分子，处于半殖民地半封建时代，往往有着与劳动群众共同的命运，鲁迅描写了他们的挣扎反抗而终于不能幸免被黑暗势力吞噬掉的悲剧。吕纬甫的颓唐，魏连殳的孤独，涓生和子君的败退，这固然有着他们自身的性格弱点，但主要是黑暗的反动的社会制度压迫的结果。鲁迅通过对农民、知识分子、小市民等个人命运悲剧的开掘，探索着我们民族的命运和心理，提出了一系列重大问题，特别是如何改造国民性的弱点，使麻木、落后的群众惊醒、振奋起来。因此，鲁迅的小说虽然着力描写了被压迫被摧残的人民群众的苦痛、辛酸以及种种不幸，但不是小人物悲欢离合的胪列咀嚼，而是时代风云的鲜明体现；也不是一般意义上的"悲天悯人"，而是"忧愤深广"。这就使他的作品包容了异常丰富而深刻的内涵，反映了他对中国社会问题和出路问题的严肃思考。应当看到，鲁迅这种对主题深广地开掘而形成的忧愤的风格特征，也正是中华民族所受的长期压榨而形成的特别忧愤的民族心理的反映。

启蒙主义就是要打破封建传统思想的桎梏，使人们摆脱愚昧和迷信。抱着启蒙主义创作态度的鲁迅，他的小说就必然有一个鲜明的主题，这就是反封建。中国民主革命最根本的任务，是反对帝国主义和封建主义。中国封建统治绵延数千年，封建思想文化根深蒂固。辛亥革命推翻了封建专制制度，但封建思想仍然有着强大的力量。在鲁迅的小说中，我们看到，世代相传的老规矩仍然指挥着、规范着人们的行动，整个社会氛围是那么恶浊，保守的习惯势力已使旧中国变成组织硬化的衰老的肌体。七大人、鲁四老爷、赵七爷、赵太爷、举人老爷等，他们既是封建势力的代表，又是封建思想文化的象征。不管是祥林嫂、华老栓、闰土，还是陈士成、孔乙己，他们的麻木、愚妄，无不是封建思想毒害的结果。《离婚》中的爱姑，大胆泼辣，敢于向"老畜生"和"小畜生"挑战，但她本身就带有浓厚的封建思想（如认为"一礼不缺"等），更对压迫他们的封建势力的强大体系缺乏认识，最后慑于七大人的威势，精神上被彻底压垮，不可挽回地失败了。

在鲁迅的作品中，也塑造了敢于同封建势力进行坚决斗争的勇士。作为中国现代文学史上第一篇白话小说的《狂人日记》，是"五四"文学革命中应时而出的反封建的战斗宣言。作品通过狂人的独白，赤裸裸地暴露了几千年来中国封建社会的历史，实际上是一部在"仁义道德"这块虚伪面纱掩盖下的血淋淋的"吃人"的历史，以"仁"为核心的封建礼教，实际上是"吃人"的礼教。狂人对未来充满着信心和希望，他说："要晓得将来是容不得吃人的人活在世上。"这篇小说，是投向封建制度的一颗极其猛烈的炸弹。1925年写的《长明灯》里的主人公，是个被称为"疯子"的造反者，他蓄意要熄灭庙里那盏从"梁武帝那时就点起来的"、象征着封建制度和封建传统的"长明灯"。"疯子"早先受过骗，现在却谁也骗不了他。阔亭对他说："你还是回去罢！……灯么，我替你吹。""就是吹熄了灯，那些东西不是还在么？"妄图用种种论调来动摇他的斗志。他斩钉截铁地回答："不要你们！""我知道的，熄了也还在。……我就要吹熄他，自己熄！"当他遭到封建势力迫害的时候，仍不屈服地呐喊："我放火！"表现了觉醒者的坚韧的反封建精神。

列宁曾经指出："如果我们看到的是一位真正伟大的艺术家，那么他就一定会在自己的作品中至少反映出革命的某些本质的方面。"[①]鲁迅正是这样伟大的艺术家。他的《呐喊》《彷徨》，从1918年的《狂人日记》到1925年的《离婚》，反映了从辛亥革命前夕到第一次国内革命战争之前这一时期的历史特点。通过鲁迅的小说，我们可以看出那个时期的社会动态，人们的思想状况，革命兴起时各个阶级

---

① 《列宁选集》第2卷，人民出版社1972年版，第369页。

的动向，革命失败的原因，革命后抱有资产阶级民主主义理想的知识分子既失望而又还未能找到别的出路的惶惑，等等，确实使我们看到了"革命的某些本质的方面"。这突出地体现在有关反映辛亥革命的小说中。鲁迅不仅对辛亥革命没有发动和依靠群众而最终导致失败给予了批判，特别是从启蒙主义出发，对于贫苦群众在长期封建统治下所形成的严重的精神痼疾，表示了深切的悲愤，提出了必须唤起群众的觉悟，才能进行彻底的社会革命这一重大问题。在《药》中，革命者夏瑜在狱中仍然坚持斗争，宣传"这大清的天下是我们的"，甚至就义前还要"劝牢头造反"。当阿义打了他，他反说阿义"可怜，可怜"，对其愚昧深表哀痛，最后终于为革命事业献出了年轻的生命。更令人触目惊心的是夏瑜为革命而洒下的鲜血，却竟然为华小栓这样的被压迫群众糊里糊涂地当"药"吃掉了。在这里，革命者殉身的悲剧与群众的不觉悟形成了尖锐的对照。革命者的牺牲是多么寂寞、可悲啊！很显然，资产阶级革命如果没有广大群众的积极支持和参加，不发挥群众的革命力量，革命是不可能成功的，只不过徒然增加更多的牺牲和"看客"罢了。因此革命者首先必须把广大人民群众从统治阶级的精神枷锁里解放出来，使千千万万的华老栓觉醒起来，这是刻不容缓的战斗任务，也是疗救中国社会的真正良药。

应该看到，鲁迅在写作《呐喊》《彷徨》期间，世界观还没有达到马克思主义世界观，但由于他坚持从中国社会现实出发，努力追求真理，自觉地紧跟历史潮流，因此对现实的批判是无比深刻的，反帝反封建的斗争是彻底的、毫不妥协的，这与当时新民主主义革命的要求也是完全一致的。

二、精神胜利法：国民性弱点的艺术概括和批判

研究鲁迅的改造国民性思想，研究鲁迅的小说创作，不能不特别重视他的《阿Q正传》。《阿Q正传》是鲁迅小说中最负盛名的一部作品，也是中国新文学史上最杰出的作品之一。阿Q，是鲁迅对中国历

史和现实生活进行长期深入观察之后，创造出来的不朽的艺术形象，蕴含着丰富的、深刻的内涵。阿Q的精神胜利法，正是中国国民性弱点的体现，是中国人灵魂上负荷着的落后、愚昧、冷漠、麻木的创伤的极致。鲁迅通过对精神胜利法的解剖和批判，揭露了封建主义统治对中国人灵魂的摧残，也反映了他对中国国民性问题探索的成果。

《阿Q正传》的背景是辛亥革命前后闭塞落后的江南农村，主人公阿Q是一个从物质到精神都受到严重戕害的农民。鲁迅之所以通过阿Q这么一个贫苦农民来集中暴露国民性的弱点，大约有这么三个原因：

第一，鲁迅的着眼点始终是人民群众。他的改造国民性思想，就是"揭出病苦，引起疗救的注意"，帮助被压迫被剥削的劳苦大众打碎身上的锁链。作为一个彻底的反帝反封建的革命民主主义者，鲁迅对封建统治阶级极为痛恨，毫不可惜它的溃灭，也深知统治阶级的劣根性是无法"改革"的，只有加以彻底消灭。

第二，在中国，不仅农民处在社会最底层，受着最深重的压迫，农民的人生是最苦痛的人生，而且由于农村的闭塞、落后，甚至在现代社会，民族文化固有的许多风俗习惯首先就保留在农民中，传统思想影响很大；反之，大城市有复杂的交往体系，它能促使各社会群众的风俗、习惯与传统发生某些混合。①

第三，鲁迅对农民的苦痛生活有着深切的体会，他说过："我生长于都市的大家庭里，从小就受着古书和师傅的教训，所以也看得劳苦大众和花鸟一样。有时感到所谓上流社会的虚伪和腐败时，我还羡慕他们的安乐。但我母亲的母家是农村，使我能够间或和许多农民相亲近，逐渐知道他们是毕生受着压迫，很多苦痛，和花鸟并不一样了。"②

很显然，鲁迅把农民视为国家的主体，把农民身上的弱点视为国

---

① 参阅安德列耶娃：《社会心理学》，上海翻译出版公司1984年版，第197页。
②《鲁迅全集·集外集拾遗·英译本〈短篇小说选集〉自序》。

家的弱点，这与他把农民的悲惨命运视为民族的命运也是一致的。

阿Q的主要性格特征，鲁迅称之为"精神上的胜利法"，即是用一种自譬自解的方法，对于事实上的屈辱和失败，在想象中取得精神上的满足和胜利。这种精神胜利法使得阿Q性格上充满着矛盾，表现为既自负自尊而又自轻自贱。

阿Q是自负自尊的。他的现实处境十分悲惨，但在精神上却"常处优胜"。例如，他连自己姓什么也有点茫然，却常常对人夸耀过去："我们先前——比你阔得多啦！"他连老婆都还没有，却心里想："我的儿子会阔得多啦！"他被人打了，不能反抗，心里想，"我总算被儿子打了，现在的世界真不像样"，于是也心满意足地得胜地走了。打他的人是他的儿子，他是打他的人的爸爸，比人家高了一辈，这不是又胜利了吗？他既鄙薄城里人，因为城里人将长凳称为条凳，而且煎鱼用葱丝，女人走路也扭得不很好。他又瞧不起乡下人，因为他们没有见过城里的煎鱼，没有见过杀头。从盲目的自负自尊出发，阿Q十分忌讳自己的缺点。阿Q头上"有几处不知起于何时的癞疮疤"，因此，"他讳说'癞'以及一切近于'赖'的音，后来推而广之，'光'也讳，'亮'也讳，再后来，连'灯''烛'都讳了。一犯讳，不问有心与无心，阿Q便全疤通红的发起怒来"。可是人们偏要拿他的癞疮疤寻开心时，他会说"你还不配"，于是就觉得自己头上的癞疮疤非同寻常，是"一种高尚的光荣的癞头疮"了。

自负自尊的反面是自轻自贱。阿Q既自负自尊，又能自轻自贱，或者说他的自负自尊是常靠自轻自贱维持的。别人已经知道他的"儿子打老子"的精神胜利法，所以每逢打他的时候，就先说："阿Q，这不是儿子打老子，是人打畜生。自己说：人打畜生！"阿Q说道："打虫豸，好不好？我是虫豸——还不放么？"这下他该自认失败了吧？并不。他想：他是第一个能够自轻自贱的人，除了"自轻自贱"，"余下的就是'第一个'"；"状元不也是'第一个'么？'你算是什么东西'呢？！"一次他在赌摊上赢了一堆白花花的洋钱，忽然在一片嘈杂声中被人抢去了，而且还挨了一顿拳脚——他真是苦恼了，就"擎起右手，用力的在自己脸上连打了两个嘴巴"，不久，仿佛觉得"是自己打了别人一般"，于是在精神上又转败为胜了。

当这种精神胜利法无法掩盖事实上的屈辱和失败时，阿Q还有别的法宝。其一是忘却。他被假洋鬼子的"哭丧棒"打了一顿之后，一转身便忘却了，反而觉得轻松，还"有些高兴"。他在赵太爷家向吴妈"求爱"，挨了秀才一顿竹杠，不一会儿也全忘了，觉得"似乎一件事已经结束"，而且还以为吴妈"很有趣"，"不知道闹着什么玩意儿了"。其二是欺弱怕强。他在强者面前能自轻自贱，不敢抗争，而是向弱者身上发泄自己的"晦气"。阿Q"估量了对手，口讷的他便骂，力气小的他便打"。他以为王胡年老了可欺，对打的结果，他失败了，只得求饶似的说："君子动口不动手。"静修庵的小尼姑，是毫无抵抗力的，他就尽情地嘲戏和侮辱。容易忘却与欺弱怕强，其实也是精神胜利法的表现。

阿Q精神胜利法的实质是什么？是奴性心理的反映，是卑怯的表现。阿Q的一生在他所处的社会环境中，始终是被侮辱与被损害者。他好像被压在大石下面的小草，只能弯曲地苟活。我们看到，阿Q的悲剧不仅在于他的可怜的遭遇，更重要的是他竟能在这样的生活中寻出"美"来，自譬自解，自慰自安，甚至有时还能有几分"得意"。鲁迅指出："一个活人，当然是总想活下去的，就是真正老牌的奴隶，也还在打熬着要活下去。然而自己明知道是奴隶，打熬着，并且不平着，挣扎着，一面'意图'挣脱以至实行挣脱的，即使暂时失败，还是套上了镣铐罢，他却不过是单单的奴隶。如果从奴隶生活中寻出'美'来，赞叹，抚摩，陶醉，那可简直是万劫不复的奴才了。他使自己和别人永远安住于这生活。就因为奴群中有这一点差别，所以使社会有平安和不安的差别，……"①

---

① 《鲁迅全集·南腔北调集·漫与》。

　　鲁迅还说过，中国国民性弱点最大的病根是卑怯："遇见强者，不敢反抗，便以'中庸'这些话来粉饰，聊以自慰。所以中国人倘有权力，看见别人奈何他不得，或者有'多数'作他护符的时候，多是凶残横恣，宛然一个暴君，做事并不中庸，待到满口'中庸'时，乃是势力已失，早非'中庸'不可的时候了。一到全败，则又有'命运'来做话柄，纵为奴隶，也处之泰然，但又无往而不合于圣道。这些现象，实在可以使中国人败亡，无论有没有外敌。"①

　　阿Q的精神胜利法，就是要"从奴隶生活中寻出'美'来"，"纵为奴隶，也处之泰然，但又无往而不合于圣道"。作为一种普遍的心理现象，它是无力改变受屈辱现实时所采取的一种消极的自我麻醉，烙上了民族耻辱的印记，是愚弱的国民性的表现。

　　阿Q精神胜利法的形成，主要是封建传统思想的毒害。阿Q没上过学，不识字，却"无师自通"，表现出来的"人生观念"，"样样都合于圣经贤传"。他的阶级出身和悲惨地位，本来是最需要革命的，应该是革命的基本群众，但他却"以为革命党便是造反，造反便是与他为难，所以一向是'深恶而痛绝之'的"。在男女问题上，他不曾"蒙什么明师指授过"，但却严守"古训"，极力排斥异端，"他的学说是：凡尼姑，一定与和尚私通；一个女人在外面走，一定想引诱野男人；一男一女在那里讲话，一定要有勾当了"。与此同时，农民本身的阶级弱点，小生产者在私有制社会里长期形成的经济地位，同样是孕育精神胜利法的温床。像阿Q这样一个一方面没有摆脱本阶级的弱点，另一方面又多少沾染了一些游民阶层落后意识的农民，接受和产生精神胜利法便更容易了。

　　鲁迅写阿Q的本意，是想写出同一时代的人生，"暴露国民的弱点"②，借以促进、激发人们的觉醒，所以他明确地说："我之作此

　　────────

　　①《鲁迅全集·华盖集·通讯》。

　　②《鲁迅全集·伪自由书·再谈保留》。

篇，实不以滑稽或哀怜为目的。"①他又说："我的方法是在使读者摸不着在写自己以外的谁，一下子就推诿掉，变成旁观者，而疑心到象是写自己，又象是写一切人，由此开出反省的道路。"②鲁迅的目的是达到了。阿Q那么排斥异端，那么严男女之大防，那么深恶痛绝造反作乱，那么妄自尊大可又自轻自贱，那么麻痹善忘、不知报复，特别是他的成为处世哲学的精神胜利法，既是阿Q本人性格的体现，也是中国传统思想的反映，是几千年来形成的中国国民性弱点的艺术概括。阿Q这样特殊性格在农民中可能是少有的，但像他这样精神上自甘屈辱的消沉状态，在当时的农民以至各个阶层中又是普遍的。《阿Q正传》在历数阿Q备受欺凌而又用精神胜利法安慰自己时说，"他是永远得意的：这或者也是中国精神文明冠于全球的一个证据了"。如果结合鲁迅的杂文或其他言论来认识阿Q的弱点，我们会更加深刻地感受到其中包含的丰富的民族的、历史的内涵，看到鲁迅的巨大的批判力量。例如，从阿Q的妄自尊大，我们很自然地想到那种自以为"文明古国""地大物博"，而"把国里的习惯制度抬得很高，赞美的了不得"，骂外国人是不开化的夷狄，甚至以丑恶骄人、自甘落后，正如鲁迅说的："中国人几乎都是爱护故乡，奚落别处的大英雄，阿Q也很有这脾气。"③阿Q对待屈辱的一个妙法是"忘却"。鲁迅指出，"忘却"是一件"祖传的宝贝"。在受侮辱受损害的情况下，由于无法报复，无力取胜，便不抵抗不挣扎，只有用精神胜利法来安慰自己，用忘却来逃避痛苦。这也不只是阿Q的办法，在中国历史上，封建统治者对外来的侵略不能抵抗时，"精神胜利""忘却"不是表现得更严重吗？鲁迅说过，"其实这些人是一类，都是伶俐人，也都明白，中国虽完，自己的精神是不会苦的，——因为都能变

---

① 《鲁迅全集·书信·301013致王乔南》。

② 《鲁迅全集·且介亭杂文·答〈戏〉周刊编者信》。

③ 《鲁迅全集·且介亭杂文·答〈戏〉周刊编者信》。

出合适的态度来。倘有不信，请看清朝的汉人所做的颂扬武功的文章去，开口'大兵'，闭口'我军'，你能料得到被这'大兵''我军'所败的就是汉人的么？……然而这一流人是永远胜利的，大约也将永久存在"①。阿Q在打不过别人时，只能自己骂自己，使别人满意，但在碰到小D、小尼姑等比他更弱的人时，又神气起来，动手动脚。鲁迅就说过："专制者的反面就是奴才，有权时无所不为，失势时即奴性十足。"②可见阿Q的这个思想是有代表性的。鲁迅这里把阿Q的精神胜利法标举示众，就是对整个封建旧制度和传统的精神文明的批判和揭露。中国的人民大众正是被这个旧制度和旧文明无情地戕杀了人性，扭曲了灵魂，而它的习惯势力还在继续毒害着中华民族的子孙，使理想的事物毁灭，使美好的生机夭折。鲁迅在这里蕴含着深广的忧虑和悲愤，显示着对民族前途命运的思索和探求。

　　《阿Q正传》是鲁迅探索改造国民性问题最主要的作品，也反映了他研究的深度，这已得到了大家的公认。茅盾在这个作品发表后不久，就鲜明地深有远见地说："作者的立意，似乎只在刻画隐伏在中华民族骨髓里的不长进的性质——'阿Q相'。我以为这就是《阿Q正传》之所以可贵，恐怕也就是《阿Q正传》流行极广的主要原因。""我又觉得'阿Q相'未必全然是中国民族所特具，似是人类的普通弱点的一种。至少，在'色厉内荏'这一点上，作者写出了人性普遍弱点来了。"③许寿裳也说，他每次读《阿Q正传》，"总感觉一种深刻和严肃，并且觉得在鲁迅的其余作品中，有许多处似乎可当作这篇的注解或说明来读，因为描写阿Q的劣性仿佛便是描写民族的劣性故也"④。《阿Q正传》是不朽的。

---

①《鲁迅全集·华盖集·忽然想到（一至四）》。

②《鲁迅全集·南腔北调集·谚语》。

③ 茅盾：《读〈呐喊〉》。

④ 许寿裳：《我所认识的鲁迅·鲁迅的生活》。

三、"表现的深切"：灵魂的挖掘

19世纪丹麦文学史家勃兰兑斯说过："文学史，就其最深刻的意义来说，是一种心理，研究人的灵魂，是灵魂的历史。"①鲁迅的小说，十分注重研究人的灵魂，解剖人物的心灵。他曾说到，他的《狂人日记》《孔乙己》《药》等小说，在文学革命中被认为"表现的深切和格式的特别"，颇激动了一部分青年读者的心。②这"表现的深切"的一个主要方面，就是对于人物灵魂的挖掘。

鲁迅小说注重挖掘人物灵魂，这明显受到俄国作家陀思妥耶夫斯基的影响。陀思妥耶夫斯基自《穷人》所开始的一系列优秀小说，以其细腻的心理分析和残酷的灵魂审判的艺术特色称著于19世纪中后叶的俄国文坛。高尔基说过，出现在陀思妥耶夫斯基所有长篇小说中的主要人物，"无疑是俄罗斯的灵魂，无定形的、光怪陆离的，既懦怯又大胆的、但主要是——病态而又恶毒的灵魂"③。鲁迅对陀氏的这种手法给予极高的评价，他说：

> 显示灵魂的深者，每要被人看作心理学家；尤其是陀思妥耶夫斯基那样的作者。他写人物，几乎无须描写外貌，只要以语气、声音，就不独将他们的思想和感情，便是面目和身体也表示着。又因为显示着灵魂的深，所以一读那作品，便令人发生精神的变化。灵魂的深处并不平安，敢于正视的本来就不多，更何况写出？因此有些柔软无力的读者，便往往将他只看作"残酷的天才"。
>
> ……
>
> 在甚深的灵魂中，无所谓"残酷"，更无所谓慈悲；但将这

---

① 勃兰兑斯：《十九世纪文学主潮·引言》。

②《鲁迅全集·且介亭杂文二集·〈中国新文学大系〉小说二集序》。

③ 高尔基：《论〈卡拉玛佐夫气质〉》。《论文学（续集）》，人民出版社1978年版，第179页。

灵魂显示于人的，是"在高的意义上的写实主义者"。①

　　鲁迅也是一个"在高的意义上的写实主义者"。他深入生活的肌理，重视内心世界的揭示，善于以极省俭的笔墨画出人的灵魂。正如他所说的："这正如传神的写意画，并不细画须眉，并不写上名字，不过寥寥几笔，而神情毕肖，只要见过被画者的人，一看就知道这是谁。"②《祝福》中写祥林嫂失去阿毛之后，见人便一字不易地背诵着"我真傻……"的一段话，鲁迅只把这段话重复了一遍，便将祥林嫂受到刺激后精神的呆痴、心灵上的深深伤痕刻画了出来。《故乡》中，闰土与"我"接触时，由"脸上现出欢喜和凄凉的神情"到"态度终于恭敬起来了"，一声"老爷"，几乎全部反映了屈服于等级制度、默默地忍受剥削的闰土的痛苦麻木的性格特征。活泼、勇敢、单纯的少年闰土，和眼前迟钝、迷信、麻木的闰土，形成了多么强烈的对照！封建统治不仅把闰土折磨成"仿佛石像一般"的木偶人，而且毒化了他的思想。他临走时还要了"一付香炉和烛台"，说明他不仅接受了等级思想，而且笃信宿命论，安于命运的摆布，把希望寄托在神灵上。鲁迅对这个普通农民的灵魂开掘得多么深啊！

　　但是，鲁迅不仅是一个社会心理学家，而且是一个伟大的社会革命家。因此对他来说，挖掘灵魂不只是一种艺术手法，也可以说是一种艺术的目的，即致力于改造民族的灵魂。鲁迅从事文艺就是"竭力想探索人们的魂灵"，写出"现代的我们国人的魂灵来"，暴露国民性弱点，因此他能深入解剖被压迫人民群众的精神痼疾，着重刻画他们心理上受奴役的创伤，以促进民族灵魂的改造和人民群众思想的觉醒。在鲁迅看来，中国人灵魂的最大特点是"沉默"二字，造成沉默的原因主要有两条：一是古人造出了一种难到可怕的一块一块的文

---

① 《鲁迅全集·集外集·〈穷人〉小引》。
② 《鲁迅全集·且介亭杂文二集·五论"文人相轻"——明术》。

字，许多人不能借此说话；二是"古训所筑成的高墙"，更使他们连想也不敢想。因此，中国的老百姓，"默默的生长，萎黄，枯死了，象压在大石底下的草一样，已经有四千年！"①鲁迅在挖掘这种"沉默"的魂灵时，有这么三个特点：

第一，对于处在社会最底层的群众的苦难与不幸，不是侧重反映他们所受的经济剥削和政治压迫，而是着力揭示精神上所受的毒害。这显然是由鲁迅所坚持的改造国民精神的启蒙主张所决定的。例如，《祝福》中的祥林嫂，受到旧中国族权、父权、夫权、神权的交并压迫，最终被摧残致死，但鲁迅着重描写的还是祥林嫂的不觉悟。《祝福》的惨事，"不惨在狼吃了'阿毛'，而惨在礼教吃了'祥林嫂'"②。祥林嫂逃出婆家在鲁四老爷家落脚后，对生活的希望是最低微的，"实在比勤快的男人还勤快"。当她第二次在鲁四老爷家出现时，已是第二个丈夫病死，儿子被狼叼走之后，于是镇上的人嘲笑她，鲁四老爷把她看成不祥之物，用人柳妈又以阴间地狱的锯刑吓唬她，要她到土地庙捐一条门槛，当作赎罪的替身，免得死后受苦。但她的一切努力都是徒劳的：

> 冬至的祭祖时节。她做得更出力，看四婶装好祭品，和阿牛将桌子抬到堂屋中央。她便坦然的去拿酒杯和筷子。
>
> "你放着罢。祥林嫂！"四婶慌忙大声说。
>
> 她像是受了炮烙似的缩手，脸色同时变作灰黑，也不再去取烛台，只是失神的站着。直到四叔上香的时候，教她走开，她才走开。这一回她的变化非常大。第二天，不但眼睛窈陷下去，连精神也更不济了。而且很胆怯，不独怕暗夜，怕黑影，即使看见人。虽是自己的主人，也总惴惴的，有如在白天出穴游行的

---

① 《鲁迅全集·集外集·俄文译本〈阿Q正传〉序及著者自叙传略》。
② 许寿裳：《我所认识的鲁迅·鲁迅的生活》。

小鼠；否则呆坐着，直是一个木偶人。不半年，头发也花白起来了，记性尤其坏，甚而至于常常忘却了去淘米。

这是巨大的打击，是精神上的彻底摧毁，是一切希望的完全破灭。祥林嫂受着灵魂拷问的酷刑。她不仅生前哀哀无告，还须怀着恐惧走向死亡。封建礼教是杀人不见血的软刀子。启发人民群众觉醒，打破精神上的桎梏，是多么的迫切和重要！

第二，不仅揭露了反动统治阶级对劳动人民的物质上的剥夺和精神上的麻痹，而且深刻地反映了被压迫阶级如何不自觉地充当旧思想、旧礼教的维护者，加入到"吃人者"的行列，充当了伤害与自己处于同样命运的人的帮凶。在《狂人日记》中，狼子村的佃户，自己明明是被吃者，却无意参与了吃人的一伙，还有那些"给知县打枷过的""给绅士掌过嘴的""衙役占了他妻子的""老子娘被债主逼死的"等等，也没有像对"狂人""这么怕，也没有这么凶"。这是为什么？因为"狂人"冒犯了神圣的封建礼教，就被他们认作公仇，认为理应受到众共弃之的惩罚。《明天》里的王九妈，《祝福》中的柳妈，《阿Q正传》里的吴妈，都是劳动者而无意中充当了吃人者的帮凶。她们同时又是受害者。被人吃了或者参与了吃人，都是糊里糊涂。愚妄，麻木，至死也不觉悟，令人可悲可愤。

第三，既表现了统治阶级的思想如何腐蚀着受害者的心灵，又表现了受害者自身的弱点如何与这些腐蚀融为一体，深刻剖析了造成这些问题的社会根源。在鲁迅小说中，我们看到人与人之间，多么隔膜、冷漠，不关心别人痛痒，缺乏同情心，一切无动于衷，甚至"拿残酷做娱乐，拿他人的苦做赏玩，做慰安"[1]。孔乙己被打断了腿而致残废，更成了人们奚落的对象："他喝完酒，便又在旁人的说笑声中，坐着用这手慢慢走去了。"没人关心他的存在与死活，他的痛

---

[1]《鲁迅全集·热风·随感录六十五》。

苦成了人们取笑的对象（《孔乙己》）。那人情的淡薄，令人不寒而栗！七斤在听到"皇帝坐龙庭"的消息后，由于自己没有了辫子感到惶惶不安，邻里却是幸灾乐祸的态度："七斤既然犯了皇法，想起他往常对人谈论城中的新闻的时候，就不该含着长烟管显出那般骄傲模样，所以对于七斤的犯法，也觉得有些畅快。"（《风波》）革命者夏瑜惨遭杀害的时候，周围的群众却站在一旁，"颈项都伸得很长，仿佛许多鸭，被无形的手捏住了的，向上提着"，成了"鉴赏"杀人的"看客"。（《药》）表现在人民群众特别是农民身上的冷漠、麻木的态度，有着深刻的历史的社会的原因。一方面是剥削阶级思想的毒害，正如鲁迅所说："造化生人，已经非常巧妙，使一个人不会感到别人的肉体上的痛苦了，我们的圣人和圣人之徒却又补了造化之缺，并且使人们不再会感到别人的精神上的痛苦。"[1]另一方面，也有劳动群众自身的根源，即小生产者具有的狭隘、自私、落后、保守等种种弱点。小农经济的封闭性，为专制主义的存在提供了深厚的基础。马克思指出："小农人数众多，他们的生活条件相同，但是彼此间并没有发生多种多样的关系。他们的生产方式不是使他们互相交往，而是使他们互相隔离。"[2]恩格斯也指出："作为政治力量的因素，农民至今在多数场合下只是表现出他们那种根源于农村生活隔绝状况的冷漠态度。广大居民的这种冷漠态度，不仅是巴黎和罗马议会贪污腐化的强有力的支柱，而且是俄国专制制度的强有力的支柱。"[3]小生产者的这些弱点与统治阶级思想的融合，就形成了劳动者的精神负担，使他们出现了不同程度的畸形心理状态。克服小生产者的弱点，清除统治阶级思想的影响，这是十分艰巨而又重要的任务。

鲁迅在谈到《阿Q正传》的写作时说："要画出这样沉默的国民

---

① 《鲁迅全集·集外集·俄文译本〈阿Q正传〉序及著者自叙传略》。

② 《马克思恩格斯选集》第1卷，人民文学出版社1972年版，第693页。

③ 《马克思恩格斯选集》第4卷，人民文学出版社1972年版，第295页。

的魂灵来，在中国实在算一件难事，因为，已经说过，我们究竟还是未经革新的古国的人民，所以也还是各不相通，并且连自己的手也几乎不懂自己的足。我虽然竭力想摸索人们的魂灵，但时时总自憾有些隔膜。在将来，围在高墙里面的一切人众，该会自己觉醒，走出，都来开口的罢，而现在还少见，所以我也只得依了自己的觉察，孤寂地姑且将这些写出，作为在我的眼里所经过的中国的人生。"①

我们说，鲁迅分明画出来了中国人的灵魂。但同是画灵魂，鲁迅与陀思妥耶夫斯基有着根本的不同。陀氏揭示人物灵魂，为灵魂所指的出路是宗教、上帝；鲁迅是彻底的唯物主义者，他的揭示人物的灵魂，则是为了使人们从中"开出反省的道路"，求得人们去反抗、斗争，去改变社会。

四、"将人生的有价值的东西毁灭给人看"：悲剧艺术特色

鲁迅的小说大都表现"下层社会的不幸"，按美学范畴来划分，属于悲剧。悲剧色彩便成了作品的主色调。《狂人日记》《药》《祝福》《故乡》《孔乙己》《伤逝》《离婚》《明天》《在酒楼上》《孤独者》等，都是悲剧作品。在鲁迅笔下，我们从人民群众的悲剧性生活看到了整个中华民族的悲剧，美的有价值的东西的毁灭，产生了震撼心灵的感染力量，发人深思，促人感奋，催人战斗。

鲁迅指出，悲剧是"将人生的有价值的东西毁灭给人看"②。这说明，悲剧是体现着历史进步要求的美的有价值的事物的毁灭，它表现人生最大的痛苦、悲哀。既然如此，悲剧何以能给人以美的享受，达到精神的愉悦呢？这是因为，社会生活中新旧力量的矛盾，有价值的东西与无价值的东西的冲突与斗争，是悲剧艺术的现实基础。悲剧冲突的实质是"历史的必然要求和这个要求的实际上不可能实现之间"③

---

①《鲁迅全集·集外集·俄文译本〈阿Q正传〉序及著者自叙传略》。

②《鲁迅全集·坟·再论雷峰塔的倒掉》。

③《马克思恩格斯选集》第4卷，人民文学出版社1972年版，第346页。

的矛盾冲突。悲剧以美的有价值的事物的毁灭，来达到肯定美、否定丑的目的，从而激起人们对美的追求，使人们在悲愤中由情感的巨大震荡而达到理性认识的升华。悲剧的审美价值在于激发人们前进，鼓舞人们起来，为消灭悲剧的社会根源而斗争。因此，悲剧不是悲哀、悲惨，不是叫人悲观失望，而是悲愤、悲壮，使人奋发向上。

鲁迅的悲剧作品，深刻地反映了顽固的封建势力和强大的封建思想对有价值的东西的毁灭。我们在他所写的以觉醒的知识分子为悲剧主人公的作品中，更能强烈地感受到这一点。《孤独者》写出了理想与现实之间的冲突，革新力量与习惯势力之间的冲突。魏连殳作为觉醒的知识分子，不甘心与世俗同流合污，可事实又不允许他完全和社会隔绝。在流言围攻、失业打击下，他不得不向环境低头，抛弃理想而当了军阀队伍里一个师长的顾问，"躬行我先前所憎恶，所反对的一切，拒斥我先前所崇仰，所主张的一切"。他采取了自暴自弃和玩世不恭的态度进行报复，像绥惠略夫那样，"终至于成了单身，忿激之余，一转而怒视一切，无论对谁都开枪，自己也归于毁灭"。他在"胜利"的喧笑中独自咀嚼着"失败"的悲哀，终于背负着内心的创伤寂寞地死去。魏连殳的死是个大悲剧。他觉醒后的反抗，争取解放的正义行动，遭到了邪恶力量的扼杀。当然，魏连殳的悲剧除了封建势力的格外强大与群众的愚昧无知外，还有他主观上的原因。鲁迅对魏连殳虽有批判，但仍怀着极大的同情，在冷隽的描述中，不仅肯定了对主人公作为一个人应当具有的生存、生活的权利，肯定了他的理想和愿望的合理性，而且真实细致地反映了魏连殳心灵的创伤和毁灭的过程，这就使人们对打击、毁灭悲剧人物的恶势力产生憎恶和愤慨，为消灭悲剧的社会根源而进行坚决的斗争。鲁迅的悲剧创作，除了发掘悲剧主人公有价值的东西、真实细致地表现他们毁灭的过程以及深挖悲剧之源等特点外，还有以下三点值得注意：

第一，坚持悲剧的真实性原则。

鲁迅认为，现实主义的悲剧必须遵循艺术的真实原则。只有具有真实性的悲剧作品，才能深刻地暴露黑暗社会毁灭有价值事物的罪恶，从而产生震撼人心的感染力量。鲁迅指出，悲剧创作的大敌是虚假粉饰的团圆主义，它曲终奏雅，把血泪悲剧变成自欺欺人的"佳话"，违背了生活真实逻辑，窒息了悲剧的社会意义和美学价值。阿Q的最后结局是杀头，鲁迅把它叫作"大团圆"，正是对传统小说用瞒和骗的手法所臆造的"大团圆"结局的尖锐讽刺，也是对中国国民性格中自欺欺人的团圆好梦的无情撕破。鲁迅坚持彻底的唯物主义的悲剧观，"真诚地，深入地，大胆地看取人生并且写出他的血和肉的时候到了"，写出劳动人民思想上所受到的统治阶级的毒害以及他们本身由于小生产方式引起的弱点，深挖悲剧的阶级根源和社会根源。这不但是悲剧艺术本身的必然性真实性所要求，而且也是作家对社会人生、对悲剧艺术应取的唯一正确态度。这好比是医生看病，对病人来说，正确的态度是指出他的病症，提出治疗的方案，以便解除他的痛苦，而不是用假话、漂亮话去哄他。马克思在《〈黑格尔法哲学批判〉导言》中说："应当让受现实压迫的人意识到压迫，从而使现实的压迫更加沉重，应当宣扬耻辱，使耻辱更加耻辱。……为了激起人民的勇气，必须使他们对自己大吃一惊。"①敢于直面统治者所造成的惨淡的人生，让广大人民群众看到自己的苦难、耻辱以及精神上的弱点，从而震惊起来，激起斗争的勇气，这就更能发挥悲剧艺术的效果。

　　鲁迅的悲剧作品虽然大胆地反映悲惨的生活，使人甚至有"重压之感"②，但却悲而不伤，这是由于他的现实主义植根于彻底的革命民主主义思想，并且时时自觉地与革命前驱者取同一的步调，因而在严峻的现实解剖中，不断地闪烁着理想主义的光芒。他有意识地"删削些黑暗，装点些欢容，使作品比较的显出若干亮色"。他在《药》的瑜儿的坟上，有意地添上一个花环，表示革命先烈的精神仍在鼓舞着

---

①《马克思恩格斯选集》第1卷，人民文学出版社1972年版，第4页。

②《鲁迅全集·南腔北调集·〈自选集〉自序》。

人们前进，暗示革命事业后继有人。在《明天》里不叙单四嫂子没有梦见她死去的儿子，使作品的结尾还留着对明天的期待。《故乡》末尾关于"路"的议论，表达了对希望充满着信心。当然，鲁迅主张写出理想之光，与他素所反对的大团圆式的瞒和骗是根本不同的，因为理想之光建立在对历史发展趋势的正确把握的基础之上，是革命乐观主义的体现。

第二，注重写"几乎无事"的悲剧。

鲁迅在一篇专论果戈理的文章中指出，果戈理作品的一个主要特征，就是用平常事、平常话。他说："这些极平常的，或者简直近于没有事情的悲剧，正如无声的言语一样，非由诗人画出它的形象来，是很不容易觉察的。然而人们灭亡于英雄的特别的悲剧者少，消磨于极平常的，或者简直近于没有事情的悲剧者却多。"[1]鲁迅悲剧艺术的一个特色，也是着眼于普通人、普通事，写出那些"几乎无事"的悲剧。这与他坚持的"为人生"并"改良这人生"的启蒙主义思想相一致。鲁迅的悲剧主人公，都不是什么超凡出众的英雄，而是带有缺点的小人物，故事里也没有什么曲折离奇的情节，而像日常生活本身那样朴素、真实、自然。但鲁迅却以敏锐的眼光，从普通人、平常事中发掘出具有深刻社会意义的主题，揭示出隐藏在为一般人所熟视无睹而又比比皆是的悲剧。正因为如此，作品中所提出的一个个社会问题，就更令人震惊和发人深思，具有异乎寻常的思想力量和艺术力量。例如，他从祥林嫂这个普通妇女身上，挖掘了封建礼教吃人的深刻主题；在《药》中，用人血馒头把华、夏两家联络了起来，揭示了革命者与群众的关系，深化了悲剧主题；在《风波》中，通过张勋复辟事件在江南一个普通乡村所引起的一场风波，真实地反映了辛亥革命以后中国农村的社会生活和阶级关系，也启发人们对这场革命进行深刻的思考，等等。鲁迅悲剧作品中的反面人物，也是普普通通，没

---

[1]《鲁迅全集·且介亭杂文二集·几乎无事的悲剧》。

有格外奸诈凶残之徒。例如《祝福》中的鲁四老爷,是从灵魂上拷问并处死祥林嫂的杀人不见血的罪恶力量的代表,但看上去也不张牙舞爪、蛮横凶恶,而是一个恪守封建伦理道德的讲理学的监生,他的"谬种""败坏风俗""不干不净"等话从精神上宣判了祥林嫂的死刑,但这些话也是鲁镇人的普遍认识,没什么可怪之处。然而人们正是在鲁四老爷的这些平常言行中,看到了封建势力的强大和封建礼教的罪恶,看到了祥林嫂不可摆脱的悲剧性命运。

第三,悲剧因素与喜剧因素的交融。

鲁迅在指出悲剧是将人生有价值的东西毁灭给人看的同时说,喜剧是"将那无价值的撕破给人看"[①]。悲剧和喜剧是美学中两个对立的范畴。悲剧以对美的毁灭的形式来肯定美、否定丑,从而激起人们对美的追求,给人精神上的愉悦;喜剧以对丑的否定来肯定美,使人们愉快地与自己的过去告别,迎接美好的明天。悲剧与喜剧互相对立,却又彼此渗透。生活里悲剧因素与喜剧因素经常交织在一起,以致相互转化。在具体的作品中,悲剧和喜剧也往往相互转化或相互渗透,在悲剧中含有喜剧的成分,在喜剧中含有悲剧的成分,悲剧和喜剧交织在同一个人物身上,或出现在同一部著作中。鲁迅看到了现实世界中悲剧因素与喜剧因素的辩证发展,生活中可悲与可笑的交织进行,认为艺术创造悲喜交融的美是符合生活发展的逻辑的。鲁迅悲剧艺术的又一个特色,就是寓悲于喜,悲喜交融。

鲁迅的《阿Q正传》《孔乙己》等小说,是悲剧与喜剧交融的范例。阿Q是悲剧性与喜剧性浑然一体的典型形象。精神胜利法使他不敢面对现实,还为自己创造了一个幻想世界,躲在梦境中求得安稳,以失败当作胜利。对于这一系列滑稽的行为,我们感到可鄙可笑,这是没有价值的东西,是应该批判和必须批判的东西,但是阿Q的精神胜利法正是可悲的现实失败的写照——这种精神上的胜利实际上是精

---

① 《鲁迅全集·坟·再论雷峰塔的倒掉》。

神的毁灭。对于阿Q受尽压迫、丧尽人格，最后被无辜枪杀的悲惨遭遇，我们则笑不出来了，心中又充满深切的同情与不平。孔乙己的性格也是悲剧性与喜剧性的矛盾统一体。他穷困潦倒，与"短衣帮"一起"站"着喝酒，但却不肯脱一下表示读书人身份的"又脏又破"的长衫，明明偷了人家的书，却说"窃书不能算偷"；贫穷而又颓唐，却"总是满口之乎者也"；等等。这个从精神到肉体都被封建社会和科举制度摧残了的典型，虽然处处引人发笑，但这已不是轻松愉快的笑，而是令人像怀揣着铅块般的沉重，掺和着痛苦和悲哀的笑，或者说是"含泪的微笑"。别林斯基在评论果戈理的作品时说过："都是些以愚蠢开始，接着是愚蠢，最后以眼泪收场，可以称之为生活的可笑喜剧。他的全部中篇小说都是这样：开始可笑，后来悲伤！我们的生活也是这样：开始可笑，后来悲伤！这里有着多少诗，多少哲学，多少真实！"① 鲁迅也指出："果戈理的'含泪的微笑'，倘传到了和作者地位不同的读者的脸上，也就成为健康：这是《死魂灵》的伟大处，也正是作者的悲哀处。"② 鲁迅悲喜交融的作品也正是这样。喜剧的审美效果是笑。但读这类作品所产生的笑，是一种严肃的、深沉的、引人落泪的笑，这因为在喜剧中表现了生活的真实，通过悲剧主人公滑稽可笑行为的描写，揭示出隐藏着的悲剧实质。

鲁迅悲剧艺术中这种悲喜交融的特点，与他改造国民性的思想有关。鲁迅悲剧主人公都是些被压迫、被侮辱、被摧残的普通人。鲁迅对他们的态度是"哀其不幸""怒其不争"，既同情又批判：不仅写出悲剧人物种种不幸遭遇，使人们对打击、毁灭他们的恶势力产生憎恶和愤慨；又由于悲剧人物大抵都有这样那样的缺点，便写出他们本身可怜的病态，否定他们身上的丑，以笑声震撼读者的心灵，唤起民众的觉醒。悲剧因素与喜剧因素的这种有机结合，就产生了强烈的艺术效果。

---

① 《别林斯基选集》第1卷，上海译文出版社1982年版，第178页。
② 《鲁迅全集·且介亭杂文二集·几乎无事的悲剧》。

第十二章

"从血管里出来的都是血"

——鲁迅改造国民性思想的特征及意义

以上各章，我们探讨了鲁迅改造国民性思想的产生与发展，研究了鲁迅如何在文化上着眼，从不同方面对愚弱的国民性根源所进行的艰苦的挖掘、攻打，使我们对鲁迅这一重要思想有了个比较系统、轮廓的了解。最后，还有几个问题需要弄清楚，这就是：鲁迅研究改造国民性问题所坚持的思想方法，鲁迅在时代风雨中所陶铸的代表中华民族精神与风貌的性格特点，以及改造国民性思想在今天的借鉴作用等。这里我们对此进行一番探索，并以之作为全书的结束。

一、鲁迅研究改造国民性问题的思想方法特征

鲁迅终其一生，坚持不懈地进行改造国民性这一艰巨的伟大的工作，他的辛勤努力受到了人们的肯定和赞扬。鲁迅之所以能在这方面做出重要贡献，能对中国社会以及中国国民性有独具只眼的认识、精湛深刻的分析、鞭辟入里的批判，是与他的科学的思想方法分不开的。鲁迅的思想经过了前后两个时期，但他的一些基本的思想方法却一以贯之，坚持了下来，不仅在他的整个思想转变过程中起了积极的作用，也有助于他把改造国民性思想逐步建立到科学的基础上。具体说来，鲁迅研究改造国民性问题，在思想方法上，主要坚持了以下五个方面：

第一，清醒的现实主义。

　　瞿秋白曾把鲁迅精神概括为几个特点，第一个就是"最清醒的现实主义"[1]。许寿裳也指出了这一点，称之为"战斗的现实主义"。他说："鲁迅的思想，虽跟着时代的迁移，大有进展，……但有为其一贯的线索者在，这就是战斗的现实主义。其思想方法，不是从抽象的理论出发，而是从具体的事实出发的，在现实生活中得其结论。"[2]这种清醒的或战斗的现实主义，就是注重中国国情，从中国实际出发来考察问题的思想认识路线，充分体现了鲁迅的辩证唯物主义的思想方法。他的思想的变迁发展，就是以事实为依据的："即如我自己，何尝懂什么经济学或看了什么宣传文字，《资本论》不但未尝寓目，连手碰也没有过。然而启示我的是事实，而且并非外国的事实，倒是中国的事实，中国的非'匪区'的事实，这有什么法子呢？"[3]鲁迅着重事实的教训，反对任何形式的"瞒"和"骗"。他有一句名言："真的猛士，敢于直面惨淡的人生，敢于正视淋漓的鲜血。"[4]他自己就是敢于"直面"人生、"正视"鲜血的真正猛士。他把那些惯于自欺欺人者比作患了浮肿病而又讳疾忌医的人，揭露了他们但愿别人糊涂、误认为浮肿为肥胖的可笑而又可怜的行为。不敢正视现实的人总是幻想逃避现实。鲁迅反对一切用缅怀过去或幻想未来的理由来逃避现实的思想，而要求执着现实。他说过："仰慕往古的，回往古去罢！想出世的，快出世罢！想上天的，快上天罢！灵魂要离开肉体的，赶快离开罢！现在的地上，应该是执着现在，执着地上的人们居住的。"[5]

　　鲁迅正是从革命斗争实际出发，认识到启发人民群众觉悟、改造中国国民性的极端重要性，也正由于鲁迅对中国的历史和现实有着深刻的认识，对中国封建势力的强大和封建根基的稳固有着痛切的了

---

① 瞿秋白：《〈鲁迅杂感选集〉序言》。

② 许寿裳：《我所认识的鲁迅·鲁迅的人格和思想》。

③《鲁迅全集·书信·331115致姚克》。

④《鲁迅全集·华盖集续编·纪念刘和珍君》。

⑤《鲁迅全集·华盖集·杂感》。

解，因此才感到改造国民性工作的艰巨性。周扬1979年5月8日在鲁迅研究学会筹备会议上的讲话中说："他对中国社会现实和全部历史，观察之深，解剖之透，是我们许多同时代人所望尘莫及的""鲁迅生活和战斗在半殖民地半封建的旧中国，对于旧中国的一切，对于中国几千年的历史，他不仅比我们许多人懂得多，而且看得深，看得远。"①鲁迅一再指出，中国像一只黑色的染缸，无论加什么新东西进去，都变成漆黑。"旧社会的根柢原是非常坚固的，新运动非有更大的力不能动摇它什么。并且旧社会还有它使新势力妥协的好办法，但它自己是决不妥协的。"因此，对于旧社会和旧势力的斗争，"必须坚决，持久不断，而且注重实力"②。就是说，必须要有锲而不舍、坚持不懈的顽强精神。

这里谈谈关于鲁迅作品的"黑暗"问题。由于鲁迅的笔触常常毫无顾忌地揭露旧社会的疮疤，大胆而又深刻地描画在物质上、精神上受到双重压榨、剥夺的农民群众的愚昧、落后，便被当时一些人斥之为"黑暗"。周作人就说过，鲁迅"在书本里（指'杂览'，特别是野史——引者注）得来的知识上面，又加上亲自从社会里得来的经验，结果便看见一个充满苦痛与黑暗的人生，让它通过艺术发现出来，就是那些作品"③。这种说法是不符合事实的。鲁迅作品中的所谓黑暗，大致包括两个方面：一方面是反动派的专制统治的黑暗，另一方面是人民群众在遭受深重的压迫和精神麻醉而造成的对革命的冷漠、麻木的黑暗。应该看到，这些黑暗描写是黑暗的现实的反映，是客观存在。鲁迅在1928年写的《铲共大观》中说："我临末还要揭出一点黑暗，是我们中国现在（现在！不是超时代的）的民众，其实还不很管什么党，只要看'头'和'女尸'。只要有，无论谁的都有

---

① 周扬：《学习鲁迅沿着鲁迅的战斗方向继续前进》，1980年2月27日《人民日报》。

②《鲁迅全集·二心集·对于左翼作家联盟的意见》。

③ 周启明：《鲁迅的青年时代·关于鲁迅》。

人看，拳匪之乱，清末党狱，民二，去年和今年，在这短短的二十年中，我已经目睹或耳闻了好几次了。"鲁迅因此反对当时一些"革命文学家"不敢正视现实和所谓"超时代"的空喊。他说："近来的革命文学家往往特别畏惧黑暗，掩藏黑暗，但市民却毫不客气，自己表现了。"他强调指出，革命者不应畏惧和掩盖这方面的黑暗，不能光"欢迎喜鹊，憎恶枭鸣，只捡一点吉祥之兆来陶醉自己"[①]。鲁迅同时代的某些知识分子，其所以在历史大潮面前很快落伍或走上歧途，一个重要原因，就是他们不敢正视现实，更不能正确认识黑暗的现实，一旦严酷的社会现实打破了他们臆造的幻梦时，便退下阵来，甚至走向反面。

第二，深厚的爱国主义。

鲁迅的一生，是在灾难深重的旧中国度过的。从19世纪末到他去世的20世纪30年代，列强瓜分中国的阴谋，日本帝国主义独占中国的野心，侵略者在中华大地的狼奔豕突，以及反动政府的种种卖国行径，这严重的民族危机，使救亡图存成了时代的主题。鲁迅与一切先进的中国人一样，始终热爱祖国，是自己祖国的忠贞的儿子。他由民主主义者发展到后来的共产主义者，爱国主义像一条红线贯穿其间。列宁说过，爱国主义是"千百年来固定下来的对自己的祖国的一种最深厚的感情"[②]。为了拯救祖国，拯救人民，鲁迅进行了认真的艰苦的探索，后来的弃医从文，目的也是想用文艺的武器改造国民精神。因此，深厚的爱国主义是鲁迅改造国民性思想的基点，也是促进这种思想发展的一个推动力。

鲁迅始终把个人与祖国的前途命运结合在一起，为民族的解放、为祖国的独立富强而英勇地战斗。1903年，正在寻找真理的鲁迅以传说中的汉民族始祖黄帝作为祖国的象征，写出了"我以我血荐轩辕"

---

①《鲁迅全集·三闲集·太平歌诀》。
②《列宁选集》第3卷，人民出版社1972年版，第607页。

的诗句，用献出鲜血和生命的决心来表达自己矢志于救国大业的宏愿，抒发了爱国主义的豪情。在1903年写的《中国地质略论》里，鲁迅一方面满怀激情地歌颂了"吾广漠美丽最可爱之中国""宝藏无量"，"实世界之天府，文明之鼻祖"；一方面痛斥清政府"引盗入室"的卖国罪行，大声疾呼："中国者，中国人之中国，可容外族之研究，不容外族之探险；可容外族之赞叹，不容外族之觊觎。"强烈地表现了他反对帝国主义对中国资源进行掠夺的鲜明的民族立场。"五卅"运动中，当帝国主义在上海造成流血惨案时，鲁迅就抨击过那些高等华人的"皇皇然辩诬，张着含冤的眼睛，向世界搜求公道"的奴颜婢膝的态度，一针见血地指出：帝国主义的"文明是向来如此的，并非到现在才将假面具揭下来。只因为这样的损害，以前是别民族所受，我们不知道，或者是我们原已屡次受过，现在都已忘却罢了"。[1]鲁迅在爱国主义思想的鼓舞下，为祖国、为人民、为革命求索真理，与封建旧势力斗，与帝国主义及其帮凶奴才斗，与封建主义与帝国主义结成的文化同盟斗，在残酷的险恶的环境下，对祖国和人民始终有着光明的展望、胜利的确信。

有爱才有憎。对于祖国、对于中华民族的深沉的挚爱，使得鲁迅强烈地憎恶、反对阻滞民族进步的道德、伦理、习俗等旧东西，持之以恒地进行了毫不留情的揭露和抨击。在进行民族的自我解剖、自我反省中，鲁迅曾称我们民族是"不长进的民族"[2]，并用了许多激烈而近乎偏颇的话。这种站在爱国主义立场、渴望民族复兴的批判，对人民大众来说，是促使清醒的良药，是激发斗志的战鼓，起到了积极的作用。正如许寿裳所说的："鲁迅对于我们民族有伟大的爱，所以对于我们民族，由历史上，社会上各方面研究得极深。他在青年留学时期，就已经致力于民族性的检讨过去和追求将来这种艰巨的工作了，

---

[1]《鲁迅全集·华盖集·忽然想到（十至十一）》。

[2]《鲁迅全集·热风·随感录三十八》。

从此抉发病根毫无顾忌，所呼吁异常迫切，要皆出于至诚，即使遭了一部分讳疾忌医者的反感也在所不计。正惟其爱民族越加深至，故其观察越加精密，而暴露症结也越加详尽，毫不留情。"①

中国近代以来，也有人批判落后的国民性，但他们不是站在爱国主义的立场，而是从极端的民族虚无主义出发，拜倒在洋人脚下，以攻击、诬蔑自己的祖国、自己的民族为能事。"从血管里出来的都是血。"鲁迅对自己民族弱点的反省与批判，则意在复兴，意在强盛。

第三，始终站在人民一边。

鲁迅有一句著名的诗："俯首甘为孺子牛"，这其实也是他的革命人生观的生动体现。永远当人民大众的"牛"，忠诚地为中国人民的解放事业服务，这是鲁迅思想最本质的东西。从相信人民群众的力量，发展到后来的认为人民群众是创造历史的主体的历史唯物主义的群众观，鲁迅始终把个人利益同人民的利益结合了起来，并把人民的利益摆在第一位。他曾说过："惟有民魂是值得宝贵的，惟有他发扬起来，中国才有真进步。"②他的一生，也是为中国的"真进步"而"发扬民魂"的一生。他在致友人的信中这样剖白："自问数十年来，于自己保存之外，也时时想到中国，想到将来，愿为大家出一点微力，却可以自白的。"③

鲁迅重视改造国民性，就是着眼于人民，寄希望于人民群众的觉醒。"寄意寒星荃不察"，就是感叹同胞的不觉醒。他在日本中断学医后说过："我决计要学文艺了。中国的呆子，坏呆子，岂是医学所能治疗的么？"④新文化运动时期，为了惊醒在"黑屋子"沉睡的人们，鲁迅揭露和批判了毒害中国人民几千年的封建主义的意识形态。在鲁迅思想的前期，虽然对群众的认识没有达到历史唯物论的高

---

① 许寿裳：《我所认识的鲁迅·鲁迅与民族性研究》。
② 《鲁迅全集·华盖集续编·学界的三魂》。
③ 《鲁迅全集·书信·340522致杨霁云》。
④ 许寿裳：《我所认识的鲁迅·怀亡友鲁迅》。

度，有时因群众的不觉悟感到激愤，但他是真心实意地站在人民群众一边，正由于投身于人民群众的轰轰烈烈的革命斗争，使他对中国前途充满了光明的希望，增添了勇气和力量，能够一直踏着时代的步伐前进。

我们知道，在和鲁迅同时代或比鲁迅稍早一些的知识分子中，有为数不少的人曾是作为"先进的中国人"或主张革新的"新人"而出现在中国政治思想舞台上的，然而他们中的多数并没有一直跟随历史的步伐前进，而是"时时有人退伍，有人落荒，有人颓唐，有人叛变"①。这其中原因固然很多，但是脱离了广大人民群众甚至站到了人民群众的对立面，则是重要的一条。例如严复，曾对中国和西方国民性进行了较早较深入的研究对比，大声疾呼"愈愚"，他所翻译介绍的西方自然科学和资产阶级社会科学思想，在当时的中国思想界影响很大。又如梁启超，他的风靡一时的《新民说》，致力于中国国民性问题的研究，从道德风尚方面探求中国落后的根源，激发人们的进取心，以达到救治国家的目的，也曾起到一定的积极作用。但是，他们不是站在人民的立场，不是把国家独立富强寄托在人民群众身上，而是高高在上，用贵族老爷式的态度俯视这些芸芸众生，因此，中国国民性的弱点、"民智不开"的现实，竟成了他们抵触革命、反对革命的借口。

第四，严格的自我解剖精神。

鲁迅作为一位"针砭民族性的国手"，为了中华民族的复兴，对我们民族的弱点及病根进行了深刻的反省和批判。尤为可贵的是，鲁迅把民族批判与自我批判结合了起来。正如他所说的："我的确时时解剖别人，然而更多的是更无情面地解剖我自己。"②这种严格要求自己、勇于自我解剖的精神，形成了鲁迅改造国民性思想的一个显著

①《鲁迅全集·二心集·非革命的急进革命论者》。
②《鲁迅全集·坟·写在〈坟〉后面》。

特色。

　　鲁迅的自我解剖精神，是他的革命人生观的生动体现。他是伟大的革命者，而"革命者决不怕批判自己，他知道得很清楚，他们敢于明言"①。鲁迅以文艺为武器，启发人民群众的觉悟，毕生从事伟大的启蒙工作。正是从对人民高度负责的态度出发，他经常自我反省，从不隐讳和原谅自己的弱点和缺失。他说过，自己是"从旧垒中来"，"灵魂里有毒气和鬼气"②，总是担心自己的缺点会给别人带来消极的影响，极力要除去它。当有人赞扬他古书读得多，因而白话文做得好，并以他为例，提倡读古文时，他很不以为然。他说："这实在使我打了一个寒噤。"他还进一步申明："曾经看过许多旧书，是的确的，为了教书，至今也还在看。……但自己却正苦于背了这些古老的鬼魂，摆脱不开，时常感到一种使人气闷的沉重。"③鲁迅这种严于自我批判的精神，也表现在对自己创作的作品的态度上。他从自己作品对人民群众的影响出发，十分注重社会效果。如人们称赞他的白话写得好时，他却公开承认自己在"字句，体格"方面受了古文的坏影响，而在思想上也"中些庄周韩非的毒"④。对自己"偏爱"的《野草》，也认为"技术并不算坏，但心情太颓唐了"；至于《彷徨》，"技术虽然比先前好一些，思路也似乎较无拘束，而战斗的意气却冷得不少"；他还自我策勉地说，"愿以后不再这模样"⑤。在20世纪30年代，有些自称是"革命文学家"的人在作品中却把革命写歪了，其中一个主要原因，就是不注重思想改造，没有树立起无产阶级世界观。鲁迅厌恶那些蒙上一层虚伪的假面，不敢解剖自己内心世界的人。他说："不要脑子里存着许多旧的残滓，却故意瞒了起来，演戏

---

①《鲁迅全集·三闲集·"醉眼"中的朦胧》。

②《鲁迅全集·书信·240924致李秉中》。

③《鲁迅全集·坟·写在〈坟〉后面》。

④《鲁迅全集·坟·写在〈坟〉后面》。

⑤《鲁迅全集·南腔北调集·〈自选集〉自序》。

似的指着自己的鼻子道，'惟我是无产阶级！'"①

鲁迅改造国民性思想不断发展，最后建立到科学的世界观的基础之上，这也与他在思想上不断自觉地进行除旧布新分不开。早年的鲁迅主张个性解放，倡导通过"一二士"来培植理想的国民精神，但他过分强调精神的作用及个人在历史上的作用，后来通过反省，认识到自己"决不是一个振臂一呼应者云集的英雄"，过去那样相信精神革命，主张解放个性，简直是"浪漫主义"。新文化运动时期，鲁迅对封建文明进行了全面、彻底的批判，揭露了它的"吃人"实质，这是极为深刻的。但他还没有着重注意旧的社会制度方面的弊端，把改造社会的事业看得过于容易，认为"吃人"现象可以通过"劝转"来消灭的。鲁迅后来对这些主张进行回顾、反省，认为有些议论显得"空空洞洞"。鲁迅在成为马克思主义者以后，对自己前期的思想进行了系统而深刻的解剖。他说到自己是怎样"思路因此轰毁"，怎样救正"只信进化论的偏颇"②，又是怎样地获得了新的阶级意识："原先是憎恶这熟识的本阶级，毫不可惜它的溃灭，后来又由于事实的教训，以为惟新兴的无产者才有将来。"③思想改造是无止境的。鲁迅后期对自己提出了更高的思想要求，仍然不断地检讨自己的立场，警惕一切非无产阶级思想感情的影响。1932年，他曾把自己的境遇与广大劳动人民相比，进一步解剖自己："我时时说些自己的事情，怎样地在'碰壁'，怎样地在做蜗牛，好象全世界的苦恼，萃于一身，在替大众受罪似的：也正是中产的智识阶级分子的坏脾气。"④1935年，他对家庭出身给予自己的影响进行了深刻的分析："我的祖父是做官的，到父亲才穷下来，所以我其实是'破落户子弟'，不过我很感谢我父亲的穷下来（他不会赚钱），使我因此明白了许多事情。……我

①《鲁迅全集·三闲集·现今的新文学的概观》。

②《鲁迅全集·三闲集·序言》。

③《鲁迅全集·二心集·序言》。

④《鲁迅全集·二心集·序言》。

大约也还是一个破落户，不过思想较新，也时常想到别人和将来，因此也比较的不十分自私自利而已。"①

第五，重视比较，注意借鉴。

比较是认识事物的一个重要方法。不同的国民性，只有通过比较才能有深切的认识。中国国民性，是以世界上不同的国家、不同的民族相比较而显现出来的中国人民比较普遍的心理、精神的特征，也就是中国人的灵魂。鲁迅在研究改造国民性问题时，十分重视比较研究，注意认真借鉴。

鲁迅一生翻译了不少外国的文艺作品，其中一些内容是对本国的批评，对病态的国民性的鞭挞。"他山之石，可以攻玉"。鲁迅希望中国人能从这些揭露本国缺点的外国作品中得到启发，借以改正自己的弱点。例如，鲁迅翻译日本作家、评论家的东西较多，很强调从中受到教益。这是因为，中日两国在文化背景上有很大相同之处，都受儒家思想的严重束缚，都是"游泳在东方文明里的人们"，呵责日本缺点的作品，对同病的中国也有益处，"也如金鸡纳霜既能医日本人的疟疾，即也能医治中国人的一般"②。在1924年、1925年之交，鲁迅翻译了日本文艺批评家厨川白村的文艺评论集《出了象牙之塔》，指出其"主旨是专在指摘他最爱的母国——日本——的缺陷的"③，认为著者虽在思索彷徨的途中，但"从这本书，尤其是最紧要的前三篇看来，却确已现了战士身而出世，于本国的微温，中道，妥协，虚假，小气，自大，保守等世态，——加以辛辣的攻击和无所假借的批评。就是从我们外国人的眼睛看，也往往觉得有'快刀断乱麻'似的爽利，至于禁不住称快"④。鲁迅还谈到他读这书的感受以及译书的目的："我译这书，也并非想揭邻人的缺失，来聊博国人的快

①《鲁迅全集·书信·350824致萧军》。

②《鲁迅全集·译文序跋集·〈出了象牙之塔〉后记》。

③《鲁迅全集·译文序跋集·〈从灵向肉和从肉向灵〉译者附记》。

④《鲁迅全集·译文序跋集·〈出了象牙之塔〉后记》。

意。……但当我旁观他鞭责自己时，仿佛痛楚到了我的身上了，后来却又霍然，宛如服了一帖凉药。生在陈腐的古国的人们，倘不是洪福齐天，将来要得内务部的褒扬的，大抵总觉到一种肿痛，有如生着未破的疮。未尝生过疮的，生而未尝割治的，大概都不会知道；否则，就明白一割的创痛，比未割的肿痛要快活得多。这就是所谓'痛快'罢？我就是想借此先将那肿痛提醒，而后将这'痛快'分给同病的人们。"①

1928年，鲁迅翻译了日本评论家鹤见祐辅的杂文集《思想·山水·人物》（原著共收杂文31篇，鲁迅选译20篇），他在《题记》中讲了翻译该书的用意。他说："作者的专门是法学，这书的归趣是政治，所提倡的是自由主义。我对于这些都不了然。只以为其中关于英美现势和国民性的观察，关于几个人物，……都很有明快切中的地方"，从书中一些篇章"分明可见中国的影子"②。

鲁迅对于外国人研究中国国民性的著作也很重视，注意借鉴其中的正确意见。例如，他留学日本时就阅读了史密斯的《中国人气质》一书，指出该书"虽然错误亦多"③，但又去其糟粕，取其精华，吸收了一些思想，如借鉴了所谓"面子"是理解中国人特性的总纲这一重要思想，对进一步概括、提炼阿Q精神胜利法起了很大作用；借鉴了批判中国封建主义伦理道德的正确观点；借鉴了"保守""浪费时间""不求正确"等对中国人的正确意见。④再如日本人安冈秀夫的《从小说看来的支那民族性》一书，虽有诬蔑中华民族的地方，但也有可取之处，鲁迅说："所以从支那人的我看来，的确不免汗流浃背。"⑤并在他的文章中详细列出了该书的目录：一、总说；二、过度置

---

① 《鲁迅全集·译文序跋集·〈出了象牙之塔〉后记》。
② 《鲁迅全集·译文序跋集·〈思想·山水·人物〉题记》。
③ 《鲁迅全集·书信·331027致陶亢德》。
④ 参阅张梦阳：《鲁迅与史密斯的〈中国人气质〉》。见《鲁迅研究资料》第11辑。
⑤ 《鲁迅全集·华盖集续编·马上支日记》。

重于体面和仪容；三、安运命而肯罢休；四、能耐能忍；五、乏同情心多残忍性；六、个人主义和事大主义；七、过度的俭省和不正的贪财；八、泥虚礼而尚虚文；九、迷信深；十、耽享乐而淫风炽盛。

"缺点可以改正，优点可以相师。"①在进行国民性比较研究中，鲁迅强调要认识自己民族的弱点，应去"屈尊学学枪击我们的洋鬼子"②。当时中国一些论者鄙薄日本人的"会摹仿，少创造"，鲁迅指出："'会摹仿'决不是劣点，我们正应该学习这'会摹仿'的。'会摹仿'又加以有创造，不是更好么？"③厨川白村"呵责他本国没有独创的文明"，鲁迅则认为，"惟其如此，正所以使日本能有今日，因为旧物很少，执着也就不深，时势一移，蜕变极易，在任何时候，都能适合于生存"。"不象幸存的古国，恃着固有而陈旧的文明，害得一切硬化，终于要走到灭亡的路。"④正是从"意在复兴，在改善"出发，鲁迅不大愿意人们多讲中国的好处，更愿听到对我们民族缺点的批评。日本人内山完造的《活中国的姿态》是议论中国国民性的，讲了中国的许多好话，鲁迅曾为该书作序，指出该书"是有多说中国的优点的倾向"，并且明确表示："这是和我的意见相左的。"⑤

二、硬骨头精神：殖民地半殖民地人民最可宝贵的性格

鲁迅在自己的一生中，不仅热烈地追求理想的人性，渴望我们民族形成新的民族性格，尤为可贵的是，他又身体力行，以自己完美的人格、可贵的精神，成为中华民族的示范。他逝世后，沈钧儒所题的"民族魂"三个字，代表了人民对他的崇高评价。周扬指出："在鲁

①《鲁迅全集·花边文学·北人与南人》。
②《鲁迅全集·华盖集·忽然想到（十至十一）》。
③《鲁迅全集·且介亭杂文·从孩子的照相说起》。
④《鲁迅全集·译文序跋集·〈出了象牙之塔〉后记》。
⑤《鲁迅全集·且介亭杂文·内山完造作〈活中国的姿态〉序》。

迅身上和著作中，可以找到我们民族极其丰富的思想精华，找到半殖民地半封建社会中国人民的智慧、热情和创造力，找到我们民族的真正灵魂。"①什么是鲁迅的精神？什么是鲁迅的性格？毛泽东在《新民主主义论》中有一段著名的论述：

> 鲁迅的骨头是最硬的，他没有丝毫的奴颜和媚骨，这是殖民地半殖民地人民最可宝贵的性格。鲁迅是在文化战线上，代表全民族的大多数，向着敌人冲锋陷阵的最正确、最勇敢、最坚决、最忠实、最热忱的空前的民族英雄。鲁迅的方向，就是中华民族新文化的方向。②

大无畏的硬骨头精神，这就是鲁迅性格、鲁迅精神的集中表现，是鲁迅留给中国人民的最珍贵的精神遗产。

为什么说硬骨头精神"是殖民地半殖民地人民最可宝贵的性格"？结合中国的实际，可从以下三个方面去理解。第一，长达数千年的封建专制统治以及封建传统思想的影响，使奴隶根性在中国人民身上留下了烙印。第二，中国近代以来，外侮频仍，中华民族一直处在生死存亡的紧急关头，一些人产生了失败主义情绪，也有一些人匍匐在列强面前，表现出一副奴颜和媚骨。第三，在半殖民地半封建的中国社会，既有盘根错节的封建势力的统治，又有军阀的野蛮屠杀、国民党反动派的法西斯专政，还有外来帝国主义侵略者的民族压迫和殖民主义统治，这几种反动势力沆瀣一气，使中国人民受着深重的压迫和剥削。因此，在这"风雨如磐"的时代，要获得民族的解放、革命的胜利，道路是曲折的，任务是艰巨的，没有敢于斗争、敢于

---

① 周扬：《坚持鲁迅的文化方向发扬鲁迅的战斗传统——在鲁迅诞生一百周年纪念大会上的报告》，1981年9月28日《人民日报》。

②《毛泽东选集》，人民出版社1967年版，第658页。

胜利的硬骨头精神是不行的。毛泽东十分重视弘扬这种精神，他在
《别了，司徒雷登》一文中对闻一多、朱自清的赞扬，也是从这点出
发的。他说："闻一多拍案而起，横眉怒对国民党的手枪，宁可倒
下去，不愿屈服。朱自清一身重病，宁可饿死，不领美国的'救济
粮'。……他们表现了我们民族的英雄气概。"[①]这种硬骨头精神，是
坚强的中国无产阶级和人民群众的彻底革命精神的体现。中国革命的
胜利，也可以说是硬骨头精神的胜利。

　　鲁迅的硬骨头精神，是在半殖民地半封建的旧中国所进行的艰
苦卓绝的长期斗争中锻炼出来的。他曾说过："仆生长危邦，年逾大
衍，天灾人祸，所见多矣，无怨于生，亦无怖于死，即将投我琼瑶，
依然弄此笔墨，夙心旧习，不能改也。"[②]这种硬骨头精神，就是不
屈不挠，一往无前，不向恶势力低头，万难面前不退让的精神，就是
"不克厥敌，战则不止"的精神。在日本留学时，鲁迅就投入了反
对清政府的革命斗争，努力进行革命的文化思想启蒙教育。辛亥革命
之后，鲁迅与北洋军阀政府进行了坚决的斗争。在从1924年秋开始
的北京女师大风潮中，章士钊、杨荫榆一伙阴谋迫害学生，开除学生
自治会职员，鲁迅挺身而出，满腔热情地支持女师大学生的斗争。他
在一系列杂文中，揭露了杨荫榆及其"狐群狗党"的凶恶而虚弱的本
质，号召青年针锋相对，"对手如凶兽时就如凶兽，对手如羊时就如
羊"[③]。1926年，帝国主义和封建军阀相勾结，制造了屠杀中国人民
的"三一八"惨案，鲁迅便将投枪匕首的锋芒，直接刺向段祺瑞军阀
政府："如此残虐险狠的行为，不但在禽兽中所未曾见，便是在人类
中也极少有的。"鲁迅还明确指出："这不是一件事的结束，是一件
事的开头。""墨写的谎说，决掩不住血写的事实。""血债必须用

---

①《毛泽东选集》，人民出版社1967年版，第1384—1385页。

②《鲁迅全集·书信·330628致台静农》。

③《鲁迅全集·华盖集·忽然想到（七至九）》。

同物偿还。拖欠得愈久，就要付更大的利息！"①表现了极大的革命义愤和对胜利的坚定信念。在鲁迅后期，国民党反动派在文化战线上进行疯狂"围剿"，它们捕杀革命作家和进步青年，禁止进步书刊，封闭和捣毁进步书店和电影公司，等等。面对这种严酷的法西斯统治，鲁迅毫不畏惧，勇敢地率领左翼文化战士同敌人进行斗争，表现了可贵的硬骨头精神。他在《黑暗中国的文艺界的现状》一文中指出："现在来抵制左翼文艺的，只有诬蔑，压迫，囚禁和杀戮，来和左翼作家对立的，也只有流氓，侦探，走狗，刽子手了。"1931年，当柔石等五位革命青年作家被秘密杀害后，鲁迅极为悲愤，"怒向刀丛觅小诗"，并写了著名的纪念文章：《中国无产阶级革命文学和前驱的血》，揭露了国民党反动派残酷迫害左翼文艺运动的罪行。1933年6月，中国民权保障同盟总干事杨杏佛被国民党特务暗杀，鲁迅在听到自己被蓝衣社列入"钩命单"成为暗杀对象后，仍毫不怯惧，把个人生死置之度外，亲自到万国殡仪馆为杨杏佛送殓。鲁迅曾在致日本友人的信中表明了自己在白色恐怖中的大无畏气概："近来中国式的法西斯开始流行了。朋友中已有一人失踪，一人遭暗杀。此外，可能还有很多人要被暗杀，但不管怎么说，我还活着。只要我还活着，就要拿起笔，去回敬他们的手枪。"②他指出："革命者决不是恐怖所能吓倒的，否则，一群流氓，几枝手枪，真可以治国平天下了。"③鲁迅在那个可诅咒的时代，就是这样"乐则大笑，悲则大叫，愤则大骂"，敢作敢为，体现了彻底的唯物主义的英雄气概。

鲁迅的硬骨头精神，是无产阶级彻底的革命精神的反映，也是中华民族自尊、自爱、自信的体现。硬骨头的反面是软骨头，也就是在强敌面前所表现出来的"奴颜"和"媚骨"。鲁迅最鄙视这些人。他

---

① 《鲁迅全集·华盖集续编·无花的蔷薇之二》。

② 《鲁迅全集·书信·330625致山本初枝》。

③ 《鲁迅全集·伪自由书·后记》。

既抨击了那些变节投降者，例如"转向"的姚蓬子、"忏悔"的杨邨人等，揭露他们为了苟活，不惜向国民党反动派摇尾乞怜的丑态，又尖锐地批判了那些缺乏民族自尊、崇洋媚外的败类。陈西滢在1925年的一篇文章中，谈到当时爱国群众以高呼"打！打！"来反抗美国兵殴打中国人一事时，讥讽说："打！打！宣战！宣战！这样的中国人，呸！"并对五卅爱国运动加以辱骂和诬蔑。鲁迅愤怒指出，这种奴才论调的实质是要"中国人该被打而不作声"，并以极大的憎恶和轻蔑回敬道："这样的中国人，呸！呸！！！"①随着中国封建统治的日益腐败和帝国主义列强的加强侵略，中国殖民化的加深，那种在列强面前服服帖帖的奴才思想得到恶性发展。在半殖民地半封建社会的旧中国，有那么一批为洋大人作伥的奴才，他们因为巴结上了洋人，就飘飘然，觉得皮色变白，鼻梁加高，成了高于本国同胞的"高等华人"。这些"高等华人"，完全是帝国主义者和国内反动派的走卒和帮凶。鲁迅不仅揭露了他们"倚徙华洋之间，往来主奴之界"的洋奴相，而且深刻分析了这些奴才和洋奴思想产生的社会条件。他说："殖民政策是一定保护，养育流氓的。从帝国主义的眼睛看来，唯有他们是最要紧的奴才，有用的鹰犬，能尽殖民地人民非尽不可的任务；一面靠着帝国主义的暴力，一面利用本国的传统之力，以除去'害群之马'，不安本分的'莠民'。所以，这流氓，是殖民地上的洋大人的宠儿，——不，宠犬，其地位虽在主人之下，但总在别的被统治者之上的。"②

鲁迅硬骨头精神还有一个显著特点，就是韧，坚韧不拔，争取最后的胜利。这是建立在他对中国社会现实和全部历史的深刻观察，以及对中国革命的艰巨性、长期性的认识基础之上的。许广平曾提出，对于"违反民意的乱臣贼子"，实行"仗三寸剑，与以一击，然后仰

---

① 《鲁迅全集·华盖集·并非闲话（二）》。
② 《鲁迅全集·二心集·"民族主义文学"的任务和运命》。

天长啸，伏剑而死"的战法。鲁迅对此表示不同意，因为它实不足以震动国民，也不能使敌人因此而洗心革面，还容易引起坏影响。鲁迅强调改革中国社会需要韧性的战斗，正确的办法"就是'韧'，也就是'锲而不舍'。逐渐的做一点，总不肯休"[①]。鲁迅针对青年身上常见的愤激一时的缺点，反复教育青年不要一时特别愤激，事后却又悠悠然，要坚忍不断。他在五卅运动后告诫青年，在对敌斗争中不可"自以为有非常的神力，有如意的成功"，因为幻想飞得太高，坠在现实上的时候，伤就格外沉重了，力气用得太骤，歇下来的时候，身体就难于动弹了。必须坚持韧性战斗："即使慢，驰而不息，纵令失败，纵令落后，但一定可以达到他所向的目标。"[②]

鲁迅大力提倡并身体力行的这种硬骨头精神，也是他孜孜以求的理想的中国国民性的主要内容。

三、反思与启迪：着力于人的现代化

鲁迅先生离开我们已经整整半个世纪了。在他逝世后的第十三年，中国发生了翻天覆地的变化。中国人民在中国共产党的领导下，推翻了鲁迅曾诅咒、批判、战斗过的黑暗的旧社会，取得了革命的胜利。中国革命的胜利，在中国结束了极少数剥削者统治广大劳动人民的历史，结束了帝国主义、殖民主义奴役中国各族人民的历史。占人类总数四分之一的中国人从此站立起来了，他们扬眉吐气，恢复了做人的尊严，成了新国家新社会的主人。毛泽东在宣布中华人民共和国诞生的同时，做出了令人振奋、令人鼓舞的预言，他说："随着经济建设的高潮的到来，不可避免地将要出现一个文化建设的高潮。中国人被人认为不文明的时代已经过去了，我们将以一个具有高度文明的民族出现于世界。"[③]他的话已经变成现实。我国人民在马列主义、毛

---

① 《鲁迅全集·两地书·一二》。

② 《鲁迅全集·华盖集·补白》。

③ 《毛泽东选集》第5卷，人民出版社1977年版，第6页。

泽东思想指引下，在伟大的社会主义建设中，荡涤旧社会遗留下来的污泥浊水，人们的精神面貌发生了巨大的、深刻的变化。国民性的改造，在政权回到人民手里以后才能够真正地有效地进行。鲁迅所鞭挞过的一些带有半殖民地半封建旧中国特点的愚弱的国民性，已经成了过去。但是，国民性是长期形成的，它的根本改变也是一个逐渐的、缓慢的过程。今天，当我们回顾鲁迅在启发人民群众觉悟上所做的辛勤努力，他对于国民病根的毫无顾忌的攻打，他唇焦舌敝地对清除封建传统思想所进行的呐喊时，仍然会受到某些启发。

从20世纪80年代开始，中国人民从事着社会主义现代化建设的宏大工程。搞现代化建设，首先必须认识中国国情，弄清中国的实际。我们说，所谓国情，当然包括政治、经济、文化以及社会各个方面的情况，但还有一个容易被人忽视的重要内容，就是中国人自身的状况，即中国人的精神面貌、心理素质、风俗习惯等究竟有些什么特点，哪些是我们至今引为光荣和自豪的传统美德，应该继承、弘扬、光大，哪些是历史留给我们的沉重的包袱，成为现代化建设的羁绊，应当改变、抛弃。毋庸讳言，我们民族有自己的长处，也有它的弱点。实践告诉我们，进行社会主义现代化建设，重要的是实现人的现代化。人的现代化，即人的文化心理素质的现代化，大致包括人的思维方式、价值尺度、行为方式和情感方式诸方面，属于精神文明建设的范畴。随着我国国民经济体制的改革和经济、科技的发展，中国传统的国民性也正在经历着一场巨大的变革。《中共中央关于经济体制改革的决定》指出："在创立充满生机和活力的社会主义经济体制的同时，要努力在全社会形成适应现代生产力发展和社会进步要求的，文明的、健康的、科学的生活方式，摒弃那些落后的、愚昧的、腐朽的东西；要努力在全社会振奋起积极的、向上的、进取的精神，克服那些安于现状、思想懒惰、惧怕变革、墨守成规的习惯势力。"[1]

---

① 见1984年10月21日《人民日报》。

在这个巨大的变革浪潮中，鲁迅的一些主张仍然会使我们受到教益，例如：

——打破封闭状态，勇于吸收外来文化。中国由于长期以自然经济为基础，特别是清代后期奉行闭关锁国政策，与世隔绝，视己为"天朝"，把外国一概看作"蛮夷"，形成了一种盲目自大的心理；又由于外来新事物总是与外国侵略联系在一起，因此形成了对外来事物的固有的排斥态度。这种盲目自大、盲目排外的心理，严重地阻碍了中国社会的发展。鲁迅批判了这种传统心理，要求从封闭状态中走出来，弘大"汉唐气魄"，实行"拿来主义"，放开眼界，虚心学习外国的好东西，为我所用。党的十一届三中全会以来，党中央坚定不移地实行对外开放政策，打破自我封闭，加强对外交流，认真学习外来的东西，以天下之长，补一国之短，同时又防止和克服各种消极现象，坚持社会主义的原则和共产主义方向，促进了现代化建设事业的发展。新的国民性，也将在改革和开放中，在吸收外国文化精华的过程中逐步形成。

——打破安分守己，敢于竞争。中国传统文化的主流是两千多年历代统治者奉为圭臬和中国人引为骄傲的儒家学说。儒家学说以仁义为中心，以"克己""孝悌""忠恕""礼乐"为支柱，宣扬的是安分守己、知足忍让、克己内省、因循守旧。作为儒家思想补充的道家，奉行"无为"哲学，主张清静无为。佛教更是劝人相信因果报应，追求涅槃寂静。在儒、道、释的影响下，人们力求安分守己，服服帖帖，"标新立异"就是恶谥，"不安分"就是罪名。鲁迅严厉抨击了这种"不为戎首""不为祸始"也"不为福先"的精神状态，号召人们奋发有为，敢于脱颖而出。我们今天搞社会主义现代化建设，就要打破种种因循守旧、无所作为的思想，提倡竞争，通过竞争打破一潭死水，引来百舸争流，在普遍的竞争中，使整个社会生机盎然，阔步前进。

——打破保守思想，大胆改革。鲁迅的一生，热烈地支持和主张一切推动中国社会前进的改革。但他又深刻地认识到改革的艰巨性，这不仅由于反动统治者千方百计反对改革，压迫屠杀改革者，更重要的是求稳怕乱、安于现状的保守思想在广大群众中有着广泛的影响，什么"祖宗之法"，什么"国粹""老例"，都在堵塞着前进的道路，压抑着改革的生机。鲁迅认为，改革是中国社会的唯一出路，关系国家和民族的生死存亡，"即使艰难，也还要做；愈艰难，就愈要做"①。近多年来，我国的改革已取得了伟大的成绩。实践说明，中国的问题只有通过改革去解决，舍改革而别无出路，不管在改革的路上会遇到多少艰难险阻，改革的步子不能停止，改革的潮流也不可遏止。当然，我们今天的改革与鲁迅当年所讨论的改革有着不同的内容，但他关于改革的一些基本思想对我们仍是有启发的。

——打破"面子"思想，注重实效。鲁迅说过，"面子"思想"是中国精神的纲领"。注重"面子"，既是中国封建士大夫盲目、愚昧的自大狂的表现，也是不敢正视现实、自欺欺人的精神胜利法的反映。鲁迅大声疾呼中国人民从"瞒和骗的大泽中"走出来，取下假面，正视人生。"面子"思想在我们今天的影响也是不小的。太重"面子"，使人重名轻实，不是好大喜功就是自暴自弃，难以实事求是。有些人图虚名，不务实，甚至不惜欺上瞒下，弄虚作假，搞形式主义，做表面文章。社会主义现代化事业是一项伟大的系统工程，需要的是严肃的科学态度和认真求实的作风，一切"面子"思想都要不得。

我们今天借鉴鲁迅改造国民性思想，应该进行深入的、具体的分析，不可生搬硬套，尤其需要注意这么几点：

第一，时代不同了。鲁迅当年处在黑暗的旧中国，反动的社会制度在形成并加剧着病态的国民性。反动统治者对人民精神上的戕贼以及残酷的剥削、压榨，使广大人民群众的性格被扭曲、灵魂受创伤。

---

① 《鲁迅全集·且介亭杂文·中国语文的新生》。

今天人民当家做主，社会主义制度为人民群众发展自己的个性创造了良好的条件，也就是说这个优越的制度是改革人们落后、愚弱的国民性的保证和前提。

第二，要求不同了。鲁迅当年强调改造国民性，主要是从民主革命的任务要求出发的，今天重视改造国民性，服从于社会主义现代化建设的宏大目标，着眼于人的精神素质现代化。

第三，条件不同了。中国国民性中愚昧、保守、近视的一面，根源于长期的封建社会及其自然经济基础。因此在自给半自给的小农经济没有完全打破的情况下，从根本上改变国民性是不可能的。今天，我们大力发展社会主义商品生产，正在把自给半自给的自然经济转化为社会主义现代化经济，这就能扫荡依存于自然经济基础之上的一切封建残余阴影和小生产意识。

第四，如果说，鲁迅在当时特定的历史条件下，着重鞭挞落后的国民性；我们在"春风杨柳万千条"的今天，在闪烁着共产主义光彩的新思想、新风尚、新人物层出不穷的时代，既应注意发扬传统美德，尤要大力宣传各种新思想，颂扬新时代的"民族的脊梁"。

后记

　　1981年深秋的一天，我带着一份《论鲁迅关于改造国民性的思想》的论文初稿，与几位同事去拜访西北大学中文系副教授、鲁迅研究专家单演义先生。当时已年近古稀的单先生，仔细地看了我那篇学步之作，指出了不足，并且慰勉有加，鼓励我在此基础上继续努力，对鲁迅这一鲜为人探索的思想进行比较深入、系统的研究。这就是奉献给读者的《鲁迅思想研究：文化批判与国民性改造》一书的由来。寒来暑往，岁月不居，转眼就是五年。这五年，我们的国家发生了多么深刻的变化！在鲁迅逝世五十周年的日子里，我才得以把这本菲薄的小册子拿了出来，亦足见自己的驽钝了。

　　在新中国成长的青年，可以说无不受过鲁迅思想的滋润。引起我研究鲁迅兴趣，给予我提笔力量的，也是鲁迅精神的感召。我在中学时就喜读鲁迅的作品，他那深入挖掘国人灵魂的小说，那犀利而又含着深邃的哲理与智慧的杂文，常常拨动着我的心弦，启我思索。在那是非被混淆、人性被扭曲的年月，读鲁迅的书，成了一种精神上的慰藉和享受，也给了我一个观察问题、认识事物的思想武器。特别是在静夜的灯光下读《阿Q正传》，更使我受到强烈的震撼。鲁迅20世纪20年代初所刻画的那种"阿Q相"，总觉得十分面熟，它不仅浮现在我的周围，也分明体现在我的身上。我于是汗颜了，看到了自己与同胞迄今存在的根性上的弱点，而这些弱点还在阻碍着我们民族的进步。鲁迅还活着。他的许多话并没有过时。在惊服鲁迅思想的博大、精深、锐敏之余，我萌生了探索他的改造国民性思想的念头。党的十一届三中全会的召开，春风普度，禁区打破，学术自由，我更不揣浅陋，顺着这个方向开始了跋涉。然而时作时辍，以至迁延多年，方得草就。其中部分章节曾在《鲁迅研究》上发表。

虽是小册子，对我来说，却觉得相当吃力，这不仅由于公务繁多，只能业余进行，更主要是自己才疏学浅，又不自量力地选择了这个颇有难度的题目。在撰写过程中，得到陕西省鲁迅研究学会几位负责同志的热情鼓励和支持，特别是李何林先生慨允作序，使我受到很大鼓舞。在此，谨向关心、帮助我的同志表示衷心的感谢。

不足之处，自知难免，敬祈方家指正。

郑欣淼
1986年10月于西安

《郑欣淼文集》书目

卷一　故宫学概论

卷二　故宫与故宫学初集

卷三　故宫与故宫学二集

卷四　故宫与故宫学三集

卷五　天府永藏：两岸故宫博物院文物藏品概述

卷六　紫禁城：一部十五世纪以来的中国史

卷七　太和充满：郑欣淼说故宫

卷八　故宫纪事

卷九　故宫识珍

卷十　守望故宫：郑欣淼访谈录

卷十一　文化批判与国民性改造

卷十二　鲁迅与宗教文化

卷十三　鲁迅是一种力量

卷十四　政策学

卷十五　畎亩问计：郑欣淼陕青调查撷拾

卷十六　社会主义文化新论

卷十七　文脉长存：郑欣淼文博笔记

卷十八　咀华漫录：郑欣淼艺文序跋集

卷十九　新故杂语

卷二十　郑欣淼诗词稿（庚子增订本）

卷二十一　诗心纪程　中华诗词之美